ディケンズとギッシング

底流をなすものと似て非なるもの

松岡 光治 編

大阪教育図書

ギッシング研究の泰斗、亡きピエール・クスティヤス氏に捧ぐ

Liber Amicorum in Honor of Pierre Coustillas

(1930-2018, Emeritus Professor, University of Lille)

1975年当時のクスティヤス氏

ギッシングが1882年から84年まで住んでいたロンドンのチェルシー地区にあるオウクリ・ガーデンズ33番地（当時はオウクリ・クレセント17番地）の壁に取り付けられた記念銘板の除幕式にて

「執筆中のチャールズ・ディケンズ」（1858年）
G・ハーバート・ウォトキンズがリージェント・ストリートのスタジオで撮影した写真

「執筆中のジョージ・ギッシング」（1901年）
エリオット&フライ社がベイカー・ストリートのスタジオで撮影した写真

目次

ディケンズの作品

『ボズのスケッチ集』(*Sketches by Boz*, 1836)
『ピクウィック・クラブ』(*The Pickwick Papers*, 1836-37)
『オリヴァー・トゥイスト』(*Oliver Twist*, 1837-39)
『ニコラス・ニクルビー』(*Nicholas Nickleby*, 1838-39)
『ハンフリー親方の時計』(*Master Humphrey's Clock*, 1840-41)
『骨董屋』(*The Old Curiosity Shop*, 1840-41)
『バーナビー・ラッジ』(*Barnaby Rudge*, 1841)
『アメリカ紀行』(*American Notes*, 1842)
『クリスマス・キャロル』(*A Christmas Carol*, 1843)
『マーティン・チャズルウィット』(*Martin Chuzzlewit*, 1843-44)
『鐘の精』(*The Chimes*, 1844)
『炉端のこおろぎ』(*The Cricket on the Hearth*, 1845)
『人生の戦い』(*The Battle of Life*, 1846)
『イタリア便り』(*Pictures from Italy*, 1846)
『ドンビー父子』(*Dombey and Son*, 1846-48)
『憑かれた男』(*The Haunted Man*, 1848)
『デイヴィッド・コパフィールド』(*David Copperfield*, 1849-50)
『クリスマス・ストーリーズ』(*Christmas Stories*, 1850-67)
『子供のためのイングランド史』(*A Child's History of England*, 1851-53)
『荒涼館』(*Bleak House*, 1852-53)
『ハード・タイムズ』(*Hard Times*, 1854)
『リトル・ドリット』(*Little Dorrit*, 1855-57)
『再録作品集』(*Reprinted Pieces*, 1858)
『二都物語』(*A Tale of Two Cities*, 1859)
『無商旅人』(*The Uncommercial Traveller*, 1860)
『大いなる遺産』(*Great Expectations*, 1860-61)
『互いの友』(*Our Mutual Friend*, 1864-65)
『エドウィン・ドルードの謎』(*The Mystery of Edwin Drood*, 1870)

ギッシングの作品

『暁の労働者たち』(*Workers in the Dawn*, 1880)
『無階級の人々』(*The Unclassed*, 1884)
『民衆』(*Demos*, 1886)
『イザベル・クラレンドン』(*Isabel Clarendon*, 1886)
『サーザ』(*Thyrza*, 1887)
『人生の夜明け』(*A Life's Morning*, 1888)
『ネザー・ワールド』(*The Nether World*, 1889)
『因襲にとらわれない人々』(*The Emancipated*, 1890)
『三文文士』(*New Grub Street*, 1891)
『デンジル・クウォリア』(*Denzil Quarrier*, 1892)
『流謫の地に生まれて』(*Born in Exile*, 1892)
『余計者の女たち』(*The Odd Women*, 1893)
『女王即位五十年祭の年に』(*In the Year of Jubilee*, 1894)
『イヴの身代金』(*Eve's Ransom*, 1895)
『埋火』(*Sleeping Fires*, 1895)
『下宿人』(*The Paying Guest*, 1895)
『渦』(*The Whirlpool*, 1897)
『チャールズ・ディケンズ論』(*Charles Dickens: A Critical Study*, 1898)
『都会のセールスマン』(*The Town Traveller*, 1898)
『人間がらくた文庫』(*Human Odds and Ends*, 1898)
『命の冠』(*The Crown of Life*, 1899)
『イオニア海のほとり』(*By the Ionian Sea*, 1901)
『我らが大風呂敷の友』(*Our Friend the Charlatan*, 1901)
『ヘンリー・ライクロフトの私記』(*The Private Papers of Henry Ryecroft*, 1903)
『ヴェラニルダ』(*Veranilda*, 1904)
『ウィル・ウォーバートン』(*Will Warburton*, 1905)
『蜘蛛の巣の家』(*The House of Cobwebs and Other Stories*, 1906)

巻頭言

ディケンズ評論の主要作品の系譜の中で、一八九八年に出版されたギッシングの『チャールズ・ディケンズ論』は、もっとも早いものと言われている。でも私は、それに加えて「もっとも優れたもの」と評価したい。その理由を以下に記したい。

私がイギリス小説、とくに十九世紀の作家に興味を持つようになったのは、戦後間もない頃だったが、当時わが国ではディケンズは大衆作家と一般に見られていた。私もそれに同調して、ディケンズの作品を「お子さまランチ」などと言っていい気になっていた。見映えはよくて、文学の味のわからない連中は、泣いたり笑ったり大歓迎してくれて、作者は大きな名声と金を得たが、その味は最低と言うつもりだった。

それに比べてギッシングの作品は、人間の愚かさや人生の醜悪さを正直に描いたために、作品はさっぱり売れなかったが、文学の味のわかる大人にとっては、これこそが真のご馳走なのだ。というわけで私はギッシングを専攻しようと決心して作品を読みにかかった。

だから、ギッシングの『ディケンズ論』を読み出した時、私は厳しい批判にあふれた本だろうと勝手に思い込んでいた。彼が以前、一八八四年に発表した初期の小説『無階級の人々』の中のある人物が、ディケンズの作品を批判していたが、私はこれこそが作者の主張だ、彼の先輩を乗り越えようという宣言だと思っていた。

ところが『ディケンズ論』を読み終えると驚いてしまった。彼はディケンズを高く評価し、自分の文学上の先生と思っていたらしいのだから。これはいったいどうしたことなのだろう。

それからしばらく私は考え込んでしまった。そして最後にたどりついた結論は――「お子さま」はこの私の方だったのだ。文学の味がわかったつもりでいたが、私はディケンズの文学も、ギッシングの文学も、全然わかっていなかったのだ。大人ぶった偉そうな口をきいて、自分でいい気になっていただけなのだ。ディケンズやギッシングが小説の中で槍玉に上げて笑いものにしたり、さらしものにしていた連中と同じバカ者が、まさにこの私だったのだ。

『ディケンズ論』は私に、もう一度ディケンズの作品を、いや、ギッシングの作品をも読み直せと叱りつけてくれた本だった。単なる文学研究の教科書である以上に、文学を勉強するのなら、先ず自分に問うべきだったことを教えてくれた本だった。

以上が、私がギッシングの『ディケンズ論』を、ディケンズ批評史系譜の中の最高の位置に据えたいと思う理由である。ディケンズとギッシングを比べて論じる時、似ているとか違っているとか、文学グルメを気取って得意になっていた私の天狗鼻をへし折って、底流をなすものに目を向けろと教えてくれたのが、『ディケンズ論』だった。

ディケンズ・フェロウシップ日本支部名誉会長　小池　滋

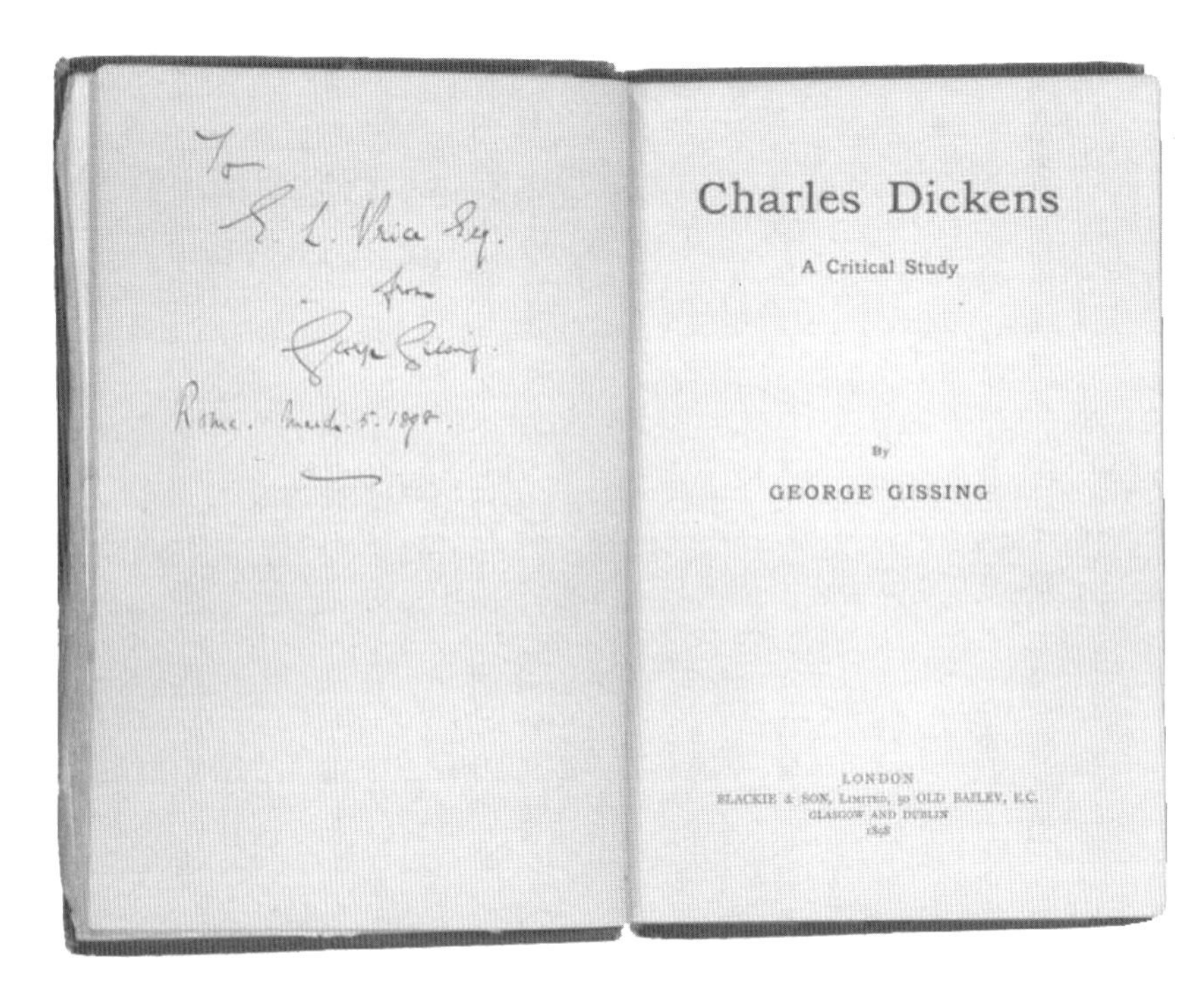

ギッシング『チャールズ・ディケンズ論』(1898 年)の初版本

ローマにいたギッシングが、クレアラ・コレット(ロンドン大学で経済学の学位を取った最初の女性で、彼が死ぬまで陰に陽に力になってくれた女性)の友人で、法廷弁護士のエドウィン・レスウェア・プライス へ 1898 年 3 月 5 日に献本したもの。

序　章

ディケンズとギッシングの隠れた類似点と相違点

松岡　光治

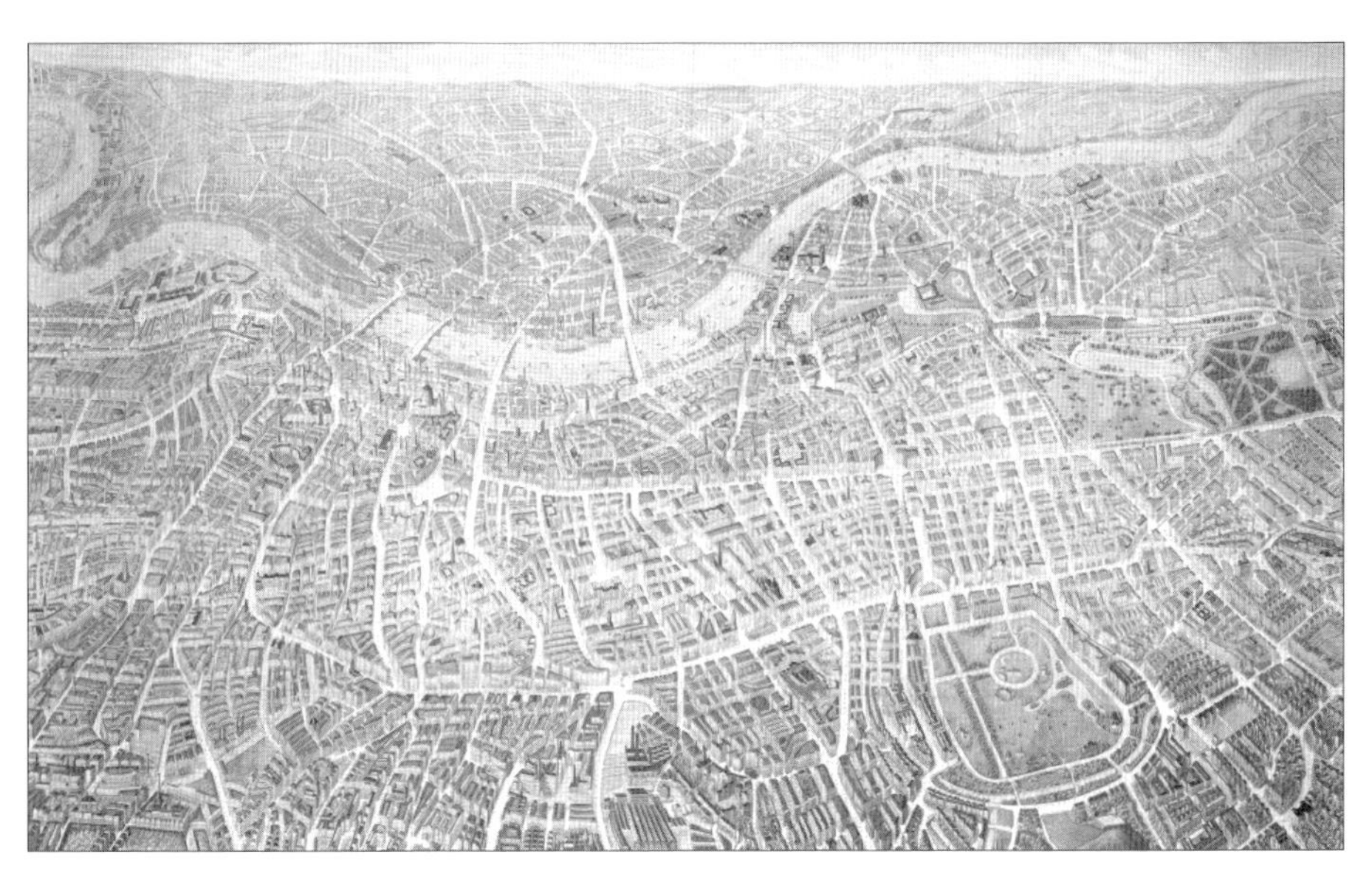

「ハムステッド上空の熱気球から見たロンドンの光景」
この地図は第１回ロンドン万博の初日（1851年５月１日）にバンクス社から発売された。

南北が逆になった地図は当時は珍しかった。地図の右上にあるハイド・パークのサーペンタイン湖の上（南岸）には万博会場の水晶宮（クリスタル・パレス）が見える。この翌年、ヘンリー・メイヒューが伝説のパイロット（チャールズ・グリーン）と同乗した熱気球から見た光景も、同じような大都市のパノラマだったであろう。

第一節　両作家が生きた時代

ギッシング（George Gissing, 1857-1903）は、一八五七年一一月二二日（日曜日）、イングランド北部ウェスト・ヨークシャー州の町、バラ戦争の古戦場として有名なウェイクフィールドで生まれた。父親のトマスは町の中心街に店を構えた下層中産階級の薬剤師で、植物に関する本を二冊、小さな詩集を三冊ほど出版したことのある知的な男だったので、文学、言語、芸術を含めた教養を志向する点で息子に大きな影響を及ぼしている。ギッシングは、自宅に多くの蔵書があり、居間の壁に額縁に入ったディケンズ（Charles Dickens, 1812-70）の肖像画が掛かり、テーブルの上に『互いの友』（一八六四～六五）の薄い月刊分冊があったことを記憶していた。だが、この父親はディケンズが亡くなった半年後の一八七〇年の暮れに、奇しくも三三年後の息子と同じ一二月二八日に、しかも同じ肺充血が原因で突然死してしまう。その時の気持ちについて、ギッシングは随筆「ディケンズの思い出」（一九〇一）の中で「私の人生の方針が砕け散ってしまった」と語っている。その点からも、現実世界の父親と虚構世界のディケンズが、文学を中心とする学問に秀でた教養人を目指していた十三歳の少年にとって、心の中でメンターとして重なっていたことは想像にかたくない。

ギッシングが大好きな父親と作家を同時に失った一八七〇年は、ヴィクトリア朝（一八三七～一九〇一）を前後に分ける中間点にあたる。後期ヴィクトリア朝を生きたギッシングは、彼が先輩作家として敬意を払って批評書や作品の序文まで書いたディケンズとの間に、大きな世代差を感じていたはずである。両者の間には四五年という年齢差があるからだ。実際に、一八五〇年から七三年まで続いた〈ヴィクトリア朝大好況期〉の前と後ろでは、それぞれの時代精神や社会風潮がかなり違っている。そうした年代差を意識させたのは、一八六七年の第二次選挙法改正による都市労働者への選挙権の拡大、七〇年の初等教育法と読書人口の激増による出版業界の様変わり、米独の資本主義の急速な発展による七三年からの大不況といった様々な時代の変化であった。社会史家エイザ・ブリッグズの言葉を借りれば、「ディケンズのロンドンと、フェビアン主義から大きな影響を受けたエドワード朝のロンドンとを結び付けていた」[1]のが、ギッシングが青年期から死ぬ直前までを過ごした後期ヴィクトリア朝だったのである。

ギッシングが作家として身を立てるべくロンドンに上京した一八七七年の秋は、ちょうど彼が二十歳になる前後の頃で、それから二十年後の九七年に弟・アルジェノンへ宛てた手紙の中で、当時のことを次のように回想している。

> この前ロンドンに行ったとき、グッジ・ストリートの書店が引き倒されてたのに気づいたんだけど、お前には話したっけ？歴史ある昔の建物は実際ほとんど残っちゃいない。ぼくが空腹を抱えて街路をさまよってた一八七七年当時と比べると、今の

ロンドンは信じられんほど変わっちまったよ。これは実際まさに一つの時代の終わりだね。あの頃はまだディケンズのロンドンだったけど、今じゃ彼も幾つかの主要な大通りを除いて道に迷っちまうだろう。　(*Gissing Letters* 6: 256; Mar. 21, 1897)

「ディケンズのロンドン」が具体的にいつの頃か定かではないが、ヴィクトリア朝大好況期の頃であれば、当時のロンドンは少なくとも物理的には大きく変化していた。第一回ロンドン万博があった一八五一年は都市と農村の人口が同じになった記念すべき年であるが、その年すでに世界最大の都市となっていたロンドンの人口は二二八万、八一年には四七〇万、ヴィクトリア朝が終わる一九〇一年には六二二万へと激増して行った。こうした人口増加がギッシングの指摘にあるロンドンにおける街路の変容の主因であるが、別の興味深い要因として貧民街の周縁化と都市中心部の空洞化が挙げられる。六〇年代、七〇年代には大英帝国の威信をかけてロンドン中心部で貧民街撤去（スラム・クリアランス）が行われ、ディケンズの『荒涼館』（一八五二〜五三）の登場人物の多くが住んでいたチャーンスリー・レーン周辺も、ギッシングの『ネザー・ワールド』（一八八九）の頃には非居住地域になっていた。つまり、『ネザー・ワールド』の中心地が北側に位置するクラーケンウェルへ移ったことは、スラム街の周縁化と人口の分散化を意味しているのだ。ディケンズは『荒涼館』の中で「霧」という全体を包み込むイメージによって大都市ロンドンを統一体として捉えた。だが、産業革命を経て巨大化・複雑

図版① ギュスターヴ・ドレ『ロンドン上空を列車で』（1872 年）

左右のテラス・ハウスが接する中央の裏庭に描かれているのは、主たる関心が日々の生き残りにある下層階級の人々の窮屈な生活である。その奥の高架鉄道橋には、煙を吐きながら走っている列車の姿が見える。

化した帝都ロンドンは、後期ヴィクトリア朝の頃には有機的な社会の統一体として捉えることができなくなっていた。『ネザー・ワールド』でギッシングが描いたロンドンは、断片化された社会空間の連続体としての都市になっていたのである。十九世紀後半の約五十年間に、七万人以上もの下層階級の人々がロンドン中心部の鉄道建設のために立ち退きを命じられ、彼らの住居は周縁に広がっていた。同時に、ギュスターヴ・ドレの『ロンドン上空を列車で』(一八七二)に描かれているように、鉄道の高い軌道や深い掘割は社会的なゾーンを隔離する壁を形成していた(図版①)。つまり、社会学者チャールズ・ブースが当時の労働者階級の生活と職業の調査結果として著した『民衆の生活と労働』第一巻(一八八九)に収められた「貧困マップ」——ロンドン住民を八つのクラスに分類し、その財政状態を七つの色で示した地図——に従えば、貧富の差を街路ごとに色分けして詳細に描写できるような都市になっていたのである。

しかし、産業革命後のヴィクトリア朝社会において、都市空間が物理的に変容し、疎外された人間の精神状態が変化していたとしても、類型化される人間の性格はイデア論的な世界観を展開したプラトンの時代からほとんど変わっていないように思える。それでは、ギッシングはなぜ、大勢いたヴィクトリア朝の先輩作家たちの中で、とりわけディケンズに魅せられ、批評書や作品の序文まで書いたのであろうか。ディケンズの死後、彼の作品は評価されなくなってしまったが、なぜギッシングは彼とその作品から大きな影響を受け続けたのか。それらの理由を考える上で貴重な文献となるのが、ギッシングが一八九八年に上梓した『チャールズ・ディケンズ論』(以下、『ディケンズ論』)である。この文献を通して両作家の作品を比較検討することによって、ギッシングがディケンズから受けた影響のみならず、両者の実像と虚像もまた鮮明になるであろう。

第二節　似て非なるリアリズムと自然主義

まずは、ヴィクトリア朝における文学思潮の変遷、具体的にはリアリズムから自然主義——科学的実証主義の方法を採り入れたリアリズム——への変遷を考えてみたい。ギッシングは、『ディケンズ論』第四章「芸術、真実、教訓」の中で、文学の理論と実践に大きな変化が生じた後期ヴィクトリア朝において、ディケンズが多くの点で「古臭くなった」ことを指摘している。すなわち、ディケンズが「真実を徹底させるリアリズム派」や「現代の厳格な自然主義派」と共通点のない、「教訓を主張して得意がり、中産階級を赤面させることは絶対になく、読者を悲しませるよりは喜ばせるために、いつでも真実を改変する小説家」として批判されるような、そうした新しい時代になっていたのである。とはいえ、それがギッシングの目に映ったディケンズの実像だったわけではない。

芝居好きだったディケンズが、役者のような作者として観客のような「読者との共感」を何よりも重視した点、そのために「不愉快なことは芸術にふさわしくない題材として避けた」点、そして読者に「道徳的な教訓を悟らせる」ことを義務と考えた点は、確かに当時の文芸批評家から蔑まれていた。しかしながら、ギッシングは先輩作家を以下のように擁護している。

我々の時代の「リアリスト」は、このように真実をごまかすことなど承知しないだろう。……当然ながら、真実を明らかにすることはできるし、妥協することなく真実を書き留めることが自分の本当の義務だと思っている。……芸術家にとって、真実とは自分に与えられた印象であり、その印象を嘘偽りなく伝えることが自分の唯一の存在意義だと考えているのである。だが、そうした芸術家の義務感がディケンズの心に浮かぶことは一度もなかった。彼にとって芸術はまさに自然でないがゆえに芸術なのであった。……

……間違いなく、ディケンズは自分が大胆にも――そうした言葉は知らなかったであろうが――「自然主義」へと踏み込んだと真剣に考えていた。……

自分の限界を認め、喜んで受け入れてさえいたが、彼は自分が描いたものはすべて絶対に真実であるという考えに取り憑かれていた。そうした言葉が使われていたならば、きっと彼は自分自身を「リアリスト」と呼んだに違いない。（第四章）

その証拠としてギッシングは、ディケンズが心身ともに作中の登場人物と一体化し、少女ネルやポール少年の臨終場面では本当に病気になりかかったという伝記的事実に着目する。ここで私たちは、「石鹸の泡と白色塗料の塊」にすぎないと諷刺漫画で批判された風景画家ターナーの『吹雪――港の沖合の蒸気船』（一八四二）に関する逸話、すなわち、彼が嵐の中に船を出してマストに四時間も体を縛り付けながら観察したという有名な話を思い出す必要がある（図版②）。この絵は、たとえ普通の人間には現実と違うように見えても、どんな画家よりも海上の嵐を知っていたターナーにとっては、真実そのものなのだ。[2] 自然の圧倒的な破壊力の前では人間が取るに足らない存在であるという、いわば自然主義の芸術家たちが拠り所とした信念の表明なのである。ラスキンが『近代画家論』第一巻（一八四三）で自然主義の信念を先取りしていたターナーの天才を見出したように、ギッシングも自然主義につながるリアリズム作家ディケンズの天才を見抜いていたことは注目に値する。

しかしながら、リアリズムと自然主義とは似て非なるものである。最初の小説『暁の労働者たち』（一八八〇）において、ギッシングは自分が青年時代にロンドンの貧民街で体験したことを科学者のように冷静な心と客観的な目で記録した。そのことに関して、自分はディケンズとは違う新しい道を切り拓いた、[3] とアルジェノン宛ての手紙で語っている。ギッシングの小説執筆の目的は、「現代の貧民階級の身の毛もよだつ（物質的、精神的、道徳的な）状況を人々にはっきり理解させ、現代の社会システム全体による見るも恐ろしい不法行為を示す」（*Gissing Letters* 1: 307; Nov. 3, 1880）ことである。これは先輩作家の目的と実際ほとんど同じなのであるが、その方法には両者の間で

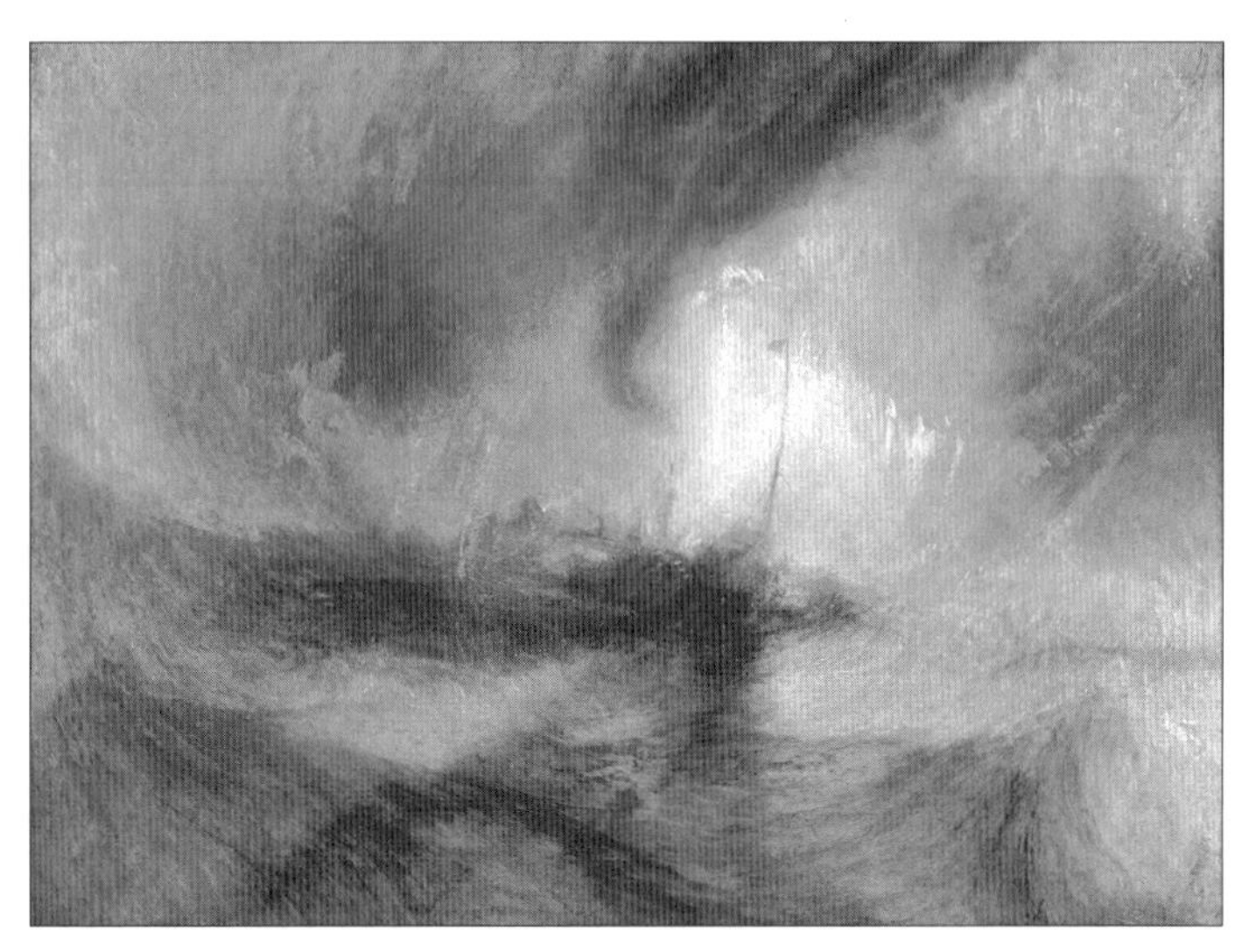

図版② J・M・W・ターナー『吹雪――港の沖合の蒸気船』(1842年)

ターナー作品の特徴は渦巻の構図によって物の動きとエネルギーを表現する点にある。ラスキンは『近代画家論』で「波の動き、霧、光をキャンバスの上に提示した、これまでの絵の中で、まさに一番すばらしいもの」(第1巻第3章)と評している。

大きな違いがある。ディケンズのリアリズムには理想化や美化が時として見られ、日常茶飯事や人間の醜悪野蛮な面や人生の暗い面を暴き出すために、彼は時として現実をデフォルメすることがある。それはディケンズ独自の想像力によってなされるデフォルメであり、ギッシングが『ディケンズ論』の中で何度も使用する「天才」という言葉でしか説明できない匠の技と言うしかない。ディケンズは『骨董屋』(一八四〇~四一)の序文でヒロインのネルの周囲に「グロテスクで野蛮な連中ではあるが、信じがたいこともない仲間たち」を配置したと書いている。悪知恵が働く残忍で醜い男、クウィルプの野蛮性をもっとも高めているのは「見るも恐ろしい笑み」(第三章)であり、彼が笑う時に見せる牙のような歯は「ハーハーとあえぐ犬」を連想させる。犬は神と対立する(dog ⇔ God)悪魔の意を持つ聖書において常に忌み嫌われる動物であり、イソップ寓話でも「犬と肉」では強欲、「飼葉桶の中の犬」では意地悪を体現している。ディケンズの読者であれば、この作家の比喩表現の多くは事実に反することを仮定した表現ではなく、事実そのものがストレートに暗示される手段であることを知っている。クウィルプを市井の人々にとって馴染みの深い「犬」のイメージに格下げした表現は、たとえ想像力が突飛でユニークな作家による主観的な誇張であれ、この男の野蛮性を客観的に描写した場合よりも、ずっと真実に近い感覚を読者に与える。それが芸術の芸術たる、天才の天才たる所以ではあるまいか。

『暁の労働者たち』によって文壇に出た直後(二四歳)のギッ

シングは、当時の支配的な文学思潮であった自然主義を代表するかのように、妹・マーガレットへの手紙において、『リトル・ドリット』（一八五五〜五七）を「ディケンズの一番貧弱な作品」(*Gissing Letters* 2: 93; July 12, 1882) と見なし、エイミ・ドリットやアーサー・クレナムの人物描写が下手で退屈だと嘆いている。しかし、労働者階級だけでなく中産階級も含めた様々な作品を書いたことで視野が広がった十五年後（三九歳）になると、ギッシングはチャールズ・ブースの仕事を手伝っていた知的な女性クレアラ・コレットへの手紙の中で、「ディケンズに退屈させられることはありません……これまで以上に尊敬するようになりました」(6: 249; Mar. 11, 1897) と述べ、『リトル・ドリット』の全ページに素晴らしいものが見出せると言っている。この手紙の翌年に出た『ディケンズ論』第九章で、彼はディケンズが憂鬱な日曜日におけるロンドンの風景を主人公アーサーの心象風景として描いた第一巻第三章の「我が家」に、「ユーモアを完全に失ってしまい、この大都市を何か気むずかしい感じで眺めている」先輩作家の姿を見ている。この作品の舞台であるロンドンを支配しているのは抑圧的な社会を象徴する牢獄のイメージであり、そこでは牢獄の壁という不変の物理的な形が強調され、それが個人の意志をものともせずに孤立させる障壁となっている。この障壁を平面化したものがギッシングの作品に頻出する街路である。換言すれば、『リトル・ドリット』で活写されたロンドンこそ、ディケンズのリアリズムの流れを汲む自然主義作家ギッシングの眼が捉えた現実のロンドンなのだ。人間は遺伝や環境に従属するもので精神的な変化は望めないというギッシングの自然主義的なリアリズムは、都市の場面から個人的な理念を削り取り、そうすることで都市社会における人間の疎外を強調している。レイモンド・ウィリアムズは「ディケンズにおいては物理的な世界が人間と関係しないことは決してない。それはディケンズが作り、解釈したものである」[4] と指摘している。ディケンズの都市がそこに住む人間と語り手の声で構造物を人間化していたのに対し、ギッシングのロンドンはどうかと言えば、例えば『ネザー・ワールド』の型彫り師で贋金作りに手を出すボブ・ヒューイットは孤独であり、明らかに自分自身が作ったものではない周囲の都市の構造物から疎外されている。

「ギッシングはディケンズのミコーバー的な楽天主義を過小評価し、『リトル・ドリット』の悲観主義を過大評価している」というのは、警抜な着想と逆説で知られるG・K・チェスタトンの『チャールズ・ディケンズ――鑑賞と批評』（一九一一）第一八章における発言であるが、この小説の存在意義が「人間に対する環境の勝利」を描くことにあるという彼の指摘は正鵠を射ている。事実、『リトル・ドリット』は「我慢できない牢獄としての社会についての陰鬱で悲観主義的な小説」(Lucas 251) であり、マーシャルシー監獄は道徳的に堕落した壁の外の社会、上からの抑圧を下へ移譲することで精神的均衡の保持に努める事大主義的な階級社会の縮図として描かれている。しかし、こうした社会環境の個人への影響はディケンズ作品では主眼点の一つであるのに対し、ギッシング作品ではすべてだと言ってよい。「社会悪という粉砕機による人間性の破壊」(Korg, *Critical Biography* 261) は、読者の娯楽を第一に考えるディケンズ作品では主要テーマの一つにすぎない。彼が読者を魅了して自分の人気を維持するような物語、言い換えれば、自分が編集長を務める週刊雑誌の売れ行きに関心があったのは事実である。それに対してギッシングは、結果がどうであれ、真実を見たとおりに報告する義務があると考えていた。

この違いはギッシングの『備忘録』(一八八九)の「文学」で明示されている。彼は「ディケンズが下層階級で観察した多くの機会を活用していないこと」を嘆き、この先輩作家は「小説作品をロマンスとしてしか考えていないし、……一番大切と思われる細部描写を大勢の小説読者にとって魅力がないという理由で考慮していない」(Gissing, *Commonplace Book* 33) と批判している。しかし、たとえギッシングの考えるロマンスが現実離れした内容の物語や荒唐無稽な作り話などではないとしても、それはディケンズの考えるロマンスとは似て非なるものである。そのことにギッシングは気づいていなかったようだ。『荒涼館』の初版本の序文で、ディケンズは「ありふれた事柄のロマンティックな側面を故意に詳しく描いた」と述べている。これは彼が『ハウスホールド・ワーズ』創刊号(一八五〇)の序文で明言した雑誌刊行の主たる目的でもある。「表面は不愉快なものでさえ、我々に見出す意思があれば、そこにはロマンスが十分に見てとれる」とディケンズは考えていたのだ。彼にとって、ロマンスは空想的／非日常的なものを多分に含んだ小説モードであり、その機能は日常的な見慣れた事物を別の状況に置いて新しい光を当てることによって既知の事実や常識に対して読者の再考を促す〈異化〉に近い。[5]

『クリスマス・キャロル』(一八四三)のスクルージは、「シティーに勤める男に負けず劣らず空想(ファンシー)なるものを持っていない」(第一章)にもかかわらず、朝な夕なに見慣れた扉のノッカーがクリスマス・イヴに限ってマーレイの顔に変容して見える。それはなぜか。彼が「空想なるものを持っていない」というのは、むろん作者が読者の注意をそらすために置いた燻製ニシン(レッド・ヘリング)である。スクルージ自身の言語表現が如実に物語っているように、彼が誰よりも想像力の豊かな人間であることに疑いの余地はない。子供時代の彼は善良な少年であり、レッセ・フェールに支配された近代資本主義社会で生き抜くために、その善良な性格を抑圧して偽の自己としての生活を余儀なくされていただけである。精神分析学的な心理的リアリズムに従えば、抑圧されていたスクルージの善の分身がクリスマスというイエスの誕生と存在を意識させる特別な時期に刺激されて呼び出され、彼の生来の想像力が日常を非日常化させた世界において、マーレイと三人の幽霊を通して自分で自分を改心させたという解釈も成り立つだろう。その改心の過程で経験することはスクルージにとって現実に他ならない。無意識の夢の世界では、夢を見ている本人が空想的な出来事の真実性を疑うことはない。ディケンズは現実世界の日常的なものに注意を払わない読者に異質なもので違和感を抱かせ、実際に起こり得ないことでも起こり得ると思わせたい作家なのだ。逆説的に言えば、真実をよりリアルに伝えるべく、「ロマンティックな側面」を描いているのである。

　しかしながら、このような手法はギッシングにとっては許容できないことである。両者の最大の関心事はロンドンの貧民の生活についての忠実な描写にあるが、ディケンズが貧しい人々を理想化して感傷的に実際よりも明るく描いたのに対し、ギッシングは環境が個人を完全に支配する地獄としてロンドンを提示し、最大の社会問題である貧困についても悲観的な見方しかできない。『ディケンズ論』においてギッシングは、この先輩作家が「労働者階級の家庭を描く時に完全に成功していない」理由は、「彼が赤貧の人々を批判するのに尻込みしている」ことや、「そうした人々のもっともよい状態しか読者に見せてくれない」（第七章）ことにあると述べている。これは自分の方が下層階級の写実描写において勝っているというギッシングの自信の表れであろうが、そういった優劣の判断は写実描写に関する文学思潮の考えの違いによる所が大きい。ギッシングにとってのロンドンは、現実世界での悲惨な貧困生活を余儀なくされた彼が、不幸な結婚生活による孤独と不安によってアイデンティティの危機に陥った場所である。代表作『三文文士』（一八九一）の主人公エドウィン・リアドンは、「現代社会における貧困の呪いは古代社会における奴隷制度の呪いと同じ」（第一五章）で、奴隷制度が風俗を壊乱させたように「貧困は人間を堕落させる」と言い放つ。そのようなリアドンに対して妻の愛が冷めた理由もまた「貧困に対する心配と屈辱感」（第一七章）にあるが、理想主義者の主人公は、ディケンズのヒロインたちのように貧困の試練を受けても心が揺るがず、夫に対して慈愛に満ちた視線を注ぐような女性性（フェミニニティ）を妻に求める。だが、そうした浅薄な理想主義を否定するギッシングは、貧困が道徳観を麻痺させることを繰り返して主張せずにおれない。「貧困はあらゆる社会悪の根源だ」（第三章）と断言する実利主義の作家ジャスパー・ミルヴェインの意見は作者の信念に他ならない。[6] ギッシングが求めた心の豊かな文化的生活は経済的に余裕のある環境でしか達成できないのだ。『人生の夜明け』（一八八八）でも、「金を財布に入れよ、そしてまた金を財布に入れよ。なぜなら、世の定めとして、通貨を持たないことは人間の特権を持たないこと、窮乏は魂の死に他ならないからだ」（第五章）と述べられているが、この「貧すれば鈍する」という考えはギッシングの全作品に通底したテーマである。

　一方、文学市場や読者の好みへの適応を第一に考えるディケンズの作品を支配していたのは、神を想定した道徳的な世界観と勧善懲悪（ポエティック・ジャスティス）の原理であった。貧困によって悪に染まった者は報いを受け、不朽の善意や善行の心を失わない者は最後に救われる。素人演劇にも熱中したディケンズは、そうしたメロドラマの要素を作品に注入せずにはいられないし、どんな貧困にも耐え得る天使のような女性を描かずにはおれない。そうした女性にディケンズがハッピー・エンディングを準備したのに対し、適者生存の競争によって人間が圧倒される現実社会を無視したような、そんな生ぬるい語りの結末はギッシングにとって同意できないものであった。『暁の労働者たち』の洗練された知的な女性ヘレン・ノーマンは肺病と幻滅で人生を終えるし、『三文文士』で父のために感謝もされない手伝いをするメアリアン・ユールは結婚もできず、学問中心の生活に慰めを見出すだけで人生を終える。ギッシングは心の底から望んでも結局はディケンズのように文学界で大きな成功を収めることができなかった。その理由は彼が一般の読者を満足させるような結末を出せなかった理由と符合している。[7]楽観主義と悲観主義という大まかな違いもあるが、ディケンズのリアリズムが多種多様な面を持つのに対し、ギッシングの自然主義はリアリズムが先鋭化した画一的な印象を拭えない。写実を徹底させた自然主義は、その用法が複雑多岐を極めるリアリズムの豊潤な魅力に欠けているようにも思える。単純化の誇りを恐れずに言えば、結局、一般読者の間でディケンズとギッシングに人気の差がある最大の理由は、そこにあるのではないだろうか。

　ギッシングの悲観主義が彼の人気を妨げていたことは確かである。しかし、彼の悲観主義を嫌う読者がディケンズの楽観主義の下に隠れている悲劇性だけでなく、抑圧された否定的なものを見ようとしないこともまた事実だ。逆に、ギッシングの暗い作品にも喜劇的息抜きとしてディケンズ的な笑いやユーモアが実際に見られる。その点についてピエール・クスティヤスはギッシング研究の集大成と言える評伝で以下のように喝破している。

> 基本的にギッシングは楽天家で理想主義者である。若い頃の生活で心が荒廃し、四十の頃には誰よりも厳しい運命の処遇を受けて幻滅を感じたが、暗黒時代においても生きる意欲を完全に失うことはなかった。一知半解の批評家たちは彼の小説の陰鬱性を得々と語っているが、作品の全部が一様に陰鬱というわけではない。
>
> (Coustillas, *Heroic Life* 1: 2)

確かに、『下宿人』（一八九五）、『都会のセールスマン』（一八九八）、『命の冠』（一八九九）、『我らが大風呂敷の友』（一九〇一）、『ウィル・ウォーバートン』（一九〇五）を読んで、私たちが暗澹たる気持ちになることはない。初期の短篇「初めてのリハーサル」、「いけ好かない恋敵」、「糸を紡ぐグレートヒェン」、「女相続人の条件」のように悲劇的要素がなく、主人公の勘違いによる喜劇的な作品も少なくない。現実生活におけるギッシングは家族や友人にとって明るい存在で、冗談好きな人間であり、時には陽気に浮かれ騒ぐこともあったそうだ。[8]ディケンズの場合もそうだが、ギッシングの作家としての建前と現実世界での本音とは分けて考える必要がある。

　ディケンズの『骨董屋』第三六章には、無慈悲なサリー・ブラースが地下室の台所で虐待している小柄な女中「侯爵夫人」に対して、食事を制限していると世間で思われないように、「二インチ平方の冷えた肉」を与える場面がある。ギッシングは、『ディケンズ論』の第八章「ユーモアとペーソス」で、すり切れた服を着て飢えた女中が肉を食べる姿をそのまま描く「痛々しいリアリズム」よりも、「二インチ平方」という誇張表現が引き起こす笑いの方が、被害者への同情と加害者への非難を読者の心により強く呼び起こすと述べ、そうした「虚構」の中に先輩作家の天才と人気の秘密を読み取っている。熱意と弁舌の才しかない政治家や運動家による社会改革が歴史的に奏功しなかったのに対し、「作者と一緒に心の底から笑えたからこそ、大勢の人々はディケンズの作品が提示する社会問題について議論したのである」というギッシングの指摘は極めて重要である。私たちは、ディケンズのユーモアに内在する社会批判の潜在力を指摘した最初の批評家が、ユーモアに欠けると言われるギッシングであったことを忘れてならない。

第三節　階級の壁を地下で支えているもの

ヘンリー・メイヒューは、下層階級の生活を詳しく記した社会評論――ディケンズ作品におけるロンドン描写の確証となるような――『ロンドンの労働とロンドンの貧民』（一八五一）を出版した翌年、その年に花道を飾る有名な気球パイロットのチャールズ・グリーンと一緒に、熱気球に乗ってロンドンの全景を上空から眺めた（序章の扉絵参照）。そうした高所から都市全体を見下すようなパノラマの眺めは視力＝権力の感覚、すなわち眼下の世界を支配するような感覚を与えたに違いない。開巻早々に陸続と街路を見せられるギッシングの『暁の労働者たち』の読者もまた、そうした鳥瞰的な感覚を抱いてしまう。語り手が読者を誘って、都市の中心部で孤立集団化した貧民街を上から目線で見ようとする、いわば植民地主義的な視点はディケンズやギャスケルの作品にも見られる。語り手が中産階級の読者を導いてロンドンの下層階級の生活を見せるとき、その悲惨さをリアリスティックに描く点でギッシングはディケンズと似ているが、それは表層的な類似であって、よく見ると似て非なるものであることが判然とする。十歳でロンドンに出てスラム街のような場所に住んだことで、ディケンズは子供時代の記憶に基づいて活写した貧民たちの痛ましい生活に対して同情的である。それに対してギッシングは、アメリカ逃亡生活のあと上京したロンドンで大人として経験した貧民街を描写するとき、『暁の労働者たち』の最初のページに見られるように、「不快な悪臭」や「忌まわしいもの」に対して嫌悪感を抱いている。距離を置いた写実的な描写においても、ディケンズは労働者まで視点を自在に下げることができる。その点で興味深いのは、ギッシングが『ディケンズ論』の中で「ディケンズは一段高い場所から貧しい人々を見下ろして発言したり考えたりすることができない」（第一〇章）と断じていることだ。これに関してピーター・キーティングは、ディケンズがロンドンの労働者階級を描く場合、彼らは社会の一部となるのに対し、ギッシングがそうする時はいつも「階級の壁」が再確認されると言っている。[9] ギッシングの視点は、牧師の妻に求められた中産階級のリスペクタビリティゆえに足を踏み入れたことがないスラム街に対して、距離を設けたままであるギャスケルの視点に近い。

とはいえ、ギッシングが階級としての労働者に対して、書籍や報告書を通して貧民街の窮状を熟知していたギャスケルのように、同情や共感を抱くことはない。

　下層中産階級に属していたギッシングの労働者階級に対する蔑視は、労働者の生活と言葉遣いについての描写に端的に現れている。例えば、『三文文士』に登場する群小作家の一人、アルフレッド・ユールは作者同様に下層階級出身の女と結婚してしまったが、夫のような「教育のある人々との長年の付き合い」（第七章）を通しても、遺伝と結婚前の環境が形成した彼女の性格と言葉遣いは決して変わらない。中産階級の保守的な教養人であったギッシングは、個人としての労働者の窮乏に同情してはいたが、決定論的・運命論な立場から社会階級を不変だと考えており、階級としての労働者との間に埋めがたい径庭を見ていた。「個人としての貧乏人に対しては所持金のすべてを与えるが、連中が階級として立ち向かってくる場合は、情け容赦しないぞ」という『民衆』（一八八六）第二九章における斜陽階級のヒューバート・エルドンの言葉は、ギッシングの階級観をいみじくも言い得たものである。これは上流階級に対しても同断である。[10] 街中ですれ違う馬に乗った上流階級の二人の娘について、『三文文士』のリアドンに彼女たちとの「無限の距離」（第一五章）を痛感させた貧困は、彼を精神的に束縛して卑屈な人間にしてしまう。この場面では、ディケンズやギャスケルの場合と違って、現状を改善することが高い身分に伴う義務（ノブレス・オブリージュ）と見なされていない点で、リアドンの卑屈な態度からは自分の運命に対する諦観の境地しか伝わってこない。しかしながら、それこそがギッシングの描写の主たる狙いなのである。

　ギッシングの社会階級に関する決定論的・運命論的な考えは自己否定を生み出している。この自己否定は、ディケンズが十二歳の時に父親が負債者監獄に収容されたことと母親に靴墨工場へ働きに出されたことで負った精神的外傷と同じように、オーエンズ・カレッジで将来を嘱望されていたギッシングが、街の女ネルを更正させるために犯した窃盗で、犯罪者として一ヶ月の強制労働を課された青年時代のトラウマから生まれたものである。ギッシング文学のトポスの一つである「流浪（exile）」は、この窃盗で放校処分を受けてアメリカに逃げた時から異邦の地フランスで死ぬまで、常に彼に取り憑いていた強迫観念を象徴するものである。そして、このエグザイルの問題は、「学識を身につけて知的に対等な仲間と付き合う資格があるのに、経済的な境遇ゆえに彼らから引き離される運命の男」(Halperin 18-19) と言ってよいギッシングによって、多くの作品で取り上げられている。自伝的色彩の濃い『流謫の地に生まれて』（一八九二）の主人公で労働者階級出身のゴドウィン・ピークは、刻苦勉励で奨学金を得てカレッジに入学したにもかかわらず、中産階級の学友たちに対する劣等感から、自分の宗教観を変えてまでもアッパー・ミドル・クラスの娘との結婚を願うようになる。しかし、ギッシングはカレッジで首席となって（罪を犯したとはいえ）それなりに作家として成功した自分自身とゴドウィンのように俗物性と偽善性を兼ねた人間との違いを示すために、この主人公の身分不相応な野心を打ち砕き、〈無階級の人間〉として流浪の身のままウィーンで孤独死させる。[11]

ギッシング文学における人間の性格は、環境の影響という考えだけでなく、遺伝の影響という考えにも支配されており、それを改善するには数世代だけでは不十分なのである。人間の階級もまた運命で決定されており、一世代で中産階級の下層から上層へ駆け上がることは無理なのだ。カレッジの近くで食堂を開こうとする叔父への近親憎悪で分かるように、[12]ゴドウィンは愚鈍な労働者に対して軽蔑の念しか抱いていないが、これはもちろん自分の階級的劣等性を叔父たちに投影した結果である。「苦学して相当な教育を身につけた労働者階級の男よりも、生まれのよい愚か者の方が尊敬に値する」（第二部第二章）と言ってはばからないゴドウィンの思いは、確かに作者自身の考えと符合する部分がある。しかし、個人としての労働者に対する同情・共感がゴドウィンにないのに対し、作者にはあるという点に両者の決定的な違いが見出せる。これはディケンズとギッシングの労働者観の底流をなすものである。その証拠に、ギッシングがオーエンズ・カレッジ時代に尊敬していたA・W・ウォード教授は、この教え子の最晩年に宛てた手紙の中で、四半世紀以上も前に指導生の放校に関与したにもかかわらず、いつも彼の作品に見られる「敗残者に対する無限の哀れみ」に感動し、「その根底にある人間味において君はまさにディケンズに匹敵する」(*Gissing Letters* 9: 56-57) と言っている。

産業革命の進展とともに多くの人間が仕事を求めて田舎から都会への境界を越えたが、同様に仕事の成功で資本を蓄えて労働者階級から新興ブルジョアジー（とまでは行かなくても、教育と努力によって商店主や専門家や学校教師といったプチ・ブルジョアの下層中産階級）へと階級の壁を越える者たちが出てきた。[13]このような上昇志向を支えた自助の精神は、ヴィクトリア朝中期になるとサミュエル・スマイルズの大衆的な道徳書『自助論』（一八五九）によって神話化されることになるが、そうした階級的な野心は当然ながら利己主義、見せかけ、俗物根性といった否定的側面を併せ持っている。労働者が受ける教育の大半は立身出世のためであり、教養や道徳心の向上といった高邁な目的のためではないからだ。『サーザ』（一八八七）の若い裕福な理想主義者ウォルター・エグレモントが社会改革のために実行しようとした大衆教育は、「俗物性の水準を引き上げ、結果的に人々の眼識を低下させ、文明全体を堕落させただけだ」(Korg, *Critical Biography* 105) とギッシングは考えていた。彼は『ディケンズ論』の第一〇章において、セルフメイド・マンで学校教師となった『互いの友』のヘッドストーンに加え、その生徒チャーリー・ヘクサムを通して、中途半端な教育を受けた労働者に見られる欠点の典型としてエゴイズムを批判の俎上に載せ、「〈学校〉はその生まれつきの悪を強化したにすぎない」と評している。これは事実と数字を偏重した点が問題視される『ハード・タイムズ』（一八五四）の学校教育の同一延長線上にある教育批判である。しかし、自分の利益を最優先する功利主義教育にディケンズが見出した問題点は、むしろ利他主義の基盤となる愛情や同情にとって必要不可欠な想像力を抑圧していることにあるのではなかろうか。功利主義社会の支配者たちにとって、可視的な事実や数字は把握して管理できるが、想像力（を解放する芸術や娯楽）は彼らに理解できない新しいものを創造し、既存の価値基準を覆しかねないという、その制御できない自由な活動性ゆえに抑圧せざるを得ないのである。

　ギッシングは『荒涼館』の鉄工場主ラウンスウェルを例に挙げ、自助の精神による成功の肯定的側面を作者ディケンズのそれと結び付けている。

> 正直、勤勉、世俗的成功——これらは新しい階級の理想であり、ディケンズはそれらを心から是認している。彼自身がセルフメイド・マンの輝かしい実例ではなかったか？……聴衆に対してなされた彼の新しい民主主義についての講演を読んでみるがよい。……そこでも彼は、公開演説会によくあるように、教育を受ける目的は、「立身出世する」ためだけではなく、結果的に勉強する本人の道徳的・知的な利益のためであると同時に、他人の役に立つためでもあるのだと公言している。（第一〇章）

換言すれば、ラウンスウェルのような独立独歩型の人物が評価されるのは、ディケンズにとって社会問題解決の常套手段である父親的温情主義（パターナリズム）やキリスト教的干渉主義を実践に移すことができる場合である。ここで特筆すべき点は、ディケンズがヴィクトリア朝の初期に『クリスマス・キャロル』で守銭奴スクルージを通して、すでにセルフメイド・マンを脱・神話化していたことである。ディケンズの前期作品群では、金銭の力／悪徳の力で階級を上げた人間の否定的側面が皮肉や諷刺による笑いで攻撃されるが、『クリスマス・キャロル』以降の中期・後期になって作品のトーンが暗くなると、この作家の階級観にも変化が生じているのだ。

　ディケンズはギッシング同様に下層中産階級出身の人間だが、秀才の誉が高い後輩作家とは違い、学問や学歴には関心がそれほど高くなかった。天才は正規の学校教育では生まれない／育たないとも言えるが、最初の作品が自費出版となったギッシングとは対照的に、ディケンズが若干二一歳で書いた『ボズのスケッチ集』（一八三三〜三六）は版を重ね、後続の『ピクウィック・クラブ』（一八三六〜三七）と『オリヴァー・トゥイスト』（一八三七〜三九）も人気を博した。それは、ディズレイリの『シビル』（一八四五）における「二つの国民」のように社会階層を単純明快に有産階級と無産階級の二つに分け、虚栄心が強くて利己的で外見を取り繕う前者を顔色なからしめ、欠点や愚行はあるものの相互扶助のような人間的美徳を数多く持つ後者をユーモアとペーソスで活写しているからである。ディケンズはそうした社会階層の在り方を決して否定しているわけではない。ピクウィック氏とサム・ウェラー、あるいはフェジウィッグ氏と青年時代のスクルージの間には、産業革命前の家内工業における優しい親方と滅私奉公する徒弟のような関係があり、そうしたパターナリズムに基づく主従関係が反映された階級制度を理想としていたのである。

　ディケンズの中期・後期作品群では、彼の現実認識の深化に裏打ちされて、前期の二元論的な道徳観の境界線が崩れるとともに、階級観にも亀裂が見られるようになる。『荒涼館』では霧のイメージと伝染病のメタファーが社会階層すべてに浸透し、『リトル・ドリット』では社会の縮図としての牢獄のイメージがすべての階級の人間は精神的な自己監禁の状態にあることを雄弁に物語っている。[14] ディケンズの階級観の変化がもっとも鮮明な形で見えるのは『大いなる遺産』である。ここでは有産階級と無産階級を隔てる壁は形骸化しており、目に見えない地下の底流で両者は密接につながっている。そうした事実は紳士階級への上昇を可能にした主人公ピップの金が犯罪者マグウィッチから出ていたことで示される。

　しかし、常に中産階級に帰属意識があったディケンズは、どんなに労働者に対して同情や共感を示そうが、その立ち位置は基本的に有産階級の側にあった。バイロン的ヒーローのパロディーとして描かれた『デイヴィッド・コパフィールド』のスティアフォースや、その流れを汲む『ハード・タイムズ』のジェイムズ・ハートハウスや『リトル・ドリット』のヘンリー・ガウアンといった倫理的欠陥のある紳士は批判されるものの、退廃的な紳士という点で同じ範疇に属している『互いの友』のユージーン・レイバーンの性格描写には、様々な欠点はあっても現状を維持するための〈必要悪〉としての階級社会に対するディケンズの是認が見出せる。というのは、この作品では刻苦勉励で学校教師となり、激情をリスペクタビリティで隠しているヘッドストーンの悪徳が批判される一方で、父親の強い影響によって無気力になった弁護士レイバーンの中で消えずに残っている――成り上がりの人間には絶対に持てない――アッパー・ミドル・クラスの礼節・作法や道徳観への信頼が、生来的に善良な労働者リジー・ヘクサムとの相思相愛によって強化される形で、暗示されているからである（図版③）。レイバーンとリジーの結婚で明らかなように、ディケンズは階級の壁を乗り越えることに理解を示しているのに対し、ギッシングはその不可能性と問題性を強調せずにおれない。

　しかしながら、これは両作家の階級観が異なるという意味ではない。カーライルが「イングランドの現状問題」と呼んだ目も当てられない窮状に苦しむ被支配階級と利欲に目がくらんだ支配階級を隔てる壁が厳存していたとしても、そうした階級の壁を地下で支えているのは、英国の階級社会を必要悪として無意識的に認めているディケンズやギッシングに代表される大多数の中産階級の人々である。二人の階級観の類似性は労使関係においても明らかである。ギッシングは『ディケンズ論』の第一〇章「ラディカル」で、先輩作家の「作品から抜け落ちている顕著なものは資本家と戦う労働者」であり、「その当時パンと権利のために戦う姿が見られた賃金労働者の代表」が見られないことを嘆いている。[15] だが、ディケンズにとって、資本家に対抗する労働組合のストライキのような報復的暴力は支配者の暴力を内面化したものに見えたようで、実際に『ハード・タイ

図版③「家庭の徳を修める」（マーカス・ストーンの挿絵、『互いの友』第２巻第６章）

チャーリーはレイバーンが姉に教育を授けることに反対する。同じ意見のヘッドストーンに対して、レイバーンは何食わぬ顔で侮蔑的態度をとり、相手の怒りに油を注ぐ。二人の口論は階級闘争の様相を呈している。

ムズ』では組合員が非組合員のブラックプールに憎悪を抱いて暴力の内面化を強制しようとするが、それは工場主バウンダビーの抑圧という暴力と何ら変わるものではない。ディケンズやギャスケルといった中産階級の作家たちに共通する点は、既存の国家権力機関を破壊することによって体制の転覆を目ざすような暴力による社会変革を望んでいないことである。皮肉なことに、これはラディカリズムに欠ける先輩作家に不満を抱くギッシング自身の作品と底流をなす最大の共通点と言わねばならない。『民衆』の急進的な労働者で主人公のリチャード・ミューティマーに与えられているのは、利己心、狭量、不正直、意志薄弱といった労働者階級に生まれたがゆえに備わっている性格的な欠点である。予期せぬ遺産相続で社会主義運動の指導者となった彼の工場によって自然を破壊された渓谷は、彼がかっての信奉者による投石で命を落とすことによって、再び以前の人里はなれた静けさを取り戻す。[16]『民衆』の副題は「イングランド社会主義物語」であるが、労働者階級の「商売根性が染み込んだ」（第三〇章）社会主義は作者によって罵倒されている。

ギッシングは同じ「ラディカル」の章で「一般大衆は自分たちにとって何が一番よいか、それについて健全な見解を持つ能力がない」と言い切り、ディケンズが描く飢えた人間たちについて最後に次のように述べている。

彼らの希望はチアリブル兄弟にあるのであって、チャーティストや急進派やキリスト教社会主義者にあるのではない。……

ディケンズは、共感を抱きながらも、貧者が不当な行為に対して声をあげることを完全に是認できたわけではない。……身分の低い者は〈身の丈を知る〉べきだと思っていた。彼は自分自身が中産階級の一員だったので、他のどんな作家とも同じように〈平等〉の社会的意味を説くなどという考えを持っていなかった。（第一〇章）

ギッシングの指摘は正しいが、それは同様に民主主義者ではなかった彼自身の階級観を先輩作家のそれに投影した指摘に他ならない。ディケンズの階級観と似て非なる点があるとすれば、それは先輩作家が庶民にとって幸せだと考えていた（ニコラス・ニクルビーの雇い主チアリブル兄弟のように）キリスト教的な慈愛に満ちた、素直で汚れがない善良な人間に支配されることなど、ギッシングの小説世界ではほとんど期待できないという点である。

第四節　虚像としての家庭の天使と新しい女

女性に関してはディケンズもギッシングも当時の社会通念に従って基本的に二つのタイプに分けて考えていた。一方の側には温厚で優しい天使のような女性、反対側には激情型の性格や道徳的堕落によって不幸と悲劇を招く女性がいる。前者に比べて後者の女性像にリアリティがあるのは二人に共通する不幸な結婚生活のためである。ディケンズは十人の子供（一人は夭折）を産んだ妻キャサリンとの間に存在する「自然が設けた越えがたい（この世では絶対に打ち崩せない）障壁」(*Dickens Letters* 8: 558; May 9, 1858) のために別居に踏み切り、十七歳で病死した義妹メアリ・ホガースの幻影を追って、十八歳の女優エレン・ターナンと秘密の生活を送った。ギッシングもまた、街の女であった最初の妻ネルの死後、抑圧不能な欲望から結婚した下層階級のイーディスとの間に二人の子供を儲け、この狂暴な妻から逃亡したあとは、フランス中産階級の知的な女性ガブリエル・フルリと極秘に重婚している。両作家に見られるミソジニーの病根は、二人に共通する若気の至りによる無分別な結婚にあるので、彼らが妻の反抗に遭って不幸に陥ったこと自体は悪因悪果と言うしかない。

『ディケンズ論』の第七章「女性と子供」において、ギッシングは最悪の女性として『オリヴァー・トゥイスト』のサワベリー夫人やバンブル夫人から始まる「ガミガミ女 (shrew)」の系譜を紹介している。その頂点に位置するのは『大いなる遺産』のジョー・ガージャリー夫人である。「原始時代の多くの女たちが頭蓋骨を割られて代価を支払ったことは間違いないのに、(男をイライラさせる）この技術が人類の進化にもかかわらず未だ受け継がれているのは奇妙なことだ」と述べているが、そこには同じ系譜に連なるギッシング自身の妻たちに対する気持ちが色濃く反映されているに違いない。しかし、ピップの分身としてのオーリックが主張するように、ガージャリー夫人の後頭部に強い一撃を加えて殴り倒したのが、彼女から虐待を受けていた実弟のピップ本人だと象徴的に解釈できるのであれば、そうした処罰は別居していた妻に対するディケンズの抑圧された感情の置き換え（リプレイスメント）と言うこともできるだろう。

逆に、ディケンズにとっての天使のような女性は、最悪の環境にいても何ら影響を受けず、それを快適な空間に変えることのできる女性で、そうした女性像は当時の中産階級男性が共有していたドメスティック・イデオロギーに従って〈家庭の天使〉として描かれる。ギッシングもまた、人間の性格を決定する要因として遺伝と環境を重視した自然主義の立場だったにもかかわらず、ディケンズが描いたアグネス・ウィックフィールドやエイミ・ドリットのような家庭の天使を求めることがある。例えば、メレディスがギッシングの独創性を評価して出版に尽力してくれた『無階級の人々』（一八八四）に登場する街の女、アイダ・スターは美しく、聡明で、善良な女性として極端に理想化され、最後は貧民街の子供たちにとって「慈悲の天使」（第二一章）となっている。『ネザー・ワールド』でも、クラーケンウェルのスラム街の下宿で雑用をする十三歳のジェイン・スノードンは、その正義感と慈悲心によって恵まれない人々の側に立っており、そうした彼女の人生は「地獄のような貧民街を敗残者であふれさせる社会の暴力への抗議」（第四〇章）となっている。とはいえ、こうした天使のような女性はあくまでギッシングにとって例外であり、労働者階級の女性の大半は乱暴で不愉快な人間として描かれる。ジェインをいじめるクレム・ペコヴァは、[17] そうした下層階級の暴力的な女の典型——彼の小説では利己的な攻撃性がスラム出身の女性に特徴的な性格——である。飲酒癖と粗暴な言動という点でギッシングの最初の妻ネルを連想させるクレムは、彼が悲惨な人生の最後に見つけたガブリエル・フルリのような「中産階級の安定した家庭生活の道徳的中心としての女性」(Patterson 110) とは正反対に設定されている。

中産階級の女性に関する限り、『暁の労働者たち』を執筆した頃の青年ギッシングは、まだ若い女性の教育に期待していたようである。ネルをバタシーの小さな施設に送り込んだ直後、彼は十五歳になる直前の妹エレンに宛てた手紙の中で、次のように語っている。

> お前たち最近の娘は母親や祖母の世代では考えられないほど有利な立場にいるんだよ。だから、教育による人格の陶冶という目的だけのために、それをぜひ利用してもらいたい。人間特有の浅ましい本性が女の愚かさ、強情さ、そして無知と無能に誘発されることを知ってさえくれれば、こうした新しい機会で頭脳も精神も訓練されるということが分かって、お前も嬉しく思うだろう。……実際に、シェイクスピアを勉強すれば、それだけ優しく、賢く、気高くなれるよ……ぼくとしては、若い娘には科学の教科書なんかよりも、ディケンズ、ジョージ・エリオット、シェリー、ブラウニングに精通してもらいたい。こういう作家たちは人生の何たるか、そして善悪の区別を教えてくれるからだ。
>
> (*Gissing Letters* 2: 72-73; Feb. 3, 1882)

当時、二四歳だったギッシングが、初等教育法施行後の社会において「善悪の区別を教えてくれる」教育の道徳的価値をまだ信じていたことは間違いない。従って、すでに下層階級出身の妻の自堕落な生活に悩まされていたことからも、下層とはいえ中産階級のギッシングが妹に（特に文学作品を通しての）教養教育の大切さを熱心に説いたとしても不思議ではないだろう。

とはいえ、当時の中産階級はヴィクトリア朝を経済的に支えて文化の担い手となっていたにもかかわらず、世間体を保つ金銭的余裕がない貧困生活の中では、教育を受けた女性であっても、なんとか抑圧していた動物的な属性をうっかり見せてしまう。彼女たちの多くは、非理性的で暴力を伴うと医学的に言われていた労働者階級の女性特有の激情型の性質を生来的に持っていなかったのではなく、中産階級の強迫観念となっていたリスペクタビリティのために抑圧していただけなのだ。その点を自然主義作家ギッシングもまたディケンズ同様に理解していた。『三文文士』のリアドンが妻のエイミに大きな声で反抗されたとき、彼は下層階級の女が夫の売り言葉に買い言葉を返している街中の場面で耳にしたケンカ腰の声を思い出し、「こちらの世界の女とあちらの世界の女の間には、本質的な違いなどないのではなかろうか？　似ても似つかない表面の下には同じ性質が存在するのではないか？」（第一七章）と自問する。妻と一悶着あったリアドンは自分自身の中にある「獣性」を妻の表情に見てとるが、お金で維持されるリスペクタビリティの仮面が剥がれると、社会システムという檻に閉じ込められた野獣にすぎない人間は、それまで抑圧していた（人間の理性や知性とは対蹠的な）獣性を露見させてしまうのである。

天使のような女性とガミガミ女というディケンズとギッシングに共通する二元論的な女性観は、ヴィクトリア朝の家父長制社会の中で、ミソジニーとホモフォビアを基盤とするホモソーシャルな視点から描写されがちである。だが、十九世紀後半以降の女性の経済的自立や社会的権利への意識の高まりを受け、ディケンズもギッシングもそれらの問題を取り上げている。資本主義と家父長制が共犯的に家庭と労働市場の双方に作用することで女性を抑圧し、自己実現の可能性を奪われた女性の無権利状態が合法化されていたヴィクトリア朝も、中期になると一八五三年に婦女子加重暴行防止・処罰法案が制定されて以降、ディケンズの『ハード・タイムズ』でも取り上げられる離婚問題や既婚女性の財産相続問題などが論議されるようになった。とはいえ、それぞれ五七年と七〇年に改善のために制定された法律は、十分と言えるものではなかった。この時代の家父長制社会のミソジニーを代表する法律として、売春を必要悪としながら男性を性病から守るべく六四年に制定された〈性感染症予防法〉を忘れてはならない。これは女性の感染者のみを逮捕して性病院に監禁する法律で、社会改良家ジョゼフィン・バトラーが廃止に向けて糾弾したように、女性の身体に対する強制的な管理を正当化した点で、ヴィクトリア朝における性の二重基準（ダブル・スタンダード）と男女の権利の不平等を典型的に示すものであった。

ディケンズがギッシングの時代まで生きていたならば、こうした女性の権利や〈新しい女〉のテーマでも小説を書いたことであろう。実際、彼はその前兆となるような女性を晩年の作品に登場させている。例えば『互いの友』では、労働者階級のリジー・ヘクサムと中産階級のベラ・ウィルファーがそれに該当する。テムズ河から死体を引き揚げる父親の仕事を手伝っていたリジーは、父の死後、読み書きを習って自立し、工場で働くようになるが、常に強い意思と責任感を持った勇敢な女性として描かれ、最後は教育を授けてくれた弁護士レイバーンと幸せな結婚に至る。ここで着目すべき点は、この小説がイプセンの『人形の家』(一八七九)の十五年も前に執筆された作品でありながら、自立した屈強な意思と強い個性を持つベラが駆け落ち結婚のあと、「人形の家の人形よりもずっと価値のあるものになりたいわ」(第四巻第五章)と言っていることだ。しかし、ヴィクトリア朝の女性性から逸脱したベラは、たとえ新しい女としての側面を見せたとしても、ビートン夫人の家政読本を連想させるガイドブック『完全なる英国家庭の主婦』を利用する家庭の天使として、最終的にジェンダーの役割分担に押し戻され、中産階級の私的領域へと回収されてしまう。

このように、ディケンズ作品で暗示的に描かれる進歩的・革新的な女性たちが、ヴィクトリア朝のステレオタイプの枠から大きく外れることは期待できない。その証拠に、アフリカ大陸での「望遠鏡的博愛」という慈善事業に熱中している『荒涼館』のジェリビー夫人は新しい女のパロディーとして人物造形されており、その事業に失敗したあとは「下院議員になるべく女性の権利に興味を持つようになった」とディケンズは最終章の後日談に書いている。どちらの場合にせよ、ジェリビー夫人が自分の家事や育児に全く無関心である点から、新しい女の公的領域における仕事に対して作者が否定的であることは明らかだ。『女性の解放』(一八六九)で女性の法的隷従の不合理性を鋭く指摘することになるJ・S・ミル(図版④)は、一八五四年三月二〇日付けの妻・ハリエットへの手紙で、ディケンズの『荒涼館』における「女性の権利をあざ笑うという下品な無礼さ」[18]に激怒したが、この小説の後日談がヴィクトリア朝の保守的な価値観を体現する女性の語り手――ジェリビー夫人は「アフリカの仕事に忙しすぎて自分の髪にブラシをかけることもない」(第四章)、「まずは家庭の務めから始めるべきだ」(第六章)という意見を述べるエスター――の視点で書かれていることから判断しても、女性性を忘れた中産階級女性の公的領域における活動へのディケンズの嫌悪感の根深さが窺い知れる。

一方、ギッシングの女性観に関しては、特に教育問題と絡めた場合、ディケンズの女性観よりも複雑である。新しい女を描いた『余計者の女たち』(一八九三)は、つとにフェミニズムの古典として知られているが、ギッシングのジェンダー問題への矛盾した感情が今なお多くのフェミニズム批評家たちによって論じられている。彼は、自身が「性のアナーキー」(*Gissing Letters* 5: 113)と呼んだ後期ヴィクトリア朝において、ガヴァネスを中心とする〈余った女たち〉の経済的困窮を背景に、良妻賢母型の家庭の天使に代わる新しい女の登場人物を描き、教

図版④「ミルの論理――女性の参政権」（ジョン・テニエルの戯画、『パンチ』1867年3月30日）
「道をあけてください、ほら、こちらの――じょ――人たち（パーソンズ）のために」
ミルが先導する人たちの中には労働者階級の年配の独身らしき女性（左端）も含まれている。

育の機会、職業の選択、財産の相続における男女不平等の実態に読者の目を向け、近代フェミニズム運動の進展に寄与した。『余計者の女たち』の出版後、ギッシングはドイツから亡命した社会主義者の親友エデュアルト・ベルツに宛てた手紙の中で、自分が男女平等を求めるのは「どんな社会平和も女性が男性と同様に知的な訓練を受けない限りは成就されない」(5: 113; June 2, 1893) からだと述べている。[19] ただし、彼が続けて「悲惨な生活の原因の大半は女性の無知と子供っぽさにある。平均的な女性は、知的な事柄であれば、よく見かける男の間抜けとドングリの背比べだ――医学的に言っているのだ。こういう状況はあらゆる点において教育の欠如に由来する」と断じているように、二番目の性悪で、無能で、狂暴な妻イーディスに悩まされていたギッシングがフェミニストとして共感を示すのは、例えば（ともに彼と手紙のやり取りがあった）ロンドン大学で修士号を取って働く女性や貧者のために尽力したクレアラ・コレットや回顧録作者で文芸批評家のイーディス・シチェルといった、教養としての教育を受けて洗練された感受性を持つ中産階級の女性たちに限定される。ギッシングは「女性解放に関心のある女嫌いの女性崇拝者」(Grylls 141) という逆説めいた定義が当てはまる男だったと言ってよい。

　労働者階級の新しい女に対するギッシングの態度は非常に厳しい。『バーナビー・ラッジ』（一八四一）のドリー・ヴァーデンがディケンズの理想の乙女像だとするギッシングは、「可愛い十八歳の娘に教育などは必要ない。そんなものがあれば青鞜派（blue-stockingism）になりかねない」と『ディケンズ論』第七章で言い放っている。そこには、プライドの高さや謙虚さの欠如といった新しい女の否定的側面に対する嫌悪感が、階級的な劣等性によって強調された形で見てとれる。新しい女になるために受けた教育も、単に出世の手段にすぎず、教養を目的としていなければ、情け容赦なく切り捨てられる。例えば、ギッシングの短篇小説「門番小屋の娘」（一九〇一）の主人公メイ・ロケットは教育を武器とし、ロンドンで活躍している女性運動家の秘書となり、それに感化されて最新の民主的な思想を持つ新しい女として里帰りするが、門番小屋がある準男爵の屋敷の奥様とお嬢様から自転車を買えないことで恥をかかされ、ロンドンに逃げ帰って二度と実家には戻らない。ヴィクトリア朝末期になってもなお上流階級は大きな力を持ち続け、新しい女といえども権力の前では服従させられるのだ。運命によって決定されたイギリス社会の階級の壁は、教育の梯子で越えるにはあまりに高すぎるのである。

『余計者の女たち』で、中産階級の専制君主的なエドマンド・ウィドソンは妻のモニカに『胡麻と百合』（一八六五）で男女の活動領域を区分したラスキンを読ませようとし、「女の領域は家庭だ……教育を受けた女は男の人生の真似をするくらいなら、女中になった方がましだ」（第一五章）と主張する。女性の教育は実践的な家政と男性との知的な会話で活かされなければならない。教育を受けて男性と同じ公的領域に進出する新しい女は、結婚と出産という自然な性規範から逸脱した優生学的な退化を体現しているのだ。そうした理不尽な言説に異を唱えて反抗するモニカの代弁者、ギッシングに読者はフェミニスト作家の姿を見るかもしれない。また、「海がくれた健康」という意味深長なタイトルで始まる第一六章で、夫婦喧嘩のあと嵐が吹き荒れたことについて、「空が荒れるのっていいわ。今度は島の生活の別の面——花崗岩でできた岸辺に打ち寄せる荒れ狂った危険な大波を見てみましょう」というモニカの言葉に、暗示的な意味を読み取ろうとするかもしれない。しかしながら、嵐は一過性のもので強固な岸辺も大波で崩れることはない。

ただし、反フェミニストのウィドソンが、夫の自由と同じ自由を要求する理性的な妻の強い主張を聞き、次のような気持ちになっていることに留意する必要がある。

> すったもんだの末、ウィドソンは自分の激しい愛情が新たな火で燃え上がるのを感じた。一瞬、彼は二人の関係がこのように変わるのを受け容れられるような気がした。夫婦は平等だという素晴らしい考え、すなわち遠い未来には世界が作り直されるという福音によって、一瞬、想像力を刺激されて不自然なほど気持ちが高まった。（第一六章）

「新たな火」は妻の思わぬ反抗による男女の主従関係の逆転が生み出すマゾヒズム的な快楽の火と解釈できないこともないが、さりとて世紀末に取り上げられるようになる〈新しい男〉、すなわち「平等を求める新しい女の見解を支持し、彼女の助けを得て結婚の新しい理想や定義を考案してくれる男」(MacDonald 42) の誕生でもなく、むしろそうした社会的趨勢への皮肉がここには感じられる。いずれにせよ、このようなウィドソンの気持ちの揺れは、同じように反フェミニストの側面を持つギッシングが、自分の胸中の乱れを投影したものとして読めるだろう。つまり、妻の反抗でウィドソンが抱いた「困惑と畏怖の念」は、それまで堅固に維持されてきたドメスティック・イデオロギーが揺らぎ始めた時代の変化への適応に苦しむ男性の姿から、女性の権利の擁護とミソジニーの狭間における(作者も含めた) 当時の中産階級男性の昏迷した心境を暗示しているように思えてならない。

新しい女とは、『余計者の女たち』で自立して働くローダ・ナンと一緒に女性解放を唱えて職業訓練学校を経営するメアリ・バーフットが言うように、「強く、自信を持ち、立派に独立した」(第一三章) 女性のことである。しかしながら、それはギッシングにとって決して中産階級のドメスティック・イデオロギーを完全否定するものではない。[20] なぜならば、メアリに続けて主張させているように、それは「強い」と同時に「優しい」女性、教育を受けて自立しながらも「従来の理想的な美徳を保持できる」女性だとされているからだ。そう考えるならば、ギッシングが許容できる新しい女も、ディケンズが描いた家庭の天使とさほどの違いはなく、ヴィクトリア朝の前期も後期も中産階級の心的傾向（マインド・セット）に大差はないように思える。とはいえ、そのような家庭の天使や新しい女は理想化されすぎると、その底流に隠れていた矛盾が露呈してしまう。言い換えるならば、そうした理想的な女性像においては、美しさや優しさという受動的な資質が、危険・困難や既存社会の矛盾に立ち向かう勇気といった能動的な資質と結び付けられてしまうのだ。このように娘の美しさや優しさと母の強さや勇敢さとの両方を求めることは、聖母マリアに処女性と母性を同時に要求するようなもので、キリスト教とともに発展した家父長制社会の男性が陥っていた独善、あるいは自己欺瞞の表れだと言わざるを得ない。しかし、こうした矛盾を孕んだ虚像としての理想像を追い求めようとする姿勢が、人間の心の中で遺伝的に受け継がれ、社会体制を超越したものであることもまた否定できないだろう。

＊　＊　＊　＊　＊

ギッシングがディケンズに魅せられたのはなぜか？　ギッシングは子供時代に教養の点で尊敬できる父親の姿を自分自分に取り込んだ結果、彼の死後には、そうした同一視が身近な作家であるディケンズに移って行った。ギッシングは少年時代からディケンズ作品の愛読者であったし、先輩作家の少年時代と同様に一時的にせよ中産階級から脱落するという精神的外傷を青年時代に負っている。また、両作家とも悪妻と別居し、愛人に心身の安寧を求めている。両者の作品には相違点も少なくないが、ギッシングがディケンズから影響を受けたとすれば、それはもちろん類似点が相違点よりも多いからである。二人の（特に前期の）作品のトーンにおける相対的な違いは、世代的な違いや文学思潮の違いの影響が大きい。ギッシングとディケンズが気質的に違うように見えるならば、それは一般読者に愛されるような作品を書く能力の有無、また、その結果としての貧困生活の有無によるのではあるまいか。自分はディケンズとは違うと思っていたのは若い頃で、それは作家としてのプライドが生み出した自己欺瞞に他ならない。先輩作家のリアリズム作品をロマンスとして批判したギッシングではあったが、生前に完成させた最後の小説『ウィル・ウォーバートン』の副題は「現実生活のロマンス」である。晩年の『ディケンズ論』を支配していたのは先輩作家に対する高い評価と敬慕の情であった。ディケンズは自分の創作の原点となる青年時代の渇仰の的だったのだ。先輩作家のように成功できないことは誰よりも分かっていた。だからこその憧れである。『ディケンズ論』を執筆していたとき、ギッシングは小説執筆と違って楽しんで書くことができたし、出版後には中産階級の理想の女性ガブリエル・フルリとの交際が始まって気持ちも明るくなっていた。従って、金稼ぎのために短期間で書き上げた次の喜劇的な中篇小説『都会のセールスマン』は、もっともディケンズ的な、逆に言えば、もっともギッシングらしくない作品となっている。この小説はディケンズの作品と張り合う水準にはないが、自分にはとうてい及ばない先輩作家のユーモラスな、人々を楽しくする喜劇的な能力こそ――自分も少なからず持っていたがゆえに――ギッシングがもっとも魅せられたものだったのではないだろうか。

注

1　Asa Briggs, *Victorian Cities* (1963; Harmondsworth: Penguin, 1980) 340-50.

2　小説の場合、普通の情景描写は作者・語り手・登場人物の目に映った物理的な世界を叙述したものであるが、主体の内面世界を暗示する心象風景として描写されることが多々ある。親友ジョン・フォースターが激賞した『デイヴィッド・コパフィールド』第五五章における嵐の場面は、リトル・エムリーのスティアフォースに対する抑圧された女の怒り、あるいは寄宿学校で彼とホモソーシャルな関係にあったデイヴィッドの裏切られた怒りの具現化といった様々な解釈が可能である。語り手デイヴィッドが「とても忘れられない、とても恐ろしい人生の出来事」として今でも時おり夢に見ると述べているように、その時の嵐を起こったままに描く際に、「思い出すのではなく、眼前でありありと再現されるので、実際に見るのだ」と付言しているように、作者にとって語り手デイヴィッドの視点は事件進行中の少年デイヴィッドのそれと完全一致している。

3　同じ初期作品群で、ギッシングがロンドンの労働者の悲惨な生活を描いたのに対し、さも楽しそうにディケンズはロンドンの庶民社会を肯定的に活写している。例えば、『ボズのスケッチ集』の「店と店子（たなこ）」は、「ロンドンの街路は何と無尽蔵の思索の糧を供給してくれることか！」という大都会の楽しい街路の情景に対する喜びと称賛の感嘆文で始まっている。レポーターのような語り手が多用する「我々」という言葉は、ギッシングの『暁の労働者たち』における科学的・客観的記述の場合とは違い、いわんやメイヒューの実地調査による社会学的記述の場合とも異なり、読者と一緒に想像力の翼で飛翔して空想の世界に導くための代名詞だと言える。

4　Raymond Williams, *The Country and the City* (London: Chatto and Windus, 1973) 161.

5　「空想的要素と現実的要素の共存」(Gager 150) の中に、視点を変えて対象を見直すという異化に対するディケンズの考えが端的に現われていると指摘する批評家もいる。日常の中に非日常を見出すディケンズの世界は、人間の生活を生々しく描いているものの、実際には面白おかしく歪曲した視点に立脚しているだけと批判されがちであるが、S・J・ニューマンは「ディケンズの想像力が人間の生活を裏返しにして見せる」点に着眼し、その抑圧しがたいエネルギーこそ「普通の芸術家では到達できないほど深く、不思議で、無秩序なヴィジョンを生み出す」(Newman 1) のだと論じている。

6　ギッシングの生涯と作品にもっとも浸透しているテーマは「金——金の必要性、金の社会的重要性、金欠が及ぼす心理的な害」(Tindall 34-35) であり、彼は貧困を「幸せや心の安らぎだけでなく、品位や自尊心さえも真っ先に蝕むもの」(Grylls 82) と見なしている。ギッシングの金と貧困に関する見解については、大体この二つの意見に集約することができる。

7　「反抗はするが社会を改革する熱意も改善する希望もない若者」を装ったギッシングは、「安易な解決策で読者を慰めることをしない」ことによって逆に作品のパワーを得ていると、レイモンド・チャップマンは述べている。Raymond Chapman, *The Victorian Debate: English Literature and Society 1832-1901* (New York: Basic, 1968) 301.

8　H・G・ウェルズは、『イヴの身代金』(一八九五) や『下宿人』に対して好意的な書評を書き、ギッシングとは頻繁に手紙を交わし、少なくとも彼が死ぬまでは陰に陽に力になってくれた。だが、ギッシングの死後は態度が豹変し、死後出版となる歴史小説『ヴェラニルダ』(一九〇四) の序文を弟のアルジェノンから依頼された時には、親友の人格と作風を酷評した序文の受け取りを拒否されるや、腹いせとして一九一二年末に「ギッシングについての真実」という記事を書き、故人は「ユーモアのない堅物、恥ずかしいほど臆病な俗物」(Wells, "Truth about Gissing" i) だったと痛罵している。

9　Peter Keating, *The Working Classes in Victorian Fiction* (London: Routledge, 1971) 24.

10　『三文文士』には社会経済的な上流の階層は事実上ないと言ってよい。有力な出版社や成功した作家への言及はあるが、読者に姿は見えない。彼らは、エイドリアン・プールが指摘するように、「生き残りをかけて成功と失敗の綱渡りをしている登場人物たちの野望と嫉妬へと巧みに取り込まれている」(Poole 140-41) にすぎない。

11　無階級の人間となったゴドウィン・ピークのエグザイル問題については、社会的排除の視点から階級的移動と地理的移動の関連を分析したラルフ・パイトの論考 (Pite 129-44) が示唆的である。

12　ギッシングはロンドンの親戚連中との交際がなくなったことを喜ぶと同時に、自分たちが共通の話題を見出せずに疎遠になったのは知性の違いが原因であったと、アルジェノンに宛てた手紙 (*Gissing Letters* 1: 317-20; Dec. 21, 1880) に記している。

13　中産階級の場合、上層は上流階級志向によって大学進学を前提にした古典語中心のジェントルマン教育を受けるようになっていたが、それ以外（特に下層）はブルジョアジーの特徴である勤労と自助の精神に役立つ実学（語学、経済学、科学技術など）による教育が主であった。ギッシングと教育の問題については、小池滋「ジョージ・ギッシングの教育」(Koike 233-58) が示唆に富む。

14　ヒリス・ミラーは、ディケンズの目に映った英国社会を牢獄とは別に〈迷宮〉のイメージで捉え、それは「人間の世界が理解できないほど複雑に錯綜した状態にあることを表現するディケンズの方法」(Miller, *Charles Dickens* 232) であるとしている。

15　戦後、レイモンド・ウィリアムズ、ジョン・ルーカス、P・J・キーティングなどがギッシングを厳しく批判するようになった。それは彼が下層階級を自然主義の立場から描きながらも、民衆としての労働者たちを嫌い、マルクス主義に否定的だったからであろう。

16　現代思想としての環境問題において、ギッシングはディケンズやギャスケルの流れを汲む初期のエコロジストである。環境破壊が進む産業化の時代に生きた知識人が下した判決と言える『民衆』の最終章や、都市の景観を損なう節度のない広告の増大に対して辛辣な攻撃がなされる『女王即位五十年祭の年に』などは、現代のエコクリティシズム的研究にとって格好の題材となるはずだ。

17　パトリシア・ジョンソンは『ネザー・ワールド』で皮肉な名前を持つ女、クレム (Clementina Peckover) の無慈悲な残虐さに着目し、「貧民街では、そこにもっとも適応した人間ではなく、もっとも残酷な人間が生き残る」と述べているが、これは階級による生存競争の基準の違いを的確に捉えた指摘だと言える。Patricia E. Johnson, *Hidden Hands: Working-Class Women and Victorian Social-Problem Fiction* (Athens, OH: Ohio UP, 2001) 160.

18　Francis E. Mineka and Dwight N. Lindley, eds., *The Later Letters of John Stuart Mill 1849-1873. Collected Works of John Stuart Mill*, vol. 14 (Toronto: U of Toronto P, 1972) 190.

19　漱石が第一次世界大戦について書いた『点頭録』の「軍国主義（二）」は彼の作品中でギッシングが直接言及された唯一の箇所で、これは徴兵制度が非難される『ヘンリー・ライクロフトの私記』（一九〇三）の「春」第一九章を指している。漱石は『点頭録』で人類と文明に破滅をもたらす世界大戦を軍国主義の単なる発現と考えたが、ギッシングもまた『命の冠』でボーア戦争を企業連合に基づくイギリス帝国主義の発現として非難し、彼と同じようにトルストイの影響を受けて兵役を拒否した霊の戦士（ドゥホボル）に見られるロシアの精神性をその解毒剤としている。

20　『余計者の女たち』の結末におけるギッシングの新しい女に対する曖昧な立ち位置に関して、この小説は「家父長制の信念と実践に抵抗すると同時に、どっぷり浸っている」(David 119) と評する批評家もいるが、このような新しい女に対する共感と反感という両価感情に典型的に示されているように、彼は多くの問題に矛盾した感情を抱き、その激しい葛藤に絶えず苦悩していた。ギッシングの作品が持つ力強さはまさにこの葛藤の激しさに他ならない。

第一章

ディケンズのロンドンから
ギッシングのロンドンへ

小宮　彩加

「オリヴァー、ドジャーの仕事ぶりに驚く」（第 10 章、クルックシャンクの挿絵）

オリヴァーがブラウンロー氏のハンカチを盗むのを目撃したのは、クラーケンウェル・グリーンの近くの路地だった。

第一節　新旧ロンドン作家

ディケンズとギッシングは、ともにロンドンの街と切り離せない作家である。彼らは作品の中で鮮やかにロンドンを描いた。一八五八年にウォルター・バジョットは、「ディケンズ氏の非凡な才能は都会生活の描写に特に適していたといえるかもしれない。ロンドンの街は新聞のようであり、……彼は後世のための特派員のようにロンドンを描写している」(Collins, *Dickens Heritage* 394) と述べたが、まさにその通りで、私たちはディケンズの作品を通して百五十年前のヴィクトリア朝のロンドンの様子をつぶさに知ることができるのである。

一方のギッシングも、ロンドンのスラム街を正確に描写できる作家という評価を当時から得ていた。たとえば、チャールズ・ブースが一八八六年から八九年に行った貧困の調査は、『民衆の生活と労働』(一八八九) として出版されたが、その本の中に、イースト・エンドの住民たちの暮らしについて知りたければギッシングの小説を読むとよい、と書かれているのだ。[1] おもしろいことに、ブースのこの記述を発見したのはギッシング本人だった。勉強熱心なギッシングは、次作執筆のための資料を大英図書館で読んでいたのだが、『民衆の生活と労働』を熟読している最中に偶然、自分の作品に言及されている箇所を見つけて小躍りしたのであった。一八九〇年一二月八日に妹のエレンに宛てて書いた手紙でそのことを報告している。

> 今日、大英図書館に行って、去年出版されたばかりの「イースト・エンドの生活と民衆」についての大事な本を読んでいたら、こんなふうに書いてあるのをたまたまみつけて驚いたよ。「これらのイースト・エンドの住人の私生活についてよそ者が正確な知識を得るのは大変難しいことだが、たとえば『民衆――イギリス社会主義の物語』のような、いくつかの小説を読めば、何か得るものがあるかもしれない」(*Gissing Letters* 4: 248-49)

まだ駆け出しの作家だったギッシングにとっては、この上ない褒め言葉だったに違いない。

このようにロンドンを描くことにおいて定評のあったディケンズとギッシングだが、二人はいずれもロンドン生まれのロンドン子ではなかった。ディケンズの場合、父親の転勤に伴い、家族でロンドンにやってきたのは一八二二年、ディケンズが十歳のときだった。その当時からロンドンの活気に満ちた雑踏の中を歩き回ることが大好きで、特にセント・ジャイルズやセブン・ダイアルズのスラム街を歩くことを好んだということがよく知られている。

一方のギッシングは、一八五七年、北部ヨークシャーのウェイクフィールドの生まれである。十三歳のときに父親を亡くし、生活は困窮したが、飛び抜けて優秀だったために奨学金を得て学業を継続し、マンチェスターのオーエンズ・カレッジに進学することができた。ところが、マンチェスターの売春婦のネルに恋をしてしまい、彼女にミシンを買い与えて売春をやめさせたいと考え、そのお金のために学内で盗みを繰り返していたところを現行犯で逮捕されてしまったのだ。退学になり、一ヶ月間の服役を終えると、ギッシングはアメリカに渡った。それから一年後に帰国した彼は、心機一転、小説家になる決意を胸にロンドンに出てきたのである。ギッシングが二十歳になる直前、ディケンズが亡くなって七年後の一八七七年秋のことだった。

アンドリュー・サンダーズは、ディケンズがロンドンを描くようになったのは、彼がロンドン生まれのロンドン子でなかったためだろうと述べている (Sanders 9)。ミルトンやバイロン、キーツなどの生粋のロンドン子たちは、作品中にロンドンの喧騒や猥雑を持ち込むことを嫌ったが、物心ついてロンドンにきた、ロンドン子ならぬ「ロンドンの養子 (adoptive Londoner)」のディケンズは、ロンドンの街や人々から作品のインスピレーションを得て、ロンドンを舞台にした小説を書いたのである。ギッシングも、同じように「ロンドンの養子」であったために、ロンドンの街を鋭く観察し、描写することができたのではないかと考えられる。

ロンドンにやってきたディケンズとギッシングがそれぞれ実際に暮らした場所を見てみると、彼らが似たようなエリアに住んでいたことが分かる。ディケンズは、父親がマーシャルシーの債務者監獄に入れられていた時期にはその周辺に暮らしていたし、ギッシングも妻の健康のためという理由でロンドン郊外のハムステッドに短期間暮らしたことがあり、また一時期はチェルシーに住んだこともあったが、それらを除くと、ディケンズとギッシングのロンドンの住居の多くがブルームズベリ地区とその隣りのマリルボン地区に集中している。この一致は、遅れてきたギッシングが、ロンドンにやって来た当初から、ディケンズの跡を辿っていたことで説明がつくだろう。子供の頃からディケンズを愛読していたギッシングにとって、この街はまさにディケンズの小説の世界だったのだ。ギッシングはその当時を振り返って、次のように書いている。

> ディケンズが亡くなって七年後、理由はともかくとして、私はロンドンの街に身を置くようになったのだが、そのときの私にとって、命をつなぐための日々の糧をどうやって得るかなどということは、実にちっぽけで些末な問題であった。そんなことよりもまず頭に浮かんだのは、ついにディケンズが教えてくれた場所を探して大きなロンドンをくまなく歩き回ることができるぞ、という思いだった。……今なら横道に入る時間もあるから、それまでは単なる地名でしかなく、実体を伴わなかった場所をこの目で見ることができる。私の机の上にはロンドンの地図が広げられ、細かく印刷された迷路の中から見覚えのある地名を探した。それを見つけるや私は出発し、どんなに遠い場所でも、行って見つけては喜んだものだった。
>
> (*Gissing on Dickens* 1: 49)

さらに、「フォースターの伝記を読めばディケンズの住んだ場所、ディケンズの歩いた場所も分かった」(1: 50) と述べているので、ギッシングは住まいを決めるときも、意識的にディケンズの住んだ場所に近いところを選んだのであろうと思われる。たとえば、ギッシングが一八八二年に住んでいたガワー・プレイスは、現在はロンドン大学のユニバーシティ・カレッジがあるところだが、そのすぐ向かいのガワー・ストリート・ノース四番地にディケンズは一八二三年から二四年に住んでいた。ディケンズの住んだ家から目と鼻の先の場所に住むことができて、ギッシングはさぞかしワクワクしたことだろう。

ディケンズもギッシングも、自分が住んだ場所をそのまま小説に登場させているという点においても共通している。たとえば、ディケンズが一八二二年に住んでいたベイアム・ストリート一六番地（図版①）は、『クリスマス・キャロル』（一八四三）のボブ・クラチットの家のモデルといわれており、ジョンソン・ストリート二九番地は、『デイヴィッド・コパフィールド』（一八四九〜五〇）でトミー・トラドルズが下宿していたミコーバーさんの家として登場している。ギッシングの場合も同じで、『暁の労働者たち』（一八八〇）の登場人物は、ギッシングがその執筆時にネルと暮らしていたガワー・プレイスやハントリー・ストリートの下宿に住んでいる。そのほかにも現実に存在する通りの名前や建物も明らかにし、物語の舞台を特定できるというのがディケンズ、ギッシングに通じる特徴である。

フランコ・モレッティは、ディケンズやバルザック、スコットなどの小説の舞台を実際の地図にマークして、そこから視覚的に得られる洞察を記している。小説に出てくる地名を地図に

図版① F・G・キトンによるベイハム・ストリート 16 番地の家のスケッチ（1891 年）

1823-24 年にディケンズ一家が暮らしていた。

記し、地理と文学の関係を明らかにすることで、より深く作品が理解できるというのだ。[2] モレッティに倣ってディケンズ作品に出てくる場所とギッシング作品に出てくる場所をロンドンの地図にマークして明白になった点は、特にクラーケンウェル地区が、ディケンズとギッシングの作品に共通して舞台になっていることだ。

　クラーケンウェルは、「井戸（well）」がその名前の由来にもなっているように、水が豊富な土地柄で、十七世紀には政治家クロムウェルをはじめ、富裕層の住むファッショナブルな郊外宅地として知られていた。しかし、やがてその水を使ったビールが有名になり、酒を求めて人が集まるようになった。ヴィクトリア朝時代には、堕落と犯罪のはびこる街として知られるようになっていた。[3]

　本稿では、クラーケンウェル周辺を舞台とするディケンズの『オリヴァー・トウイスト』（一八三七〜三九）とギッシングの『暁の労働者たち』、『ネザー・ワールド』（一八八九）を比較して、ギッシングの処女作『暁の労働者たち』から貧民街を描いた最後の作品である『ネザー・ワールド』までに、ギッシングが描くロンドンがどのように変化したかを見ていくことにする。

第二節　『暁の労働者たち』とサフロン・ヒル

　『暁の労働者たち』は、ギッシングがロンドンに住むようになって初めて書いた長篇小説で、幾つかの出版社に断られた後、一八八〇年に自費で出版したものである。この小説は、「読者よ、私と一緒にホワイトクロス・ストリートを歩いてください」という文で始まる。ホワイトクロス・ストリートというのは、イースト・エンドに実在した悪名高いスラム街のひとつである。一文目で読者をホワイトクロス・ストリートに誘った後、この通りについての情景描写が長々と続く。その長さは実に六ページもある。しかし、その冗長ともいえる情景描写のあと、次のように書いてあるのだ。

> さて、これは現在のホワイトクロス・ストリートの姿である。しかし、私の物語は、二十年前のホワイトクロス・ストリートに始まる。今は商店の外観が多少きれいになっているとか、この界隈の衛生状態がやや改善されているとか、そういったことはあるかもしれないが、二十年前も今もこの場所は大して変わってはいないのだ。この街の描写は、だいたいのところ、二十年前の当時と変わらぬままなのである。
> （第一部第一章）

物語の舞台は、二十年前のホワイトクロス・ストリートだとしながらも、二十年前のホワイトクロス・ストリートは今とほとんど変わらないからと全く描写しないのだ。いくら処女作とはいえ、ずいぶんと乱暴な小説の書き出しである。しかし、これを書いていたギッシングは、ロンドンに出て来たばかりだった。二十年前のホワイトクロス・ストリートの様子は想像すらできなかったのだろう。「おそらく（Perhaps）」、「かもしれない（may）」といった自信のない言葉の端々からは、新参者の謙虚さが窺えるようだ。

そして、『暁の労働者たち』におけるロンドンの街の描写は、スラム街の住人の視点ではなく、スラム街に慈善活動のために入って行こうとする中産階級の視点で描かれているのが特徴である。主人公のアーサーも、イースト・エンドのホワイトクロス・ストリートで父と二人きりの幼少期を過ごしたというが、その父親は酒におぼれて身を持ち崩す前はオックスフォード大学の学生だった。その父親も、物語が始まってすぐに死亡してしまうので、アーサーは父親のオックスフォード時代の親友のノーマン氏のもとをはじめ、あちこちを転々としながら成長し、青年となった今は、印刷業者のトラディ氏のところで住み込みで働いている。トラディ氏の家はシャーロット・プレイスにあり、そこはディケンズが住んでいたノーフォーク・ストリートの家からも、ギッシングが住んだコルヴィル・プレイスからもすぐ近くである。トラディ氏はスラム街での慈善活動に強い関心を持っており、毎週日曜日の夕方にアーサーを伴って散歩に出て、シャーロット・プレイスからあちこちのスラム街を訪れているのである（第一部第一一章）。

『曙の労働者たち』のもう一人の主人公で、アーサーが子供時代に一時期ともに暮らしていたヘレン・ノーマンも、唯一の肉親だった父親が亡くなると、その遺産をスラム街の貧民たちの生活救済のために費やしたいと切望し、その第一歩として、スラム街について学ぶためにウェスト・エンドのポートランド・プレイスからスラム街に毎日散歩に出かける（第二部第一章）。このように、『暁の労働者たち』の主要登場人物の二人はいずれも、スラム街の外に住むアウトサイダーでありながらも、慈善活動に関心を持ち、スラム街に通う中産階級の人間なのだ。

しかし、作者のギッシング自身がロンドンに来たばかりで、まだスラム街についてよく知らないためだろうか、数年後のギッシング作品にみられるような生々しいスラム街生活の描写はない。それどころか、「批評家から〈リアリスト〉という誹りを受けたくはないので、これに続く会話の描写は控えることにする」（第一部第五章）などと言い訳がましく述べて、スラム街の住人同士の会話の描写は割愛してしまう。

ロンドンについての知識が乏しかったころのギッシングがロンドンを描写する上で頼りにしたのが、ディケンズの小説だったのではないだろうか。実際、ギッシングは『思い出のディケンズ』というエッセーの中で、ロンドンに住み始めた頃のことを振り返って次のように書いている。

二四年前、まだロンドンに自分自身の思い出がなかったころ、ロンドンの街は単にディケンズの小説の中の世界であった。その偉大な作家の作品にさらに昔の歴史が色を添えていた。この町の空気そのものがディケンズを感じさせた。霧にむせたときは、「これこそガッピー氏がいうところのロンドン名物（London particular）だな」とか、暗い空の下で身を刺すような風を感じたときには、クリスマス・イブにサマーズ・タウンの家に帰ろうと歩いているスクルージの姿が見えるかのようだった。……やがて私は自分自身の目でロンドンを見るようになったが、ディケンズの目を通して見ていたころの方がずっとよかったと思う。

(*Collected Works* 1: 50)

自然と『暁の労働者たち』に描かれるロンドンは、ディケンズのロンドンを思い起こさせるところが多くなる。次にあげるのは、その中でも特にディケンズ風のところである。

彼らがサフロン・ヒル界隈を通り抜けていたとき（ビルはいつでも、見通しのよい大通りよりも、このような裏道を好んだのである）、飲み屋の入り口に立つ「仲間」に呼び止められたのだった。

（第一部第六章）

サフロン・ヒルの飲み屋と、その上、「ビル」という名前の人物が出てくれば、それはまさに『オリヴァー・トゥイスト』の世界ではないか。サフロン・ヒル（図版②）というのは実際にあったスラム街で、『オリヴァー・トゥイスト』で、子供を使った泥棒集団のユダヤ人の親分フェイギンの隠れ家があるところとして一躍有名になったところである。ビルという名前から連想するのは、もちろん、フェイギンの仲間で、極悪非道のビル・サイクスだ。フェイギンやビル・サイクスなどの悪党たちがたまり場としていたサフロン・ヒルのパブは、スリー・クリップルズというところで、現在もあるパブ (One Tun) がそのモデル

図版②　1840 年頃のサフロン・ヒル

「こんな汚らしい惨めな場所を見たことがなかった。通りは狭くて泥だらけ、あたりにはいやな臭いがたちこめていた」（『オリヴァー・トゥイスト』第 8 章）。

と言われている。『暁の労働者たち』に出てくるビルは、父親をなくし、身寄りのない八歳の主人公アーサーをお情けで置いてくれていた下宿の大家さんの息子である。暴力的なビルにアーサーが怒りを爆発させ立ち向かう場面は、母親の悪口を言われたオリヴァーがノア・クレイポールに食ってかかる場面を想起させる。これらはギッシングによる『オリヴァー・トゥイスト』へのオマージュといえるだろう。

第三節　『ネザー・ワールド』のクラーケンウェル

次に、『ネザー・ワールド』のロンドンを見てみよう。『ネザー・ワールド』は、『暁の労働者たち』から九年後の一八八九年に出版された。この小説も次のようなクラーケンウェルの描写で始まっている。

十年前の三月の荒れ模様の夕暮れ時に、服装や様子から旅から戻ったばかりと思われる老人が、クラーケンウェル・グリーンをゆっくりと横切って歩いていた。セント・ジェイムズ教会の墓地のそばでちょっと立ち止まってあたりを見回した。……猫が鉄の柵を通り抜けて飛び出してきたことで我に返った老人は、小さくため息をつくとセント・ジェイムズ・ウォークという狭い通りを進んで行った。数分で通りが終わり、高い灰色のレンガ塀にぶつかった。そこにはアーチ型の門があり、黒い扉が閉まっていた。……このぞっとさせるような彫像の上には文字が刻まれていた。「ミドルセックス拘置所」と。（第一章）

中産階級の主人公たちがスラムに通う『暁の労働者たち』とは違い、『ネザー・ワールド』では主要登場人物のほとんどがクラーケンウェルの住人で、物語の舞台もクラーケンウェル・グリーンを中心とした一マイル四方にほぼ収まる。このクラーケンウェル・グリーンは、実は『オリヴァー・トゥイスト』でも大事な舞台である。ジャック・ドーキンズ、別名アートフル・ドジャーたちがブラウンローさんのハンカチを盗んだ現場がクラーケンウェル・グリーンの路地なのだ。『オリヴァー・トゥイスト』には次のように書かれている

緑もないのに「ザ・グリーン」という、変にこじつけたような名前のついた、クラーケンウェルの広場からほど近い路地から出てきたところで、突然、ドジャーが足を止めた。口に指をあてて、警戒を高めて、慎重に仲間たちを押し留めた。（第一〇章）

どちらの作品にもクラーケンウェル・グリーンの地名がはっきりと出てきているのである。[4]

ディケンズやギッシングがクラーケンウェルを小説の舞台に選んだ理由は、ひとつには、ここが様々な階層が入り交じる場所だったからである。一八八九年版のチャールズ・ブースの貧困調査の地図は、住人の収入や性質によって七段階に色分けされたものであるが、それを見てもクラーケンウェルのあたりに

は比較的裕福な階層から最下層までがいることが一目瞭然である。さらに、比較的裕福な中産階級が暮らすブルームズベリ地区やフィッツロヴィア地区とも隣接しているという特徴もある。ディケンズが『オリヴァー・トゥイスト』を連載していた当時に住んでいたダウティ・ストリートの家は、唯一当時のまま残っていて、現在はチャールズ・ディケンズ博物館になっているところだが、そこからクラーケンウェル・グリーンはすぐ近所で、十分でたどり着けるほど近い。ディケンズが顧客だったフィンズベリ銀行もクラーケンウェル・グリーンから路地を少し歩いたところにある。そして、フェイギンの隠れ家のあったサフロン・ヒルは、クラーケンウェル・グリーンから南に二、三分のところにあるスラム街だったのだ。

　ディケンズの場合も、ギッシングの場合も、登場人物が歩いているクラーケンウェルの道の名前を正確に挙げている。ロンドンに初めてやってきたオリヴァーが偶然アートフル・ドジャーに出会ってフェイギンのいるサフロン・ヒルに向かう時には、次のような道を通ってクラーケンウェルを通り抜けていくことになる。

> 　ジョン・ドーキンズが、夜になるまではロンドンに入りたくないと言うので、二人がイズリントンの通行料金取立所に着いた頃には十一時近かった。エンジェル亭からセント・ジョンズ・ロードに渡り、サドラーズ・ウェルズ劇場にぶつかる小路を行った。エクスマス・ストリートからコピス・ロウへ、救貧院の横の路地を抜け、かつてホックリー・イン・ザ・ホールという名がついていたあたりを横切って、そこからリトル・サフロン・ヒル、さらにはサフロン・ヒル・ザ・グレイトへと、ドジャーはオリヴァーにすぐ後からついてこいと言って、早足でどんどん進んで行った。
>
> （第八章）

『ネザー・ワールド』では、たとえば、ペニロウフが恋人との待ち合わせ場所に行くところは次のように書かれている。

> 　彼女はクラーケンウェルのごみごみした地域を離れ、サドラーズ・ウェルズ劇場（ロンドン最後の名演出家がいたころを懐かしく思い出しては意気消沈しているような）にさしかかり、そこで曲がってミドルトン・パッセージに入った。二メートルの高さのレンガ塀に挟まれた細い舗装された歩道で、片側にはニュー・リヴァー・ヘッドがあり、もう片側にはミドルトン・スクウェアの狭い庭が並ぶ。
>
> （第八章）

『オリヴァー・トゥイスト』にも『ネザー・ワールド』にも「サドラーズ・ウェルズ劇場」（図版③）が共通して出てくることからも、オリヴァーとペニロウフが同じようなところを歩いていたことが分かる。サドラーズ・ウェルズ劇場は、今ではコンテンポラリー・ダンスの劇場として知られている。ディケンズの時代には偉大な道化師グリマルディのショーで有名だった。[5]その後、大演出家フェルプスによるシェイクスピア作品で活気

図版③ サドラーズ・ウェルズ劇場
（版画、1813年、ヴィクトリア＆アルバート・ミュージアム所蔵）

サドラーズ・ウェルズ劇場は1683年創立。現在の建物は1998年建築で、様々なダンスの舞台が上演されている。

を取り戻したものの、一八六二年にフェルプスが退任して以降は劇場の人気が低迷していたのだった。

このように、『ネザー・ワールド』も『オリヴァー・トゥイスト』のロンドンと重なる場所を舞台としている。しかし、『暁の労働者たち』を書いてからの九年間をロンドンで生活したギッシングは、ディケンズの助けを借りることなく、彼にしか描けないロンドンを書くようになっていた。ギッシングはロンドン生活を始めてすぐに、マンチェスター時代の恋人ネルをロンドンに呼び寄せ、彼女と結婚していたのだが、彼女を更生させたいというギッシングの思いは空回りし、数年もたたないうちにネルは酒代欲しさに売春に戻ってしまう。彼らの結婚生活は破綻してしまったのだった。一八八三年を最後にギッシングはネルとは会っていなかったのだが、一八八八年二月二九日にネルが亡くなったとの連絡を受けて、初めてランベスのスラム街にあるネルの部屋を訪れた。そこで見た様子はギッシングの心をひどく揺さぶったのだった。三月一日の日記には「今後はこのような結果をもたらす忌々しい社会組織にずっと抗議し続けよう」と記し、一度は離れていたスラム街の生活の題材に戻る決意をしている。そして、いつか小説で使うときのために、ネルの部屋の様子を冷静に日記に記録しているのだ。

部屋の描写をしておこう。部屋は一階の後ろ側だ。小さすぎて、ベッドを入れたら動き回るスペースがなくなるほどだ。ネルは家具なしで借りていて、家賃は週二シリング九ペンス。彼女が買った家具はベッド、椅子一脚、整理ダンス、壊れた小さなテーブル、棚のいくつかには皿や茶碗などがあった。暖炉の上にはずっと取っておいてあった昔の絵が飾ってあった。……聖書の言葉の書かれたカードもあり、それから、禁酒を誓うときにサインをするカードが三枚あって、それらにはここ六ヶ月以内の日付が入っていた。

(*Gissing Diary* 22-23)

そして実際に、この直後に書き始められた『ネザー・ワールド』にはネルの部屋と似たような部屋の描写が出てきている。

暖炉の上の汚れた壁には、変わった飾りが掛けてあった。五枚の色つきのカードで、禁酒の誓いを立てた者の署名がしてあった。どれにも「マライア・キャンディ」と署名してあった。日付が新しくなるほど、筆跡が乱れているのが目につく。そう、マライア・キャンディは五回も、神の加護により禁酒します云々と誓ってきたのだった。彼女は、毎回本気で誓っていた。

(第八章)

『ネザー・ワールド』のキャンディ夫人は、ネルと同じようにアル中で、ネルと同じように何度も禁酒の誓いを繰り返し立てては失敗していることのわかる禁酒の誓いのカードがあると書かれている。

キャンディ夫人の住むシューターズ・ガーデンズは、『ネザー・ワールド』の中で唯一実在しない場所である。ディケンズの『荒涼館』（一八五二〜五三）には、トム・オール・アローンズという架空のスラム街が出てくるのだが、それに倣ったのかもしれない。ただし、このようにスラム街の奥深くにまで入り込んだ描写は、ギッシングにしか書けないものだったのではないだろうか。

シューターズ・ガーデンズの下宿の描写の細かさからも、ロンドン作家としてのギッシングの成長が見られる。ここには全部で七部屋あり、その一つ一つの部屋に一家族が住んでいて、全部で二五人がひとつ屋根の下には暮らしているのだが、その一つ一つの家族のことが詳細に説明されている。

一階の裏手の部屋をちょっとのぞいてみるとおもしろい。ホウプという家族が住んでいた。夫婦と十五歳のセアラ、十二歳のディック、三歳のベッツィだ。父親は足が不自由だ。仕事は妻と一緒に在宅で、ぼろの選り分けをやっている。一家の雰囲気は大したものだ。亭主は酒を飲むが、酒浸りではない。彼の強みは、誰よりも乱暴な言葉遣いができることだ。シューターズ・ガーデンズでさえも評判になるほどだ。些細なことにこじつけ、子供の一人の脳みそをたたき出し、次の子供のはらわたを抜き、そのまた次の子供の目玉をくりぬくと脅すのだ。脅し文句の多様さにかけては、すごい才能を見せた。ガーデンズでは、どの子供もみんな、ぶっ殺すと、始終親に脅されている。あまりにもしょっちゅう言われるので、効き目はない。上の世界で、乳母か母親が「怒っていますよ」というところを、どん底では「てめえ、どたまかち割るぞ！」という。こちらの世界で「そろそろ叱りますよ」というところを、あちらでは「ぶっ殺すぞ！」となる。これは決まり文句だから、どうということはない。しかし、ホウプの言葉には個性があった。家族を震え上がらせることができた。同宿人たちはドアの近くで耳をそばだて、彼の能力に舌を巻いた。（第二八章）

『暁の労働者たち』ではリアリストと思われたくないのでスラムの住人たちの会話の描写は控えると書いていたギッシングだが、『ネザー・ワールド』ではしっかりと会話を書き出しているのが面白い。

このような正確な描写は、登場人物一人一人についてもなされていて、職業、労働時間、収入までが実に細かく説明されている。たとえばペニロウフについては「輸出用シャツ縫製の仕事をしており、一日平均十ペンス稼いだ。家を出てから帰るまで十五時間労働もしばしばだった」（第八章）と書かれている。そしてペニロウフの兄のスティーブンについても、それほど重要な登場人物でないにもかかわらず、「居酒屋のウェイターで、週日は朝の八時から真夜中まで、日曜は居酒屋の営業が許可される時間働いている。一ヶ月に一度、六時過ぎに暇がもらえる」と説明されている。このような細かな人物描写が登場人物の一人一人についてなされている小説は珍しく、ギッシング作品は時代資料としても価値があるといえるだろう。

このように、『ネザー・ワールド』のロンドンのスラム街の描写は、ギッシング自身のロンドン生活の経験に基いたものである。彼がネルという労働者階級の女性と結婚し、人を堕落に導く、スラム街の負の引力を強烈に感じながらも、冷静に客観的に観察し続けたためにこのような力強い描写ができるようになったのだろう。この頃のギッシングには、ディケンズの作品の助けはもはや必要ではなかったのだ。

第四節　急速に変わりゆくロンドン

『ネザー・ワールド』のロンドンが、ディケンズの世界をすっかり抜け出していることは、「ファリンドン・ロード住宅」（図版④）という、新しいロンドンを象徴するような建物が登場することからも分かる。

ディケンズの『オリヴァー・トゥイスト』は一八二〇年代から三〇年代が舞台と言われているが、『ネザー・ワールド』の舞台は一八八〇年代だ。それまでの約五十年の間に、ロンドン（特にクラーケンウェル周辺）は目まぐるしい変化を遂げていた。ファリンドン・ロードは、一八四一年から約二十年かけて作られた大通りで、道路の下を通る世界初の地下鉄メトロポリタン・ラインの工事と併せて、ヴィクトリア朝時代で最大規模の工事だった。[6]

ヴィクトリア朝時代には下水道、道路、鉄道などのインフラ工事が次々と行われたが、それらは貧民街撤去(slum clearance)とセットで行われるのが常だった。ファリンドン・ロード周辺

図版④ ファリンドン・ロード住宅（1970年代初期の写真）

ファリンドン・ロードの東側に建てられた。1階に商店のある、同じ様式の建物5本から成る。

の工事とともに、フェイギンのサフロン・ヒルは姿を消した。『ネザー・ワールド』に出てくる、クラーケンウェルの中で一番スラム化した場所にあるシューターズ・ガーデンズにも取り壊しの危機が迫っていたと書かれている。そして、貧民街撤去が行われた場所には、スラム街に住んでいた労働者たちのための代替の高層集合住宅が建てられた。シューターズ・ガーデンズについても、「春が来たら、大規模な取り壊しが実施され、その跡地にモデル住宅が建てられる」（第二八章）ことが決まっていた。

ファリンドン・ロードでも幾つかのモデル住宅が誕生した。ファリンドン・ロード住宅はそのうちの一つで、一八七二年から七四年に建設され、一九六〇年代まで使用されていた。[7] ここに、『ネザー・ワールド』の中心的な登場人物の一人のクレアラ・ヒューイットが暮らすようになるのだが、ファリンドン・ロード住宅について、ギッシングは次のように書いている。

ファリンドン・ロード住宅とは、何とひどい殺風景な建物だろう！　ひたすら大きく垂直な壁には何の装飾もない。土色の壁にはめ込まれた何列も何列もの窓が上へ上へと伸びている。窓は生気のない目のようで、陰鬱な開口部のようで、中が空っぽで乱雑で心安まらないところであることを伝えている。シューターズ・ガーデンズの方が住居としてはましかもしれない。アスファルトで舗装され、きれいに掃除された中庭は、監獄の中庭と同じように空を見上げている。幾棟も続く建物は壁の汚れ具合をみれば大体いつ頃建てられたのかが分かる。何百万トンもの野蛮なレンガとモルタルの塊は、見ている者の気持ちを滅入らせる。まさに兵舎のようだ。産業主義の軍隊の宿舎だ……。

（第三〇章）

物語の終盤では、クレアラがファリンドン・ロード住宅の窓からロンドンの街を見下ろしてる。眼下に見えるのは、『大いなる遺産』（一八六〇～六一）のピップが見学したセント・ポール大寺院、フェイギンが最後を迎えたニューゲイト監獄、オリヴァーがビル・サイクスに連れられて歩いたスミスフィールド肉市場。しかし、ディケンズのロンドンを『ネザー・ワールド』で「住まいとは名のみの、惨めな屋根裏部屋」から見下ろしているクレアラの心は重い。

晴れた日にはこの部屋からかなり遠くまで見渡せ、シティの大部分が見えた。今日のように雲がたれこめ、霞がかかった雨降りの日に、無数の煙突から立ち上る煙の切れ目から見える景色は陰鬱な印象で、眺めている彼女の今の憂鬱な気持ちと同じようだった。

（第三一章）

ディケンズのロンドンとかけ離れたものとなってしまったギッシングの時代のロンドンは、なんとも陰鬱な世界である。

『ネザー・ワールド』で、ロンドン作家としての力量を遺憾なく発揮したギッシングであるが、ロンドンの下層階級を題材とした小説はこれが最後となった。ギッシングはスラム街に住む貧民の迎える悲惨な最期を知っていたからこそ、希望のない世界を描き続けることを苦痛と感じるようになったのかもしれない。小説家になったばかりのギッシングは、下層階級の暮らしにこそ、新しい時代の芸術の題材があると考えていた。そして、二作目の長篇『無階級の人々』（一八八四）では、ギッシングの分身のような登場人物のウェイマークの口を通して次のように述べている。

僕たちはもっと深く掘り下げ、これまで触れられてこなかった社会の階層に触れなくてはいけないんだ。ディケンズも同じようなことを感じていたようだけど、彼にはその題材に正面から向かう勇気がなかったんだ。ディケンズの小説は、お茶の間のテーブルに置かれる本だからね。

（第一五章）

ディケンズは読者を不快にさせないことを第一に考えていたので、下層階級の生活を徹底的なリアリズムで描写することは避けた。『チャールズ・ディケンズ論』でギッシングが指摘しているように、「不快なものは芸術にそぐわない題材として退けることがディケンズの方針だった」(*Gissing on Dickens* 2: 70) のだ。さらに、ディケンズにとっては、「芸術は自然でないからこそ芸術」(66) というのが信条だった。ときにユーモアの砂糖衣に包み、ときにドラマチックな比喩を用いながら、読者に与える衝撃を和らげつつ小説を書いたのだ。しかし、このように「洗練させ、ユーモアを持たせること (refining and humouring) は、我々の時代の多くの人には裏切り行為 (traitorous) という印象を与える」とギッシングは述べている (70)。そこに、ディケンズと、半世紀後のギッシングの時代の芸術観の違いが表れているのだ。

　また、ギッシングは『ネザー・ワールド』の慈善的な意図について尋ねられた際に、「最近の慈善活動は、私には芸術の題材としてしか興味がない」(*Gissing Letters* 4: 75) とはっきりと述べている。ギッシングは、社会を変えたい、スラム街に住む貧民の暮らしをなんとかしたい、という高邁な意図をもってロンドンのスラム街を題材にしていたわけではなかった。この「道徳的意図」の欠如も、ディケンズとは異なる点である。『ネザー・ワールド』でどん底の生活を描ききったギッシングは、以後はスラム街の外の世界に芸術的インスピレーションを求めるようになっていった。

　小説の世界でロンドンの下層階級の世界を離れたギッシングは、実際の生活においてもロンドンを出て行った。一八九〇年三月一六日に弟のアルジェノンに宛てた手紙では、ロンドンに暮らすことの孤独を吐露していた。

> ロンドンは僕には孤独過ぎる。もうこれ以上、耐えられない。少しずつではあるが、僕の小説の主題は、かなり変わっていくと思う。実際、その変化はもうすでに始まっていて、『因襲にとらわれない人々』にはそれが表れているのがわかると思う。
> (*Gissing Letters* 4: 202)

こうして強い孤独感に苛まれるようになっていたギッシングは、とうとうロンドンに住むことさえもやめてしまったのである。一八八四年一二月から六年以上暮らしていたベイカー街近くのコーンウォール・マンションズにあるお気に入りのフラットも引き払い、一八九一年以降はエクセターやサマセットなどの田園地帯に暮らすようになったのだった。そして、小説の題材としてもロンドンの下層階級は扱わなくなり、以後は中産階級の人々の暮らしに取材した小説や、イギリスの田園地方で隠居生活を送る文人の自伝風エッセーなどを書くようになったのだった。

注

1　Charles Booth, *The Life and Labour of the People in London* (London: Williams and Norgate, 1889) 1: 157.

2　Franco Moretti, *Atlas of the European Novel 1800-1900* (London: Verso, 1999).

3　クラーケンウェルは、現在では、ミシュランの星つきのレストランや、歴史あるパブ、グルメ・コーヒーの店などが集まるトレンディな街として知られている。

4　ギッシングは一八八七年七月二五日にトマス・ハーディに宛てた手紙の中で、クラーケンウェル周辺の散歩によって着想を得た物語を書いていると述べている (*Gissing Letters* 3: 139)。いったんこれを脇においていたようだが、一八八八年二月頃から再びクラーケンウェルを取材のために散歩し、『ネザー・ワールド』を執筆し始めたことが日記に記されている (*Gissing Diary* 21, 25, 34)。

5　ディケンズは子供時代にロチェスターでグリマルディの舞台を見ており、一八三八年に『ジョセフ・グリマルディの回想録』を編集している。

6　地下鉄メトロポリタン・ラインは一八六三年にパディントン駅とファリンドン駅の間で開通した。ファリンドン・ロードや地下鉄の工事、モデル住宅の建設など、ファリンドン・ロード周辺の歴史については、Philip Temple, ed., "Farringdon Road," *Survey of London*, vol. 46 (London: London County Council, 2008) 358-84 を参照。

7　ファリンドン・ロード住宅は老朽化のために一九七六年に取り壊された。

第二章

つのりくる酒の恐怖
――ディケンズ作品から『暁の労働者たち』へ――

吉田　朱美

「クラブでスピーチをするピクウィック氏」
（ロバート・シーモアによる『ピクウィック・クラブ』の挿絵）

物語の最初から、酒の入ったグラスはクラブのメンバーたちと切り離せない存在であり、人間関係の潤滑油である。

第一節　愛すべき酒から破滅をもたらす酒まで

『チャールズ・ディケンズ論』（一八九八、以下『ディケンズ論』）をひもとくと、ギッシングがいかに先輩作家ディケンズを敬愛しつつも、その作品の中にギッシング自身の生きる時代や世界観にはもはやそぐわないと考える要素をも見出していたかが明かされる。物語中での飲酒行為や酒類の描き方は、そういった両者の相違をよく示す要素のひとつとなっている。ギッシングは、ディケンズ若かりし頃のイングランドについて、彼自身の生きる現代よりも「数段、粗野で下品で醜悪」（第一章）であったと述べ、『ピクウィック・クラブ』（一八三六～三七）の登場人物の日常的な飲酒癖に読者の注意を向けさせる。「ピクウィック氏と彼の仲間はみんなブランデーを飲むのだった、家でも外でも最も簡素で手軽な飲み物として」（第一章）。

『ピクウィック・クラブ』において、酒は日常生活・社会生活の潤滑油としてあらゆる場に氾濫している。そして、酒に酔って理性を失うことは必ずしも憎むべき罪悪とは考えられていない。むしろ、酒を何杯あおっても影響を受ける様子なく、怜悧に損得勘定を行っているジングルのような人物のほうが、正常な人間性を欠いているものとして描き出される。もっともディケンズ作品においても酒が不吉な表情を見せることはある。『二都物語』（一八五九）で地面を赤く染めるワインは、近日中に起こる革命で流される夥しい量の血の予兆となる。また『オリヴァー・トゥイスト』（一八三七～三九）では酒に酔って凶暴な残忍さを示すサイクスのような人物も描かれ、そういった描写からギッシングも影響を受けること大であったと思われるが、「社会的威信や男らしさを示すのにアルコールの力は欠かせないと考えられていた一八三〇年代頃までの風潮」[1]の名残がディケンズ小説にはみられる。[2]ディケンズの初・中期作品が書かれた時代においてはチャールズ・ダーウィンの『種の起源』（一八五九）も発表されておらず、キリスト教の教義と教会の権威が相当程度まだ世の中に浸透し、機能していたと思われる。ピクウィック氏らが酒に酔って正気を失うことがあったとしても、神がお作りになった人間の弱さや深部を顕したに過ぎないと考えれば、必ずしも深刻に恐るるに足りる事態というわけでもないのだ。ヴィクトリア朝前期においてもすでに飲酒の害悪についての医学的言説は広まりつつあり、ディケンズもそうした言説への認識や自らの社会観察の結果を反映した「酔っぱらいの死」のような短篇を残しているが、禁酒主義者たちの主張に対しては反対する立場を貫き、「節度ある」(Makras 3) 酒との付き合い方こそが理想であると考えていた。『ピクウィック・クラブ』でウォードル氏が語る墓守兼墓掘り人ゲイブリエルのエピソードでは、酒の作用が真実を明かすヴィジョンを見せてくれる魔法の装置として描かれているし（第二九章）、また『ボズのスケッチ集』（一八三六）や『クリスマス・キャロル』（一八四三）においても酒はクリスマスの陽気な楽しみに欠かせないものとされる。ギッシングには、彼のそのような態度は楽天的なものとうつった。ブライアン・ハリソンは「ヴィクトリア朝人たちはアルコール依存、飲酒、および酩酊状態を区別できていないことが多かった」と述べているが、[3] この言葉は初期のギッシングに関しては相当程度、当てはまると言えそうである。

ギッシング最初の長篇小説『暁の労働者たち』（一八八〇）はプロット構成や人物造形においてディケンズからの影響を色濃く示すものの、アルコールの扱いでは先輩作家との違いを打ち出そうという姿勢を見て取ることができる。ディケンズ小説の多くには良識と節度をもって上手に酒と付き合う人物が見られるのに対し、『暁の労働者たち』で飲酒は精神的・道徳的な堕落とほぼ同一視されているといってもよいほど、不可避的に結びついている。これには、ギッシング本人および当時の妻ヘレン（愛称ネル）の個人的体験が影響していることはもちろんであろう。[4] しかし同時に、ディケンズの生きた時代のような楽天的な人間観を保ち続けることが難しくなっていた思想的・文化的背景という要素も見逃すことはできない。『暁の労働者たち』の理想化されたヒロインであり理想主義者であるヘレン・ノーマンがキリスト教への狂信から脱したのち、彼女の思想の三つの柱をなすことになるのがダーウィンの進化論、ショーペンハウアーの悲観主義哲学、およびオーギュスト・コントの利他主義に基づく「人類教」であるが、これは『暁の労働者たち』執筆当時のギッシングに大きな影響を与えていた諸思想と重なる（Coustillas, *Heroic Life* 1: 172）。ダーウィンは『種の起源』においては人類の進化への直接の言及を慎重に避けた。しかし、そこに展開された生物種の可塑性についての議論が示唆していたのは、人間も「神の似姿」として他の動物たちとは別個に創造された特別な存在などではなく、もっと原始的な形態の先祖から微妙な差異や変異を経て、他の哺乳動物の仲間から分岐し、今のような形をとっているに過ぎないということだ。不滅の魂を持つことを許された唯一至高の存在としての人間の絶対的な地位への信頼は揺らぎ、また、理性的・文化的な動物としての現在の姿も果たして長期にわたって安定したものであると信じられるのか、文化も理性も持たない、より野蛮な動物の状態へも流動的に変化しうる可能性は無視できないのではないかとの不安も生じてくる。『暁の労働者たち』や『ネザー・ワールド』（一八八九）等、下層階級を描き出すギッシングの小説世界にはこうした世紀末の退化恐怖が顕著な形で暗い影を投げかけている。彼の作品中の人物たちはたえず、下向きの強い重力の影響を受けているかのようである。理性的に自己の行動を律し、道徳的存在としての人間らしい人生を全うするには、不屈の克己心と自制心を絶えず発揮し続けるためのたゆまぬ努力が必要となる。それに反し、獣的存在へ転落していくのは常にたやすい。そして、この下向きの運動を促進し決定づけるのがアルコール飲料の働きなのである。『民衆』（一八八六）の主人公リチャード・ミューティマーの弟であるハリーの堕落も、彼の酒癖と等号で結ばれたような形でその進展が語られる。

『暁の労働者たち』の冒頭で語り手は、中産階級と想定される読者層の多くの者にとって未知の世界であろうロンドンのスラム街ホワイトクロス・ストリートへの道案内を申し出る。ときは作品執筆当時のとある土曜の晩、翌日に仕事のない労働者の群れが存分に飲み、羽目を外す時間帯である。ジン酒場ではほろ酔いの男女が乱暴な愛撫を交わし合うが、彼らの口からは絶えず「人間の――いや、獣の――堕落の果てのどん底を示す暴言・呪いや冒瀆の言葉が滝となって泡立ち流れ出てくる」（第一部第一章）。ディケンズも『ボズのスケッチ集』の中で「こういった場面を目にする機会がない読者の皆様を教化するため」（第二二章）ジン酒場および常連客たちが暮らすスラム地区の光景を描写してみせ、ジンに浸ることはたしかに「悪習」だが、人々が貧窮や飢餓を酒で紛らせざるをえない状況こそが大きな害悪であると述べていた。ディケンズにおいては飲酒が全面的に悪いとされることはなく、飲む側の置かれた状況、酒との向き合い方によって酒もさまざまに性格や表情を変える。

一方、『暁の労働者たち』においては、愛すべき人格と飲酒とが両立することはあり得ない。すなわち酒あるところには必ず悪徳と堕落とがある。父の死後引き取られていた牧師館からホームシックに駆られてロンドンにひとり戻ってきた主人公アーサー・ゴールディングは、もといた下宿屋に住まわせてもらう条件として、女家主ブラザウィック夫人のどら息子ビルの物乞い稼業に同伴することになるが、『オリヴァー・トゥイスト』の中で主人公オリヴァーをいじめるサディスティックなノア・クレイポールの人物像をもとにして造形されていると思われるこのビルは常に酔っぱらっているとされる。人々が恵んでくれた金銭もたちまち酒場で飲むのに使ってしまい、その間アーサーには何も与えず飢えさせるばかりか、人目を盗んで腕をつねったり杖でぶったりして「この哀れな少年を痛めつける」ことに「たえざる楽しみの源」を見出し、残忍な獣性を発揮するのだ。

アーサーと結婚したキャリーは嘘をつくことに全く抵抗を覚えない、また酒に目のない女性である。彼女の不適切な文法や言い回しの一つ一つにも厳しい夫との窮屈な結婚生活に嫌気がさし、牧師一家の放蕩息子オーガスタス・ウィッフルと出奔するものの、のちに落ちぶれ、ほぼストリップ劇場のような「活人画」で自らの身体を見世物にして稼ぎを得ているところをアーサーに発見された際、「すべてはお酒のせいだった」（第三部第一四章）と言う。そして、キャリーの元下宿先の女主人たち二人が、金離れのよい馬鹿なお人よしらしいと見込んだ彼女の夫アーサーからいかに金をむしり取るかの相談にふけるさまは「まさにホガース的」（第三部第一一章、図版①）と形容されるが、強欲な彼女らはもちろん絶えず強い酒で喉をうるおしている。

他方、『暁の労働者たち』の中で優れた良心や道徳心を有するとされる登場人物たちの多くは、念入りに酒から自らを遠ざけて暮らしている。力尽き雪の中に倒れ込んでいたアーサーをかくまってくれる行商人ネッド・クワークは「厳格な禁酒主義者」である。なお、彼の声がしゃがれているのは、「多くの場合そうであるように飲酒が原因であったわけではなく、呼び売り商人という職業柄であった」（第一部第六章）と語り手がわざわざ但し書きを置くことにより、過度な飲酒がいかに労働者階

図版① ホガース『放蕩一代記』の第 3 図「放蕩三昧」（1735 年）

『ジン横丁』等の連作で都市生活者の欲望と堕落を赤裸々に描き出したホガースはギッシングにとって芸術制作者の一つの範を示す存在であった。

級の人々の間で蔓延していたかを読者にうかがわせることになり、またそういった中にあって自制心を失わずにいるネッドの人柄の卓越性が際立たされることにもなる。

ネッドの尽力あって夜学で勉学に励むことができるようになったアーサーの上昇志向にこたえ、新しい勤め先を提供してくれる印刷屋トラディー氏は、少ない稼ぎの中から貧しい者、困った者にひそかに金銭的・精神的サポートを続けることを自分の人生における務めであるとする慈善家である。「ジン酒場と牢獄とを行き来」する夫たちを抱え苦労する多くの妻や母たちを破滅から救ってきたという彼自身は菜食主義者で、飲み物といっては水だけしか口にしない（第一巻第八章）。このトラディー氏はアーサーを実の息子のように慈しみ、またアーサーもトラディー氏の生き様から多くを学ぶ。トラディー氏亡き後、トラディー氏の友人であり同志であったマーク・チャレンジャーの紹介でアーサーは社会改革を目指す労働者の団体 (a working man's club) に加盟することになるが、このクラブのメンバーは全員が絶対禁酒主義者 (teetotalers) である。クラブの設立者である理想主義者ウィリアム・ノーブルは、「ここにいるわれわれ皆が絶対禁酒主義者なのは、酒の過剰摂取のもたらす恐ろしい影響を目の当たりにした結果、酒の奴隷になる危険を冒すぐらいなら、一切酒無しでやっていくことを選び取ったからである」（第二部第八章）と語っている。では、『暁の労働者たち』の主人公アーサーと酒類とはどういった関係にあるのか。

第二節　オリヴァーとアーサーとを分かつもの

最初に世に出した長篇小説『暁の労働者たち』の主人公アーサー・ゴールディングを造形していく上で、ディケンズの描いたオリヴァーという人物像をギッシングがかなり参考にしたことは間違いなく、サイモン・ジェイムズによっても既に指摘がなされている（James, *Unsettled Accounts* 65）。盗賊団の一味に引き込まれても良心を失うことのないオリヴァー同様、少年期のアーサーも「長いこと劣悪で堕落した状況のただ中で過ごしながらも堕落することなく」（第一部第八章）向上心を保ち続ける稀有な存在であり、「獣性」や「俗悪な利己主義」をもたないことにより、「彼のような立場にある他の少年たちから区別されている」（第七章）とされる。オリヴァーがその可憐さを見込まれ、葬儀の盛り上げ役として雇われるのと、アーサーがその美貌を見込まれ、乞食稼業に引きずり込まれるエピソードとは対応しているし、また、ノーマン牧師のもとをアーサーが早朝に抜け出し、たった一人徒歩でロンドンを目指すのも、葬儀屋を朝に抜け出したオリヴァーが徒歩の旅でロンドン行きを成しとげるのを踏まえたものだろう。しかし、類似の主人公を登場させつつもわざわざ別個の小説を書くからには、もちろんディケンズとは異なる独自性を打ち出そうという意図がギッシングにはあった。それはアーサーの人物造形において具体的にどのような形をとっているだろうか。

一貫して良心に対し忠実であるオリヴァーにいかなる災難が降りかかろうとも、それは決してオリヴァー自身の非によるものではなく、彼は境遇の犠牲者になっているに過ぎないというように、読者はオリヴァーに対し完全な信頼を寄せることができる。一方アーサーに関しては、作者ギッシングはそのような完全な信頼や理想化を読者に許そうとはしない。特に物語の後半部において、アーサーは読者の信頼や期待を裏切るような形で人格の弱さを露呈し、キャリーとの結婚の事実を秘匿したまま幼馴染である憧れの女性ヘレン・ノーマンに求愛するといった、本来人としてあるまじき行為に及んでしまう。また、妻キャリー失踪後の堕落ぶりはすさまじい。事情を人に知られたくない、また苦しい思い出の詰まった場所から遠ざかりたいとの気持ちから印刷会社での仕事を捨ててひっそりと引っ越したアーサーであるが、「五ポンド持っているから十週間はしのげる」（第三部第四章）と職探しを先延ばしにする。そしてミュージック・ホールでの芝居見物やパブでのはしご酒という一週間の放蕩ですべてを使い果たす。意を決して求職に出かけるものの、前日から食事をとっておらず歩くのもままならない、という状態にいたところ、『オリヴァー・トウイスト』におけるブラウンロー氏を髣髴とさせる「老紳士」に見込まれ、もし職を得てその金が返せるようになったら返しに来るように、という条件で十シリングを貸与されるという「実験」の恩恵にあずかる。ブラウンロー氏の本と代金とを託される形での人格テストを課されたオリヴァーが、無念にも道中で盗賊団に拉致され、自身の性格の清廉さを証明し損なうという不運に見舞われたのに対し、アーサーは借金返済まではパブの誘惑に負けることもなく倹約に努め、見事見知らぬ老紳士の信頼に応えることができた。そして、約束が守られたことに感銘を受けたこの紳士から、「敬意の印として」再び受け取ってくれとの手紙付きでお金が返送されてくるという思わぬ幸運に浴する。老紳士としては、きっと自分の見込んだ若者がより良き人生のためにお金を役立ててくれるはずとの思いがあったであろう。ところがこの思いがけない収入をアーサーは有意義に活かすことをしない。かえって、この予期せぬ収入が彼の命取りとなり、さらなる堕落へのきっかけをもたらす。「これは致命的な贈り物となった」のである。

もはや借金の返済という明確な目標もなくなった上に、めったに手にできない額の現金を手にして気が大きくなり、贅沢を我慢する必要を感じなくなったアーサーは、「パブの誘惑に抵抗することなく屈する」（第三部第四章）。そして「じきに、酒場から酒場へとさまよい、彼の財力で手の届く範囲内にある安い毒物ならどれにでも」手を出して堕落していくアーサーの姿が夜な夜な見かけられるようになる。彼は「自分の外見にも全く構わなく」なり、「その顔立ちそのものさえも」心の堕落と連動するかのように衰えていく。理想主義者ノーブルが突如姿を消したかつての同志アーサーの消息にちょうど思いを馳せていたところ、自宅の前の通りに思いがけず久しぶりのその相手の姿を見出す。その時アーサーは見られることを恥じ、彼から逃げ出そうとする。登場人物の性別が異なるとはいえ、この場面はロセッティの『見つかって』（図版②）を髣髴とさせる。もはやかつての彼自身と同一人物であるかどうかも判然としないほどのアーサーの変貌ぶりはノーブルの「先ほどまでの物思いの対象」に「おぞましい類似を示す姿かたち」（第三部第四章）と形容され、果たして同一人物であるのかとノーブルに自分の目を疑わせるに十分である。ギッシングは当時の人相学的な理論をかなり素直に信じていたようで、登場人物の内面の状態はかならずその外面の容貌に忠実に反映される形で描写されている。この場面でかつてのアーサー自身に「おぞましい類似」を見せる堕落した最新のアーサーの姿には、『暁の労働者たち』より十年ほどの時を隔てて書かれたワイルドの『ドリアン・グレイの肖像』（一八九〇）における、オリジナルの面影を残しながらも醜く変わり果てていく肖像に通じるものがある。

それにしても、八歳当時、クリスマスにブラザウィック夫人の晩酌のお相伴にあずかったり、ビルを突き飛ばして逃げた後、喉の渇きから自力でパブに入り込んで酔うまで飲んだりはしたものの、その後十二年ほどはアルコールとは無縁の生活をしていたはずのアーサーであるし、下品な大家のペティンダンド一家がクリスマスに飲めや騒げの大宴会を階下で繰り広げたときには「もう耐えられない！　動物園の動物を半分くらいも食事に連れてきているのか？」（第二部第一二章）と業を煮やし、自らはノーブルらのクラブの規則を守って禁欲的に水で乾杯していたアーサーである。突然の孤独感と喪失感に襲われたからと言って、これほどまでの急な堕落ぶりを見せるとはいささか唐

図版② ダンテ・ゲイブリエル・ロセッティ『見つかって』(1854年)

今では娼婦となった女性が、思いがけず再会した幼馴染の男性から顔をそむける。

突な印象も免れないが、こうした彼の転落に論理的な因果関係を与えているものがあるとしたらそれは何か。オリヴァーのように穏やかな幸福に包まれた結末に恵まれることなく、悲劇的な最期を遂げることになるアーサーであるが、ギッシングはそれを遺伝的要因によって説明可能だと考えていたようである。

それはアーサーと彼の父親との類似に目を向ければ明らかだ。物語の冒頭部分、ホワイトクロス・ストリートの下宿の「形容しがたい汚れと悲惨」(第一部第一章)の中で亡くなるアーサーの父親は才気あふれる若者だったが、オックスフォード大在学中からすでに大酒飲みでもあり(第四章)、結婚後も酒に溺れて身を持ち崩した結果、死の床にあってはその顔立ちがかつて備えていたはずの「快い性格」が「病気と悪徳」によって完全に破壊されていた(第一章)。そして、十歳当時のアーサーの顔立ちには「俗悪なところは何ひとつない」が、同時に「彼の不運な父親が同年齢であった頃の姿に驚くほど」似ており、そこには「遺伝性の道徳的不確かさ」(第八章)がわずかながらあらわれている、と語り手は述べる。あたかもこの時点で彼の滅びに至るべき運命は半ば決定されてしまっているかのようである。鼻はアーサーと同様、高貴なギリシャ風であるが、その唇やあごには気力や意志力の強さが表れている(第九章)、とされる美少女ヘレン・ノーマンとは意識的に描き分けられている。

現代の読者の眼から見ると、アルコールへの依存を遺伝的要因と結びつけるようなギッシングの語りは決定論的にすぎ、優生学的な傾向をもはらむ不適切なものと言われても仕方ないであろう。しかしながら、揺らぎや迷い、弱さを抱えながらもより良き人生のありかたを模索し葛藤するアーサーのような人物像こそがギッシングにとっての真実であり、痛切な実感と共感をもって是非とも描き出したい対象であったと思われる。そして、このように善き意図をもって努力しようとする個人の中に、同時に抑制しがたい弱さがひそみ、快楽へ、そして堕落へと引きずり下ろそうとする、というモチーフは世紀末文学の一つの基調をなすものとなっていった。一八八六年に出版されたロバート・ルイス・スティーヴンソンの中篇『ジキル博士とハイド氏』も退化恐怖が色濃く表れた作品である。品行方正な紳士としての評判が高いジキル博士は、正体を隠して秘密の快楽にふけるため「変身の秘薬」を開発し服用、毛深く粗野なハイド氏の姿になる。しかし、ハイド氏のサディスティックな獰猛さや良心の欠如に恐れをなすようになったジキル博士が、ハイド氏とはすっぱり手を切ることを決意した時には、既に彼の心身の多くの部分はハイド氏によって浸食されており、うっかり気を抜いているうちに自分の手が、毛むくじゃらのハイド氏のそれに置き代わっているということが起こる。獣的な分身によって文化的な自己のほうが逆に支配権を奪われるのだ。

キャリーに去られたアーサーがアルコールに依存するのと似た例として、『サーザ』（一八八七）のルーク・アクロイドがあげられよう。サーザに対し一方的な想いを寄せても相手からは好意を返してもらえず、アクロイドは夜毎に飲み歩くようになり、その容貌は「際立って野卑」なものになってくる（第一七章）。これら男性登場人物たちにはまた、『二都物語』でルーシー・マメットへの届かぬ想いをワインで紛らわすシドニー・カートンの面影も重なって見える。

第三節　満たされない女たちに沁みるブランデー

『暁の労働者たち』にみられるキャリーとアーサーとの関係、そして退化不安に満ちた世界観には作者が最初の妻ネルとの間に経験したことや下層階級を身近に観察して得た印象が相当投影されていることはもちろんであるが、アーサーをめぐる二人の女性たちの物語を織り上げるにあたっては、やはりディケンズ作品を参考にしたところが大きかったと考えられる。『ハード・タイムズ』（一八五四）で描かれたスティーヴン・ブラックプールと彼をめぐる二人の女性、すなわち名前の与えられていない酒乱の妻と忠実な友人レイチェルとの関係からも着想を得た可能性は大きい。結婚後酒浸りとなり、仕事も辞めて家具を売り、衣類を質に入れる妻に、スティーヴンは愛想をつかし、献身的な女友だちレイチェルと結婚するすべはないものかと画策する。良識と慈愛心とを備えたこのレイチェルという女性は、スティーヴンにとっての「天使」のような存在であり、アーサーにとっての「善き天使」（第三部第一二章）たるヘレン同様、男性登場人物に人生の理想と指針を示す役割を担っている。

なぜスティーヴンの妻が酒に溺れるようになったのか、納得できるような説明は一切与えられていない。自分のせいではない、妻には優しくしいろいろと我慢してきた、という夫スティーヴン側の言い分を読者は一方的に聞かされる（第一一章）のみである。一方、『暁の労働者たち』では、ギッシング自身の個人的体験も生かされ、妻の飲酒をめぐる状況に関し、ある程度具体的な肉付けがなされているようにも思われるが、語り手が夫アーサーの視点に寄り添っていることが多いことから、キャリー自身がどのように酒と付き合うようになり、離れがたくなっていったかのプロセスが読者に直接明かされていない点においては、『ハード・タイムズ』と同様といえる。マイケル・コリーも、アーサーとキャリーとの間の関係をギッシングが「女性側の視点から示しそびれている」(Collie 39) と指摘している。

キャリーの飲酒行為が初めて発覚することになるきっかけは、結婚前にアーサーが彼女を住まわせていた下宿屋の女主人・ポール夫人が出勤途中の彼に「お宅の奥さんにブランデー代五シリング貸してますよ」（第三部第一章）と催促してきたことであった。「ブランデーのために！」と叫ぶアーサーにポール夫人は「そうです、ブランデーのためにね。弱っている時に少し飲むと良いんだと奥さん言ってましたよ」と応じる。「この件について思い煩うことにより、一日中、アーサーの心の平安はかき乱された。もしこのブランデーが本当に医療目的に供されたものであったならば、なぜキャリーがこの借金について彼に話すのにためらう必要があっただろう」。帰宅後早速キャリーを問い詰めたところ、「前の下宿に滞在中、何度か体調がすぐれず気が遠くなることがあった。それで大家さんに少しブランデーをくれるようお願いしたの」という説明を受け、それが本当らしく聞こえたためアーサーは信じることにし、その晩彼の心はキャリーへの愛で満たされ「完全に幸福」であったという。このやりとりが示唆しているのは、ブランデーを飲用していたのがもし事実であったとしても、そこに健康上の理由が存在する限り、その行為は正当なものとして是認されるが、ブランデーを酒として楽しむために女性が飲んでいたとなると、それは途端におぞましい逸脱行為と見做される、ということである。

しかし後日、アーサーが大切に保管していたヘレンの肖像画をめぐる口論の後、キャリーを置き去りにして出て行った彼は、帰り道に通りかかったパブの戸口で、乱れ髪を風になぶらせ、ポール夫人と派手な喧嘩を繰り広げる妻の姿を目にする。これにより、キャリーの常習的な飲酒癖への疑念は確信へと変わる。「自分の妻が飲んだくれで、パブの店先で下品な喧嘩に参戦するとは——たしかにこれは、彼が全く予期していなかった堕落ぶりであった」（第三部第二章）。アーサーはこの堕落は深刻すぎるものであるから、親友のノーブルにも誰にも知らせまい、と心に決める。アーサーにとって妻の飲酒癖は、キャリー自身の人格上の恥ずべき欠陥、すなわち堕落への性向を示すものでしかないかのようである。しかし、パブでのキャリーの荒れぶりの背後には、夫がひそかに他の女性に心を寄せているらしいことによるやるせなさもあったことは明らかだ。

またアーサーが「全く予期していなかった」としても、実はノーブルはそのような危険を見越したうえで、彼に様々な忠告をしてくれていたようだ。昔の下品な仲間とは縁を切らせた上、自分の留守中に一日三〇分学習するようにと習字帳を与えて、日中キャリーをアーサーが一人きりにしていることにノーブルは懸念を示す。「この孤独は彼女にとってとても良くないよ。毎日を孤独のうちに過ごすと気力が失われるし、何もかもが嫌になるものだ」（第三部第一章）。[5] 実際キャリーは孤独への耐性が弱く、好ましくないと分かっているかつての知り合いのもとへ赴いてしまうのも、彼女が「何かしらの仲間」（第一四章）を持つことへの切実な欲求に駆られたからである。

コリーは、この夫婦関係の破綻の責任はアーサーにこそあるのだし、ギッシングもそのように書いていると言いつつ、「キャリーのほうがアーサーの足を引っ張っているかのように書いている批評家もいるが、ギッシングはそのように提示してはいない」(Collie 40) と述べているが、このように批評家の間で解釈が分かれるというのは、意図的にあいまいにされたギッシングの語りの性格による必然的な帰結かもしれない。ピエール・クスティヤスによると、ギッシングの初期短篇の多くは娼婦ネルを救うために学友たちから盗みを働いて放校処分を受けた作家自身の実体験を反映したもので、利他的な目的のため犯罪に手を染める人物がたびたび登場し、その行いが正当化される傾向があるようである (Coustillas, *Heroic Life* 1: 120)。『暁の労働者たち』においても、アーサーには作家自身の分身としての要素が多くみられ、その語りには彼の責任を過小評価し、その過ちを正当化したいという動機が働いているようにも思われる。

ジュリア・スケリーによると、ヴィクトリア朝の全体を通して「女性のアルコール依存症患者は道徳的にも、社会的にも、また身体的にも最も堕落したものと見なされ」、「隠すことができるなら可能な限り飲酒の行為を隠した」[6] キャリーも、なるべく夫に自分の飲酒癖について悟られたくないという意識は持っており、彼女が頻繁にペパーミントを噛むのは酒のにおいを消すためであることがほのめかされる。このように女性の飲酒がことさら恥ずべきものとされたのには、「飲酒と売春との連想」(Hirschfelder 96-98) も働いていた。また飲酒癖からの立ち直りは女性にとっての方がより困難であるとの認識も一般に広まっていたようだ。ギッシングは登場人物の一人にこう言わせている。「酒は女を本当にめちゃくちゃにする。いちど酒に手を出すと女は絶対やめられなくなるんだ」（第三部第八章）。

一方、この時代、医療行為においてブランデーは濫用と言ってもよいほどに、どのような症状に対しても抵抗なく多用される傾向にあった。ジョナサン・ライナルツとレベッカ・ヴィンターは、「禁酒運動と時期を同じくして、皮肉にも医療用のアルコール使用が増えた」[7] と述べる。一八三〇年代から五〇年代にかけて起こった英国の医療革命において、それまでの主流であった瀉血による治療は影をひそめ、その代わりに、アルコールと栄養分を与えるやり方が広まることになる。「ブランデーの瓶が、医療用メスに取って代わった」。アルコールの薬効については、体内に熱を生じさせ、患者の生命力を増進させるといったことが信じられていたが、十分な根拠を欠くこれらの説がスコットランド人の医師ウィリアム・T・ゲアドナーの実験によって否定されてからも、多くの医者は最新の科学的知見などに影響されることなく依然としてアルコールを彼らの治療に不可欠なものとして多用し続けた（137）。絶対禁酒主義団体の誓いにおいてさえ、「酩酊させる成分を持ついかなる液体をも、薬としての用法を除き、自らに断つことを誓います」[8]のような但し書きが付けられることがあった。実際、アーサーもキャリー相手にブランデーを気付け薬として用いている。酷寒のクリスマス・イヴの晩、不義の子を抱えたキャリーは、他に行くあてもないことから、おばのペティンダンド夫人が贅を尽くしたにぎやかな宴会を繰り広げているところに頼って来ようとした結果、戸口で追い返される（第二部第二章）。ヴィクトリア朝期にたびたび取り上げられた「堕ちた女」のテーマ（図版③）がここでも示されている。その後、劇場周辺で宿代を乞うてきたあと、その場に倒れ込んだ彼女を介抱しようと、アーサーはパブに走るのである。

『余計者の女たち』（一八九三）のヴァージニア・マドンも、人生の空虚さを埋めるべくアルコールに依存していく女性であるが、第一章で彼女がおずおずと注文するのがブランデーであるのは、体調不良のための薬用、という体裁を繕うことができるからである。しかしその後、「不潔な連想のあるジン」（第二八章）をもなりふり構わず求めるようになっていく。

図版③ リチャード・レッドグレイヴ『追放されし者』（1851年）
婚外子を抱え戻ってきた娘と、彼女を迎え入れることを厳しく拒む父親。

第四節　ギャンプからチャンプ、そしてヘンプへ

これまでの節で見てきたように、『暁の労働者たち』の主要登場人物であるアーサーやキャリー、また『余計者の女たち』のヴァージニアも、飲酒を恥ずべき行為と認識しつつも不幸な状況の中で酒に頼らざるを得なくなる。しかし、それにより一層社会に対する不適応の度合いは強まり、彼らの不幸は深刻さを増すことになる。

だが一方、ディケンズ小説はもちろん『暁の労働者たち』においても、脇役的存在の登場人物の中には大酒飲みでありながらも特に転落の危機の兆しを見せることもなく、酒と安定的かつ友好的な関係を結んでいるようにみえる女たちもいる。ここではディケンズ『マーティン・チャズルウィット』（一八四三〜四四）のセアラ・ギャンプ夫人（図版④）と『暁の労働者たち』のポリー・ヘンプ「夫人」、およびその中間の時期に書かれたジョージ・メレディス『イングランドのエミリア』（一八六四）に出てくるマーサ・チャンプ夫人に注目してみたい。

『ディケンズ論』の中でギッシングは、ギャンプ夫人に文学史上特筆すべき登場人物としての地位を認めている。「初めて彼女が登場したその時からギャンプ夫人は喜び、驚異、ひとつの代名詞となってきた」（第五章）。『暁の労働者たち』を読んだフレデリック・ハリソンからフランス自然主義小説との類似を指摘されたギッシングは、ゾラなどの影響を受けていないこ

図版④「ギャンプ夫人、看護のわざについて」『マーティン・チャズルウィット』（第25章、フレッド・バーナードの挿絵）

嘘と酒に頼ることなしには日々を生きることができないかのようなギャンプ夫人だが、嫌悪の対象ではなく愛嬌ある存在としてユーモアを通して描かれる。

とを主張するのに、「とても貧しく、無学でいやしい人々」として、「ペティンダンド夫人やポール夫人、ポリー・ヘンプのような実在の人物」を実際に知っている（Coustillas, *Heroic Life* 1: 176）と、物語内容が自分の実地での経験に基づいていることを強調したが、姓の最後の文字を“mp”でそろえていることから見ても、ポリー・ヘンプを造形するにあたってディケンズのギャンプ夫人をも意識していたのは間違いないと思われる。また、やはり“mp”で終わる姓を与えられたメレディスのチャンプ夫人も、ギャンプ夫人の一変型ないしは亜種として造形されていると考えられる。これらの女性像は互いにどのように似通い、また異なっているのであろうか。

ギャンプ夫人とチャンプ夫人はともに夫に先立たれた寡婦であり、ヘンプも自ら「つつましく生きる寡婦ヘンプ夫人」（第三部第八章）と名乗っている。ただし、下宿屋の女主人として暮らしを立てる元娼婦であるヘンプに関しては、語りの地の文の中では「夫人」と呼ばれることはなく、実際に結婚していたのかどうかは疑わしい。

ギャンプ夫人やチャンプ夫人は夫の生前からすでに大いに酒をたしなんでいたようであるとはいえ、彼女らの孤独な暮らしぶりと飲酒との間にもやはり、前節でみたキャリーやヴァージニア同様、深いつながりがあるのではないかと思われる。ギャンプ夫人によると、死別するより前から、「飲酒に関する相性の悪さ」（第一九章）のため夫は彼女のもとを去ってしまっていたという。これはキャリーとアーサー、またネルとギッシングとの間に起こったことと同じである。だがギャンプ夫人は、このように酒で孤独な境遇に追い込まれながらもなお酒に慰めを見出し、また、彼女の生き様すべてを賞賛してくれるハリス夫人という想像上の友人を創り出し、そこから得られる自己肯定の幻想によって自らを支えつつ、職業婦人としてたくましく生き延びていく。絶えず酒浸りの状態になっていないと仕事が手につかず、ハリス夫人が架空の人物であることを指摘されれば、取り乱して逆上するギャンプ夫人の姿は一見滑稽であるけれども、その滑稽さの裏には、酒や架空の友人に依存することで日々を何とか乗り切っていかざるを得ない彼女の殺伐とした人生と、身体的のみならず精神的な渇きが透けて見えるのだ。

しかしギッシングは、現実にいるギャンプ夫人のような人物は共感の余地もない邪悪な存在であるはずだと主張する。

> 我々ははっきり言って、実におぞましい生き物、だらしなく飲んだくれで不正直な女の話をしているわけだ。彼女の実物に出会ったら、ぞっとして我々は身をすくめることだろう。彼女の身体的な汚らわしさとその心根の卑しさとがあまりにもよく一致しているものだから。（第五章）

ギッシングは、ディケンズが文学上の効果のため、醜悪な現実をユーモアで和らげ、読者が楽しめるギャンプ夫人という形へと加工したのだと論じる。

一方、メレディスの描くチャンプ夫人のかつての結婚生活は、酒の趣味が合う夫との幸福なものであったらしく、新たな花婿候補にも、自分と共に酒を楽しめる相手であることを求める。彼女が持っているらしいと睨んだ財産を狙う寡夫ポール氏は、家庭の財政状況による心労のため心臓を病み、医者から警告を受けているにも関わらず、無理を押して彼女に相伴し、連夜ポートワインをあおるのだ。ポール家の令嬢たちは、チャンプ夫人が公然と新しい夫をほしがるさまを、「女性の純潔」(第三二章)一般に対する裏切りであると言って蔑み、彼女のアイルランド訛りをも忌み嫌う。しかし、いまは下品で無神経に見えるチャンプ夫人ではあるが、ポール氏によると「(亡き夫の)チャンプが生きていた頃のマーサは素敵だった」(第三一章)し、その「心根は善良」(第一五章)とのことである。ポール家の子どもたちから疎まれていることに気付くと傷つく繊細な心も持ち合わせている(第三一章)。ギャンプ夫人と同じくチャンプ夫人も、自分の存在が肯定されているという実感に飢えているようだ。亡き夫はその実感を与えてくれる存在だったのであろう。「マーサ！　手に扇を持っている君を見て、黒い瞳のスペイン美人かと思ったよ」(第二一章)などと、生きていた頃の夫チャンプがいかにいつも自分をほめてくれていたかを必死に語る彼女の姿は、架空の友人ハリス夫人の褒め言葉を心のよりどころとするギャンプ夫人と重なる。

　以上の二人の女性たちが、下品ながらも哀感や人情味をこめて描かれているのと比べて、ギッシングの描き出すポリー・ヘンプは読者側の共感や感情移入の余地を一切許さない。もとの顔立ちはよいにも関わらず、「ロンドンの街路で出くわすことができる限りで最も邪悪な容貌の人物」(第三部第八章)とされるヘンプ夫人、その表情は「完全に、そして絶対的に邪悪」である。「この女性の性格はこれまで邪悪以外であろうはずはなかったが」、娼婦として長年荒んだ生活を送る中で「人間よりも獣に近い何物か」になったという。また、過酷な状況下、街娼の多くが若くして命を落とすことが多い中、頑強な体質のポリー・ヘンプは「大酒を食らいながらも」「一向に健康の衰える兆しを見せ」ることなく四十歳まで生き延び、蓄財に精を出す。「人間よりも獣」というフレーズには、退化の概念が明らかに示されている。生存のためには邪魔になりかねないような人としてのモラルなど一切排除し、欲望のみに忠実に生きることに自らを最適化することにより彼女は劣悪な環境に見事に適応している。金銭のためなら手段を選ばない彼女は、他人の筆跡を模倣する特技を駆使してキャリーの手紙を偽造し、アーサーから金をだまし取る。またアーサーに相当の財産があることを嗅ぎ付けると、「自然死ではない死に方」(第一四章)で夫を早期に片づけてはどうかとキャリーを誘っている。

　ギャンプ夫人の造形においてディケンズは現実をそのまま描くのでなく文学上の効果のためユーモアによって和らげた、と考えたギッシングが、自ら醜悪な現実と考えるところのものをそのまま描き出したのがヘンプ夫人であったのかもしれない。そこからは、人間存在の深部にひそむべき善性といったものへの信頼は根こそぎ剥ぎとられている。また、それはひとえにギッシング個人のペシミズムに帰せられるべきものでもないであろう。「今日であればディケンズもこの主題をより深刻にとらえざるを得なくなっていたであろう」(『ディケンズ論』第二章)とギッシングは述べる。アルコールの力で社会的威信や男らしさが示されうると人々が考えていた一八三〇年代から五〇年ほどの間に起こった科学や思想面での変化は、人間観をも大きく変える。理性的人間としての外面の下に潜む獣的な深層を抑制できずアルコールの力で表に出してしまうことは、忌まわしく恥ずべきこととなっていた。[9]

注

1　Gunther Hirschfelder, "The Myth of 'Misery Alcoholism' in Early Industrial England: The Example of Manchester." *Drink in the Eighteenth and Nineteenth Centuries.* Ed. Susanne Schmid and Barbara Schmidt-Haberkamp (Abinton: Routledge, 2016) 91.

2　ギッシングはジョンソン博士の「英雄になりたければブランデーを飲むしかない」という発言を引き合いに出し、「『ピクウィック・クラブ』の登場人物はこの点で真の英雄たりえている」(『ディケンズ論』第一章)と述べている。

3　Brian Harrison, *Drink and the Victorians: The Temperance Question in England 1815-1872* (Pittsburgh: U of Pittsburgh P, 1971) 21.

4　ギッシングがアルジェノン宛の手紙で、『暁の労働者たち』は自分のそれまでの全人生を描き切った作品だと述べている(Coustillas, *Heroic Life* 1: 169)ことからも、実人生のかなりの部分が反映されていることは明らかであろう。

5　これは実際に『暁の労働者たち』執筆当時のギッシング自身が妻ネルに対して示していた懸念でもあった「人づきあいが出来ると良いのだが」(Coustillas, *Heroic Life* 1: 169)。しかしアーサーもギッシングも、ふさわしい相手を見つけるのが困難との理由で、伴侶の置かれた孤独な状態に適切な対応をできずじまいであった。

6　Julia Skelly, "When Seeing is Believing: Women, Alcohol and Photography in Victorian Britain," *SHIFT: Queen's Journal of Visual & Material Culture* 1 (2008) 2.

7　Jonathan Reinarz and Rebecca Wynter, "The Spirit of Medicine: The Use of Alcohol in Nineteenth-Century Medical Practice." Schmid and Schmidt-Haberkamp 128.

8　Rolf Lessenich, "Romantic Radicalism and the Temperance Movement." Schmid and Schmidt-Haberkamp 88.

9　『イヴの身代金』(一八九五)の主人公ヒリヤードも、自らの飲酒癖についてほのめかされると神経質に腹を立てるのだが、他にも例えば『ジキル博士とハイド氏』も作家自身の飲酒癖を恥じる思いと結びつけられて読み解かれている。Thomas L. Reed, Jr., *The Transforming Draught: Jekyll and Hyde, Robert Louis Stevenson and the Victorian Alcohol Debate* (Jefferson: McFarland, 2006) 12-13.

第三章

紳士淑女の仕事
──リスペクタブルな事務労働のジレンマ──

中田　元子

「老齢退職者」（C・E・ブロックが『続エリア随筆』に描いた挿絵）

長年会計事務所に勤めた事務員は年金を約束されて退職する。

　事務員の歴史についての研究では、ディケンズの没年である一八七〇年がひとつの節目になっている。その時点の前後で事務員の社会経済的立場が大きく変化したからである。一八七〇年位までは、事務員は雇用主と密接な個人的関係をもっており、それは保護者と被保護者の関係であった。事務員はその事務所特有の訓練を受け、同じ雇用主のもとで生涯働き続けた。賃金は決して高くはなく、時に生活の困難に直面する者もいたが、雇用主に忠実であれば雇用と収入は保証された。また、読み書き能力、計算能力が知的優位を示す時代ゆえ、事務員の〈リスペクタビリティ〉は仕事に当然伴うものと認識されていた。しかし一八七〇年代以降、産業構造の変化に伴って事務所の規模が拡大し、事務員数も増えると、事務員と雇用主が密接な個人的関係、保護・被保護の関係をもつことはなくなる。一八七〇年に導入された初等教育法によって、読み書き能力、計算能力が広く人々にゆきわたると、事務員の知的優位は消え去り、他方、仕事の細分化、機械化などが、多くの事務員を周辺的な位置にとどめることになった。経済の沈滞も事務員を生活の苦難に直面させた。黒い背広によって外見はリスペクタブルにみえても、低賃金のため熟練労働者に劣る生活を余儀なくされることもあり、社会的地位をめぐるジレンマを経験することになった。一方で、事務員の需要の増加は白いブラウスを着た女性事務員を急増させた。女性が外に出て働くこと自体リスペクタブルではないとの考えが根強くあっても、現実の必要が女性の職域の拡大を求めていた時代、教育職と看護職の次に女性に認められたのが事務職だった。男性事務員がリスペクタビリティの不安を感じるような状況の中、事務職全体に占める女性の割合は急速に増えていった。[1]

　ディケンズとギッシングは二人とも短期間だが事務員を経験している。作品にもしばしば事務員が登場し、それぞれ事務員の典型を描いたとみなされる。ディケンズは、ヴィクトリア時代の事務員といえば多くの人の頭に思い浮かぶボブ・クラチットを生み出した。ギッシングは、長い間書き手を待っていた事務員階級にとって、待望の作家と位置付けられた。[2] 本論では、両作家の作品における事務員像を検討し、社会における事務員の存在を契機としてどのような問題が惹起されたのかを考察する。二人の作家が描く事務員は、時代や両者の気質の違いによって当然異なることが予想される。しかし通底する類似点が事務職の本質をさし示すこともあるだろう。

第一節　父親的温情主義に守られた事務員

　ジョージ・ニューリンは『ディケンズの登場人物一覧』において、ディケンズの作品で名前を与えられた事務員を六十人以上数え上げている (Newlin 151-54)。ディケンズの作品に描かれた事務員の種類は、彼自身も経験した法律事務所の事務員と、商取引に携わる事務員を中心に、個人秘書、年季契約の事務員などがいる。『ピクウィック・クラブ』(一八三六〜三七) 第三一章冒頭では、テンプルを行き来する法律関係事務員が、優雅な生活を送る修習生から最下層の使い走りまで等級別に特徴を整理されている。法律関係の事務員の登場人物としては、『骨董屋』（一八四〇～四一）のスウィヴェラー、『荒涼館』（一八五二～五三）のガッピー、『大いなる遺産』（一八六〇～六一）のウエミックなどが代表である。一方、商取引関係では、『ニコラス・ニクルビー』（一八三八～三九）のティム・リンキンウォーター、ニューマン・ノッグズ、『マーティン・チャズルウィット』（一八四二～四四）のチャフィー、『ドンビー父子』（一八四六～四八）のカーカー兄弟、モーフィン、ウォルター・ゲイなどが挙げられる。『クリスマス・キャロル』（一八四三）では、若き日のスクルージ自身もフェジウィッグの問屋で事務員をしていた。ディケンズの事務員は、彼ら同様個性的な雇用主と共に登場し、両者の間には強い個人的関係が認められる。

中でも『マーティン・チャズルウィット』の事務員チャフィーと雇用主であるアントニー・チャズルウィットの関係は、雇用主と事務員が長年にわたる信頼関係で結ばれている例として際立つ。ジョウナスによれば、チャフィーは「生涯にわたって、頭に数字と簿記を詰め込んできた」（第一一章）。二十年ほど前に熱病にかかり、三週間患ったあと、頭がおかしくなって誰の呼びかけにも応えなくなったが、「父のことはいつもよくわかって、まったく不思議なことに目を覚ますんです。長いこと父のやり方に慣れているんですよ」と言われるように、アントニーとの絆だけは保たれている。年をとった今でも事務員の制服である黒い上着を着て、事務員の典型的な居場所である「小さなガラス張りの事務所」に引っ込み、主人アントニーの呼びかけにのみ応えて動く。アントニーの最期にも付き添い、死の真相を知るのも彼一人である。チャフィーはアントニーを思い出して、「あの方は決して私にひどい言葉をかけることはなく、私はいつもあの方のことを理解していました。……あの方はとても親切にして下さいました。私の大切なご主人さまは！」と感情を高ぶらせる（第五一章）。作中ほとんどの場面で、アントニーは、欲にまみれ善良なところなどみじんもない人物としかみえないが、チャフィーにとってはただただ親切な主人で、二人は稀有な愛情によって結ばれている。誰もかれもが利己心にとりつかれているこの作品において、トム・ピンチと妹の関係とともに、条件なしの愛情が支配する関係として突出している。

また、この時代の事務員と雇用主の関係を推測させるものとして興味深いのは、チャフィーが「私たち、ご主人さまと私は、同じ学校に通ってました」（第五一章）と言っていることである。十九世紀半ばには、事務員と雇用主の仕事が似ていることを根拠に、社会的地位も同じようなものであると主張されることがあった（Price 101）。[3] もちろんチャフィーはこの場面で、同じ学校に行ったことを、アントニーとの精神的つながりが深い由縁を述べるために語っているのだが、結果的に、この時代には事務員と雇用主が似たような教育、社会的地位をもっていたことを示している。

『ニコラス・ニクルビー』のチアリブル兄弟と事務員ティム・

リンキンウォーターの間にも長年にわたって築き上げられた信頼関係がある。二人きりで今の事業を築き上げたチアリブル兄弟と事務員ティムは子供の頃からの知り合いである。元々温厚で慈善的精神に富むチアリブル兄弟は、従業員であるティムに対しても「ニコラスに示したのに劣らず穏やかな口調で」（第三五章）話しかける。募金に寄付する際、金額の半分をティム名義にしたり、ティムの誕生日には毎年盛大なパーティーを催したりする。ティムばかりでなくその家族のことも気にかけ、母と妹に年金を与えているほか、兄弟が亡くなった時には墓を買ってやってもいる。[4] ティムはチアリブル兄弟商会に勤め始めて四四年。やはりガラスの会計室が仕事場である。「まるで蓋が閉じられる前にそのガラスケースの中に置かれて、それ以来一度も外に出たことがないかのようにチリともシミとも縁のなさそうな、銀縁メガネをかけて頭に髪粉をふりかけた、でっぷりした、年配の、大きな顔の事務員」（第三五章）である。毎日規則正しく出退勤し、死ぬまでチアリブル兄弟に仕えるつもりでいる。兄弟の方もティムに全幅の信頼をおいており、新人ニコラスの仕事ぶりについての判断もティムに一任する（図版①）。ティムがニコラスの筆跡が自分に似ていることに大喜びすると、チアリブル兄弟も一緒になって喜ぶ。チアリブル兄弟は、老年にもかかわらず仕事のペースをゆるめようとしないティムを共同経営者にしてやらなくては、ということで意見が一致する。十九世紀前半、事務職は出世の出発点であるという考えは人々の頭の中に深く入り込んでいた。[5] 実際には、縁故関係

図版①「ティム・リンキンウォーター、ニコラスを承認」（第 37 章、フィズの挿絵）

この直後ティムは椅子から滑り降り、大喜びでニコラスの手を取ると、チアリブル兄弟に「ロンドン中を探してもこんな若者はいない」と太鼓判を押す。

があって金銭的・社会的に有利な条件を備えた少数の事務員しか経営層に参入することはできなかったが、チアリブル商会では長年にわたって親密な関係を築いた雇用主と事務員の間でそれが実現されようとしている。

もう一例、雇用主と事務員の間の関係が個人的関係であることが表れているエピソードにふれておきたい。『ドンビー父子』では、支配人ジェイムズ・カーカーの兄ジョンは、かつて横領を働いたが解雇されることはなかった。確かにその罪により、現在は、兄であるにもかかわらず「下のカーカー」と呼ばれて日陰の身だが、とにかく働き続けられている。事務員の歴史研究によれば、事務員の横領は「理解しがたいものでもなければ意外なものでもなかった」(Anderson 35)。事務員の横領については、会社がそれを防ぐような会計管理をしていなかったからではないか、給料が安すぎるからではないかなどと、被害者である雇用者側に非難の目が向けられることもあった。また、温情的雇用主が事務員の再就職に影響を与えないため横領を公にするのを避けたこともあったという(37)。ジョン・カーカーは後に、弟のカーカーがドンビーの妻イーディスと出奔した時には解雇されるが、横領では解雇されない。会社の存続と利益を最優先するドンビーが、横領を働いた従業員を告発はおろか解雇もしなかったのは不可解だが、ドンビーが会社の長として父権的意識を強くもっていれば、身内と考える従業員の不始末を公にしない対応をしたことにも納得がゆく。

ギッシングが作家活動を開始したのは、歴史研究上は事務員が雇用主の温情的配慮に守られることを期待できなくなったあとである。しかしその作品には、歴史的平均像とは異なる事務員と雇用主の関係も描かれている。

まず『ネザー・ワールド』(一八八九)の事務員スコーソンを取り上げよう。染色職人の家に生まれたスコーソンは、十四歳で学校を終えると清書係の事務員として事務弁護士パーシヴァルの事務所に入る。頭が良く社交的で気が利くのでパーシヴァルには買われており、出自からすれば悪くない収入を得ている。しかし、文化的贅沢を楽しむために、また金の心配はない身分であることを示すために出費がかさみ、借金をしている。スコーソンが作中で果たす中心的役割は、父親の遺産を狙うジョウゼフ・スノードンの陰謀に加担するというもので、「勤務時間中は勤勉で頭脳明晰な職業人としてふるまっていたが、私生活では飢えたごろつきだった」(第三〇章)。しかし、経営者のパーシヴァルから、あと三年、年季契約の事務員を続けて事務弁護士の資格を取れば、次席共同経営者にとりたててやろうと告げられ、身を慎む気になる。初めは興味だけで近づいたジェインを身近に見て良く知るようになるにつれ、物欲を満たして階級上昇を果たすことだけを目的にしていた「彼の心の最上の部分」(第四〇章)が引き出される。スコーソンは、報われて当然と思われるような、忠実な事務員とは言い難いが、あたかもその精神的成長に免じてでもあるかのように、予定通りパーシヴァルの法律事務所の共同経営者となる。

事務職は出世の足がかりであるという考えは相変わらず根強

く、たとえば短篇「ハンプルビー」(一九〇〇)の作品名の主人公の両親は、息子に大きな会社の事務職が提示された時、これで息子の前途は有望だと大喜びする。事務員の数が大幅に増えたことを考えれば、[6]理想が実現する可能性の低さは明らかだが、実は一九〇八年になっても、『事務員』という雑誌には「事務員は未だに実業界の長たちの列に加われると想像している」(Anderson 49)と書かれている。スコーソンは事務員を足がかりに経営者にまで上り詰めるという十九世紀前半から続く理想を実現した稀有な例といえる。パーシヴァルの事務所が個人経営の法律事務所で、雇用者と事務員が緊密な関係を保持している旧タイプの事業所であったこと、パーシヴァルの跡取り息子が頼りなかったことが、この理想を実現するのに寄与しただろう。

一方、規模の大きな会社ではあっても、雇用者と事務員の間に個人的関係が築かれ、それによって事務員が救われる様子が短篇「造化の戯れ」(一八九九)で描かれている。主人公の事務員ブログデン氏は大規模な会社に勤める大勢の事務員の中の一人である。上品な地区に家を構え、きちんとした服装で毎日規則正しく家とシティの間を往復していたが、実は八人もの子供を抱え、一銭でも余分に使ったら赤字になるというほど経済的には厳しい生活だった。ある晩、妻が「食料品店への支払い」について愚痴ったところ、ブログデン氏は突然失調し奇行に走る。病気休暇をとって旅に出た先で、つい自分の会社の社長を名乗ってしまう。その土地は逃げ出したものの、この行為が社長に知られていると思い込み、自殺まで考える。結局社長に手紙を書いて面会を求めると、社長は多忙にもかかわらずすぐ対応してくれる。ブログデン氏を自宅に呼んで話を聞き、特に家庭生活について尋ねて問題を把握すると、一ヶ月の休みを与えて休養させる。様子をみて復帰させた時には、昇給もさせるという温情的なはからいをする。[7]ブログデン氏が勤めていたのは、多数の事務員が働き、何事もなければ最後まで社長とは顔も会わさなかったかもしれないような会社だが、ブログデン氏は窮余の一策で直接訴えかけ、幸運にも社長が応えたために救われた。作中、社長を装うブログデン氏が、自分の生活を念頭において「リスペクタブルな事務員の収入は、きちんとした家族の必要をかろうじて満たすだけのものです。……聞くも哀れな例も知っています。幸いなことに、時折そういった話を直接聞く機会があり、そうなればもちろん何か対策がとられます」と語る場面がある。これはまさにその段階でのブログデン氏の希望を述べたものであるが、最終的に幸運にもその希望はかなえられる。この作品は、事務員がリスペクタビリティを保持するために汲々として働き、心身ともに追い込まれる状況にあることを描きつつ、旧時代の個人的関係に基づく雇用関係が復活すれば状況は改善するかもしれないと、はかない希望をまじえて訴えているように思われる。

第二節　孤独な事務員の葛藤

スコーソンやブログデン氏のような例はあるが、ギッシングが描く事務員の多くは雇用主との関係なしで単独で登場し、他の大勢と同じであることが強調される。また、仕事に重要さやおもしろさが欠けていることや、行き止まりの仕事であることへの不満もしばしば語られる。

『余計者の女たち』（一八九三）で、モニカの結婚相手となるエドマンド・ウィドソンは、弟の遺産を得る前は「他の何千もの男たちのように」事務員をしていた。十四歳で働き始め三十年近く働いたが、「ずっと事務仕事が大嫌いだった」（第五章）。ウィドソンにとって事務員の生活は昇進の見込みが全くなくぞっとするものだったが、自分が他の何に向いているかもわからず働き続けていた。仕事を辞めたあと、シティで事務員たちが一斉に仕事から帰るところに出くわすと、彼らが言いようもなく哀れだと感じ、一番気の毒な境遇の男二、三人に、余分な遺産を分けてやりたくなるとまで言う。ウィドソンの示す事務員像は、とりたてて優れたところがなく他に生計を立てる手段がないので、仕方なく働き続けている集団である。

集団としての事務員像は短篇「地の塩」（一八九五）にも見える。ブラックフライアーズ橋を渡ってシティに向かう事務労働者の波の描写で始まるこの作品では、主人公の事務員トマス・バードを「流行遅れのシルクハットをかぶり、適当にたたんだ傘を携えて通り過ぎてゆく何百という少々みすぼらしい事務員たちと区別するものはなかった」。彼は十五年間毎日規則正しく通勤し、「信頼する機械に足ることを示していたが、それ以外のものになる機会はなかった」。父親が事務員だったため自分も事務員になったものの、[8]入社してからは有力なコネも才覚もなく、今後昇進の見込みはない。世間的にみるとその人生は袋小路である。

ふりかえってみれば、半世紀以上前の『ボズのスケッチ集』（一八三九）にも集団としての事務員の姿は描かれていた。「情景」第一章「通り――朝」では「サマーズ・タウンやキャムデン・タウン、イズリントンやペントンヴィルの事務員たちがどっとシティになだれ込む」様子が描かれている。二十年も通っているのでみな顔見知りだが、誰も話しかけようとはしない。毎日脇目もふらず規則正しく通勤するものの、愛想をよくしても給料が増えるわけでもないと考える潤いのない集団としての事務員像が浮かび上がる。

同じ『ボズのスケッチ集』の「人物」第一章「人々に関する考察」にはそんな事務員の一日が描かれている。毎日同じ格好で、時計同様の規則正しさで出退勤し、行きつけの食堂で夕食をとる（図版②）。下宿での日課も毎日同じである。たまに雇用主の家に手紙を届け、シェリーを飲ませてもらうことがある。生まれ変わったスクルージがボブ・クラチットにパンチをふるまう場面を思い出させ、事務員と雇用主との間の個人的関係がわずかに感じられるが、雇用主は事務員のことを「スミスさん」と呼

図版②「哀れな事務員」(「人物」第１章、クルックシャンクの挿絵)

今日は青野菜を添えたローストビーフの小皿を注文。青野菜はポテトより１ペニー高いし、昨日はパンを二つ、一昨日はチーズをおごったので、今日は小皿にして節約。

ぶので、この事務員も二人の関係も一般的なものとして提示されていることがわかる。第一節でみたディケンズの事務員たちは、雇用主との関係においてそれぞれ独特の役回りを与えられているが、『ボズのスケッチ集』で描かれている事務員は、社会で事務員の典型として受け止められている姿である。つまり、「哀れな害のない生き物で、現状に甘んじているが幸せではない。意気があがらず、謙虚で、深い悩みはないかもしれないが、喜びを知ることも決してない」(「人物」第一章)人間である。

事務員という職種の特徴は、ディケンズも認識していた通り、規則正しく仕事をこなすことによって基本的な生活は営むことができるものの、仕事自体にはおもしろみがなく、生き生きとした感覚を覚えることはない、というものである。ディケンズの場合、この事務員が小説内の人物となると、特徴ある名前と性格を与えられ、特定の事務所の事務員となり、雇用主と緊密な関係をもつことになる。雇用主との日々のやりとりが具体的に描かれるので、『ボズのスケッチ集』に示された典型的事務員の側面は後景に退く。一方、ギッシングの事務員は、物語内の人物として登場しても、そこで必ずしも雇用主との関係が描かれるわけではない。そもそも雇用主が登場しないことが多く、事務員は孤独な存在として大勢の中の一人の状態にとどまる。事務員という職種の特徴が個人の特徴と重なることになるのだ。

仕事自体にはおもしろみがないとしても、ディケンズの時代、事務員はリスペクタブルな存在だった。事務員に必須の読み書き能力と計算能力が、教育を受けられるリスペクタブルな階級の人物であることを保証していたからである。しかし、一八七〇年の初等教育法制定以後はそれらの能力はリスペクタビリティの基準としては無効になる。事務員のリスペクタビリティは確実な根拠を失って不安定なものになるのである。

『都会のセールスマン』（一八九八）の事務員クリストファー・パリッシュの描写をめぐって起こった論争は事務員のリスペクタビリティを争点とする。同作は出版直後から愉快な作品として好評で、「この種のものとしてはディケンズ以来のおもしろさだ」(*Gissing Heritage* 33) などと評された。しかし、作品を読んだ実際の事務員から『デイリー・クロニクル』紙に抗議の投書が寄せられたことを発端として論争が起こる。「下級事務員」と名乗る投書者は、自分の知る限り、パリッシュのように教養がなく下町言葉を話す事務員はいない、とパリッシュの戯画的描写を批判した。それに対して反論する側は、「小説に自分と同じ階級の人物が登場した時『これは名誉毀損だ。ちっとも自分に似ていない』と叫ぶとしたら、それはその人物の教育がまだ完了していないことを示すだけだ」(351) と皮肉る。この論争を、歴史学者ジェフリー・クロシックは、事務員の身分についての関心のあり方を明らかにする最もすぐれた資料とみなしている (Crossick 31)。事務員の投書とそれに対する反応まで含めて考えると、事務員の社会的地位の収まりの悪さが人々に共有されていたことがわかる。孤立感を深めた事務員は、自分の社会的立場を必死で守ろうとしたのである。

第三節　シルクハットの重圧

孤独な事務員が雇用主に助けを求め、幸運にも救われたのがブログデン氏だとすれば、同じような境遇に陥って、結局救われなかったのが『人生の夜明け』（一八八八）のジェイムズ・フッドである。どうにかして下層中産階級のリスペクタビリティを維持しようとしたが、経済的困窮のために果たせず追い詰められる。救いを求めたところにあったのが横領という手段で、最後には妻子の名誉を守るため死を選択する。

ディケンズの時代には、ペンを手に働くこと自体が社会的地位を示したので、実際の生活が苦しくとも事務員はそれだけで自負心を保持することができたが、その自負は一八七〇年の初等教育法施行に伴って根拠を失う。基本的な教育を受けた人たちが次々に事務職に参入し、事務の仕事自体も細分化、単純化、機械化されて、事務員は簡単に置き換えがきくものとなった。人数が増えた事務員と雇用主との個人的関係は弱まり、単にビジネス上の関係になった。雇用主との個人的信頼関係に裏打ちされた旧時代の職の安定性は失われ、事務員は利益を優先する雇用者によって低賃金で働かされ、いつ職を解かれるかわからない恐れにもさいなまれる。それでも、「事務員は慈善に助けを求め、自分達の窮状を社会に対して明らかにしようとはしなかった」(Anderson 65)。組合などに助けを求めるのは労働者階級の行為であり、もし同じようなことをしたら階級を滑り落ちることになるからである。どうにもならない現実に直面しても、下層とはいえリスペクタブルな中産階級であるというプライドによって行動を妨げられる。事務員はそんな板挟みの状態に置かれていた。

フッドは困窮した大家族の末っ子として生まれ、最低限の教育を受けたあと、十二歳の時には自立する。小さな事業を起こすが、二三歳の時に破産。その後は事務員の仕事を渡り歩く。自宅で学校を経営していた妻と出会って援助を受け、再び起業する。赤ん坊二人を亡くしたあと、妻にせがまれて転居してまた新しい事業を始めるが、仕事は思うように軌道に乗らない。フッドは事務所をたたんで、紡績工場を経営するダブワージー父子会社に事務員として雇われ、今日に至る。

フッドの経歴は個人事業主と被雇用者との間を往き来しているが、このような往復自体は十九世紀には珍しいことではなかった。[9] 事務員は、薄給ではあっても地位は安定してリスペクタブルな職と考えられており (Anderson 22)、フッドもダグワージーの工場に職を得た時、「給料は少ないが安定しているのが救い」(第五章) と考えていた。切り詰められるだけ切り詰めた生活をしていたが、そのぎりぎりのバランスを崩す事態が相次いで生じる。次のクリスマスから家賃が値上げになることを通告されると同時に、貸しに出していた妻の持ち家の借主が退去を通告してきたのである。フッドのように貧乏な者が不動産を所有しているというのも奇妙に感じられるが、実のところ、手入れが行き届かないため、売ろうとしても売れなかったのである。次の借り手が見つかる見込みもなく、家賃収入の年二五ポンドを失うことは確実だった。事務員の給料は会社の規模や事務員としての地位などによってかなり違うが、雇い主のダグワージーは「従業員には一ペニーも余分に支払うことはない」といわれるほど吝嗇だったので、フッドの給料は最低限のものだったと考えられる。仮に年収七五ポンド程度と仮定すると、家賃収入は全収入の四分の一を占めていたことになる。[10]

チャールズ・ブースの調査によれば、大多数の事務員は収入の点では熟練工と同じだった (図③)。しかし、支出の仕方は両者で全く異なっており、住居や使用人の数も明らかに違っていたという (Booth 277-79)。これは逆に言えば、そのような支出の仕方をしなければ中産階級にとどまれないということを意味する。事務員であるということは、下層ではあっても中産階級に属することを示すが、その仕事が生み出す収入では中産階級であることを示すための支出を賄えないという矛盾があった。しかも他に助けを求めることは中産階級の地位を手放すことだという意識もあった。しかしフッドの場合、ガヴァネスとして自立している娘の援助を受け入れるという選択肢は残っていた。娘に自活できる仕事をもたせようと、生活を切り詰めてでも教育には金を惜しまなかったことに加え、エミリには教える仕事に適性があったので、今は貴族の家で働いて十分な収入を得ている。エミリ自身、両親を助けたいと申し出ていた。それにもかかわらずフッドも妻も決してその提案を受け入れようとはしない。家族一丸となって働いて一家を成り立たせていく

図版③「ちょっとした休暇!!」(『パンチ』1892年3月12日号)
労働者と哀れな事務員「まあ、そりゃ結構だが、あんたにとっちゃお遊びでも、こっちにゃ死活問題なんだよ」

石炭組合連合は「春休み」と称してストライキを呼びかけた。生産量削減によって石炭の価格をつり上げ、給料削減を避けようとしたのである。石炭不足の影響で工場や事務所は休業となり、労働者は収入を失うことになった。

のが当然の労働者階級なら、娘の給料も遠慮なく家計に繰り入れただろう。フッドは厳しい経済状態にあっても、階級意識だけは失っていない。エミリと散歩中、通りかかった炭鉱夫を見て、「もっとつらい生活もある」と自分を慰める。しかしエミリは、「あの人たちは本当は幸せなんです。落ちぶれることを知らないから」(第五章)と返す。フッドが最底辺であってもミドルクラスであることにこだわっていること、そしてそれが困難を増大させていることを言外に指摘する言葉である。

そして、この階級意識によってフッドはまさに致命的な間違いを犯すことになる。仕事のため列車で移動中、車内の騒ぎに巻き込まれてシルクハットを車外に飛ばされてしまうと、無帽では外を歩けないと思い込み、たまたま携帯していた会社の金で代わりの帽子を買ってしまうのである。たかが帽子のことであり、フッドが「帽子なしでヘブスワスの街を歩いたり、レッジ・ブラザーズ［用務先］に顔を出すのは不可能だった」(第九章)と思うのは大げさな反応にもみえる。しかし、事務員にとってきちんとした服装をしていることは職務の一部のようなもので、シルクハットもなくてはならぬものだった。全国事務員組合は一九〇九年に三五シリングの最低賃金を要求したが、この金額の根拠の中には、紳士らしい服装をするため、という理由も含まれていたという(Price 107)。フッドは、社長のダグワージーに帽子をなくした経緯を説明すれば会社の金で賄ってくれるかもしれないとつかの間考えるが、それもただ単に平常心を失った者の非常識な考えとばかりはいえない。事務員の必要経費とみなして会社が支出してくれる可能性がないわけではなかったのである。

しかしフッドはすぐにその考えを捨てる。ダグワージーとの関係からいって、そのようなことはありえないと悟るのである。フッドはエミリと散歩の途中、偶然ダグワージーに出くわして家に招待されたことについて、「ダグワージーさんがあんなことをしたのは初めてだ。家に入ってくれと言った時は耳を疑ったよ」（第五章）と驚きを表す。それほど従業員とは疎遠な雇用主なのである。したがって、ダグワージーが帽子の件で同情してくれることは期待できず、経費で購入してもらうのはとても無理だと判断せざるをえなかったのである。雇用主との個人的関係が欠如していることが、フッドを横領に追い込んだ背景にあった。

フッドは横領の罪が公になるのを恐れて自殺したが、実はこの横領はエミリに狂気じみた思慕を寄せるダグワージーによって仕組まれたものだった。エミリと父親との精神的繋がりの強さをみてとったダグワージーが仕掛け、もくろみ通りフッドが金を返さないのを確認すると、父の犯罪を伏せてもらいたかったら結婚するようエミリを脅す。ところが案に相違してエミリは承諾しない。憤怒に燃えたダグワージーはフッド自身に横領の罪を宣告し、推薦書なしでクビを言い渡す。何も知らないフッドは、自分の不名誉が白日のもとに晒されるのを避けようとだけ考えて自殺する。死によって横領の事実を文字通り葬り去るのである。

エミリとダグワージー以外の人々は、フッドが困窮のため自殺したと考える。エミリをガヴァネスとして雇っていたことのある政治家の妻バクセンデール夫人は、従業員がきちんと生活できるように配慮するのが雇用主の義務なのに、それを怠ったとして「ダグワージー氏がこの哀れな男を殺したのだと思います」（第一四章）と指弾する。それと同時に、「みんな自尊心とか独立とかをばかばかしいほど重く考えすぎだと思いませんか」と言って、体面を気にしすぎる社会に異議を唱える。

フッドの悲劇は、事務員という職業がリスペクタブルなものと位置付けられるがゆえに起こった。階級にとどまるために助けを求めれば、その時点で階級を滑り落ちるというジレンマに捉えられ、逃げ場がなかったのだ。雇用主との個人的関係が希薄になり、事務員が単独で世界に立ち向かわなければならない時代の最悪の状況をフッドは生き抜くことができなかった。

第四節　女性事務員の前途

フッドの姿を通して、貧困にあえいでいても階級意識に妨げられて救いを求められない事務員のジレンマを描いた五年後、ギッシングは『余計者の女たち』で事務職を中産階級女性にとっての新しい職業として取り上げた。ディケンズの時代には存在しなかった女性事務員を育て、自立した女性を世に出そうとする女たちを描いたこの作品は、「自分たちや姉妹たちのために活動し、世界を勇気と決意に輝く目でみつめ、陰鬱な世界に明るい場所を作る、精力的で知的な女性の小集団を描いてみせた」(Black 223) などと好評を博した。

しかし、ここで注目したいのは、この作品では事務職を女性にとって有望な仕事として提示する一方で、それを経験した男性にとっては耐え難い仕事であると確認させていることである。第二節でふれたように、事務員だったウィドソンにとって事務員の生活はぞっとするものだった。自分のみならず、他の事務員も救い出してやりたいと思うほどひどい仕事であると考えている。果たしてそのような職業が女性にとっては希望となるのだろうか。

確かに女性にとっての事務職の意味は男性にとってのそれとは大きく異なる。本作で女性のための職業訓練学校を運営するメアリ・バーフットは、女らしい職業とされる教育職と看護職に閉じ込められた女性たちを解放し、新しい職業人を生み出すことを目標としている。男性から仕事を奪うことになるとか「商取引の世界に入ると女らしさをなくす」(第一三章) などと、そもそも女性が事務職に就くことに対して強い抵抗が示されている段階では、とにかく仕事を勝ち取ることが第一目標とならざるをえない。手に入れていない仕事の問題は、まだ問題にならないのである。

作中女性の職域を広げる職種として扱われている事務員だが、マドン三姉妹の一番下の妹モニカはこの仕事に魅力を感じない。過酷な店員の仕事に代わる仕事として姉たちから勧められ、メアリの学校を訪ねるが、ナンにタイプライターの使い方(図版④)を説明されても途中から上の空になり、使命に燃えたナンの言うとおりにすると、もっとひどい隷属状態になるかもしれないと恐怖を感じる。メアリの人柄にひかれて学校には通い始め、タイプ技術習得によって一時的には「自尊心の高まりを感じる」(第七章) が、独りで自立して生きていこうとまでは思わない。

この作品では、モニカの就業意欲のなさは彼女の性質に起因するものとして描かれている。しかし、ウィドソンや、ギッシングが描くその他の男性事務員のことを思えば、女性にとっても事務職が興味をもてないものである可能性は大いにある。チャールズ・ブースの助手としてロンドン下層階級の人々の調査に加わり、ギッシングの友人でもあったクレアラ・コレットは、一九〇二年の時点で過去二〜三十年の女性の就業の変化を振返り、教育を受けた女性が自活するすることが社会に認められるようになったことを評価している。教育職や看護職は仕事の質が高まり、満足感を与える職業になっていると認める一方で、これらの職業は平均以上の能力を必要とするので、並みの能力しかもたない娘は特別な技術を必要としない職業に就かなければならないとする。そのような仕事の代表として事務職をあげるが、その仕事の難点として、仕事自体から満足を得ることが難しいことも指摘している (Collet 139-40)。[11] モニカが事務職に関心を抱けなかったのは、本質的におもしろみのない仕事であることを察知したからと考えることもできる。

『余計者の女たち』から十六年後の一九〇九年、ジャーナリ

図版④「速い打鍵のための正しい姿勢」（ベイツ・トーリー『実践タイプライティング』第3版、1894年）

チャールズ・スピロが発明したバーロック式タイプライターに向かう女性。ダウンストライク印字方式により、タイプした直後に文字を確認することができたが、そのためにとるべき正しい姿勢を示している。

ストのドラ・ジョーンズは「大都市近辺の平均的能力の娘たちの大多数が事務員になる。彼女たちは朝八時から九時の間に大挙してロンドンになだれ込んでくる。祖母たちが見たら驚くような光景だろう」(Jones 237)[12]と書いた。まさにウィドソンやトマス・バードが身を置いたラッシュアワーの波に女性ももまれるようになるのである。このころになると、事務職も女性の職域拡大の救世主ではなくなり、問題が前景化されるようになる。女性事務員は、男性事務員とは仕事の種類が違うとして、また基本的に小遣い稼ぎと考えられていたため、賃金は安く、独り暮らしの場合、リスペクタブルな外見を保つには困難が伴うほどだった。『余計者の女たち』の出版時に作品を称賛したクレメンティーナ・ブラックは、一九〇七年、「低賃金、雇用の不安定さ、リスペクタブルな服の着用義務といった点で、事務員は店員と同じ位置を占める」[13]と指摘した。人目に晒されることが少ないという点で、事務員は店員より一段上品な職業と考えられていたが、生活の実態は同じであるとの指摘である。医学雑誌『ランセット』にも、女性事務員の職場環境の悪さを指摘し、早急に法律を制定するよう求める投書が掲載された。[14]『余計者の女たち』の時代には右のような問題はまだ表面化しておらず、ギッシングの関心は女性事務員が抱える問題にはない (Liggins 105)。しかし、モニカの躊躇は作者も意図せぬところで、女性事務員が直面することになる問題を予示していたのである。

ディケンズの小説作品では、事務員の多くは雇用主との個人的な信頼関係を築いており、終身雇用を前提とした安定した地位を確保している。生活は質素でも、事務員であることが社会的立場について不安や疑問を感じさせている様子はない。雇用主と事務員の個人的関係が弱まったとされる時代を背景にしたギッシングの作品の中にも、温情的雇用者が事務員の窮状に手を差し伸べる様子を描いたものがある。しかし、大多数の事務員は社会的後ろ盾を失って大勢の中の一人になり、少ない収入で何とか社会的体面を維持しようと孤軍奮闘する。ギッシングは力尽きた事務員や嘲笑の対象になる事務員、さらには、ディケンズが知らなかった女性事務員も登場させ、事務員が社会階級や女性問題についての議論の契機となることを示した。

このようにみると、ディケンズからギッシングに至る事務員表象には社会の変化を反映した一定の流れがあるようにみえる。しかし一方で、事務員の仕事が本質的に非人間的な性質をもつものであることはつねに感知されていた。それはギッシングの描く多くの事務員が示すだけではなく、『ボズのスケッチ集』に描かれた事務員像もはっきりと示す認識である。その認識は事務員が消える職業として予言されている現代にまでつながっている。

＊　＊　＊　＊　＊

注

1　事務員の歴史については、Gregory Anderson, *Victorian Clerks* (Manchester: Manchester UP, 1976)、Geoffrey Crossick, ed. *The Lower Middle Class in Britain, 1870-1914* (London: Croom Helm, 1977)、および David Lockwood, *The Blackcoated Worker* (London: Unwin, 1958) 参照。

2　『女王即位五十年祭の年に』(一八九四) の匿名の書評者によれば、事務員を含む下層中産階級は、自分たち自身の階級に属する作者を求めていたという ("Mr. George Gissing's New Novel" 25)。

3　Richard N. Price, "Society, Status and Jingoism: The Social Roots of Lower Middle Class Patriotism, 1870-1900," Crossick 89-112. また、一八四五年の『パンチ』では、清書係の事務員は、会社のことを言う時に「われわれ」と言ったり、他の事務員と話す時主人を呼び捨てにしたりすることによってのみ自分の威厳を保つことができると書かれており、事務員が雇用主と対等であるかのようにふるまうことが揶揄されている ("Punch's Guide to Servants," *Punch* 9 [1845]: 29)。

4　古いタイプの雇用主は事務員に贈り物をしたり、また病気時や退職時には手当や年金を支給した (Anderson 31)。

5　雇用主自身が事務員出身ということも多かったので、それほど現実離れした考えではなかった (Anderson 42)。

6　商業関係の事務員数は、一八五一年には九万一千人だったものが、一八九一年には四四万九千人に増えた (Anderson 2)。

7　チャールズ・ラム自身の経験を基にした「老齢退職者 (The Superannuated Man)」(一八二五、『続エリア随筆』所収、本章の扉絵参照) でも、会計事務所で三六年間働き続けて心身の精気を失った事務員が会社の経営陣に呼び出され、クビになると思い込んで面談に出かけたところ、給料の三分の二にあたる金額の年金をもらって退職というはからいをされたというエピソードが記されている。

8　親が事務員だと、採用時には身元が確かということで有利だった。「個人的推薦が……事務員雇用の必須条件だった」(Anderson 12)。

9　Geoffrey Crossick and Heinz-Gerhard Haupt, *The Petite Bourgeoisie in Europe, 1780-1914: Enterprise, Family and Independence* (London: Routledge, 1995) の特に第四章を参照。

10　ブースは大多数の事務員の年収を七五ポンドから一五〇ポンドの範囲内としている。Charles Booth, *Life and Labour of the People in London*. 2nd ser. (London: Macmillan, 1903) 277.

11　Clare Collet, *Educated Working Women: Essays on the Economic Position of Women Workers in the Middle Classes* (London: King, 1902). *Internet Archive*. Web. Apr. 21, 2018.

12　Dora Jones, "The Cheapness of Women," *Englishwoman's Review*, Oct. 15, 1909: 235-43.

13　Clementina Black, *Sweated Industry and the Minimum Wage* (London: Duckworth, 1907) 71.

14　この投書では、仕事場に女性用トイレがなく駅まで行かなければならない、事務室には窓がないのでドアを開けておくと男性トイレの悪臭がする、十一時間労働が普通で十三時間半の時もあるなどの待遇の悪さがあげられている ("Legislation for Female Clerks," *Lancet*, Apr. 8, 1906: 959)。

第四章

小説家の使命
――〈共感〉をめぐるポリティクス――

玉井　史絵

ルーク・ファイルズ「救貧院臨時宿泊所の入所希望者たち」(1874年、ロイヤル・アカデミーへ出展)

ディケンズとギッシングは共に、社会の底辺で生きる人々の貧困を目の当たりにして、社会改革に対する強い使命感を抱いていた。だが、その手法において二人の作家は大きく異なっている。

第一節　小説による共感的想像力の喚起

　文学の意義を論じる際しばしば、文学は共感的想像力を喚起するという教育的意義が挙げられる。ワーズワスは、貧しき者と共感し、彼らのことばを代弁することにより、普遍的人間性を表現しようとした。[1]また、ジョージ・エリオットは、芸術家が社会に対してなしうる最大の貢献は「我々の共感を広げること」[2]であると主張した。こうした主張は現代にもつながっている。アメリカの哲学者マーサ・C・ヌスバウムは、民主社会に積極的に参画する市民に必要な資質として、遠く離れた他者に対する共感的想像力を挙げ、こうした能力を醸成するための文学教育の重要性を説いている。文学、とりわけ小説は、異なる状況の人々に思いを馳せ、彼らの経験を追体験するよう読者を誘う。読者はそうした体験を重ねることにより、自らの社会で良識ある市民として行動できるようになるというのである。そして、この共感的想像力が喚起されるプロセスを説明するために取り上げられるのが、ディケンズの『ハード・タイムズ』（一八五四）である。ヌスバウムはこの小説を読んだ時に得られる読書体験を〈私〉を主語に説明する。

> 私は「当時と今との」変化に思いを巡らせ、私が良識ある市民として現代においてなすべきことを考える。このようにして私は人間の栄枯勢衰を思い、自分自身と「多かれ少なかれ似たような男や女たち」が……自分とは異なる状況で異なる生き方をしていたことを想像するように誘われるのである。[3]

「多かれ少なかれ似たような男や女たち」というのは、『ハード・タイムズ』からの引用で、工場労働者たちが余暇に小説を読んでいるとき、その小説の登場人物に対して抱く親近感を表現した言葉である（図版①）。登場人物に感情移入した結果、ごく身近な人々のように感じられるという読書体験を、多くの人々は持っているであろう。それゆえ、そうした体験を積み重ねることにより、他者に対する共感的想像力が養われるとするヌスバウムの主張には、異論の余地がないように思われる。

　共感的想像力によって差別や偏見を払拭し、社会を改革しようと訴えるヌスバウムが、ディケンズを援用しつつ文学の役割を論じているのは決して偶然ではない。なぜなら、ディケンズ自身、読者に共感を呼び起こすことが作家の教育的使命であると信じ、文学を通じた人々の意識改革によって社会改革を実現しようとした作家だったからである。だが、文学による共感的想像力の喚起や、それを通じた社会改革とは、自明のことであろうかという疑問が生まれる。そしてこの疑問が、ディケンズとギッシングという一世代離れた二人の作家の分岐点となる。

　ギッシングはディケンズを論じる際、共感（sympathy）という言葉をしばしば使っている。『チャールズ・ディケンズ論』（一八九八）のなかで、ギッシングはディケンズのラディカリズムの良い一面として、「貧しい者に対する深い共感」を挙げ、

図版① ヒューバート・フォン・ハーコーマー「農夫の日曜日」(『グラフィック』1875年10月9日)

ディケンズは『ハード・タイムズ』のなかで自分自身と「多かれ少なかれ似た男や女たち」の物語を読みふける労働者たちを描いている。

作品を通して「貧しい者に加勢」しようとしたディケンズの姿勢を評価している（第一〇章）。また、読者との共感についても触れ、「読者と一緒に感ずることこそが彼の生命だった。……政治の誤りや不正と戦うためには、彼は芸術の力の限りを発揮してためらうことがなかった」（第四章）とも評している。作品に表現される作家の社会的弱者に対する限りない共感、そしてその作品から生まれる作家と読者との共感――ギッシングはこの二つの共感にディケンズ文学の神髄を見出しているのである。しかし、同時にディケンズは「徹底的な政治改革など決して欲していなかったし、期待もしていなかった」（第一〇章）とし、彼のラディカリズムは所詮中産階級の一員としての枠内にとどまっていたという手厳しい判断を下している。ギッシングは小説家としての第一歩を踏み出した時から、ディケンズと同様、社会改革に対する強い関心を抱きつつも、ディケンズとの違いを強く意識していた。このことは、最初の長篇小説『暁の労働者たち』（一八八〇）執筆後の一八八〇年一一月一一日、弟アルジェノンに宛てた手紙からも見てとれる。

僕はたしかに自分自身で創作の道を切り開いてきたのだ。もちろん誰も僕の手法や目的をディケンズのものと比べることなどできまい。僕は貧しき人々の（物質的、精神的、道徳的に）劣悪な実態を描き、我々の社会全体の恐るべき不正を暴き、改革への道筋を示し、容赦なきエゴイズムと消費の時代にあって、正義と高邁な理想への熱意を説きたいのだ。こうした目的を念

頭に置かずに本を書くことなど決してないだろう。（第一巻）

ここでギッシングが、「ディケンズのものと比べることなどできまい」とする手法と目的とはいかなるものなのか――この問いを探る鍵として共感をめぐるポリティクスを考察し、二人の作家を比較してみたい。

第二節　アダム・スミス『道徳感情論』における〈共感〉

いかに利己的であるように見えようと、人間本性のなかには、他人の運命に関心を持ち、他人の幸福をかけがえのないものにするいくつかの推進力が含まれている。……哀れみや同情がこの種のもので、他人の苦悩を目の当たりにし、事態をくっきりと認識したときに感じる情動に他ならない。[4]（第一篇第一章）

アダム・スミスは『道徳感情論』（一七五九）の第一部の冒頭でこう述べ、こうした共感を社会秩序の根幹に位置づけた。[5] スミスによる共感の概念は十九世紀リアリズムに決定的影響を与えたとレイ・グレイナーは述べている。グレイナーは、十九世紀リアリズム小説において共感とは決定的な要素であり、小説が単に読者の共感を呼び起こすだけではなく、読者が共感する心理的習性を形成するよう意図された形式を用いていると指摘する (Greiner 9-10)。スミスが説く「他者と寄り添う」という心的仲間意識 (mental companionship) は、十九世紀の小説において作家が創造しようとした、登場人物たちに寄り添う読者の心理状態と重なり合う。十九世紀小説はそうした心情を読者の心に喚起することにより、小説という虚構世界にリアリティを持たせたというのが、グレイナーの主張である。[6]

スミスの共感を軸に小説における共感を考察する際、重要な点がいくつかある。第一に、共感とは、我々が他者の状況に身をおいたときに得られる想像された感覚であり、他者が実際にどう感じているかは問題ではない。想像において自己と他者の区別が消え、他者と共に同じ感情を抱いていると感じる、その錯覚こそがスミスの説く〈共感〉なのである。こうした感情を抱くためには観察と想像が不可欠であり、苦しむ他者は見る者にとって一種のスペクタクルとなる。

他人が何を感じているか、我々はそれを直接体験することができないから、他人が心を動かされる仕方を知る方法は、同じ状況にあれば自分は何を感じるか想像する他にない。兄弟が拷問台にかけられていようと、我々自身が安楽でいるかぎり、彼の苦しみが何であるか、我々の感覚器官がそれを教えてくれることはない。……兄弟が抱いている感覚がどのようなものかをめぐる観念は、もっぱら想像によるものである。（第一篇第一章）

この一節において、拷問台にかけられ苦しむ他者と、その他者を「安楽で」観察し、苦しみを想像する「我々」との関係は、小説世界の登場人物と読者との関係と一致する。十九世紀リアリズム小説は、この他者と自己の関係を再現し、他者に寄り添う心情を読者に持たせることにより、現実味を帯びた虚構世界を構築したのである。

次に重要なのは、我々は他者の感覚を直接体験することができないにも関わらず、共感は身体的感覚と一体であるということである。我々は、「もし我々自身がその立場にあった場合、我々の感覚器官が感じるようなもの」（第一章）を想像することによって、他者の苦しみを感じる。しかし、共感は感覚器官と一体であるがゆえに、苦しむ他者の影響力が強すぎれば、他者への共感は嫌悪へと変容しうる。スミスは、敏感な感覚の持ち主であれば、「通りすがりの物乞いが腫れ物や潰瘍を人目にさらしているのを目にすると、自分の身体の同じ部位が痒かったり不快感を味わったり」して、「戦慄（horror）」を抱くと言う。この時、見る者の意識は精神を内包する総体としての物乞いの身体ではなく、その身体の病んだ一部分に集中している。見る者の眼差しは物乞いの強烈な肉体的存在感に阻まれ、その内面に思いを馳せ、寄り添うことができない。見る者はそれゆえ、他者と共感するためには、他者の肉体的存在から一定の距離を保たなくてはならない。共感は見る必要性と見ない必要性との危ういバランスの上に成立するのである。

さらに、スミスにとって自己と他者の違いとは〈ここ〉と〈そこ〉という視点の違いであり、共感とは我々の胸中に宿る〈公平な観察者〉が他者の視点に移動して他者の気持ちを思いやる能力であるという点も、その後の小説の共感の表象に大きな影響を与えている。ジェイムズ・チャンドラーは移動する能力と心を動かされる能力、すなわち移動（motion）と感情（emotion）は、十八世紀以降のセンチメンタルな文学の伝統において密接に結びつけられてきたと論じる。チャンドラーはその一例として、「すべての人は、その心に宿る魂と共に同胞のなかを歩きまわり、はるか彼方を旅するよう求められているのだ」という、ディケンズの『クリスマス・キャロル』（一八四三）におけるマーレイの言葉を引用している。事務所に閉じこもり他者への共感を忘れたスクルージの心は、亡霊と共に時空を超えて旅することによって、回復していく。[7]

最後に、共感とは普遍的感情であるとするスミスの主張にも関わらず、決して平等に働くのではなく社会的差異によって不平等に働くという点を挙げておきたい。アリストテレス以降の様々な感情理論の社会心理学的側面を検証したダニエル・M・グロスは、スミスの共感とは、他人の感情や行為が〈適切性〉のあるものとして是認されうるか否かに基づく社会的感情であり、適切性の判断には社会的差異が影響すると論じる。[8] たとえば、先に見たように、物乞いは共感を生み出さない場合もあるが、英雄は「我々の共感と愛着の対象」（第二篇第三章）になる。小説においても、読者の共感はすべての登場人物に一様に注がれるのではなく、共感から排除される登場人物もいる。

以下の議論では、ディケンズの『骨董屋』（一八四〇〜四一）とギッシングの『暁の労働者たち』を題材に共感をめぐるポリティクスを検証していく。一見、類似点がないようにも思える二つの作品だが、遊歩者としての語り手がロンドンの一角を彷徨する情景から物語が始まるという点において両者は似通っている。また、読者の共感を集める主人公が最後に死ぬという結末を迎える点も類似している。グレイナーは共感を、他者がおかれた状況を考え判断する認知的プロセスと定義し、そこから派生する憐憫といった感情とは厳密に区別するが、本稿ではそうした認知的プロセスとしての共感と同時に、その結果として読者に喚起される感情としての共感にも着目したい。ディケンズとギッシングの相違は、感情の喚起による社会改革を目指したか否かという点に最も明白に現れるからである。

　ギッシングは『骨董屋』に、貧しい人々を擁護しつつ、階級社会を是認するディケンズのラディカリズムの限界を見出し、彼は「完全な保守主義者」であると結論付けている。しかし、ギッシングは同時に、ディケンズは中産階級の一員であったからこそ、「社会的に劣る人々の喜びにも入り込むことができたのだ」と言い、キットとその家族がアストリー一座のサーカスを見て一夜を過ごした場面を評して次のように述べている。

> ここには何の風刺もない。これは共感的な眼差しで見つめ、この上なく優しい快活さでもって描かれた紛れもない真実なのだ。共感を取り去り、冷たい観察に置き換えてみるがよい。そこには真実が残るであろう。だが、それは全く無味乾燥な真実なのだ。
> （「『骨董屋』序文」）

ここには中産階級作家としてのディケンズへの反発を感じつつ、労働者階級を共感的な眼差しで描き、また、そうすることで読者の共感を喚起することができた先輩作家への憧憬も見て取れる。共感を取り去った観察、無味乾燥な真実――これこそ、ディケンズとは異なる手法と目的を持ち「自分自身で創作の道を切り開いてきた」と自負するギッシングが、生涯向き合わなくてはならなかった問題だったからである。二人の作家の類似点と相違点を、作家の登場人物への共感、登場人物同士の共感、読者と登場人物との共感、さらには作家と読者との共感など、多層的に共感の在り方を検証することで明らかにしたい。

第三節　国民的悲しみ――『骨董屋』における共感

　『骨董屋』のヒロインであるネル・トレントの死に対する同時代の読者の過度に感傷的な反応はあまりにも有名である。ディケンズの親友W・C・マクレディはネルの死を描いた分冊が届いた日の日記に「これほどまでに痛みを与えるような言葉を私は読んだことがない」と書き、『エディンバラ・レヴュー』の辛口の批評家ジェフリー卿でさえ涙にくれたという (Andrews 21)。ネルの死は、ジョージ・ヘンリー・ルイスの言葉を借りれば「国民的悲しみ」とまで言われるような大きな共感の渦を、人々の間に巻き起こしたのであった (Schlicke & Schlicke 64)。[9]

　十九世紀における共感について考えるとき、急速な都市化に伴って現れた群衆の存在を無視することはできない。

> 普段は夜が私の散歩の時間である。夏はしばしば朝早く家を出て、日がな一日野原や小径を歩き回ったり、時には数日間、数週間、留守にしたりする。すべての生き物と同様に、私は大地に降りそそぐ日の光や明るさを愛しているのだが、田舎以外では、日が暮れるまで外出することはめったにない。
>
> いつの間にかこれが私の習慣となってしまった。そのほうが私の不自由な体には都合がいいし、通りを埋め尽くす人々の性格や生業に思いを巡らすのにも適しているからである。
>
> （第一章）

ハンフリー親方によるこの『骨董屋』の有名な冒頭の語りでは、昼と夜、光と闇、田園と都市が鮮やかに対比されている。これは単に空間的対比にとどまらず、十八世紀から十九世紀への変化を表す時間的対比でもある。[10] 急激な都市化に伴って現れた群衆は、当時の批評家や作家たちには「どこか不気味なもの」と映ったとヴァルター・ベンヤミンは指摘する。[11] その一例として、ベンヤミンは「街路の雑踏には何か不快なもの、何か人間性そのものにとって嫌悪を催させるものがある」(Benjamin 163) というエンゲルスの『イギリスにおける労働者階級の状態』からの言葉を引用している。エンゲルスが嫌悪の感情を抱いたのは、階級や階層こそ違えども同じ人間であるはずの巨大な群衆の各々が、互いに隔絶され無関心な状態でいるという事実であった。ベンヤミンが遊歩者と呼ぶ人間は、群衆の大多数を支配するこの「残酷な無関心」の只中にあって、群衆を構成する個人に目を向ける。マイケル・ホリントンはディケンズにおける遊歩者の重要な要素は「共感的な投影の能力、すなわち、他者の内面に入り込むとはどのようなことかを想像する能力である」(Hollington 85) と指摘している。ハンフリーはまさにこうした共感力を備えた遊歩者として登場する。

共感力豊かなハンフリーは同時に、「セント・マーティンズ・コートのようなところで病に伏せる人のことを考えてみよ」（第一章）という命令形の文章によって、読者に向かって他者への共感を誘う。彼は群衆の無関心を超えて他者に共感し、また読者に対しても共感を呼びかけるのである。ヴィクトリア朝の小説において、共感という言葉は「階級間疎外の問題を個人的、感情的レベルで解決し、相互の思いやりや普遍的人間性を確信することで、社会的差異を改善しようとする試みを表すのに使われた」とオードリー・ジャッファは論じている (Jaffe 15)。エンゲルスの記述が示唆するように、階級、階層の違いはあっても基本的に同じ人間であるはずの群衆を隔てているのが無関心であるとするならば、共感はその無関心を克服して群衆を一つにする。共感し、共感を誘うハンフリーの語りは、共感という感情を土台として、人々のひしめく都市風景のなかに新しい共同体を想像／創造しようとする試みといえよう（図版②）。

しかし、群衆の只中にあっても、ハンフリーの語りはその群衆の肉体的存在を感じさせない。スミス的共感のシナリオで

図版② ギュスターヴ・ドレ「ラドゲート・ヒル」（『ロンドン巡礼』、1872 年）

ハンフリーの語りは〈共感〉によって人々のひしめく都市風景のなかに新しい共同体を想像／創造しようとする試みであった。

は、他者の強すぎる肉体的存在感は時として見る者の共感を阻害する。「日中のギラギラとした光と喧騒」（第一章）ではなく、夜の暗がりを好むハンフリーは群衆を見ているようで見ていない。彼にとっては「街路や店の窓の明かりで通り過ぎる顔を一瞬一瞥することのほうが、昼の光で完全にあらわになるよりは目的にかなっている」。なぜなら、群衆の肉体的存在から一定の距離をおいてはじめて、「共感的な投影の能力」を発揮することができるからである。ハンフリーはこの〈見る〉と〈見ない〉の微妙なバランスを保ちつつ共感し、共感を誘っていく。そして、この〈見る〉と〈見ない〉の関係は、読者の共感の中心にいるネルの表象に端的に現れている。共感のポリティクスにおいてネルは二つの役割を担う。一つは最初の数章で姿を消すハンフリーに代わり、〈見る〉主体として共感の眼差しを持って周囲を観察すること、もう一つは〈見られる〉客体として読者の共感を誘うことである。ディケンズは他者に共感するネルを通して、他者に寄り添う仲間意識とはいかなるものかを示したのち、彼女の死に至る物語の終章に向かって、今度はスペクタクルとしてネルを呈示し読者の共感を誘うのである。

　最初に〈見る〉主体としてのネルを見ていきたい。ネルの共感はまず、彼女にとって一番身近な人物である祖父に向けられる。祖父の悩みの原因が何であるかを知らない彼女は、日々憔悴していく祖父を観察し、その心の秘密を知ろうとする。

何か隠された重荷に打ちひしがれる老人を見ること、そのうろたえ落ち着きのない状態に気づくこと……その言葉や様子に落胆の狂気が刻々と近づいている兆候を辿ること、来る日も来る日もこうした兆候が確実になっていくのを見守り、待ち、耳を傾けること、そして、何が起きようとも誰も自分たちのことを助けてくれないし、助言も与えてくれないし、気づいてもくれないと感じ知ること……　（第九章）

ここでは見る（see）、気づく（mark）、辿る（trace）、見守る（watch）という言葉が繰り返され、静かな観察者としてのネルの立場が強調されている。こうしたネルの共感力は、旅に出ることによっていっそう高められていく。郊外、田園、古い町、工業都市といったイングランド各地を移動し、村人、教師、旅芸人、工場労働者といった様々な人々と交わるなかで、ネルは他者の内面に自由に入り込む感情の移動性を獲得する。そして、愛弟子を失った教師に同情を寄せ、見知らぬ姉妹の再会の喜びに共感しながら旅を続けるネルの物語を辿る読者もまた、他者と寄り添う心理的習慣を培っていく。

　物語が進むにつれ、ネルは観察し、共感する主体から徐々に共感される客体へと変化する。その変化の分岐点となるのが、ネルの最大の試練とも言うべき、ミッドランド工業地帯の彷徨を描いた数章である。読者の共感を最大限高めていく過程で、ディケンズはネルをスペクタクルとして呈示しながらも、彼女の肉体性を過度に強調していない。ネルの描写は肉体を持つ人間と持たない人間との間で揺れ動くが、そのことによって彼女は読者の心に大きな共感を喚起することになる。

　ディケンズがまず強調するのは、飢えや寒さといったネルの肉体的苦痛よりはむしろ人々の無関心のなかでの疎外感という精神的苦痛である。街にたどり着いたとき、ネルと祖父は街路の片隅に佇み、通りを行きかう人々の流れを見つめる。

　二人は雨宿りのため低いアーチ道に身を隠し、何か希望や励ましの光が見出せないかと、行き交う人々の顔を見た。ある者はしかめ面をし、ある者は微笑み、またある者は独り言をつぶやいていた。……そこに静かに立って、通り過ぎていく人々の顔を眺めていると、それらすべての人々の秘密を知ることができるようだった。　（第四四章）

ここでのネルは遊歩者ハンフリーと同じく共感的眼差しを有する見る主体である。だが、群衆の中に彼女の眼差しに気づき応えてくれる者は誰一人いない。群衆を支配するのは無関心であり、その只中にあってネルの孤独は「難破した船員の喉の渇き」にもたとえられている。けれども、ディケンズはある決定的な瞬間において、読者の注意を彼女の肉体に向ける。飢えと寒さに耐えかねた祖父が、なぜこんなところに連れてきたのだとネルを責めたとき、彼女は次のように答える。

　「おじいさんが年を取って弱いのはわかっているわ。でも、私を見て。おじいさんが不平を言わないなら私も言わない。私だって本当は辛いのよ」
「ああ、かわいそうな家も母もなき子よ」と老人は叫び、彼女の不安げな顔や旅で汚れた服、傷つき腫れあがった足に、初めて気づいたかのように彼女を見つめ、両手を組み合わせた。

「私を見て」――この言葉によってネルは自らの身体をスペクタクルとして、祖父に、そして読者に呈示している。これは唯一ネルの傷ついた身体についての具体的な言及だが、この場面を境に彼女の肉体的存在感は徐々に薄められると同時に、見る主体よりは見られる客体としての側面が強調されるようになる。都会では誰にも見られることのなかったネルだが、教師に救われ、平和な村に住処を得てからは、周囲の人々の注目と共感を一身に集めていく（図版③）。祖父は「炉辺で彼女に向かい合って座り、満足して彼女を見守り、見つめ」（第五五章）、村人は「可哀想なネル」に「同情的敬意」を示す。物語の最後、息を引き取りベッドに横たわる彼女の遺体は、肉体的苦痛の痕跡をとどめず、リアリティを喪失した「見るに美しい」（第七一章）スペクタクルと化す。「国民的悲しみ」と呼ばれた死は、ヒロインの身体をある時は見せ、また、ある時は見せないというディケンズの巧みな戦術によって生み出されたのである。

『骨董屋』は最後に、その語りの枠組みによって、ネルに寄せられた読者の共感を、社会的弱者一般への共感へと広げようとしている。『骨董屋』を連載した雑誌、『ハンフリー親方の時計』には、ネルの物語を語り終えたハンフリーが再登場し、セ

図版③「気絶するネル」（キャタモウルと「フィズ」の挿絵）

「皆はお気に入りの薬の名を口々に叫ぶが、誰も持ってこなかった。皆はもっと空気をと叫びながら、同情の的に群がることで、そこにあった空気までも念入りに締め出していた」（第46章）――ネルは物語の終盤、スペクタクルとして登場人物と読者の共感を一身に集めていく。

ントポール大聖堂の時計台の高みから見下ろしたロンドンを描写する。[12] 眼下に広がる街の群衆は物語の冒頭の群衆と同様、互いに無関心であり、「無数の男や女たちが……夜どこで眠るのかも知らないままに朝目覚めることや、常に惨めさと飢えに苛まれる地区が街に存在すること」（第六章）をほとんどの裕福な者たちは知らない。ハンフリーはこの無関心が支配する街を見つめつつ、時計の音にロンドンの鼓動を重ね合わせ、「通り過ぎる者のなかの最も卑しい者にも思いを向けるよう、人間の形を持つ誰からも、侮蔑と高慢で目を背けることがないように」と命ずる声を聞く。ハンフリーの語りは物語の冒頭と同じく、共感を求める声によって群衆を結ぼうとするのである。しかし、ここでもハンフリーは群衆を見ているようで見ていない。彼が描くのは生身の身体を持つ群衆ではなく、あくまでもロンドンの高所に立って思い描く群衆である。ギッシングはこうしたディケンズの手法に真っ向から反発していく。

第四節　『暁の労働者たち』における共感の破綻

「読者よ、私と一緒にホワイトクロス・ストリートを歩いてみよ」（第一部第一章）という一文で始まる『暁の労働者たち』の冒頭の場面は、『骨董屋』のそれとは鮮やかな対照をなしている。スラム街の情景は、視覚、嗅覚、聴覚という感覚を通して描かれ、そこにうごめく群衆の圧倒するような肉体的存在を感じさせる。「燃え上がるナフサランプ」の光はそこに蠢く住民たちを容赦なく照らす。「むかつくような臭気」、「耳をつんざくような甲高い声から轟くような大声まで、ありとあらゆる激しい調子で叫ぶ女や子供たち」――語り手は数ページにわたって続く描写によって、貧困の中で生きる住民たちの暮らしぶりを読者の眼前に浮かび上がらせる。「考えてみよ」という命令形の文章によって、病に伏せる人の思いを読者に想像させ共感を誘った『骨董屋』のハンフリーとは異なり、『暁の労働者たち』の語り手は歩き、見て、聞くことを読者に命じ、自分と同じ身体的体験をするよう誘う一方で、読者の貧しき者たちへの共感を極力抑制しようとする。

周囲の顔に刻まれた数えきれぬ悪徳と貧苦は、一時間観察しても飽き足らないほどであろう。だが、大多数の者は不幸せなようには見えないと言わねばならぬ。むさ苦しい場所にあってでも彼らは冗談を言い合い、売り買いを明らかに楽しんでいるではないか。あなた方が憐れんでいると知れば、彼らは驚くに違いない。そして、彼らが自分自身の堕落に気づいていないという事実こそ、最も憐れむべきことなのだ。

『骨董屋』では、見ることと見ないことのバランスの上に共感が成り立っているのに対し、ここでの語り手は見ることに徹し、読者にもそうするよう呼びかける一方で、安易な共感を戒めている。そして、〈彼ら〉の幸福は〈我々〉の尺度では測りえないことを読者に認識させ、〈我々〉と〈彼ら〉の差異を際立たせるのである。

『暁の労働者たち』では〈見る〉という行為が大きな意味を持っている。芸術の才能を持つ主人公アーサー・ゴールディングの養父、トラディ氏が幼い日のアーサーをスラム街に連れていき、次のように語る場面がある。

「ここにしばらく立って……あそこを通り過ぎる人々の顔をよく見てみよう。悪徳と犯罪が、まるで言葉で書かれているかのように、はっきりと現れているだろう。顔ばかりを見ていないで、体つきも見てごらん。あの一メートルもない背丈の老婆を見なさい。なんという恐ろしい奇形だろう。……あの男の獣のような鼻と唇の形や、恐ろしく突き出た顎骨を見てみなさい」

（第一部第一一章）

この一節には、人間の特性はその外観に現れるとした骨相学や、犯罪性の刻印は容姿に明瞭にとどめられるとした犯罪学の影響を認めることができる。観察を重んじ、人間を規定する遺伝や環境などの生物学的、物理的要因を明らかにすることを通して人間を理解しようと志向したのが、科学的自然主義であった（廣野、三四八～五五）。トラディ氏の言葉は、こうした自然主義的観察者としての芸術家の存在を強く感じさせる。トラディ氏は「私たちが見ている群衆の忠実な絵を描き、ホガースの後継者となるように。……彼らを見たままに描き、その絵をアカデミーに出展するように。それは見る人すべてにとって教訓となるであろう」とアーサーを諭す。芸術家は忠実な表象を通じて現実を世に知らしめるという教育的使命を負っていて、その使命を果たすことこそが社会改革につながるとトラディ氏は考えたのである。こうした姿勢は読者の共感的想像力を喚起することによって社会を変えようとしたディケンズの芸術観とは大きく異なる。観察よりは想像力を重んじて他者と寄り添おうとする共感に対して、トラディ氏はあくまでも、観察に基づく現実把握という科学的手法からの社会改革を訴えている。ギッシングは『『オリヴァー・トゥイスト』序文』のなかでディケンズとホガースについて触れ、二人の芸術家は「類似よりは対照」をなしていると指摘する（図版④）。そして、ディケンズは下層階級社会を描くときでさえ、「作品に快活な人間味」を与えたが、ホガースであれば「より自然主義的描写」になっていたであろうと評している。トラディ氏が言う「ホガースの後継者」とはディケンズのような共感的眼差しを排し、醜悪さや悲惨さをも見たままに描く、現実描写に徹した芸術家なのである。

トラディ氏の考える芸術家の理想は、先に引用した弟アルジェノンに宛てた手紙にある「劣悪な実態を描き、我々の社会全体の恐るべき不正を暴き、改革への道筋を示し」たいとするギッシング自身の理想とも重なり合う。そして、こうした正確な現実描写を通して社会改革を目指す姿勢は、共感を排除した冒頭の語りにもつながっていくのである。小説ではさらに、他者を正確に見ることなく寄り添おうとして破滅に至る二人の登場人物、アーサーとヘレン・ノーマンを描くことで、共感の限

図版④　ウィリアム・ホガース『ジン横丁』（1751年）

ギッシングにとってのホガースは、人間の醜悪さや悲惨さをつぶさに描く「自然主義的な」画家であった。そして、「ディケンズとは「類似よりは対照」をなしていると考えた。

界を呈示している。

トラディ氏の薫陶を受けつつも、本能的な美への志向によって破滅に至るアーサーの物語は、一般的には審美主義的芸術家と社会改革者という二つの相容れない理想の間で引き裂かれる青年の悲劇と解釈されているが、スミス的共感の限界を描いた物語として読むことも可能である。アーサーを破滅に導くのは作家自らの体験とも重なり合う娼婦キャリー・ミッチェルとの破滅的恋愛だが、その破綻はアーサーの心に映るキャリーの像と現実のキャリーとのギャップに起因する。「美は心の奥底から崇拝する女神」（第一部第一一章）という審美的感受性を持ったアーサーの共感は常に視覚によって触発される。アーサーの恋愛感情の芽生えを描いた章のタイトルは「愛、それとも憐憫」だが、彼の愛情は初めから現実のキャリーへの愛情ではなく、彼女の美しい容姿から彼が勝手に思い描く誤った表象に対する愛情であった。彼は愛人に捨てられ、涙する彼女の「赤く泣きはらした目、蒼ざめた頬、弱々しい足取り」（第二部第一一章）という苦しむ女性のスペクタクルを想像し、憐憫の情を掻き立てられる。スミスのシナリオにおいては、他者の実際の感情とは関係なく、見る者が想像する他者の感情によって共感は成立する。キャリーの苦しみはアーサーの想像の産物に過ぎないという皮肉は、二人の関係が深まるにつれて、徐々に明かされていく。二人の結婚生活は、ディケンズの『デイヴィッド・コパフィールド』（一八四九～五〇）におけるデイヴィッドとドーラのそれを想起させる。いずれも主人公の「未熟な心」ゆえに相手を見誤って破綻するが、後者が牧歌的哀惜を込めて回想されるのに対し、前者は、徹底的なリアリズムによって、その悲惨な現実が克明に描かれる。アーサーはキャリーとの埋めがたい差異を感じて教育を施そうとするが、生身のキャリーは応えることができない。「あなたがどれほど骨を折っても、私は絶対によくならない」（第二部第一五章）というキャリーの言葉は、中産階級の優越的視線によって一方的に作り上げられた自らの像に対する、下層階級の精一杯の抵抗といえよう。

キャリーが社会的、文化的に上昇できないのと呼応して、アーサーの人生は下降の一途をたどる。彼にとって共感は、他者の感情に寄り添い、他者と一体化することを意味する。スミスの言葉を借りるなら、「想像によって自分自身を彼［苦しむ者］の立場に置き、同じ拷問のすべてに耐えると思い浮かべ、それをまるで彼の身体であるかのように理解し、こうしてある程度まで彼と同じ人物になる」（第一篇第一章）のである。その一例として、アーサーがキャリーの元愛人への怒りを想像して共感する場面を挙げることができよう。その時のアーサーの感情は、「血管の血が煮えたぎり、脈が激しく打った。一瞬彼はこの可哀想な娘の不幸を招いた男への激しい怒りを感じた」（第二部第一一章）と表現されている。こうした他者に寄り添う共感はディケンズにおいては是認されるが、ギッシングにあっては、自己アイデンティティの崩壊を招く危険性を孕んだものとして描かれる。本来上昇志向を持つアーサーだが、キャリーとの関係のなかで「獣のような存在の汚れた空気のなかへと、徐々に引きずり降ろされ」（第三部第二章）、最後は自殺という悲劇的結末を迎えることとなる。

ヘレンの生涯もまた、共感が招く悲劇を示唆している。幼い頃から貧しい者たちに対する自らの責務を感じていたヘレンは、ドイツ留学中にショーペンハウアーやコントといった思想家の著作と出会い、帰国後にロンドンのスラムで慈善事業を行う決意をする。彼女は自身の魂の遍歴を振り返った日記に、「ショーペンハウアーは私のうちに共感の情熱を呼び覚まし、私が人生で感じていた漠然とした不安に言葉を与え、我を捨て他者の中に生きることを教えてくれた」（第一部第一四章）と記している。ショーペンハウアーとスミスの共感の概念には共通点もあるが、前者の共感は、社会において個人が道徳性を獲得するための基本原理であるのに対し、後者の共感は行動の原動力として捉えられている点で、大きく異なる。[13] ショーペンハウアーは、苦しむすべての者への共感が道徳の基本であるとし、道徳的行動を起こすには、他者と自己とを同一化しなくてはならないと説いた。「私はある程度まで他者と同じになり、その結果として、さしあたり自我と非我を隔てる障壁は取り除かれる」[14]と『道徳原理』に記されている。しかし、こうした自我と非我の境界を曖昧にする共感は、アーサーの場合と同様、ヘレンにおいても破滅の要因となる。

アーサーの共感が視覚によって触発されるのに対して、ヘレンの共感はスラム街の貧民たちのナラティブによって触発される。十五歳で母になるも、夫には扶養能力がなく、両親も牢獄にいて寄る辺もなく途方にくれる少女、夫が働けず、家族全員が数日間食事をしていないと話す女など、スラムにはヘレンが心動かされるナラティブに満ちている。貧民たちに寄り添う共感の証として、彼女は施しを与えるが、それは結局彼らのアルコール代金として消えてしまう。施しは、観察者の真実を見抜く能力をも含む、アイデンティティそのものが関わる象徴的行為であるとジャッファは指摘する（Jaffe 56）。[15] ヘレンのメンターであるヘザリー氏は、「良い結果が得られそうにないところに、あなたのお金を無駄に使わないよう注意したほうがよい」（第二部第八章）と忠告を与えるが、ヘレンが無駄にするのはお金だけではなく、心身両面の健康も含む彼女自身なのである。慈善事業に全身全霊を傾けた彼女が、自身の浪費とも言える「消費（consumption）」、すなわち結核にかかって命を落とすのは、共感の破綻を示す象徴的結末と言えよう。『骨董屋』におけるネルの死の描写とは対照的に、ギッシングは吐血、咳、憔悴、倦怠といったヘレンの身体的症状や、徒労感、恐怖といった精神状態を克明に記述していく。だが一方で、ヘレンの死は新聞の死亡記事という感傷性を極力排除した形で伝えられる。読者の彼女に対する共感をも拒絶するかのような最期とすることで、ギッシングはディケンズとの相違を際立たせようとしたのであろう。

＊　＊　＊　＊　＊

以上、共感をめぐるポリティクスを中心に、ディケンズとギッシングを比較し、その類似点と相違点を探った。社会改革者としての使命感においては共通する二人だが、ディケンズがスミス的な共感的想像力を通じて人々の心を変え、ひいては社会を変えようとしたのに対し、ギッシングは安易な共感的想像力を拒絶し、観察によって正確に現実を把握しようとする努力から出発した。自らの実体験として下層階級の実態を知るギッシングにとって、ディケンズの共感的想像力を通じた社会改革は、所詮は下層階級の現実や彼らの感情を無視した中産階級的ラディカリズムに過ぎず、反発を覚えずにはいられないものであったに違いない。実際、『骨董屋』において、ネル、キット、侯爵夫人といった読者の共感を誘う登場人物がいる一方で、ミッドランドの多くの労働者たちは暴力的で、共感よりはむしろ恐怖や嫌悪の対象として描かれている。ギッシングの目には、そうした区別は偽善と映ったのであろう。しかし、その限界から出発したギッシングは、事実観察を基盤とする自然主義的手法を用いたものの、現実を忠実に描けば描くほどに、中産階級と下層階級との埋めがたい差異ばかりが強調され、社会改革の難しさを実感することになる。「共感を取り去り、冷たい観察に置き換えてみるがよい。そこには真実が残るであろう。だが、それは全く無味乾燥な真実なのだ」というギッシングの言葉には、自らの手法に対する行き詰まり感とともに、登場人物や読者の心に自由に入り込むことができると信じて疑わなかった、そして、それによって社会を変えることができると信じて疑わなかった先輩作家への限りない憧憬の念が込められているのである。

注

1 Dinah Birch, *Our Victorian Education* (Oxford: Blackwell, 2008) 12-19.

2 Qtd. in Patrick Parrinder, "The Look of Sympathy: Communication and Moral Purpose in the Realistic Novel," *A Novel: A Forum of Fiction* 5 (1972): 135.

3 Martha C. Nussbaum, *Poetic Justice: The Literary Imagination and Public Life* (Boston: Beacon, 1995) 8.

4 アダム・スミス、『道徳感情論』からの引用は、高哲男訳（講談社、二〇一三）を用いた。

5 スミスにおける "sympathy" は、〈同情〉や〈同感〉という訳語が用いられることもあるが、本稿では他者との水平的連帯感を含意する〈共感〉という訳語を用いる。

6 グレイナーは、隠喩や自由間接話法といった小説技巧に着目して、リアリズム小説における共感のメカニズムを分析している。

7 James Chandler, *An Archaeology of Sympathy: The Sentimental Mode in Literature and Cinema* (Chicago: U of Chicago P, 2013) 201-07.

8 Cf. Daniel M.Gross, *The Secret History of Emotion: From Aristotle's Rhetoric to Modern Brain Science* (Chicago: U of Chicago P, 2006) 169-78.

9 以下、『骨董屋』における共感を論じた箇所は、筆者による「『包含と排除』——『骨董店』における『同情』のメカニズム」をもとに、加筆修正を加えたものである。

10 パム・モリスは、十八世紀から十九世紀にかけて、国家の主権が領土と結びついた権力から人民へと移行するにつれて、国家表象のありかたも、広がりや開放的空間によって視覚化された田園風景から、人々が狭い空間でひしめき合う都市風景へと変化していったと述べている。Pam Morris, *Imagining Inclusive Society in 19th-Century Novels* (Baltimore: Johns Hopkins UP, 2004) 10-11.

11 Walter Benjamin, "On Some Motifs in Baudelaire," *Illuminations*, ed. Hannah Arendt, trans. Harry Zohn (London: Fontana, 1992) 170.

12 新野は『骨董屋』に、作家ディケンズの自己をめぐる神話の解体と再構築の過程を読み解き、このハンフリーの語りに、社会を俯瞰的に描こうとする都市型作家の誕生を見出している（新野、四四～四九）。

13 Cf. Lauren Wispé, *The Psychology of Sympathy* (New York: Plenum, 1991) 1-30.

14 Qtd. in Bernard Reginster, "Sympathy in Schopenhauer and Nietzsche," *Sympathy: A History*, ed. Eric Schliesser (Oxford: Oxford UP, 2013) 267.

15 ヘレンが浮浪者にお金を与えようとして財布を奪われるという幼少の頃のエピソードは、真実を見抜く能力の欠如を表している。

第五章

教育は誰のためのものか
――社会から個人へ――

金山　亮太

エリザベス朝のホーンブック
（フォルジャー・シェイクスピア・ライブラリー所蔵）

小文字・大文字、母音と子音の組み合わせのほか、「主の祈り」が書かれている。本来のものは、文字が書かれたベラム紙あるいは普通の紙などを角質の透明板で押さえて使用したので、この名がある。

第一節　教育の変質

ディケンズが生まれた十九世紀初頭には、今日見るような公教育制度が整っていなかったために、所属する階級によって人々の識字率は大きく異なっていた。慈善学校や貧民学校などで基本的な読み書き程度しか教えられていない者がイギリス国民の大半を占めていた時代だったのである。ディケンズが父親の債務者監獄への投獄に伴い十分な教育機会を得られなかったことを生涯悔いていたことは有名だが、そもそもディケンズの少年時代には学校に行くことなど最初から想定されていないような人々が数多く存在していた。一方、ギッシングが生まれた十九世紀半ばになると、国民生活の向上に伴って、彼らに文化的かつ健康的な生活を送らせるために教育を義務化することが政治課題の一つとなっていた。この発想の延長として初等教育法が施行されたのが一八七〇年、ギッシング十三歳の時のことである。ディケンズが作家としてデビューした一八三〇年代は、その少し前から新しい新聞や総合雑誌の創刊が相次ぎ、新興資本家や労働者を含む大量の都市生活者が、新たな読者層として彼らの好みに合う新しい書き手を求めていた。しかし、ギッシングが意識していた読者層は、ディケンズのそれとは質的にも量的にも大いに異なる。彼の作家人生がスラム街に住む労働者階級の人々の生態を赤裸々に描く『暁の労働者たち』（一八八〇）から始まったことからも明らかなように、ギッシングにとっては、貧民すらも最低限の識字能力を持つ時代になっていることを前提に人物造形をすることが必要だった。

ディケンズが庶民の暮らしぶりを共感をこめて描きつつも、彼自身が観察した下層階級の生態は（かつて靴墨工場で過ごした不愉快な数ヶ月を除いては）主にジャーナリストとしての目を通してであったのに対し、ギッシングはオーウェンズ・カレッジ退学後、アメリカでの放浪生活を経て帰国した後に、実際に貧民窟と同様の場所で食うや食わずの生活を送った経験があった。文学の世界に自然主義の影響が見られるようになった十九世紀後期に活躍した彼ならば、より真に迫った、誇張のない描写ができたはずである。ただし、そのことはギッシングの方がディケンズよりも優れた時代の証人であることを必ずしも意味しない。本稿では、ヴィクトリア朝の最盛期に活躍したディケンズと、時代の終焉を目の当たりにしていたギッシングを学校や教育という観点から検討し、学歴があること、あるいはないことによって彼らにもたらされたもの、そして時代と共に変化する教育を巡る言説について考えてみたい。

学校に行くということが一般的でなかった時代には、家庭こそが主たる教育の場であった。子供が社会の一員として受け入れてもらえるように躾けるということであれば、家庭だけでも十分な時代があったのである。たとえば、地主から借りた土地を耕すことで生計を立てる小作農にとっての教育は農地の管理や家畜の世話の仕方であったろうし、親の仕事を継いで鍛冶屋になるためには火の調節や道具の使い方、出来栄えの良し悪しの見極めを身につける必要があったはずである。商売をしている家の子供は嫌でも計算を覚え、帳簿のつけ方を体得することが期待された。他方で、そのように親の職業を自動的に継承するわけではない子供は、自分が就こうとしている職業を生業としている親方の下に数年間徒弟奉公に出され、年季が明けた後もしばらくはそこに無給で勤めることでお礼奉公を済ませた後に、やっと一人前になるのであった。そこでは奉公先が文字通りその徒弟にとっての「学校」になったのである。[1]

このように、職業の種類が限定され、階級的流動性も限定的な時代にあっては、あくまでも将来の自分の仕事に関わることだけを身につければよかった。しかし、大航海時代以降、西洋社会に流入してくる新世界の情報は質・量ともにそれまでの情報を凌駕するものとなり、活版印刷の導入によって文書化された情報量の膨大さに人々は圧倒された。当時、識字能力を持つ者は一握りであったが、彼らにとっては限られた時間の中で必要な情報の取捨選択を的確に行うことが必須となった。そのような場合、何を、どこまで知っていればいいのかを判断することが重要になる。このような事情と十八世紀の啓蒙思想を背景にして生まれてくるのが、「知」の全体像を示してくれる百科事典である。イギリスではジョン・ハリスが一七〇四年に出版した『レキシコン・テクニクム』をその嚆矢とするが、これを受けて生まれた最初の百科事典がイーフレイム・チェンバーズの『サイクロペディア』（一七二八）であり、これがさらにディドロとダランベールの『百科全書』（一七五一〜七二）や『ブリタニカ百科事典』（一七六八〜七一）に繋がっていく。十九世紀に入ると、ディケンズが既に法廷の速記記者として働いていた一八三二年には挿絵入りの『ペニー・マガジン』が出て、労働者階級の人々にまで有用な知識を週刊分冊形式で伝えるようになる。今日のウィキペディアにまで連なる知の民主化・分売が既に始まっていた。（図版①）

このように見ていくと、かつて自分の生活や職業に直結しているがゆえに必要不可欠であった教育は、将来の必要性に備えるために、自分とは関係のないもの、興味のないものまでも学ぶことが求められる規律の一環となったことがわかる。十九世紀に庶民向けの教育内容を整備することを訴えたケイ＝シャトルワースは、一八四〇年二月、ロンドン郊外にバターシー師範学校を設立した。まずは良質の教員を養成することが急務と考えたからである。二年間の学校生活で教員候補生に叩き込まれたのは宗教教育のほか、地理、つづり方、作文、英国史、算術、測量、物理、音楽などのほかに教育理論などもあった。[2]

かつて一般的だった識字教育といえばホーンブックや世界図絵（オルビス・ピクタス）などを用いた語彙習得、すなわち「三つのＲ――読み（reading）、書き（writing）、計算（arithmetic）」に重点が置かれていたことを思えば、その内容が一挙に近代化していることがわかる。このように学ぶべき内容が多様化したのは、何よりも当時の世相が単なる識字能力以上のものを教師だけでなく生徒にも求めたからに他ならない。時代が次世代の子供に対して、これからの社会の一員に求められることになるであろう学識を

Invitatio. Einleitung.

M. Veni, Puer! disce Sapere.	L. Komm her/ Knab! lerne Weißheit.
P. Quid hoc est, Sapere?	S. Was ist das/ Weißheit?
M. Omnia, quæ necessaria, rectè intelligere, rectè agere, rectè eloqui.	L. Alles/ was nöhtig ist/ recht verstehen/ recht thun/ recht ausreden.
P. Quis me hoc docebit?	S. Wer wird mich das lehren?
M. Ego, cum DEO.	L. Ich/ mit GOtt.
P. Quomodo?	S. Welcher gestalt?
M. Du-	

図版① ラテン語とドイツ語による、ヨハネス・アモス・コメニウス著『世界図絵』（1658年）

この世から人体、職業、徳目や諸宗教に至るまで、普遍的な教養の全体像を示す。各ページは上に絵、下にその説明という体裁をとっていた。教育における視聴覚的手法活用の先駆者コメニウスは、「教育なくしては、人間は人間になることはできない」（『大教授学』第5章）と主張したモラヴィア（現チェコ）の教育学者である。

先取りすることを期待し、その願望がバターシー師範学校のカリキュラムに反映しているのである。ヴィクトリア朝は社会構造が急激に変化し、それに適応するために必要とされるものもまた目まぐるしく変化した。国民全体を社会に適応させるための装置として、学校あるいは教育の意義が本格的に認識され始めた時代だったのである。[3]

第二節　女子教育の限界

同じヴィクトリア朝の作家でありながら、学校や教育に対する態度がディケンズとギッシングでは大きく異なっていることは、作品に登場する学校の描写一つをとっても顕著である。ディケンズ自身が十分な学校教育を受けられなかったことの反映だろうか、彼の作品に登場する学校はいずれも、どこかいびつで問題を抱えている。その最も初期の描写として、ここでは『骨董屋』（一八四〇～四一）に登場するモンフレイザーズ女史の学校を取り上げる。

賭博癖のある祖父のトレント老人と共にロンドンを捨て放浪の旅に出た主人公の少女ネルは、道中でジャーリー夫人の蝋人形一座と一緒になる。一座の公演を宣伝するためにモンフレイザーズ女史の学校を訪れたネルは、生徒を引率して散策に出ようとしていた女史に、無為の時間を過ごしていることを責められる。思わず泣き出したネルが落としたハンカチを拾ってやったミス・エドワーズという十五、六歳の見習い教師を「下層階級の出身だから、このような身分の低い子に親切にするのだ」（第三一章）と非難する一方で、准男爵の娘を傍らに呼んで自分と一緒に列の先頭を歩くように命じるモンフレイザーズ女史は、勤労の美徳を称える一方で上流階級のお近づきに与（あずか）ることを名誉と考える典型的なスノッブとして描かれているが、この短いエピソードの中に女子教育に対するディケンズの問題意識が凝縮されている。

女子教育と銘打ってはいるものの、当時の女性に期待されている程度の最低限のリテラシーと若干の外国語知識、あとは刺繍、裁縫、声楽やスケッチなどといった「女性らしい」技芸(accomplishments)の一部を授ける場としてこの種の学校は想定されている。と同時に、そこが他の生徒の前で貧しい見習い教師を軽蔑し、良家の子女を贔屓して見せるような陰湿な階級差別意識を醸成する場であったこともディケンズは強調する。「母もなく貧しい彼女［ミス・エドワーズ］はこの女学校の徒弟だった。無料で授業を受け、今度は教わったことを無料で教え、食事つき下宿を無料であてがわれ、この学校の誰からも最底辺の存在として見なされていた」（第三一章）のである。将来のガヴァネス養成という名目のもとで不毛な身分差別が再生産されていたことをサッカレーの『虚栄の市』（一八四七～四八）やC・ブロンテの『ジェイン・エア』（一八四七）に先立ってこの場面は教えてくれる。

これ以外にも『マーティン・チャズルウィット』（一八四二～四四）のルース・ピンチ、『デイヴィッド・コパフィールド』（一八四九～五〇）のアグネス・ウィックフィールドなどのように、貧しさゆえにガヴァネス職に就いたり私邸を淑女学校（デイム・スクール）として生徒募集をしたりしなければならなかった中流階級女性の苦悩の一端がディケンズによって紹介されている。ディケンズの母親自身が、夫によってもたらされた経済的困窮を解消するために自宅を女学校にしたものの生徒が全然集まらなかったことを『チャールズ・ディケンズの生涯』（一八七二～七四）は伝えている（第一巻第一章）が、そもそもこの種の（いささか教育内容の質が疑わしい）個人塾のニーズを支えていたのはどのような家庭だったのであろうか。体系的な女子教育という発想が存在しない以上、将来、少女が主婦となったときに必要になるであろう基本的な家事の技術に、さらに若干の「技芸」をまぶしたものを身につけさせるというのは、その子供をそういった学校にあえて通わせたいと願う事情が家庭の側になければ困難である（家事の技術ならば母親が娘に教えれば済む話である）。ここからは、ある一定以上の収入があり、娘をそれなりの家庭に嫁がせて安定した生活を送らせたいと願う「中流意識」を持った家庭が顧客になったことが想像される。かといってガヴァネスを雇うほどの意欲も余裕もない家の娘が形式的に教育を受けた証として送り込まれるのがこの種の私塾だったのである。[4]

以上の例から見る限り、ディケンズには女子教育かくあるべしといったビジョンがあるわけではなく、ただその無責任かつ陰湿な運営方針を告発する意図だけが感じられる。彼の二人の娘は、彼女らの叔母ジョージーナ・ホガースに基本的な読み書きを教わった後、ガヴァネスによる教育を受けた（図版②）。[5]

　同じように女子教育を扱いながら、ギッシングの見方はディケンズとは異なり、その本質により迫っている。言い換えるならば、女子教育の必要性がより真剣に問われるようになった時代が彼の作品には描かれている。女学校そのものの描写というよりも、学校で身につけた教育が結果的に彼女たちの人生選択を誤らせ、あるいは新たな学びなおしを強いることを彼は指摘する。そういう意味では、彼もまた当時の女子教育に納得していなかったのであろう。

　『余計者の女たち』（一八九三）では、ディケンズの時代に既にその限界が見え始めていたガヴァネス的人生を選択することを断念した「新しい女」ローダ・ナンと、旧来の中流階級的女性観に束縛されたマドン家の姉妹たちが対比される。六人姉妹だったマドン家の娘たちはその半分が若くして世を去るが、長女アリスは父親亡き後ガヴァネスとして働き、次女のヴァージニアは有閑階級の女性のコンパニオンを務めている。彼女たちは医者だった父親が存命中に施してもらえた旧来の女子教育の恩恵を辛うじて受けることができているが、その行く末が安泰でないことは、常時仕事があるわけでもない描写からも明らかである。物語の後半ではアリスはガヴァネスの職を失い、ヴァージニアは将来を悲観してアルコールに溺れるようになる。お針子となっていた末の妹のモニカだけは亡き兄弟からの遺産によって余裕を得た中年男ウィドソンと結婚するものの、嫉妬深い家父長主義的な夫の束縛に苦しみ、女児を生んだ後に亡くな

図版② トマス・ウェブスター『淑女学校』（1845 年）

ウェブスターはロンドンに生まれ、もとは教会の聖歌隊に所属していたが、21 歳の時に王立美術院に入学し、主に学校や農村を舞台にした絵画で人気を博した。本を手にしているのは 2、3 人しかいないが、男女それぞれ制服らしきものを着ており、（いささか理想化されてはいるものの）ある程度の秩序が保たれた空間であった。

る。一方、当初は教員になるべく教育を受けていたローダは自分の適性を見極め、タイピングなどを教える実業学校に再入学し、今ではその学校の経営者メアリ・バーフットの片腕として働いている。かつて中流階級の女性にとっては「お飾り」としてしか期待されていなかった女子教育が、食べていくために必要な実用性へと舵を切っていく様子が本作では描かれている。義務教育が施行された以上、女子といえども一定の学業を修めることが必要であり、それは決してかつての「技芸」レベルで留まってはいられないのだ。物語の最後で、モニカの遺児を腕に抱きながらローダは「可哀そうな子!」（第三一章）と嘆く。それは、自分たちの手で学校を運営するという夢（おそらく、彼女たちがかつて教わったような旧態依然としたカリキュラムとなる可能性が高い）を未だに捨てようとしない伯母のアリスの保護下に、この赤ん坊が置かれることで、亡き母モニカの二の舞になることへの不安と焦燥の表われでもあろう。

『女王即位五十年祭の年に』（一八九四）の中では、主人公ナンシー・ロードと、束縛されない結婚生活を望むライオネル・タラントを中心に物語が進行するが、彼らを取り巻く女性たちの多くは失敗した女子教育の例として描かれる。ナンシーの友人フレンチ姉妹（ピーチー夫人となっている長女エイダ、次女ビアトリス、三女ファニー）は、近代的学校教育を受けているにもかかわらず、その恩恵を受けているようには到底思えない言動を繰り広げる。ビアトリスは後に衣服の通信販売によって成功を収めるが、それは彼女の仕事上のパートナーであるラックワース・クルーの才覚によるところが大きい。ビアトリスは郵便局で、ファニーは花屋で働いていたのだが、姉の結婚に伴って仕事を辞め、今は気楽な居候の身である。ギッシングの彼女たちの教育に対する評価は厳しい。

> エイダは十七歳まで「若い淑女向けの学校」に通っていた。ほかの二人は十八歳まで、もっと高級そうに見せかけた学校で教養を積んだ。全員が「ピアノくらいは弾けた」。全員が「フランス語が分かる」と公言したし、そう信じてもいた。ビアトリスは政治経済学を「修めた」し、ファニーは無機化学と植物学を「習得した」。言うまでもないが、実際は彼女らの知性も性格も気質も、彼女らにもたらされた教育の影響をまったく受けてはいなかった。（第二章）

経済的余裕があったために上級学校に進んだものの、フレンチ家の姉妹には教育を受けたところでそれが根付くための資質が本来欠けていたことをギッシングは示唆している。彼にとって教育とは、それを受けるに値する人物に施されてこそ意味がある。彼は教育の機会が等しく与えられることには異を唱えないものの、それを生かすことができる者とそうでない者がいるという冷静な判断をしているのであり、その点で判断を誤った者には悲惨な末路が待っている。

この作品で最も不遇な女性登場人物は、ロンドン大学入学資格のために教師の仕事の傍ら受験勉強を続けるジェシカ・モーガンである。もともとあまり健康ではなかった彼女は猛勉強の末に声が出なくなり、試験にも落第し続けた挙句に体調を崩す。そして健康を回復すると今度は宗教活動に熱中するようになり、救世軍に参加して世直しを呼びかけるパンフレットを配るようになる。女性の身体は知的活動に向かない、頭脳に血が集まりすぎることで子宮に十分な栄養が行かないため健康な子供が生まれなくなる、などという当時の似非科学的言説には懐疑的だったギッシングも、本人の適性を無視した高等教育を与えることの不毛さを指摘せずにはいられなかったのであろう。[6]

ディケンズにせよギッシングにせよ、彼らの描く女子教育のイメージには当時のジェンダー観が濃厚に反映している。概して彼らの描く女子教育は現状批判に終始することが多く、然るべき代案が提示されているわけではない (Schlicke 210)。ディケンズにとっては、絵画や音楽など、「技芸」の延長上にあるものを女性が習得することに異論はないものの、男性の領域であると考えられていた分野に女性が進出する時代の到来は見通せていない。その一方、ギッシングが描くローダ・ナンには職業婦人という「新しい女」のモデルが感じられ、『渦』(一八九七)のアルマ・フロシンガム・ロルフには、お針子に過ぎなかったモニカ・マドンが芸術教育を受けていたならどうなったかを予想させるような人物造形が施されている分、従来の「技芸」には飽き足りないと感じている女性たちの生きざまが、さらに一歩踏み込んで描かれていると言える。[7] ディケンズの描く理想的なヒロインが生気に乏しく、脇役のアンチ・ヒロインが強烈な印象を残すのとは異なり、ギッシングの描く女たちには、いずれも彼の鋭い洞察に支えられた女性観が投影されており、生々しい迫力がある。これは、二度の結婚に失敗しているギッシング自身の敗北感の裏返しなのかもしれない。

第三節　青雲の志の嘘

サミュエル・スマイルズの『自助論』(一八五九)に登場する立志伝中の人物がことごとく男性であることからも明らかなように、自らの努力によって社会階層の階梯を上る資格があるとされるのは男性に限られていた。女性は自身の結婚相手の階級によって最終的な自らの所属階級が決定されるという大前提が社会通念として存在したからである。結果的に、自分の努力次第で所属階級を変えることができる男性の方に、階級上昇に対する執着がより強烈に表れる。そこは、自分の出自よりも一ミリでも上昇したものが「勝ち」と判断される世界であり、そのために膝を屈することを苦にしない人々がいかに卑屈になりうるかをディケンズは繰り返し描く。『デイヴィッド・コパフィールド』のユライア・ヒープを典型とするこの種の人物は、目上と思われる人々に敵わないと感じている間は極めて慇懃な口調で話すが、立場が逆転したと確信した途端にその醜悪さを露(あら)わにし、相手に対する軽蔑や過去の屈辱の恨みをぶちまける。その落差には彼らの偽善性が露骨に表れるが、その一方で自らが勝ち得た地位に居心地の悪さを感じている様子も描かれる。

本来の階級を抜け出すことができたという意味で成功者である彼らは、同時に新たに参入した階級においては新参者、成り上がり者と見なされ、かつて所属していた階級の人々からは裏切り者として指弾されることになるのである。この節では、教育の力によって階級移動を可能にしたものの、そのことによって露わになった矛盾に戸惑う人物像を見ていきたい。

『デイヴィッド・コパフィールド』と並んで一人称の語り手が主人公として物語を展開させる『大いなる遺産』（一八六〇～六一）においては、鍛冶屋のジョーに徒弟として弟子入りする日を心待ちにするピップが義兄に拙い字で手紙を書く場面がある。

しんあいなるじょー　おげんきですか　じょー　ぼくがおしえることができるようになったらいいのにね　そしたらぼくらしあわせだろうね　じょーのとていになったら　すてきだろうなあ　しんゆうのぴっぷより

……「なあ、ピップ、すごいねお前！」とその青い目を見開きながらジョーは叫んだ、「お前、大した学者だなあ、ええ？」

（第七章）

ジョーは父親による家庭内暴力のせいで教育を受けることができなかったことが彼自身の口から語られるが、その彼も義弟のピップが識字能力を獲得すべく努力している姿を誇りに感じ、称賛を惜しまない。このエピソードよりも後、謎の恩人によって莫大な遺産が与えられる見込みがあることを弁護士ジャガーズに告げられたピップは、ロンドンに出て紳士教育を受けるようにという指示を受ける（第一八章）。本来ならば「紳士」とは「生まれ」によって先天的に保証される身分であり、「育ち」によって後天的に付与されるものではなかった。『自助論』が紹介する数多くの立志伝中の人物の階級上昇が自らの努力によって正当化されるのに対し、莫大な遺産を継承する見込みがあることが自動的に身分の上昇に直結するという価値観は、個人の優れた資質抜きでも人は階級の梯子を上がることが可能であることを指す。すなわち、そこでは金の万能感が前面に打ち出されており、まさしく「血筋」ではなく「金」が階級を保証するものになっていることを示している。まずは経済的な余裕こそが紳士に求められる条件であって、紳士らしさは後付けできるメッキのようなものとして捉えられていることがわかる。

ギッシングもまた、教育の力で社会の階段を昇って行こうとする若者の中に巣食う劣等感を絶妙な形であぶりだして見せる。自伝的要素の含まれる『流謫の地に生まれて』（一八九二）の主人公ゴドウィン・ピークは、奨学金を得てホワイトロー校に学ぶ苦学生である。同級生には上流階級出身者も多く、彼らに伍して努力する彼が、学期末の表彰式で成績優秀者として幾度か名前が呼ばれる場面からこの作品は始まる。主人公は友人も少なく、帰省するにも旅費の工面に一苦労するような経済状態である一方、自分自身の優秀さのみが彼の自尊心の拠り所となるような屈折したところのある青年である。帰省中に叔父のニコラス・ピークが訪ねてきて、ホワイトロー校の近くに飲食店を開きたいので力を貸してほしいとゴドウィンに頼む。彼にとって優秀な甥っ子は自身が商売をするために有利な「コネ」に過ぎず、自分よりも裕福な同級生に囲まれたゴドウィンが焦燥感や屈辱感にどれほどさいなまれているかを想像することはできない。叔父の出店によって自分の出自の卑しさが同級生に明かされてしまうという新たな屈辱に耐えかねているところに、さらに追い打ちをかけるように叔父は自分の息子ジョーイの自慢を始め、その優秀さを証明しようとする。

ゴドウィンはいとこを横目で見た。どんなことでも聞いてみろと言わんばかりの生意気な顔をして、ジョーイは立っていた。「ウィリアム征服王の治世はいつからいつまで?」彼は機械的に聞いた。

「へん!」と若者は叫んだ。「笑わせんなってんだ! 知らねえとでも思ってんのかい! 入れろ無理でも入れ歯なくても(Tensixsixtenightysivn [1066-1087]) に決まってらあ!」

父親の方があまりに誇らしげな顔で振り向いたので、内心うんざりしていたゴドウィンとしても微笑まざるを得なかった。

「ジョーイ、こんだ詩でも暗唱してみせな。こないだ習ったやつがあったろ。こいつあ詩が得意なんだぜ、なあジョーイ」

いとこは、やにわに詩の暗唱を始めた。

「甲板の役立たずの貯水桶は/以前からずっとそこにあった/そこに露がたまっている夢を私はみた/目覚めたときには雨が降っていた」

詩が数行、台無しにされた後、まるで機械が急停止するように、暗唱の声が途絶えた。

(第一部第三章)

ここに描かれているのは、ただ単に息子のことを誇る叔父の姿だけではない。「何か質問してやってくれ」と頼まれたゴドウィンがウィリアム征服王の在位期間を尋ね、その後コールリッジの「老水夫行」の一節を訛りだらけの発音で聞かされる場面にギッシングが込めた皮肉とは、質問をする側のゴドウィンも暗唱する側のジョーイも、いずれも「機械」に例えられている点である。ここでニコラスによって指摘されている頭の良さとは、端的に言えば「暗記する」ことに尽きており、それを正確にできているかどうかですべてが決まる、いわば詰め込み教育を極端な形で表現したものである。実はジョーイは単なる語呂合わせの数字を唱えているにすぎず、それが意味するものを理解しているかどうかは疑わしいし、詩の一節すら正確に暗唱することができない。いわば、正しく入力されたはずの情報が間違って再生されてしまうわけであり、ニコラスの息子は「不良品」の機械であることが暴露される。しかし、息子を溺愛する叔父にとっては、自分自身その内容に興味のない情報の真偽など何の意味もないのであり、ただ彼は、わが子がかつてゴドウィンが得意としていたであろう暗唱に長けていることを素朴に喜んでいるに過ぎない。そのことは自分の頭脳明晰さを心の拠り所にしているゴドウィンの内面をひどく傷つける。ホワイトロー校で優等賞をいくつも取るような自分もまた、このいとこ同様、事実を詰め込まれた機械の成れの果てに過ぎないのではないか、という密かな自覚が彼にはある。この後、ゴドウィンは衝動的にホワイトロー校を退学し、化学工場に勤め始める。叔父が出店することによって自分の出身階級の低さが明るみに出て恥ずかしい思いをすることに耐えられない、と言いながら、実際にゴドウィンが回避しようとしているのは、自分もまたいとこ同様の「機械」に過ぎず、たまたま入出力が正確にできるというだけで奨学金を手にしているに過ぎないのではないかという不安である。ここには、思考力ではなく、事実を詰め込むことが教育であるという考え方に『ハード・タイムズ』(一八五四)で異議を唱えたディケンズの影響を読み取ることができる。

> そこでマッチョーカムチャイルド先生は最善を尽くして教え始めた。彼と一四〇人ほどの教師たちは、最近、同じ時に同じ工場で同じ原則に基づいて一四〇本のピアノの脚のように製作されてきていた。(第一巻第二章)

子供の頭を事実を詰め込むための容器と見なす、とディケンズには思えたシャトルワース流教育への批判が展開されるが、この場面は教師が大量生産の工業製品のように乱造される様を風刺してもいる。約四十年後の『流謫の地に生まれて』の主人公が、その将来を確信できないのは、彼が上流階級の出身ではないということだけでなく、自分の能力は大量生産の暗記機械としてのそれに尽きるのではないかという疑念が拭えないからであり、結果的に彼は大学進学の夢を自ら断つのである。

　ディケンズがその作品で風刺する学校は、初期の『ニコラス・ニクルビー』(一八三八～三九)のドゥザボーイズ・ホールにおけるスクウィアーズ校長の非人道的な振る舞いであったり、『デイヴィッド・コパフィールド』のセイレム校の校長クリークル氏の加虐性であったりして、その教育内容というよりは個人の資質に焦点が当てられるが、中期の作品になると、たとえば前述の『ハード・タイムズ』のように教育内容に批判の矛先が向かう。彼自身が子を持つ親として教育の現場を知る機会が増えた結果といえばそれまでだが、ただ社会制度の欠陥を指摘することから、その欠陥によって引き起こされる問題が次の世代に負の遺産として引き継がれていく様子を描くという方向性は、『荒涼館』(一八五二～五三)、『リトル・ドリット』(一八五五～五七)などの中期の長篇小説以降に顕著になっていく。そして、彼が完成させた最後の長篇小説『互いの友』(一八六四～六五)においては、具体的な教員像が攻撃の対象となる。

　テムズ川を仕事場として溺死体から金品を奪う仕事を生業とするガファー・ヘクサムの息子チャーリーは、姉のリジーの勧めに従って貧民学校（ラギッド・スクール）に通い、父親の職業を継ぐことを拒む。自分のことを引き立ててくれた教師ブラッドリー・ヘッドストーンの覚えを目出度くすることが出世への近道だと考える彼は、姉のリジーとヘッドストーンの結婚を画策する。姉にその計画を拒絶されると自分の方から義絶し、さらにヘッドストーンが恋敵の弁護士ユージーン・レイバーンの失踪に関わっていることを察すると、今度は恩師にまで絶交を言い渡す。

「でもね、もう僕は決心したんです。世間できっと尊敬される立場の人間になる、他人に足を引っ張られたりされないとね。僕はもう姉とは手を切った。あなたとも、もうこれっきりです」
（第四巻第七章）

彼にとって教育とは「尊敬される（リスペクタブル）」身分になるための方便に過ぎず、教育そのものに対する敬意は感じられない。その一方で自分の出世の役に立たないものは肉親であっても無用の存在として処理される（図版③）。何を学んだか、ではなく、それが何の役に立つのか、という価値観が既に大手を振ってまかり通っている様子を見ることができるが、それとは別の形で教育を利用するのが『流謫の地に生まれて』のゴドウィンである。弟のオリヴァーが街で流行の派手な帽子を買ってきて見せびらかす姿に業を煮やし、そのような低俗な趣味を持つ弟が恥ずかしいと叱りつけるのに対し、オリヴァーは反撃する。

「何がそんなに気に入らないんだい」と彼は叫んだ。「みんなこの形の帽子を被ってるのに」

「それこそ、自尊心のある人間ならば誰であろうと、できるだけ他の人とは違うものを選ぼうとする理由じゃないのか？……

図版③ 1865年頃に撮影された貧民学校の写真（ニール・フィリップ／ヴィクター・ニューバーグ、『チャールズ・ディケンズ――12月の幻』、1986年より）

1851年に記録された「貧民学校の歌」:「私たちは、読む、読む、読む／貧民学校で私たちは読む／お日様よりもまぶしい本（聖書）を読む／この世での命が終わった時には栄冠が待っている／私たちは、読む、読む、読む／貧民学校で私たちは読む」

自分というものを持ち合わせていないのか？　この帽子みたいに、同じ形の十万個の帽子よろしく大量生産されたのか？」（第三章）

ゴドウィンの「他人と同じであると見なされることに耐えられない」という考えもまた、自分が「十万個の帽子」のうちの一つでしかないのではないか、という彼の密かな不安を裏書きしている。凡百の人物ではなく、選ばれた人間でなければならないという強迫観念が彼を支配している一方、「自尊心のある人間（anyone who respects himself）」という表現にみられるのは、この時代特有の体裁主義（respectability）へのこだわりであろう。彼にとっては、教育は他人と自分との差を際立たせるための指標として機能することが当然視されているのである。

債務者監獄に父が投獄されるという経験を味わった後も、自分自身が中流階級であることを信じて疑わなかったディケンズと、地方都市で薬剤師をしていた父を持ちつつも、常に貧困への転落におびえていたギッシングとでは、自分が所属する階級への帰属意識に差がある。ディケンズが当然自分に与えられるはずだと考えていた高等教育の機会を奪われたことを生涯恨みに思う程度に、彼にとっては然るべき教育を与えられることは自明の真理であったのであり、それを疑うことはなかった。しかしギッシングにとって高等教育とは、それを受けるにふさわしい人間であることを不断の努力によって証明し続けた者にのみ許される特権であり、それはふとしたことから自分の手から滑り落ちてしまうかもしれないものなのであった。教育によって階級の梯子を上ると一口に言っても、純粋に教養ある人間になりたいと願って学校に通う者よりも、学歴によって自分の社会的地位向上を達成するという身も蓋もない欲望を口にし、他人との差別化のために教育はあるのだと断言して憚らない人間が登場したのが後期ヴィクトリア朝の社会だったのである。

第四節　教養教育の衰退

中世の大学では授業はすべてラテン語で行われていたために、大学進学を志す者はグラマー・スクールなどで古典語を習得する必要があったが、ヴィクトリア朝においてはすでに大学の授業の大半は英語で提供されており、ギリシャ語やラテン語の知識は大学で学ぶための必須条件ではなくなっていた。[8] ただ、当時の教養教育では古典語の学びを通して西洋古典に接することを当然のことと見なしており、仮に職工であろうとも教養教育が必要だという考え方が存在していた。バーミンガムに設立された職工学校で一八四四年二月二八日に行った演説の中で、ディケンズは社会の安定のためには一般庶民にも教養教育が施されるべきだと主張する。

ともかく、いずれにせよ、もしも正直さに報い、善良さを育み、怠け者に刺激を与え、悪を根こそぎにし、悪いものを矯正しようと願うならば、教育こそ――総合的教養教育こそ――が唯一必要なものであり、効果的な結果をもたらすものなのです。

(*Dickens Speeches* 240)

手放しでなされるディケンズの教養教育礼賛を額面通りに受け取ることはできない。彼自身、教養教育の不足を補うために独学で勉強を重ねたが、身に着けていなければ恥ずかしいと感じる者にとってこそ教養は必須と見なされるものの、バーミンガムの職工にとって古典語が何の役に立つのかと尋ねられれば、ディケンズは答えに窮したことだろう。むしろ、自分こそ教養教育を受けるにふさわしい子供だったのに、そうしてもらえなかったことを不本意に思っていたというのが本音ではあるまいか。『チャールズ・ディケンズの生涯』に残されるディケンズの回顧談からにじみ出るのは執拗な恨みの感情である。教養教育とは中流階級の子供にこそ必要なのであって、労働者階級の子供たちに交じって靴墨の瓶のラベル貼りをさせられた自分は、その機会を不当に奪われたのだと言わんばかりに。

そのような年で簡単に放り出されてしまうとは今考えても驚きだ。ロンドンに来て以来、下働きの身分に落とされた後になっても、誰も私に同情してくれなかったことも驚きだ。私という、優れた能力を持ち、敏捷で、熱心で、繊細で、肉体的にも精神的にも傷つきやすい子供をどこかの学校に入れてやるために少しはお金が取っておかれていてもおかしくなかったし、当然そうなっていたはずなのに。両親の友人たちは疲れ切っていたようだ。誰も何のそぶりも見せなかった。父も母も大満足しているようだった。もしも私が二十歳になって、グラマー・スクールで優秀な成績を収め、ケンブリッジ大学に行くことになっていたとしても、これほどの満足ぶりは見せなかったことだろう。

（第一巻第一章）

ギッシングはディケンズが古典語教育を受けていなかったことが、その作品の中で古典語教師に対して辛辣な描写をする理由だと『チャールズ・ディケンズ論』（一八九八）の中で述べている（第二章）が、[9]実際には古典語教育そのものが既に形骸化していたことは、ディケンズの同時代の『トム・ブラウンの学校生活』（一八五七）における「虎の巻（クリブ）」使用を巡る主人公と親友ハリー・イーストの会話などからも明らかである（図版④）。

古くはベン・ジョンソンがシェイクスピアについて言った「わずかなラテン語、さらにわずかなギリシャ語」がシェイクスピアの無教養ぶりを揶揄するものと考えられていたが、むしろ、そのような素養なしにすぐれた作品を書いたシェイクスピアを称賛するものという解釈も可能である。エリザベス朝の人々にとってすら、古典語の教養はあらまほしきものであると同時に、それが知性や才能を担保するものではないという認識が存在していたのかもしれず、だとすればヴィクトリア朝においてすでに実質を失っていた古典語教育が、それ以降の時代には揶揄の対象になっていくのもやむを得ないのかもしれない。

ハーディの『日陰者ジュード』（一八九五）の冒頭では、恩

図版④ トマス・ヒューズ『トム・ブラウンの学校生活』(1857年、第2部第7章、挿絵画家不明)

ハリー・イーストは古典語の授業に「虎の巻 (crib)」を使い続けていたことをトムに打ち明け、「難解な箇所に来たら使ってもいいだろう……過去の遺産を尊重しないなんてもったいないよ」と言って開き直る。結局彼らは下級生ジョージ・アーサーの生真面目さに感化されることになる。クリブは今日の対訳本のようなもので、左に古典語、右に英語訳が書かれていた。

師フィロットソン先生の後を追って学問の都クライストミンスターを目指すことを夢見る主人公が、通りがかった牧師に古典語について尋ねる場面がある（第一部第四章）。そのやり取りから感じられるのは、この牧師自身、ギリシャ語やラテン語に対する思い入れがそれほどあるわけではない、ということである。後にクライストミンスターで石工として働くようになるジュードは、古典語の知識を披露すれば敬意を払ってもらえるものと信じ、大学生を相手にニカイア信条をラテン語で暗唱する（第二部第七章）。この場面の痛々しさは、時代の変化に無自覚な教養主義者のパロディーである点に由来する。古典語の知識はもはやカビの生えた「死んだ」学問の象徴として捉えられており、この風潮は二十世紀に入ると決定的なものとなっていく。[10] ギッシングの『ヘンリー・ライクロフトの私記』（一九〇三）には若き日に親しんだ古典や外国文学への言及が数多く見られるが、彼もまた教養主義が衰退していく時代の到来を予感していたのであろう。社会の安定のために必要とされた一般庶民向けの教育は、ヴィクトリア朝の間に幾度かの変遷を経ながら一八七〇年の初等教育法によって完成を見た。しかし、大衆化した教育の成果が必ずしも社会の進歩に貢献していないことにヴィクトリア朝後期の知的な人々は気づいていた。彼らはかつて自分が憧れと共に受けた教養教育の残滓を抱きしめることしかできなかったのである。

注

1　ジョン・ロースン、ハロルド・シルバー著、北斗・研究サークル訳『イギリス教育社会史』（学文社、二〇〇七）二二一～三一。

2　同、三五〇～五二。なお、シャトルワース自身が考えていた貧民学校の具体像は以下の文献による。James Phillips Kay, *The Training of Pauper Children* (1839; Manchester: Morten, 1970).

3　安川哲夫著、『ジェントルマンと近代教育――学校教育の誕生――』（勁草書房、一九九五）は、特に個人教師による家庭教育を施していた上流階級が徐々に学校に子供を通わせる方向に変化する過程を叙述している。また、ダイナ・バーチは宗教の側が教育に介入しようとする過程について、以下の書の第二章で詳しく扱っている。Dinah Birch, *Our Victorian Education* (London: Wiley Blackwell, 2008) 42-75.

4　ディケンズの描く女子の私塾で唯一成功例と言えるのは『大いなる遺産』におけるウォプスル夫人のものかもしれない。ビディーはここで受けた教育をもとに、一時的にではあれピップを導く存在として描かれる。

5　ただし、次女ケイトは十二歳でレイディーズ・カレッジ（後のベッドフォード・カレッジ。一八四九年に創設されたイギリス初の女子高等教育機関）に進み、美術を学び、画家ペルギーニと結婚した後、自身も絵を描いた (Cf. Slater, *Dickens and Women* 418)。一方、ディケンズの七人の息子は全員が然るべき学校に通い、長男はイートン校からロンドン大学、六男もケンブリッジ大学を卒業している。

6　サンドラ・ウッズはギッシングの「結婚四部作」を取り上げ、女性の知的成長を促す結婚のみが幸福な結末をもたらすことを指摘する (Woods 107-14)。

7　サリー・レジャーはメアリ・バーフットやローダ・ナンではなく、モニカ・マドンこそが領域侵犯的存在として描かれていると指摘する。Sally Ledger, *The New Woman: Fiction and Feminism at the Fin de Siècle* (Manchester: Manchester UP, 1997) 162-69.

8　十八世紀のオックスフォード大学では、すでに学位授与が形骸化しており、ラテン語の問題と解答は実施済みの試験問題凡例「要覧」から前もって準備された。いわば「試験対策プリント」や「過去問集」のイギリス版である（『イギリス教育社会史』二六〇）。

9　ディケンズの未完作『エドウィン・ドルードの謎』（一八七〇）に登場するクリスパークル師のみが、人間的に問題のない古典語教師である、とギッシングは指摘する。

10　ジェイムズ・ヒルトン『チップス先生さようなら』（一九三四）は古典語教師そのものが過去の遺物として、愛着と懐古の念を持って描かれている点に注目すべきである。時代遅れの教育方法に固執するチップスのエピソードは、消えゆくヴィクトリア朝の名残りとして、哀惜の思いと共に語られる。

第六章

イギリス近代都市生活者の自己否定・自己疎外・自己欺瞞

松岡　光治

大英博物館図書室（設計：シドニー・スマーク、開館：1857年5月2日）

ディケンズは18歳になった翌日、大英博物館の図書館で利用者カードを取得し、かつてないほど有益な時間を過ごしたと回想している。それから27年後、ギッシングが生まれた年に新設された扉絵の図書室は、貧しい群小作家たちの自己疎外が描かれる『三文文士』を筆頭に多くの作品で言及されており、ここで彼自身も頻繁に本を借りていた。

第一節　世俗内禁欲としての自己否定

人間は現世において自分の能力に応じた職業の労働に励むことで神の恩寵にあずかることができる。このカルヴァンの神学思想は英国でピューリタニズムを生んだが、そうした労働に要求される禁欲（self-denial）は、俗世間を離れた修道院で行われた中世の苦行（asceticism）という名の禁欲とは違い、合理的な生活の中で額に汗して世俗の仕事に従事することで実行された。このような世俗内禁欲が利潤獲得と資本蓄積を自己目的とする近代資本主義社会の形成にとって原動力となったことは、つとにマックス・ヴェーバーの『プロテスタンティズムの倫理と資本主義の精神』（一九〇四～〇五）で指摘されている。

このプロテスタンティズムの倫理の基盤となる禁欲は、利益の独占のために労働者からの搾取を第一に考えるブルジョアジーやその支援を受けた為政者にとって、プロレタリアートに課すことを宗教的に正当化できる最高の美徳であった。例えば、自由放任(レッセ・フェール)主義と自助(セルフ・ヘルプ)の精神を体現する『クリスマス・キャロル』（一八四三）のスクルージが、禁欲を他者だけでなく自己にも課している点で読者の共感を多少は喚起するのに対し、次作の『鐘の精』（一八四四）で貧しい労働者たちに禁欲とともに「労働の尊厳（the Dignity of Labour）」を説く国会議員サー・ジョゼフ・ボーリーが読者の顰蹙を買うのは、相互利益を求めて結託した資本家と政治家との共犯関係が自由放任主義という美名の背後に見え隠れするからである。

「……わしは常に君たちにとっちゃ親なんだ。それが全知の神の摂理ってもんじゃ！　で、君たちをお造りになった神の意図は何かといや、労働の尊厳を悟らせることに決まっとる。……節約しながら勤勉生活を送り、目上の者を敬い、禁欲を実践せよ。……そして、わしのことを君たちの友であり父であると、そう思ってくれたまえ」（第二章）

父親的温情主義(パターナリズム)の仮面をかぶったサー・ジョゼフが連呼する利他主義は確信犯的な偽善であり、「自己本位の禁欲精神が弱者いじめの偽善を生むのに役立つ」（Walder 151）ことに疑いの余地はない。このような利他主義はほとんど利他を自己の幸福と一致させようとする傾向をとると倫理思想史では言われてきた。その点はディケンズのみならず彼を敬愛する作家ギッシングも理解していたようだ。『我らが大風呂敷の友』（一九〇一）では、息子を溺愛して道を踏み誤らせた牧師フィリップ・ラシュマーについて、「根本的に最も利己的な人間は他人のために生きることが自分の一番の動機だと自分に言い聞かせることのできる人間である」（第一章）とギッシングは述べ、利他主義に潜む自己欺瞞性をあぶり出している。

ギッシングの最も暗い小説と言われる『ネザー・ワールド』（一八八九）では、自助の精神で独学したマイケル・スノードンが友だちと聴きに行った講演会の中で、貧乏人たちは「倹約心の欠如（thriftlessness）」を批判され、「富裕層が想像さえできない、ましてや実行もできない禁欲の実践を要求される」（第二〇章）。ギッシングの学生時代に『倹約論』（一八七五）を刊行したサミュエル・スマイルズは、ダーウィンの『種の起源』と同じ一八五九年出版の『自助論』でベストセラー作家になっていたが、スマイルズが神話化した自由放任主義という自助の精神とダーウィンの進化論の自然淘汰は、自由放任主義という経済思想に支配されたヴィクトリア朝社会に適応して勝ち抜くことを是とした点で、強い親和性を有する。『ネザー・ワールド』のクラーケンウェルに代表される地獄のようなスラム街でも「なんとか生き残れるのは最適者のみ」（Coustillas, *Heroic Life* 2: 52）で、都市部の下層階級の貧困を活写する際に、ギッシングはダーウィンがハーバート・スペンサーの社会進化論から採り入れた〈適者生存〉の原理を厳格に適用している。しかし、自由競争が社会の最も合理的な発展をもたらすと考えたレッセ・フェールは、産業資本家の要求を思想的に代弁したものである。そこでは、労働者の貧困の主たる原因は怠惰という悪徳にあり、英国民の伝統とも言うべきピューリタニズムの倫理に欠ける彼らの貧困はすべて自己責任となる。ギッシングは下層中産階級の作家であったのだが、その貧しい下宿生活は貧民窟に住む労働者たちの生活と大差なかった。持ち前の知性と教養のために階級／集団としての労働者を蔑視していたにもかかわらず、個人としての労働者に対する共感が彼の作品に散見されるのは、そのためである。『ネザー・ワールド』のスノードンについても、四人の息子を産みながら酒に溺れて発狂した彼の妻に、作者は同じような人生を歩んだ自分の二番目の妻イーディスの姿を重ねている。その意味でも、有産階級による無産階級への禁欲や倹約の理不尽な押し付けに対するギッシングの視線は、先輩作家ディケンズの視線の同一延長線上にあると言ってよい。

禁欲、すなわち自己否定の肯定的な側面は、ディケンズ作品では神の愛を示すイエスの贖罪と結び付いた自己犠牲の形で描かれている。例えば『リトル・ドリット』（一八五五～五七）でアーサー・クレナムが「忍耐、禁欲、自制（patience, self-denial, self-subdual）」（第二巻第二七章）を見出すエイミ・ドリット——彼を密かに愛する本音の真の自己を抑圧し、家族のために禁欲生活を送る末の娘——をはじめ、自己否定的な女性が各小説に少なくとも一人は登場する。一方、ギッシングの小説には作者と同じ下層中産階級で貧困に苦しむ自己否定的／自己抑圧的な人物が数多く見られるが、その最初の例は中産階級を扱った最初の小説『イザベル・クラレンドン』（一八八六）の主人公、バーナード・キングコートという元・医学生である。ここで取り上げたいのは一緒に住んで彼の世話をしている妹のメアリで、彼女が「長きにわたって経験した苛酷な貧困」（第二巻第八章）で余儀なくされた「禁欲」は、修道院の「苦行」のように「日常生活の行動目標」と化してしまって、被虐的な「快楽」をもたらしている。こうした禁欲は、ディケンズ作品のヒロインたちのように、彼女がそれ自体を肯定して行動しているので、快楽としての禁欲、あるいは自己肯定的な自己否定という逆説的な言い方ができる。

禁欲／自己否定の否定的な側面に関しては、『リトル・ドリット』でクレナム家の召使フリントウィンチが糾弾するように、自分自身までだまして宗教を「欺瞞（gammon）」（第二巻第三〇章）の手段として悪用し、私利私欲のために夫と息子にプロテスタンティズムの倫理を強要したクレナム夫人が注目に値する。彼女に厳格なカルヴァン主義教育を施され、不義の子として無意識的な罪悪感を植え付けられたアーサーは、子供時代に母性愛が欠落していたことで愛情に関する〈劣等コンプレックス〉を抱くようになり、二十年に及ぶ禁欲と勤勉の生活を強いられた結果、中国から帰国する途上で会った銀行家ミーグルズの娘ペットへの恋愛感情においては、本音の真の自己を建前の偽の自己によって抑圧してしまう。ディケンズは作品の四つの章題に「誰でもない人（Nobody）」を鍵語として使っているが、これはアーサーが自己否定によって意識下に抑圧した真の自己を暗示する言葉となっている。[1]

第一巻第一七章の章題「誰でもない人の恋がたき」はペットと婚約した斜陽階級のヘンリー・ガウアンを指すが、ここではアーサー自身を「誰の敵でもない人」として解釈してみたい。通例、「誰の敵でもない人」という表現は、『大いなる遺産』（一八六〇～六一）においてエステラがポケット一族の中で私利私欲のない唯一の人、マシューについてピップに付け加えることを禁じた「自分自身の敵である以外」を後ろに伴う。この決まり文句（nobody's enemy but his own）は「我と我が身を損なう、自分で自分の邪魔をする、自己否定の人」という意味だが、「自分が損するだけの善人、自己犠牲的で利他的な人」という肯定的な意味もある。『リトル・ドリット』執筆直前に『デイヴィッド・コパフィールド』（一八四九～五〇）を再読して親友ジョン・フォースターに打ち明けた心の悩み、すなわち作家としての成功と引き換えに何か大事なものを犠牲にしたという——妻キャサリンとの結婚生活における不満が原因と思われる——後悔で精神的危機に陥っていたディケンズは、こうした自己否定的な人物たちを自分の分身として好意的に描いている。例えば、クリスマス物語の「貧しい親類の話」（一八五二）で、この決まり文句が四回も使用される主人公のマイケルは、空中楼閣の虚構の中とはいえ、婚約者クリスティアーナと友人ジョン・スパッターとの三角関係において自己否定的な態度を見せる。だが、タイトルの「貧しい親類（poor relation）」には「同類の中で劣っている人」という意味があることを考えると、自己否定的な自分自身に心酔するかのような——悲劇のヒーローを演じているかのような——一八五〇年前後のディケンズの心理状態を推し量ることができる。

アーサーの無意識的な罪悪感に対して、ディケンズが自分のブルジョア的・俗物的・自己満足的な側面に関する意識的な罪悪感を明確な形で抱かせたのは、『大いなる遺産』のピップである。田舎を出て近代都市生活者となったピップの紳士教育のメンターとして、マシュー・ポケットのような自己否定の人間が選ばれたのは何故であろうか。そこにディケンズの作意があるのは明白だ。「隣人愛の隣人として自分自身を愛する」（第一一章）ことをしないマシューは、遺産相続による怠惰な生活を夢見るポケット一族から例の決まり文句を使って馬鹿にされている。ピップは自分自身の名利が一番大切というポケット一族に共通する俗物性を強めることになるが、それはかつて彼に「働いている下品な子（a common labouring-boy）」（第八章）と言って階級的な劣等性を初めて意識させたエステラがマシューのような自己否定の人間を嫌っていると知っていたからだ。

ギッシング作品では、例えば代表作『三文文士』（一八九一）の主人公エドウィン・リアドンに代表される理想主義的な三文文士たち（図版①）、つまりダーウィニズム以後の時代精神や社会風潮に適応できない人間は、いくら禁欲的なハードワークをしても、情け容赦なく価値がないものとして見なされる。こうしたギッシングの世界は、『デイヴィッド・コパフィールド』で自己否定を自己卑下として偽装するユライア・ヒープとは対照的に、[2]第二五章で例の自己否定の決まり文句が使われるトミー・トラドルズが、この悪人と同じ法律の勉強をしながら、「賞賛に値する勤勉さと禁欲」（第四三章）によるセルフメイド・マンとして立派な弁護士になる、そうしたディケンズの世界とは相当な隔たりがある。その違いは禁欲による現世での人間の向上心――ギッシングの場合は、主として教育による向上心――などは意味がないと考えた（ダーウィニズム以後の人生観で、意思の自由や偶然を認めない運命論や決定論の流れを汲む）自然主義の影響が大きいのではないだろうか。[3]

図版①「19 世紀の新三文文士街 (New Grub Street)」（ロバート・チェインバーズ『イギリス古事民俗誌』[1864 年] 所収の挿絵）

ジョンソン博士の時代にはグラブ・ストリートと呼ばれていたが、グラブ（地虫）には「才能が普通の人、退屈な仕事をこつこつやる人、三文文士 (a literary hack)」の意がある。

第二節　社会的適応／不適応による自己疎外

ディケンズの『ドンビー父子』（一八四六〜四八）の主人公、ドンビー氏は父から会社を受け継いでいるのでセルフメイド・マンとは言えないが、自分の会社の資本を増やす価値がないものはすべて無関心の対象となることから、スクルージ同様に自由放任主義の信奉者であることが分かる。従って、第三章の有名な死に際の妻と娘との抱擁場面は、ドンビー氏の抱く「その場に自分が関与していない」、「二人の仲間ではなく、単なる傍観者として完全に締め出されている」という疎外感が、それまで娘のフローレンスに抱いていた「無関心」という自らの疎外行為に対する報いであること、そして相手を疎外しながら同時に自分で自分を疎外した結果であることからも、「啓示と咎め (a revelation and a reproach)」を同時に受ける場面として解釈できる。言い換えれば、これは疎外された異邦人のような男に対するエピファニーの場面なのである。

ドンビー氏はプライドの拠り所として階級の壁で要塞を作り、[4]外敵との人間関係を自ら断っているが、そうした行動は自己監禁のイメージを呼び起こす。このような家父長の自己疎外について、作者は息子ポールの養母リチャーズの視点を通してドンビー氏を「孤独な独房の囚人 (a lone prisoner in a cell)」（第三章）として描いている。このイメージはブレイクの『経験の歌』（一七九四）の「ロンドン」において深い憂愁に閉ざされた人間の「精神が造った桎梏 (mind-forg'd manacles)」を想起させる（図版②）。それは、ドンビー氏やアーサー・クレナムのように自己疎外によって独り憂悶する近代都市生活者に関して、彼らの愛情／同情、想像／創造の基盤となる自由を束縛している精神的なものの視覚的表象に他ならない。

ドンビー氏は、スクルージのように最後に改心するという点で、過去について語られていないものの、昔は普通の少年／青年だったと、そしてドンビー父子商会の拡大のために、こうした真の自己を抑圧し、偽の自己としての生活を送ってきたと考えられる。彼の自己疎外については、そうした偽の自己を〈他人の顔〉として見ている鏡の場面——傲慢には傲慢でもって刃向かう後妻イーディスを咎めるために彼女の私室に入る場面——が示唆に富む。

> 彼が彼女の姿に気づいたとき、その顔は陰鬱で悲しげだった。だが、彼女の顔はドアの所にいた彼の姿を捉えたようだ。というのは、彼女の目の前の鏡をちょっと見ただけで、彼はまるで絵の額縁に収まっているかのような、自分にとっては馴染みのある、美しいながらも眉をひそめた暗い顔を即座に見て取ったからである。（第四〇章）

イーディスの顔の「陰鬱で悲しげ」な表情は、夫に馴染みがないという点を考えると、彼女の真の自己の表情として捉えるべきである。「というのは」という接続詞によって読者は、鏡を

図版②「鉄檻の男」（ブレイクがバニヤンの『天路歴程』の某版のために描いた挿絵）

裸の男は彼の唯一の服とも言える鉄檻の中で自分自身の手を使って足首に足かせを付けて座っているように見える。脱出可能な鉄檻の失われた環（missing link）に見える鉄の首輪は彼の自己監禁の願望を暗示している。

通して彼の姿に気づいたがゆえに、彼女の顔が彼には馴染みのある「美しいながらも眉をひそめた暗い顔」にサッと変化した――より正確に言えば、いつも彼に向けている顔に戻った――ことを理解できる。この「ひそめた眉（knitted brows）」は、ドンビー夫妻の双方に反復使用されている点から、二人に共通するプライドの高さの表象として読む必要がある。

　さらに興味深いのは、ドンビー氏だけでなくイーディスにも自己疎外が見られることだ。斜陽階級のイーディスは、母親が最高値で売るために商品化した美しい偽の自己と、それに対して恥辱感を抱く真の自己との衝突で自己分裂に苦しんでいる。その商品化された美は「彼女の意思に反して自己を誇り、自己主張する」ようになったもので、「自分の美しさを知っている」彼女は「自分自身のプライドでもって、まさにその自己に反抗している」（第二一章）。また、プライドの高い彼女の真の自己と商品化された偽の自己との分裂・対立は、結婚式の前の晩、彼女が鏡に映った美しい容姿から顔を背け、「自分の不穏な魂と格闘する」（第三〇章）場面でも暗示されている。こうした自己疎外による自己分裂の中で、偽の自己という他人の顔を装うことによって、[5] 抑圧した真の自己とも戦わねばならない相克・確執・葛藤こそ、リスペクタビリティが強迫観念となっていた当時の中産階級の人間が余儀なくされた宿命だと言えよう。

　中産階級のドンビー氏が近代資本主義社会に適応して成功しながら家庭的に疎外感を味わったのに対し、ギッシングの『三文文士』の群小作家たちは同じ中産階級で禁欲的なハードワークに励みながらも社会的に疎外されている。「昨今の文学は商売である」（第一章）ことを理解し、一八八二年当時の文学市場に適応しようとするジャスパー・ミルヴェインという当世風の作家は、「実際に疎い（unpractical）、古いタイプの芸術家」リアドンを批判するが、文学的信念としての理想主義と文学市場の現実的な実利主義という二項対立を融合させるための「妥協（concessions）をしようとしない、いや、できない」かぎりは社会的に疎外されて貧困に甘んじるしかない。[6]

貧しい群小作家たちは図書利用の必要性から大英博物館に近い下宿に住んでいるが、ギッシングは『荒涼館』（一八五二〜五三）で法学院のリンカーンズ・インを「法の影の谷」（第三二章）に例えたディケンズを真似て、『三文文士』では大英博物館の図書室を「本の影の谷」（第二章）と呼んでいる。両方とも「詩篇」の「死の影の谷」（Psalms 23: 4）のパロディーであり、そこにいる人々の「苦難」の象徴である。三文文士アルフレッド・ユールの娘メアリアンは父の手伝いとして、日々、この図書室で苦難に満ちたハードワークに明け暮れている（本稿の扉絵参照）。図書室に立ち込めた「霧」（第八章）がどんどん濃くなる中で、父と同様に社会から疎外された彼女の心には、「特徴のない牢獄の壁（a featureless prison-limit）」のような図書室の壁に囲まれて読書している他の人間たちが、「巨大なクモの巣に捕えられた不運なハエ」のように映ってしまう。ここには『荒涼館』の霧、『リトル・ドリット』の牢獄、『大いなる遺産』のクモの巣など、象徴的イメージの点でディケンズの強い影響が見られる。さらに、この図書室の描写には、『ハード・タイムズ』（一八五四）で「一日の単調な仕事のために磨かれ、油をさされ、鬱病で気が狂った象」（第一巻第一一章）の鼻に例えられた工場の蒸気機関のピストンが、その反復動作によって労働者たちに強制していた退屈な仕事を想起させる場面がある。「果てしない書棚に沿って無益な調査をすべく永遠の彷徨を運命づけられた（doomed）、光明のない、途方に暮れた人（a black, lost soul）」（第八章）のような図書室の職員に自分の姿を見出したメアリアンをはじめ、そこにいる人々はヴィクトリア朝の経済システムという巨大な機械に組み込まれた歯車として、「自己の保全を侵害する営為」（S. J. James 95）とも言えるような、苦役のような単純労働を毎日ただ反復するだけである。

産業革命後の工場制機械工業によって、人間が人間としての本質を失って真の自己とは違ったものになっている状況、すなわちマルクスがのちに指摘することになる〈自己疎外〉が生まれた。A・ウェルシュが指摘するように、「マルクスとエンゲルスによる〈疎外〉の哲学的な意味を知らなかったディケンズも、〈疎外〉が都市の人間によく見られる状態であることは理解していた」（Welsh 12）。ギッシングもまた、「自分自身の疎外が社会システムからなのか、他の人間からなのか整理できていない」[7] にせよ、近代都市生活者の疎外については認識していた。ただし、彼の場合はそれが下層中産階級の人物だけを通して描かれる点にディケンズとの違いがある。例えば、メアリアン・ユールは、リスペクタビリティを保つために図書室に座り、

「下らないことに知識人としての威厳を装い」（第八章）ながら、「文学製造機」のように単純作業を行う疎外された自己と、「どんなにつまらない、ありふれたものでもよいので、世の中が必要とする仕事をしたい」根源的な自己との乖離で懊悩の日々を送っている。彼女は「このように運命づけられた(condemned)生活が何の役に立つのか？」と自問するが、そうした〈実存的不安〉は労働を通して表現される本来あるべき姿の喪失、換言すれば、資本主義社会という巨大化・画一化した機械の歯車の（欠損しても機械自体は決してストップしない）歯の一つとなっていることによる人間性の喪失を雄弁に語っている。[8]

第三節　自然主義に内在する自己欺瞞性

ギッシングの『三文文士』の場合は下層中産階級の貧しい群小作家リアドンの禁欲的な勤勉(industry)、ディケンズの『大いなる遺産』の場合は遺産相続の見込みで紳士階級に上昇した富裕な俗物ピップの怠惰(idleness)――この勤勉と怠惰について、ディケンズは芸術的な良心から妥協を受け容れた。これに対し、産業革命の前に活躍した画家のホガースが妥協を軽蔑して白と黒や善と悪に、すなわち二元論的に描き分けていたことは、ギッシング自身が『チャールズ・ディケンズ論』（一八九八）の第二章で指摘している。確かにディケンズはホガース同様にロンドンの裏町の現実を知っていた――その意味では実際そこに住んでいたギッシングの方が詳しかった――が、ディケンズが物語作家として書く時は読者に愛される作家として妥協し、現実を主観的に解釈できたのに対して、「妥協しない(uncompromising)精神」の持ち主であるホガースは白黒や善悪の二項対立を融合させることができなかったのである。

ホガースの時代と違い、産業革命によって複雑化した近代資本主義のヴィクトリア朝では、伝統的な二項対立の考えが崩壊し、その境界も曖昧になっていた。それを認めずに二元論的にしか考えないのは自己欺瞞と言わざるを得ない。その意味で「ディケンズは自己欺瞞者(self-deceiver)でなかった」（第二章）というギッシングの指摘は正鵠を射ている。田舎と都会の境界が曖昧化した産業革命後の社会を舞台とするディケンズやギッシングの作品では、ホガースが区別した勤勉と怠惰は同じように無益で意味のない堂々めぐりというイメージで捉えられる。「昨今の文学は商売である」ので、文学か商売かという二者択一ではなく、それらを結び付けるだけの妥協ができなければ、（天才作家の場合は別だが）待ち受けるのは貧困だけである。特にダーウィニズム以後に商売と化した文学の市場経済システムの中で、三文文士リアドンが理想主義的な信念に拘泥して執筆すれば、「果てしない堂々めぐり、いつも書き出しに戻って、最後は挫折する(endless circling, perpetual beginning, followed by frustration)」（第九章）ように、それは下層階級の単調な労働の反復と同じ結果にしかならない。

同様に、勤勉と怠惰の違いはあるが、働いている田舎の少年から働かない都会の紳士へと階級的に上昇したピップは、ミス・ハヴィシャムの屋敷の庭に咲く美しい花とその周囲の雑草が地下で互いに根を絡ませているように、有産階級と無産階級が底流でつながっていることを理解できず、物事を表面的、二元論的にしか考えられない。従って、犯罪者の財産で紳士となったピップがいくら社会階級の梯子を昇っていると思っても、それは視覚の魔術師エッシャーが描いた『上昇と下降』(図版③)の無窮階段で堂々めぐりをしているだけの幻想にすぎない。その意味において、回文（パリンドローム）の名前を持つピップにミス・ハヴィシャムの屋敷で与えられた最初の仕事が、彼女の歩行を助けて部屋中ぐるぐる回ることであったのは、非常に示唆的である。

しかし、有産階級から無産階級に戻ることはピップが何よりも恐れていることで、彼は自分の行動や思考を否定するような状況になると決まって自己欺瞞に陥ってしまう。その典型例として、彼がポケット氏の家を訪問して最初に注意を奪われた、子供たちの遊んでいる場面がある。

> 門の掛け金をはずして、私たちはそのまま川がよく見える小さな庭に進んだが、そこではポケット氏の子供たちが遊び回っていた。私の利害や偏見と全然関係のない問題で思い違いをしているのでなければ、ポケット夫妻の子供たちは自分で伸び育つことも、育て上げられることもなく、転び育っているようにしか私には見えなかった。
> （第二二章）

子供たちが「転び育っている (tumbling up)」ように見えたのは、

図版③ M・C・エッシャーの石版画『上昇と下降』(1960 年)

永遠に続く無窮階段を昇降する人々が禁欲的な信仰生活を送った中世の修道士のように見えることから、産業革命後の近代資本主義社会に当てはめて考えると、生産的な活動に思える人間の禁欲的な労働も、実際には単調な反復からなる非生産的で無意味なものとなる。

勤勉な労働者階級時代の価値観を引っ繰り返して怠惰な紳士になったピップが、自分の否定的属性を子供たちの中に見出しているからである。仮定や比喩を逆用して事実を暗示するタイプの作家であるディケンズは、ピップが自分の利害の絡んだ問題で「思い違いをしている (deceive myself)」、つまり自己欺瞞を犯していると語り手ピップを通して匂わせているのだ。子供たちのように遊んで暮らしている紳士としてのピップの価値観の転倒（タンブリング）は、作品冒頭の墓地の場面で将来の遺贈者マグウィッチに逆さ吊りされ、伝統的価値観を象徴する教会が逆様に見えたことで仄めかされていたことでもある。

ディケンズの『大いなる遺産』とギッシングの『流謫の地に生まれて』（一八九二）の主人公たちには共通点が多い。近代都市生活者が陥る自己欺瞞はその一つである。前者のピップが有産階級に留まるために犯した自己欺瞞の基盤は彼の俗物性にある。それに対し、作者同様に父親が薬剤師の資格を持ち、学問的なハードワークで出世しようとする後者の主人公、ゴドウィン・ピークがロンドンに上京して会った——ピップにとってのベントリー・ドラムルのように生まれも育ちもよい——ブルーノ・チルヴァーズへの嫉妬と敵愾心のために陥った自己欺瞞には、彼の俗物性に加えて偽善性も寄与している。かつての同級生で血筋のよいバックランド・ウォリコムの家で妹シドウェルに惹かれるあまり、不可知論者であることを隠して聖職者になるふりをするのも「まことしやかな偽善 (unctuous hypocrisy)」（第二部第四章）である。ただ、ゴドウィンはそうした偽善性の責任を自分自身ではなく、「常に他所者 (an alien) となるしかない社会階級に自分の生まれを定めた運命」（第一部第二章）に負わせる。教育を中断した理由を家庭の貧困や叔父にかかされた恥に求め、自分を環境の犠牲者と思って現実逃避を正当化する男なのだ。また、偽装の仮面が剥がれると、自分の道徳観念の欠落を無産階級だった祖先からの遺伝のせいにする。こうしたゴドウィンの運命論は自分の窮地を「合理化する (rationalize)」(Collie 139) ための心理的な自己防衛の手段になっていると言わざるを得ない。[9]

ゴドウィンの偽善行為は、彼自身が「意識的に偽善者を演じている」（第二部第四章）点でも、バックランドが「良心に対する罪」（第五部第三章）だと難じている点でも、意識的な自己欺瞞による作為の罪に他ならない。そうした自己欺瞞は現実逃避のための楽天主義を特徴とする。楽天主義は何もしない点では悲観主義と同断であり、意欲を持って現実を直視しながら問題解決に向かう楽観主義とは区別する必要がある。決定論に懐疑的で意欲や創造性を重視するアドラーの個人心理学から言えば、ゴドウィンのように現在の悲観的な状況の原因を遺伝と環境という本来は因果関係がないものに見出そうとするのは、「仮象の因果律 (semblance of causality)」[10] に責任転嫁しようとする自己欺瞞的な行為であり、それによって真の原因が解明されることはない。そのような観点から読めば、遺伝と環境による決定論的な傾向が強いギッシング作品の底流をなす自然主義は、自己欺瞞性が内在する文芸思潮だと言えなくもない。

第四節　防衛機制としての集団的な自己欺瞞

ディケンズ作品で欺瞞（deception）に関連する単語の使用頻度は『マーティン・チャズルウィット』（一八四三～四四）が最も高い。それは他人をだまそうとする登場人物たちの詐欺の動機としての利己主義（selfishness）が主題になっているからである。一方、自分自身をだます自己欺瞞は、批評家の目を引く重要テーマではないが、『リトル・ドリット』と『大いなる遺産』においては等閑視できない問題である。

中国からロンドンに戻った直後のアーサー・クレナムの心の中では、昔の恋人フローラ・フィンチングへの愛情が今も燻り続けている。それで、無意識的な罪悪感から始めたエイミ・ドリットの調査に進展がないことを口実に、フローラの父キャズビー氏と旧交を温めることで何か有望なことが聞けるかもしれないと、自分で自分に言い聞かせる。

> 付言する必要もないが、たとえリトル・ドリットの存在がなかったとしても、間違いなく彼はキャズビー家の玄関に姿を見せたであろう。というのも、我々全員、すなわち一般の人間は行動の動機に関して自分自身をだましている――我々の心の奥底にある自己を除いて、自分自身をだましている――ことを知っているからである。
> （第一巻第一三章）

欺瞞行為を自覚した主体としての自我から除外された「我々の心の奥底にある自己（our profounder selves）」とは、自我と自我の指令を受けた内的自己が共謀して抑圧してしまった我々の良心（our better selves）以外の何物でもない。だが、これも意識的な自己欺瞞であり、作者が述べるように、我々「一般の人間」が日常的に「行動の動機」について犯している作為の罪である（図版④）。

ギッシングの場合、自然主義の人生観から見れば、近代都市生活者の孤独な自我にとっては、最終的に自分が孤独で死ぬという運命しかない。そうした自我の忘却装置になり得る宗教に対して不可知論（agnosticism）を奉じたギッシングは、[11] 現実の生活のみならず小説の世界でも、孤独からの逃避の手段を男女の愛に求めている。同情と性欲のために結婚したイーディスとの現実生活において、ギッシングは日記に「私ほど完全な孤独で多くの時間を過ごした人間はほとんどいないだろう」（*Gissing Diary* 288）と書いているが、こうした孤独感は特定の人間しか入れない壁を自分で作って浸っている自己憐憫にすぎない。自己欺瞞が真剣に取り上げられた小説『三文文士』では、ギッシングの扱うテーマのほとんど全部が帰着する金や貧困の問題と絡んだ愛に関する場面で、自己憐憫が自己欺瞞に変容してしまう。リアドンが「妻への愛情は少しも残っていない」と自分自身に納得させた」り、彼女を「冷酷な自己本位の女」として憎んだりしても、それは情熱がまだ消えていない彼にとって貧困という「惨めさゆえの自己欺瞞（the self-deception of

図版④「男の自己欺瞞」
(『パンチ』1881年4月2日)

(鏡の前でいつものように)
「結局のところ――女が気にするのは男の容姿じゃない。男の人格、男の知性、男の――」
(続けて、いつものように無理やり首をカラーに入れて横を向けなくなり、無理やり足を窮屈なブーツに入れて歩けなくなり、無理やり腹をベルトに入れて息ができなくなる)

misery)」（第二五章）に他ならない。また、リアドンは文学で食べて行くのが不可能であることを知っており、「正真正銘の成功を期待して自分をだますことはもうできない」（第九章）にもかかわらず、作家というリスペクタブルな職業に執着する妻の愛を失うことへの恐怖ゆえに、そうした現実から逃避すべく彼女への真情の吐露を先に延ばしている。これもまた、あとで彼自身が「馬鹿なことに君にも自分自身にも本心を偽っていた (foolish and even insincere, both to you and to myself)」（第一七章）と告白しているように、意識的な自己欺瞞だと言える。

　しかしながら、自己欺瞞の文学表象においてはディケンズにやはり一日の長がある。確かに、『リトル・ドリット』でも自己欺瞞が最も顕著に見られるのは、ギッシングの場合と同様に愛という陳腐なテーマにおいてである。とはいえ、アーサーの自己欺瞞はプロテスタンティズムが奨励した禁欲という名の自己否定から生じた愛情コンプレックスゆえに、無意識において行われる〈防衛機制〉の形をとっている。フローラの現在の姿に幻滅したアーサーは、ミーグルズの娘ペットを代理恋人にしようとするが、例の自己否定によって彼女から身を引き、ガウアンを選んだペットについて「自己欺瞞に陥って勘違いしている子 (Self-deceived, mistaken child)」（第一巻第二八章）と思って非難してしまう。ペットは父が自分の恋人に偏見を抱いて本当の姿を理解していないと思っているが、これはもちろん彼女の自己欺瞞である。だが、アーサー自身が自分に対して密かな愛を抱くエイミに偏見を抱き、その本当の姿を見ることができない――彼女を陰ながら愛する負債者監獄の門番の息子、チヴァリー青年によって第二巻第二七章で非難される――自分自身の自己欺瞞をペットに〈投影〉していることに、読者はここで気づかねばならない。[12] こうした自己欺瞞は自分の大きな欠点(beam)に気づかずに他人に小さな欠点(mote)を見出すようなもの(Matt. 7: 3)であり、聖書の時代から古今東西を通して見られる人間の無意識的な行動なのである。

ディケンズの真の偉大さは、個人レベルの意識的／無意識な自己欺瞞のみならず、共同体・民族・人類の心に普遍的に存在する集団レベルの無意識的な自己欺瞞までも提示し、しかも独創的な仕掛けで描いてみせる点にある。そうした無意識的な自己欺瞞もまた、人間が社会に適応できない状況で、不安、葛藤、罪悪感といった受け容れがたいものを回避または軽減しようとする防衛機制の一つだと言ってよい。ミス・ウェイドがガウアンに対する自分の自己欺瞞的な愛の経緯について語った手記をアーサーだけに読ませるように書いたのは、自己否定を強いられて愛情コンプレックスに苦しむ彼と似たような子供時代を送っていたからである。彼女はその手記を「私は不幸にも愚者でない」(第二巻第二一章)というパラドックスで書き始め、「いつも真実を見破るのではなく、常にだまされていることができたならば、大多数の愚者と同様に平穏な生活を送ることができたのに」と、胸中を披歴している。ここで彼女が言及した「大多数の愚者」に関して、ディケンズは〈ヴィクトリアニズム〉として後世に批判されることになるイギリス中産階級のピューリタン的な倫理観、上品ぶった偽善、拡張する国力から生まれる島国根性的なプライド・自己満足・楽天主義、そういった否定的な属性を体現する人間としてミーグルズを登場させたように思えてならない。彼の自己欺瞞を「比較的無害」(Brown 89)とする批評は楽天的すぎる。なぜならば、逆様の世界をトポスとする『リトル・ドリット』の原題、「誰の責任でもない(Nobody's Fault)」が全員の責任(everybody's fault)を暗示することからも、「実際家」を自称しながら「良い縁故がある素晴らしい家柄」(第二巻第三三章)に弱いミーグルズ――他者への感染力が極めて強い麻疹(はしか)(measles)を連想させるべく考案された名前――の事大主義(worship of the powerful)は、近代都市生活者が集団として取り憑かれていた無意識的な自己欺瞞という病魔であるからだ。それは英国人が「見つけるのに隣の通りまで行く必要のない弱点」(第一巻第一七章)なのだ。

このような事大主義は確かに往古からある人間の本性だと言えるかもしれない。しかし――これは重要なしかしなのだが――産業革命を推進して近代資本主義社会を確立したイギリスの中産階級は、市民的自由や経済的自由を獲得できた一方で、前近代的な共同社会にはあった人間の絆からも解放され、それまでにない孤独感や疎外感に晒されていたことを忘れてはならない。そうした自由から逃れるために、彼らがプロテスタンティズムの倫理としての禁欲によって経済活動に専念しながら、新たな帰属意識を求めて社会的に強いものへの事大主義的な傾向を従来にないほど強めていたとしても不思議ではあるまい。

注

1　「誰でもない人」の役割を果たそうとするアーサーの意思の中に、「感情を表に出すよりも沈黙させて否定することに価値を置くという十九世紀の文化的な決まり」(Kucich, *Repression* 3) を読み取る批評家もいるが、ディケンズの場合、こうした価値観は忍耐と沈黙 (suffer and be still) を体現した女性のみならず、愛のために自己否定的な危険を冒す中期以降の作品の男性（例えば、ウォルター・ゲイ、シドニー・カートン、ユージーン・レイバーン）を通しても示される。

2　ヒープがディケンズとその分身デイヴィッドにとって唾棄すべき男であるのに対し、ギッシングが『チャールズ・ディケンズ論』でヒープを「境遇の犠牲者」、「悪い教育や病気に冒された社会から生まれたもの」（第六章）と見なしている点は着目に値する。ギッシングの短篇「境遇の犠牲者」（一八九三）では、無能な画家の夫と子供たちの幸せのために妻ヒルダが「自己否定と快い献身」とで有能な風景画家としての自分の欲望を抑圧しているが、これは自己欺瞞的な行為とはいえ、読者の共感を惹起せずにはおかない。ゆえに、人間の性格や運命は遺伝や環境といった外的な力に従属するという自然主義の立場から、ギッシングがヒープに自分の境遇を重ねて同情を示したとしても首肯しかねることはない。

3　フィリップ・コリンズが指摘するように、「ディケンズの教育への関心は［労働者階級の］犯罪防止の方法についての彼なりの考えから生まれている」(Collins v) が、一方で「ディケンズは［文芸批評家のような教養ある］知識人や学者に対して敬意をほとんど払っていない」(218)。しかし、そうした文芸批評家と自分を同一視したギッシングにとって、教育を単に出世の手段と考えるだけで教養を目的とする教育を求めていない労働者たちは軽侮の対象となる。

4　ディケンズが階級の壁を乗り越えることを訴えたのに対し、ギッシングはその壁を再建／強化することに関心があった。詳細は『ギッシングを通して見る後期ヴィクトリア朝の社会と文化』（溪水社、二〇〇七）所収の拙論「都市――自分のいない場所がパラダイス」を参照のこと。

5　人間の存在意義や不条理をシュルレアリスムで描出した安部公房の代表作『他人の顔』（一九六四）は、ヴィクトリア朝大好況期 (Great Victorian Boom, 1850-73) とよく似た戦後日本の一九六〇年代における高度経済成長期の人々の自己疎外を描いている。彼は都市生活者の孤独や自然主義的な諦念といったテーマではギッシングに近いが、孤独や諦念から脱却するために必要な共同社会に見られた他者との交流の回復を訴えた点ではディケンズとも近い。

6　M・C・ドンリは「名誉ある妥協」と「恥ずべき便法 (ignoble expediency)」(Donnelly 161) を区別しているが、中産階級の教養ある女性を諦めて二度も労働者階級の女性と結婚したギッシングの不幸な妥協が後者であることは言を俟たない。

7　David Howard, John Lucas, and John Goode, eds., *Tradition and Tolerance in Nineteenth Century Fiction* (London: Methuen, 1966) 4.

8　百五十年ほど遅れて産業革命が始まった明治期の日本では、

こうした実存的不安を時代的・気質的・作風的にギッシングに近い漱石が的確に捉えて描写している。例えば、『行人』（一九一二～一三）の語り手・長野二郎の兄（一郎）は、「人間の不安は科学の発展から来る。進んで止まる事を知らない科学は、かつて我々に止まる事を許してくれた事がない。……どこまで行っても休ませてくれない。どこまで伴れて行かれるか分からない。実に恐ろしい」（第三二章）と述べている。決してストップしない社会の変化に順応できない近代都市生活者は疎外された感覚にならざるを得ない。西洋社会への不適応からノイローゼ気味になった留学中の漱石は、金欠に加えてアウトサイダーゆえの居心地の悪さで、最初のガウワー・ストリート以降は郊外の下宿を転々としていた（二年で四回）。ギッシングもまた、ロンドンに住んだ十四年間に十四回も下宿を移っている。貧困生活の中で根なし草（デラシネ）や流浪の民（エグザイル）のように住まいが定まらない人間の孤立感・疎外感は彼の作品の底流をなすモチーフである。

9　ギッシングは、知識人に特別な居場所を与えずに疎外／周縁化しようとする資本主義社会に戦いを挑む道具として、当時の様々な思潮を利用している。ジョン・グッドはそうした行為を「〈疎外〉の合理化」(Goode 16) と称しているが、経済学の「合理化」が無駄を省いて労働生産性を高めることであれば、それは合理性が重視された当時の時代精神や社会風潮に合致した行為と言えなくもない。

10　H. L. and R. R. Ansbacher, eds., *The Individual Psychology of Alfred Adler: A Systematic Presentation in Selections from His Writings* (New York: Harper and Row, 1964) 92.

11　ギッシングは、『ヘンリー・ライクロフトの私記』（一九〇三）の「秋」第九章で、G・Aという頭文字の知人について、「形而下の事実の彼方にあるものを完全に無視する」という「愚鈍に思える自己欺瞞」に陥った「偏狭な唯物論者」と見なし、その似非不可知論を揶揄している。これを「無神論の横柄さ (the arrogance of atheism)」(Grylls 184) に対する批判とする研究者もいるが、不可知論者であるギッシングの立ち位置は無神論者と宗教信仰者の中間にある。G・Aが誰であるかを特定した批評家はいないが、オックスフォード大学出身で牧師の息子にもかかわらず不可知論者となり、数多くの自然科学の論文や小説を書いたグラント・アレンと思われる。ギッシングは時おり大英博物館図書室から借り出した彼の著作を駄作として打ち捨てている (*Gissing Diary* 240, 374-75)。

12　ヒロインのエイミに自己欺瞞が見出せるのは特筆に値する。彼女は、父が遺産相続によって負債者監獄から出る際に、二十年以上も監禁されたのに借金を皆済しなければならないのは残酷だとアーサーに不満を漏らすが、その不満は牢獄が彼女に与えた「無責任という微々たるシミ」(Cockshut 41) でも、牢獄が彼女の心に残したシミと考えたアーサー自身の「カルヴァン主義的な商人根性のシミ」(Leavis 224) でもない。「自分が間違っていることは分かっている」（第一巻第三五章）というエイミの自覚から判断するならば、彼女がアーサーに示した自己欺瞞的な不服は、作者が「哀れな囚人である父への同情から発生したもの」（第一巻第七章）と明言していることから、「親孝行ゆえの欺瞞行為 (pious fraud)」に付随する小罪 (venial sin) と言える。ただし、彼女の愛ゆえの自己欺瞞が、父の保身ゆえの自己欺瞞を幇助する不作為の罪であることも事実である。

第七章

〈新しい男〉の生成

──男女の新たな関係を巡る葛藤──

田中　孝信

ヒュー・ゴールドウィン・リヴィエア『エデンの園』(1901年)

場所はエデンの園とは対照的な冬のロンドンの公園。しかし、どんな場所でも愛があれば天国なのだ。恋人同士の握り合った手、娘の愛らしく輝いた顔、男の顔は見えないが、女の表情がそれを映し出す。希望と若さに満ちた二人が歩む小道は、背後の霧のロンドンに象徴される前世紀の抑圧と混乱から新たな男女関係の構築へと向かう未来を思わせる。

世紀末に〈新しい女〉の登場に合わせて〈新しい男〉が出現する。しかし、それは何も突然現われたものではない。従来〈新しい女〉に関する研究は多数なされてきたが、〈新しい男〉についてはいまだ十分には探究されていないのが実情である。そこで本論では、〈新しい男〉の観点から、ディケンズとギッシングの比較検討を試みることにする。具体的には、〈新しい男〉の起源をディケンズ作品、とりわけ『デイヴィッド・コパフィールド』（一八四九～五〇、以下『デイヴィッド』と略）と『大いなる遺産』（一八六〇～六一）中の男性像に辿り、彼らが、ギッシングが『余計者の女たち』（一八九三）や『渦』（一八九七）で描き出す男性像へといかにつながるかを、明らかにしてゆく。まずは〈新しい男〉とはどういったものであったかを、社会的・文化的背景を踏まえつつ、押さえておく。

第一節　〈新しい男〉とは？

〈新しい男〉とは何か？　その問いには、〈新しい女〉の社会的・政治的解放の試みを、同等の立場から支持し助ける同胞と答えればよいだろう。オリーヴ・シュライナーは『女性と労働』（一九一一）のなかで、〈新しい男〉を「これまでの男性像とは全く異なり、女性に受動的な服従よりはむしろ、積極的な仲間づきあいや協力関係を求めようとする」[1]人物だと述べている。彼女のような作家たちは彼を、〈新しい女〉との間にロマンティックな協力関係という進歩的モデルを育み、思いやりと癒しを与えてくれる存在として、提示したのである。従来のラスキン流の理性・競争心・保護力といった能力の枠を超えた要素を帯びる〈新しい男〉は、多くの〈新しい女〉作家たちにとって理想の男性像と見なされたのだった。

〈新しい男〉という用語が批評家の間で使われだしたのは、〈新しい女〉という言葉が、一八九四年に発表されたセアラ・グランドの「女性問題の新しい側面」とそれへの応答としてのウィーダの「新しい女」に現われてからだった。だが、その定義は、実際のところは様々だった。〈新しい女〉は、男性的な性的歪曲者として諷刺の対象になる一方で、性の二重規範や婚姻制度に挑戦する勇猛果敢なフェミニストとしても捉えられた。それと同じように、〈新しい男〉も大いに矛盾した形で表現されたのだ。『パンチ』や『スピーカー』のような中産階級向けの雑誌は〈新しい男〉を、雄々しく恐ろしい〈新しい女〉の女々しく滑稽なパートナーと見なしていた（図版①）。[2]それとは対照的に〈新しい女〉作家たちは、どんな種類の進歩的な男性が〈新しい女〉と結びつくべきかを真剣に考えたのだった。グランドは「男性は道徳的に揺籃期にある」[3]と不満を述べる一方で、楽観的に「将来男性はより良くなるだろうし、女性も強く賢明になるだろう」(Grand 272) と言明する。またシュライナーは〈新しい女〉と〈新しい男〉を、新しい文化を一緒に作り出す仲間と見なして、「新しい男と新しい女は、同じ山の斜面を反対方向から登り始める二人の人物に似通っている。彼らは登れば登

図版①「まもなく起こるだろうこと」『パンチ』（1894年2月24日）
サンプソン嬢「どうか私にあなたの鞄を持たせて下さい、スミザリーンさん！」

大柄な女性が、彼女と並んで歩く小柄な男性の鞄を持とうとしている。『パンチ』の挿絵の多くは、ジェンダーの揺らぎに対する社会的不安がいかに防衛的な反発を引き起こしたかを示している。

るほど互いに近づき、最後は山頂で出会うことになるのだ」(Schreiner 274) と述べている。

彼女たちの描く〈新しい男〉を遡れば、十九世紀半ばのディケンズやジョージ・エリオットの作品に登場する、標準的な男性性の枠から外れた要素を有する人物に行き当たる。彼らは感受性に富み、養育に携わる家庭的な男性であり、妻との間に、全く平等とはいかないまでも、後の〈新しい男〉と〈新しい女〉の間に見られるような協力関係を予期させる形で、友情と知的交流に価値を置く関係を構築しているのだ。その背景には、一八三〇年代から六〇年代の比較的平和な時期にあって、中産階級の男性は、男同士の絆や英雄的行為・冒険といった伝統的な男性性よりむしろ、金銭関係に支配された社会での疎外感や非人間的な関係を癒してくれる、愛と秩序から成る、男性性と女性性の相互補完的な家庭空間を尊んだという事実がある。

第二節　ジェントルマン像における両性具有性

ヴィクトリア朝も現代もフェミニスト批評家の間で大いに議論を呼びそうなディケンズを介して、〈新しい男〉について語るのは奇妙に思えるかもしれない。事実彼の作品には、〈家庭の天使〉を想起させるヒロインが多く登場する。しかし同時に、虐待される女性や愛のない結婚生活を強いられる女性、さらには社会の束縛を強く意識する女性も描かれ、彼女たちへの作者の同情も読み取れるのである。『デイヴィッド』のなかで、虐待する夫のもとを去ったベッツィ伯母は、デイヴィッドのか弱い母を「蝋人形」(第一章)と不満げに呼ぶ。また、彼女と精神薄弱のディック氏との恋愛感情抜きの共同生活は、従来とは異なるジェンダーや家庭生活が示されたものと理解できる。そうしたディケンズの革新性は男性性の描き方、特にジェントルマン像とも密接につながっているのである。

では、当時の社会一般にみられたジェントルマンの概念とは、どういったものだったのだろうか。ジェイムズ・イーライ・アダムズが、中産階級の知的職業に就く多くの男性は、「自分たちの男性性を正当化するために、それをジェントルマンの男性性と一致させようとしたのだった。この規範をどう定義するかは、ヴィクトリア朝文化を通してずっと議論の対象となった。というのも、その概念は、社会的流動性やそれに伴う特権を規定するのに大いに効果を発揮したからである」[4]と述べているように、十九世紀半ばにはまだ定まっていたわけではなかった。例えば、この時期、サミュエル・スマイルズが『自助論』(一八五九)で「真のジェントルマン」を提唱したわけだが、それは従来の地位や階級を重視した「正統なジェントルマン」とは異なり、高潔さ、真面目さ、克己心といった人格と強く結びついたものであり、その下部構造には「勤労の教説」が持ち込まれていた。「ジェントルマン」という語を巡る論争や、ジェントルマンらしさは生来のものか習得可能なものなのかといった議論が、男性性の定義をますます複雑にしたのである。

そうしたなかでディケンズの考えは、スマイルズの主張する「優しさこそが、ジェントルマンらしさの最大の試金石である」(第一三章)に近いものと言えよう。さらに、一八五五年にマーガレット・オリファントは、ディケンズの男性主人公について、彼らは「クラブやパブリック・スクールの若者、すなわちイートン校の大胆不敵な若者や彼らが行動の手本とする『ひどいしゃれ者』」ではなく、中産階級の少年や成人男性であり、「家庭育ちで敏感、女性の影響力を強く受けている」(Oliphant 451)と述べている。それに加えて、ディケンズの新しいジェントルマン像は、性的「堅固さと忍耐」(『デイヴィッド』、第三四章)といった中産階級女性に求められる特質を帯びることになる。その人物は心地よく女性的特質を自らのアイデンティティのなかに取り入れ、男性性と女性性を隔てる既成の境界を流動化させる。そして、結婚生活が醸し出す家庭的満足感のなかで子を慈しみ(図版②)、妻との間にロマンティック・ラヴに基づく友情関係を構築する。この点でディケンズの描き出すジェントルマン像は、世紀末の〈新しい男〉の先駆けと考えられるのである。

もちろん十九世紀半ばと世紀末とでは、大きな違いもある。前者のカップルは、〈新しい女〉作家にとってはもはや理想ではなかった。ディケンズは伝統的に女性性と見なされる特質を男性登場人物に取り込むことに価値を見出したが、女性登場人物は私領域に閉じ込められたままだった。彼女たちが、〈新しい女〉のような自立と自主性を獲得することはなかったのだ。しかし、たとえ私領域であっても、夫の個人的な悩みの相談に

図版②「真の勇気」『パンチ』(1859年12月10日)

少なくとも19世紀半ば、家庭生活は男性性と強く結びついていたのだ。ジョン・トッシュは『男の居場所――ヴィクトリア朝イングランドの男性性と中産階級家庭』(1999)のなかで、従来の歴史家たちが家庭を権力を持たない女性たちの領域と見なしてきたのに対して、家庭こそは男性が家父長として権力を振るい自尊心を高める空間であったと論じた。

乗ったり、職業上の助言をしたりして、少しずつにせよ、自分自身や夫の生活を管理するようになっていったのも事実である。

ディケンズのジェントルマン像の典型的な例として、『デイヴィッド』中のトラドルズが挙げられる。従来『デイヴィッド』批評で最も注目を集めてきたのは、スティアフォースとユライアの二人だった。彼らは、エムリーとアグネスに対するデイヴィッドの密かな性的欲求を露わにする暗いダブルと捉えられてきた。主人公の内面の深い裂け目、ヴィクトリア朝の男らしさの闇の部分を照射する存在なのだ。物語は、デイヴィッドが、スティアフォースの性的放埒さとユライアの性的邪悪さを罰する道徳規範のなかで、性的に適切な行動を理解しようともがく過程を記している。彼には、最後の場面で、一人称の語りを用いて人間的・社会的に成長を遂げた幸福な自分自身の姿を読者に誇示するために、二人を排除することが必要なのである。そのための道徳上の水先案内人の役割を、アグネスと共にトラドルズが担うのである。

そうしたトラドルズは当然ながら、スティアフォースと対置される人物となる。勤勉、堅忍、周到といった価値ある男性性を体現するばかりか、優しさ、道徳性、性的堅固といった女性性をも備えた両性具有者なのである。セイレム・ハウスというホモソーシャルな共同体のなかで彼は、その道徳的・感情的敏感さゆえに、スティアフォースによって女々しいと侮蔑される。そのときデイヴィッドは、非道徳で自己陶酔に浸るスティアフォースを男らしさの権化として崇め、彼に刃向かう姿形からして滑稽なトラドルズを馬鹿にする。デイヴィッドは、自ら女性性を帯びる存在でありながら、最善の道徳的本能に従って行動できないという、後の人生にも影響を及ぼす由々しき欠点を示すのだ。しかし、しだいにスティアフォースのこれ見よがしな男性性を、完全にとまではいかないにしても拒絶し、より慎ましやかな友人の強さを評価するようになる。第二五章「天使と悪魔」で再登場したトラドルズは、「生真面目で、引っ込み思案で、堅実な感じの青年」と紹介される。この「堅実な(steady)」という語によって、彼が、不安定な内面に揺れるスティアフォースの対極に位置する人物であることが示される。エムリー誘惑を画策するスティアフォースが、ペゴティー氏の家で一人暖炉の火を見つめる彼を発見したデイヴィッドに「僕はこの二〇年ほど、ちゃんとした父親がいてくれたらよかったのにと、本当に思うんだ!……もっと僕をよく導いてくれる人間がいてくれたらと、本当にそう思うんだよ!」(第二二章)と語るとき、父親の健全な指導の欠如と母親の溺愛ゆえに己を制御できなくなった自分自身との葛藤が垣間見られるのである。

　トラドルズの両性具有性を示す適切な例が二つある。一つは、ユライアがウィックフィールド氏の名前を利用して詐取した金銭を、彼が回復する手はずを整える場面である。その用意周到さを目の当たりにしたデイヴィッドは、「私は正直に言わなければならないが、これが、昔の同級生の頭の良さと、威張らず、たゆまず、また空論でなく役に立つ良識を目の当たりにして、トラドルズを見直すことになった、初めての機会だったのだ」(第五二章)と告白せずにはおれない。同時に、ベッツィ伯母がユライアを「さもしい人非人!」と呼んだとき、思慮深げに彼は「いや、そこまでかどうか分かりません。人間っていうのは、さもしいことばかりに精魂を傾けていると、だいたいみんなそうなるもんですよ」(第五四章)と語る。アグネス同様彼も、道徳の尺度であり人間性の厳格かつ公平な審判者なのだ。

　もう一つ重要なのが、トラドルズに見られる勤勉さと性的堅固さの結びつきである。彼は、「僕は世間の様々な困難と闘いながら道を切り開いている」(第二七章)と述べているように、勤勉さによって着実に立身出世願望を叶えてゆく。また、ソフィーへの一途な愛ゆえに、収入が安定するまでの間、性的堅固さを貫き通す。その根底にあるのは克己心であり、社会的成功と性的満足感を極端なまでに渇望するユライアや、逆に余りに無頓着なスティアフォースとの対比が明確になる。アダムズは、ヴィクトリア朝の経済状態とセクシュアリティとの関係について、「男らしさと性的武勇との伝統的な結びつきは、中産階級の生活水準が上がるにつれて弱まってきた。男性は十分な収入を得るまで、しだいに結婚を遅らせねばならなくなった。かくして、経済上の『節制』を称賛する風潮は、特に性的抑制という体制と結びつき、強まったのである」(Adams 5)と述べている。これがトラドルズのモットーである「望みもて、待て!」として具体化されるのである。長い婚約期間、ソフィーと会うのも喜んで我慢する彼の姿勢は、若かりしデイヴィッドの一刻も早くドーラとの結婚を望む姿勢と著しい対照を成すとも言えよう。こうした男性性と女性性との融合、勤勉さや良識に加えて性的堅固さや忍耐心こそが、彼を主人公のもう一人の「天使」とし、後の〈新しい男〉の先駆者にしているのである。

トラドルズとソフィーとの結婚生活もまた、ジェンダーの流動化を反映している。法学院にある彼の埃っぽい部屋には、ソフィーばかりか、故郷からロンドン見物に出て来た彼女の姉妹が五人も滞在しており、彼女たちの「心地よい笑い声」（第五九章）が満ち溢れている。感情や道徳を故意に排除した、最も無味乾燥な男性的な組織の真っ只中に、暖炉の周りで談笑する幸福な女性の集団が匿われているのである。そこはもはや純然たる公領域とは言えない。彼はデイヴィッドに、「正直なところ、うちの家庭の方は、全然法律の専門家らしくなくってね、コパフィールド。ソフィーがここにいるのだって、法律の専門家にはふさわしくないだろう」と認めている。トラドルズは公領域と私領域とを対立的に捉えているが、本当のところは、「法律家にはふさわしくないけれども、いやもう、すごく楽しいんだ」と請け合っているように、申し訳ないという気持ちはない。彼の言動を通して家庭空間は、職業空間の定義に修正を加えさえしているのである。

さらにディケンズは、ソフィーに非家庭的で非女性的と言える職業上の能力すら付与する。彼女は法学院の部屋で夫の有能な清書係として働いているのだ。それも、手伝うと言い出したのはソフィーの方である。トラドルズに紙を一枚見せられたデイヴィッドは、彼女の筆跡とは知らずに、「法律家の書きそうな几帳面な字」「こんな堅苦しい筆跡は見たことがない」と言い、「女の人の手になるもの」（第六一章）とは信じない。これこそ、女性の側からの家庭と仕事の境界線の曖昧化であり、女性の潜在的能力の証左でもある。彼女の仕事は依然として夫の書いたものを筆写するだけのことであり、彼女の創造性はあくまで〈家庭の天使〉として家事に活かされるわけだが、ディケンズはここで、感謝する夫のそばで働く有能なソフィーと、執筆活動に勤しむデイヴィッドの傍らで清書のまねごとをして満足する無能なドーラとを対比しているのである。

トラドルズ夫妻がデイヴィッドの目にいかに理想の夫婦像に映っているかは、最終章が「遥か高天を指さす」守護天使アグネス賛美で締めくくられる直前に、彼がトラドルズの大きな新居を訪れる場面が置かれていることからも明らかである。判事にまで上り詰めた今となっては、妻が夫の清書を手伝うこともなくなり、仕事場と家庭は明確に分けられる。しかしトラドルズは依然として、「自分の化粧室に書類と、それから靴まで一緒に持ち込んでいる」。それは、彼が、二つの空間を混合した過去の生活をなつかしんでいることの表われと解釈できるのだ。公的および私的生活の調和のとれた結合、そしてそのなかでの男女間の友愛関係こそが、トラドルズの、そしてデイヴィッドの理想とする結婚生活だったのである。

では、『大いなる遺産』に登場するハーバートはどういった人物なのだろうか。ピップが二度目にサティス・ハウスを訪れたとき、窓外から内に目にしたハーバートは「赤い瞼の青白い若紳士」（第一一章）と描写されている。これは、デイヴィッドが初めてウィックフィールド氏の弁護士事務所を訪れた際に、同じく窓外から見たユライアがほんのりと赤味のさした死人のような青白い顔をしていたことを思い起こさせる。この点でハーバートは、ユライア同様、主人公のダブルと捉えることができよう。それは、直後に彼がピップにボクシングをやろうと誘うのが、少女エステラを巡る決闘もどきの申し込みと解釈すれば頷ける。アグネスを競い合うデイヴィッドとユライアと類似の関係が暗示される。しかし、ボクシングの場面で強調されるのは、ハーバートの「勇敢で無垢な」性質である。その女性性ゆえに彼は、ユライアではなくトラドルズと同種の人物であることが分かる。さらに彼は、ピップへの看護の場面に見られるように、癒しの効果をもたらす。そこにホモエロティックな要素を読み取るのも容易だ。これは、世紀末の〈新しい男〉を、『パンチ』などが諷刺した、男性の「忌まわしい女性化の風潮」を通り越して、ダンディズムを称揚したワイルドを始めとする「同性愛」の男に重ね合わせる動きにつながってくるものである。

だが、ハーバートには、トラドルズと比較した場合、大きな相違がある。後者の見た目の素朴さが抜け目のない鋭い内面を包み隠しているのに対して、前者はより純朴である。トラドルズの成功への道は長いが、それでも彼は社会的向上心と結婚願望に向かって専心する。それに対してハーバートは、いつまでも「チャンスをうかがう」（第二二章）ばかりでなかなか集中できない。結果として彼にはトラドルズのような職業上の成功は望めない。ロンドンに出たピップは、ハーバートと会った折に、「彼は不思議なほど希望に満ちた雰囲気を漂わせていた。しかし同時にその雰囲気は、彼は決して成功しないし、裕福にもならないだろうと囁いていた」という印象を受ける。確かにハーバートは、若きピップに「真のジェントルマンの作法」ばかりか、より重要な「真のジェントルマンの心」を教えてくれる。その点で彼は、下層階級に対して無関心だったスティアフォースとは対照的である。こうした優しさゆえにハーバートは、思いやりと励ましを与えてくれる友人になり夫にもなるのだが、だからと言って、それは金銭的成功には役立たない。結末近くで、ハーバートの「快活な勤勉さと用意周到さ」（第五八章）といったビジネスマンに必須の能力にピップが気づく場面があるのは事実だ。しかし、それはいかにもディケンズらしい、善良な人物は親切な行為ゆえに報われる、というファンタジーと解することができよう。実際は、ハーバートは、クレアラとの夫婦関係においてはトラドルズの後継者と言えるが、厳しい市場経済とは相容れない存在なのである。『デイヴィッド』の最終章に見られた説得力に欠ける楽天主義は影を潜め、ディケンズは、優しさといったジェントルマン的性格を身につける道が、ヴィクトリア朝中期の男性にとって必ずしも社会的成功を意味していないことを示唆するに至るのである。

第三節　〈新しい男〉になり切れない男たち

芸術家の責務は、中産階級読者の好みに楯突いてでも、現実を正確に表現することであると主張したギッシングが、大衆を喜ばせることが主たる目的であると彼が捉えたディケンズに対して不満を覚えたのは当然だった。ギッシングのリアリズムに根差した悲観主義と、彼の目に映った、ディケンズ独自の世界観に基づく楽天主義。この姿勢の違いが〈新しい男〉を描き出す際にどういった効果を生み出すのだろうか。その点に注意しながら、ギッシングの〈新しい男〉観を本節では探ってゆく。

彼は『余計者の女たち』で、進歩的なエヴァラードとヴィクトリア朝に理想とされた〈家庭の天使〉像を希求するウィドソンを配置する。そして、女性の高等教育や労働力への参画、結婚における女性の法的地位を向上させる法律の制定といった世紀末の社会変革のなかで、長きにわたって信じられてきたジェンダー上の差異に異議を唱える〈新しい女〉たちを前に、いかなる態度を取るべきか戸惑う男性たちの姿を描き出した。エヴァラードはためらいがちな〈新しい男〉として登場し、知的で職に就く〈新しい女〉ローダとの関係を楽しむ。しかし彼は、彼女との仲が破局を迎えると、衝動的に天使のようなアグネスと結婚する。彼は〈古い男〉ウィドソンと対照的に配置されているが、両者の失敗に終わったロマンスのプロットは、同じような経路を辿っている。ウィドソンの〈新しい女〉モニカとの結婚は不幸な結末となり、彼は男性との共同生活に救いを見出すようになるのだ。[5]

エヴァラードとウィドソンは、〈新しい女〉のますます強まる自由への要求に対して、結局は退却することになる。では、『渦』ではどうだろうか。ハーヴェイのアルマに対する姿勢は矛盾を孕む。彼は彼女との結婚に際して、彼女が音楽活動を続けることを勧める。彼の言葉に疑念を持つアルマに対して彼は、「ぼくはあなたの前途に妨害物を置こうなどと夢にも考えていませんよ。どうかぼくをよく知って信用してほしい。あなたをぼくの勝手な型に嵌めようなどとは思っていない。あなたは本当のあなたになってくれればいい。そして、あなたに相応しい人生を送ってほしい」（第一部第一一章）と訴える。そのとき彼は自らの寛容さに酔い痴れさえする。しかし、物語後半で彼女がプロのヴァイオリニストとしてデビューするとなると、強く反対し、それを契機に家父長的男性像を前面に押し出し、「非常に古い意味での夫と妻」（第三部第三章）の関係を強要する。では何がハーヴェイにこのような変化をもたらしたのか。その原因の一つとして考えられるのが、「渦」としての象徴的意味を付与されたロンドンとそこに「最適者生存」（第一部第二章）の法則に則ったかのごとく生息する女性に対する恐怖なのである。その点を具体的に見てゆくことにする。

当初ハーヴェイは、三七歳という年齢にもかかわらず、ロンドンの市場経済の影響をほとんど受けることはない。不労所得で生計を立てる彼は、「ブリタニア融資保険投資銀行」の倒産でも被害に遭わず、中産階級人として悠々自適の生活を送っている。しかし彼ですら、ロンドンに蠢く性的欲求という「渦」から逃れられない。パーティの席で、アルマが立ってヴァイオリンを演奏するのを見て、彼は音楽よりむしろ、その身体の美しさに魅せられてしまう。

アルマの顔は輝いていた——おそらく芸術家の喜びで、いや、単に虚栄心が満足したからか。熱がこもってくると、頬がバラ色になり、首筋が赤く染まった。一つ一つの筋肉と神経が彼女の演奏する弦と共に張りつめ、やがて爪先立ちになって前方にせり出すような姿勢を取ると、背丈まで伸びたようになり、まるで指揮者のように見えた。……彼女は立っているだけで男の五感をとらえ、その気にさせた。（第一部第四章）

彼女の演奏は、「彼女をじっと見つめる」ハーヴェイにとって、官能的な見世物と化すのである（図版③）。結婚に否定的な考えしか持っていなかったにもかかわらず、彼はこれを契機にアルマとの結婚に突き進む。求婚は「営利的な提案のようであってはならない」（第二部第一章）のだが、結婚自体は夫の年収に関わる売買契約なのである。実際、ハーヴェイの友人モーフューは、年収が一定の額に達するまで婚約者ヘンリエッタと結婚しない、と彼女の父親との間で取り決めている。彼女は男性の間で取引される商品なのだ。

しかし、『渦』で女性が商品として男性のなすがままになる

図版③ ジェイムズ・ティソ『静粛に！』（1875年頃）

プロの名演奏家たちは、個人のパーティや公のコンサートで引っ張りだこだった。しかし、若い淑女が、習得した音楽の技量を使って、ひとたびお金を稼ごうとすると、その技量は再評価の目に晒された。

のは稀である。女性は商品化された身体を自ら販売員として売り込む。それは自身を売春婦に近い立場に置くのだ。確かにアルマの価格は父親の死により下がり、ダイムズやレッドグレイヴによって肉体関係を持つに手頃な商品と見なされる。だが、父の不名誉ゆえに社会から冷たい目で見られ屈辱感を味わったことへの復讐と、自分の才能を認めようとしない夫への復讐とが相俟って、いざプロの演奏家を目指すとなったとき、彼女は自分の性的魅力を最大限に利用し、市場経済のなか、以前の購入希望者相手に、一人で際どい交渉を進めてゆく。女性がジェンダーの枠を打ち破り自由を獲得するには、自ら進んで見世物になり、真意を隠して巧みに立ち回ることが求められるのだ。

アルマより遥かに都市の消費文化のなかに溶け込んでいるのがシビルである。彼女は、自らを売春婦と同じく商品化するのを厭わない。盗難や「ブリタニア」倒産で大損をしたにもかかわらず、奢侈品に溢れた生活水準を維持しようとするシビルは、貞節という美徳を犠牲にする。夫ヒューの設立した会社へのレッドグレイヴの投資を確実なものにするために、彼と性的関係を持つのである。彼女の消費欲を満たすためにヒューは身体資本を費やし、さらにはレッドグレイヴを過失とはいえ殺害し、刑に服した結果、作品冒頭に見られた壮健な身体と野性味溢れる男らしさを失ってしまう。それは、世紀末男性芸術家が取り憑かれたかのように描き出す、蛇に譬えられた女性の淫らさが、帝国主義の勃興によって再び表面化した冒険心という伝統的な男性性にもたらす恐ろしい結果を示唆するのである。

そうした女性の市場経済への積極的な参入が進んだ空間のなかで、ハーヴェイも無傷ではいられない。アルマが芸術の商業化という「渦」に巻き込まれるにつれて、彼もまたヒュー同様、収入を増す必要に迫られるというのは単なる偶然の一致ではない。時間の経過と共にハーヴェイの持ち株は価値を減じ、今や投機の言葉を学習しなければならなくなる。以前に彼は、購入した書物に目をやると自身の人間的成長が明確に物語られていると認めていたが、今や読み物となるのは「毎日の新聞の財形欄」と「経済新聞」なのである。事務弁護士のリーチが、家族の女性たちの消費熱を満たすために働き過ぎて死んだように、ハーヴェイの労働も病的性質を帯び、アイデンティティの危機に陥る。「禁断の木の実を食べているような、顔を赤らめながら忌まわしい悪徳の奥義を探っているような気持がした。金融市場の勉強は頭痛の種だった。その後、再び気分が回復するまでに、彼は田園地帯を散歩し、沐浴し、衣服を替える必要があった」（第二部第七章）。これは豊饒な生産行為ではなく、罪悪感を伴うオナニー的投機なのである。そのなかで彼は、作品初めに見られたような、「ぼくは何についても底なしの無知なので、常に懐疑的な状況にいるみたいなんだ」（第一部第二章）とうそぶく、皮肉っぽい観察者の立場を維持できなくなる。

ハーヴェイはアルマと自分の置かれた状況に耐えられない。アルマは、リサイタル前後の極度の興奮状態とレッドグレイヴ殺害事件が重なり、心労からヒステリー状態に陥る。そうした彼女に対してハーヴェイは、因習的な夫婦関係を押しつけようとする。かつて彼女が演奏するときの肉体に魅せられた彼には、彼女が公の場で金銭のために演じるというのは、芸術的才能よりむしろ彼女自身を売る行為であり、たとえ性交渉がなくとも、売春婦同然と思えたのである。もはや彼には〈新しい男〉の側面は見られない。「アルマを明らかな危険から守りつつ、彼女に自由を楽しみ高みを目指させるといった中間的立場」（第三部第六章）さえ取ろうとしない。彼女のためにせっかく適切な助言を与える機会が訪れても、その優柔不断さゆえに機会を逸し、事態をますます悪化させるのである。

結局アルマとハーヴェイは理想の結びつきを成し遂げることはない。夫婦間の戦いに疲れた二人はせめて「調和として通るうわべの静穏」[6]を得ようとするが、それすら不可能である。後戻りはできないのだ。二人には忘却だけが残されている。アルマは睡眠薬を誤って過剰摂取するという自殺にも似た行為によって、忘却を得る。そしてハーヴェイは、グレイストーンという子ども時代の守られた世界に戻り、息子ヒューイを通して子ども時代を再び生きることで、忘却を得ようとするのである。

しかし、母性の化身モートン夫人と密接に結びついたグレイストーンの世界は、「それ〔屋敷〕は街中にあったが、そういう感じはしなかった。……彼〔モートン氏〕は商売で生計を立てていたが、商売が生活に影響を与えているわけではなかった」（第三部第一章）といった矛盾した表現に見られるように、余りに現実離れした空間である。確かに、美徳の源は、生命を育む母乳を持った田舎生まれのモートン夫人によって表わされている。それは、出産・子育てこそが、ロンドンの市場経済に対峙する生産形態であることを示しており、「子どもがいないというのは、実に自然のことのように思えた」[7]シビルに象徴される、近代都市生活の不毛さに代わるものなのだ。だが、パトリック・パリンダーがモートン氏について「ヘンチャード同様、彼に将来はなく、彼の商い方法は、現代的競争に直面する運命にある」(Parrinder xx) と述べているように、そこは外界に対して何ら影響力を持たないどころか、ディケンズの前期作品の結末に見られたような、都会の喧騒から逃れた平安な閉鎖空間でもないのである。

そうした不完全な空間であれば、そこに逃げ込んだハーヴェイ父子の関係にも、モートン夫人の母子関係とは異なり、何かしら不安定な要素が入り込んでも当然だろう。父子には健全な生命力が伴っていないのである。彼自身が、息子が生まれた頃から生命に深い恐怖を覚えており、それが最後の場面をも支配している。子どもの成長に生きがいを見出す反面、ハーヴェイは、個人のアイデンティティや人間関係を破壊する経済活動が将来の世代にもたらす災難を、まるで先見の明があるかのように見て取る。その経済活動とは、戦争であり、ライフル銃を携えた商人としてのイギリス人の海外での搾取なのである。父と虚弱な息子が手を携えて夕陽に向かって歩いて行く姿は、二人の行く末に大いなる不安を読者に覚えさせる。それを実証するかのように、ギッシングの長男ウォルターは、一九一六年に第一次世界大戦の激戦地ソンムで若い命を落とすのである。

ロンドンという「渦」の力は余りに強い。それを前にして、「びくびくしながら卑しく見せびらかすか、満ち足りた気持ちで簡素で洗練された生活を送るのか、といった選択」（第一部第一章）は何の意味もない。ロンドンの消費生活から逃れウェールズでの簡素な生活に快適さを求めても、アルマの義母フロシンガム夫人が気づくように、そこにも中産階級の標準的な贅沢さが入り込んでいる（第二部第一章）。簡素な生活のなかで精神的に不安定になっていたアルマのためにというのが表向きの理由ではあるが、ハーヴェイもまた郷愁の念に似た後悔を抱き、ロンドンへと引き寄せられていく。田園と都市とに心引き裂かれ、経済的理由からロンドン郊外に居を構えても、その合理的な妥協策は疎外感を生み出すばかりだ。

何千人もの男たちは、ロンドン郊外のこの土地には寝に帰るだけで、またすぐ勤めに出て行くわけだから、町にとってはまるで異邦人であり、家庭といっても名ばかりなのである。いざとなればいつでもテントをたたむつもりだから、しばらく仮住まいをしているだけの場所に関心を持てるわけもなく、鉄道の駅まで行くのに通る道路やら通りの名前すら知ろうともしない。

今のハーヴェイがまさにそれだった。（第三部第六章）

文字通り、「中間を取ってもいいことはない」（第三部第四章）のだ。「渦」は、ハーヴェイが、いくら「見栄と見せびらかしと贅沢」（第一部第一章）を嫌おうとも、「近頃の生活とは、体裁第一だ」（第三部第四章）と認めざるを得ないように、真実を隠し体面を取り繕うことを求めるのである。

「渦」のなかでうまく立ち回るのは女性、それも旧来の美徳を捨てるのに何ら躊躇しない女性であり、男性は男性だけの世界に閉じこもるか、「渦」から逃げ出そうともがき心身共にすり減らすしかない。都市空間での消費と結びついた女性が自由を求めて既成概念を無視した行動を取るのを目の当たりにして、ハーヴェイは〈新しい男〉を気取ることができなくなる。そして、もう一方の極である〈古い男〉に退き、家庭という狭い空間で妻に対して権力を振るい、彼女を死に追いやる。「渦」を相手では「中間の道」という新たな解決策はないのだ。最終的に作品は、新しい知識や変革を記録することなく、ハーヴェイの懐疑と無力さを読者に伝えることになる。あらゆる事象の衰退に対抗し得る代わりのイデオロギーを何ら提示するわけでもない。ギッシングが道徳的および認識論的に明晰な結末を示すということは、社会に対する彼の二律背反的な立ち位置からしてあり得ないが、まさにこの読者を不安にさせる曖昧さこそが、この作品の最も大きな効果であり魅力なのかもしれない。

第四節　ジェンダーの境界線を超えて

ディケンズは『デイヴィッド』のなかで、ユライアやスティアフォースと対照的な人物として、性的に堅固で思いやりのあるトラドルズを描き出す。これらの性質がゆえに彼は、デイヴイッドが目指すべき規範的な中産階級男性になるのである。それは、スマイルズが唱えた「真のジェントルマン」的要素と女性的な美徳を兼ね備えた人物と言える。しかし、トラドルズがソフィーと対等な夫婦関係を築くばかりでなく最終的に社会的成功をも収めるのに対して、ディケンズは『大いなる遺産』で、ピップに優しさと癒しの効果を発揮するも、社会的成功がおぼつかないハーバートを描き出す。かくして『大いなる遺産』からは『デイヴィッド』に見られた楽天的な社会観は消え失せ、両性具有的ジェントルマン像というのが、ヴィクトリア朝中期の中産階級男性にとって必ずしも容易に達成できるものではないことが示唆されるのである。

　ディケンズのハッピー・エンディングを潔しとしないギッシングは、〈新しい男〉を目指した男性たちの葛藤をリアリスティックに描き出す。それは、同時期の多くの〈新しい女〉小説家たちが、〈新しい女〉の人間的成長を中心に展開する物語の単なる脇役として男性を用いたのとは大いに異なる。エヴァラードやウィドソンにしても、そしてハーヴェイにしても、〈新しい女〉との間にロマンティックな関係を希求するが、〈新しい男〉のプロットが課す試練に太刀打ちできず、結局は旧来型の静謐な家庭生活か男同士の絆の世界に逃げ込んでしまう。ウィドソンやハーヴェイは、結婚生活に幸福感を覚えることはなく、思いやりすら女性に対する欺瞞行為となる。ギッシングの作品は、因習的な家父長制志向と、女性との平等な協力関係を築こうとする進歩的モデル、その二つのベクトルに引き裂かれた世紀末の男性の内面を際立たせて描写するのである。〈新しい男〉らしさ獲得の実験は、結局のところ失敗する。だが、そうした不満足な結末を描くことでギッシングは、社会の変貌に尻込みしつつも、抑圧的なまでの性役割や結婚制度を間接的に批判し、〈新しい男〉登場の必要性を唱えているのである。

　〈新しい女〉に対するギッシングの姿勢の曖昧性は、デイヴィッド・グリルズの「女性解放に関心を持った、女性崇拝の女性嫌悪者」(Grylls 141) に最も適切に表現されているが、彼が社会変革を願っていたのは紛れもない事実である。一八九〇年四月一日、妹エレンに宛てた手紙のなかで、彼は理想の読者を、「これまで機能していたが今や崩れ荒廃し障害物になってしまった制度の土台を片づけている男女」(*Gissing Letters* 4: 209) と見なしている。これは彼の多くの登場人物にも当てはまる。旧来の制度に挑むのは単にフェミニストだけでなく、男性もまた時代遅れの生活様式を撤廃しなければならないのである。

　フィリップ・ギブズは『新しい男——最新型の人物像研究』(一九一三)のなかで、〈新しい男〉が出会う〈新しい女〉について、「明るく、快活で、意志の堅い女性たちは、彼とちょうど同じくらい、いやそれ以上の立派な教育を受け、人生の現実に驚くべき誠実さでもって直面し、金銭面で彼から完全に独立し、そして、完璧な知的・道徳的自由を保持している」[8]と述べている(図版④)。彼は、〈新しい男〉と〈新しい女〉は社会の避けがたい進歩の結果であると見なしているのだ。だが、その一方で、彼らを「人間性の均衡をひっくり返してしまった」人物と

図版④「フィリップ・ギブズ」(1920年7月5日の写真)

ジャーナリストで作家のギブズは、第一次世界大戦中にはわずか5人の官選従軍記者の一人として活躍し、その功が認められてナイト爵位を授与された。断固として自由主義を奉じた彼は女性参政権運動にも共感し、1910年には『知的な館』を出版している。

も考え、男性は「元来持っていた多大の強さと男らしさを失ってしまった」(Gibbs 87, 78)と不安を覚える。そうしたなかで、〈新しい男〉自身が二つの方向、すなわち、「日常生活のなかでかつて男性が持っていた支配権を主張したいという欲求」と「女性のものの見方を理解する敏感さ」(Gibbs 78)に引き裂かれているとも判断する。この緊張関係は、世紀末小説に幅広く見られるものであり、ギブズはこれによって、男性の「支配権」が二十世紀初頭になってもまだ〈新しい男〉に取り憑いていることに読者の目を向けているのである。

規律、厳格さ、そして女性嫌悪と結びついたヴィクトリア朝人が〈新しい男〉を想像したというのは、ヴィクトリア朝の男性性やジェンダー関係に関する私たちの理解の幅を広げる。結婚のプロットを伴う小説中に〈新しい男〉が登場するほどに結婚制度が硬直し、世紀末の遥か以前から厄介な問題を孕んでいたことの表われであると考えられよう。〈新しい男〉のなかにすら存在する「支配権」と「女性の連れへの共感」。第一節で引用したように、シュライナーは、男性が内面の葛藤を克服し〈新しい女〉と対等の関係になるのを、別の斜面から頂上に辿り着く山登りに譬えていた。〈新しい男〉も〈新しい女〉同様、前進している人物である。彼は最終的には彼女にきっと出会うに違いないのだが、それには時間がかかるのだ。

〈新しい男〉は理想の人物像であり、〈新しい女〉との理想郷を容易には実現できないのかもしれない。シュライナーは『女性と労働』の最後で、男女間の平等願望と男女の結びつきについて、「新しい世紀の初めに、目に手がさを当てて立ったまま、未来をじっと見つめ、私たちの向こうにぼんやりと現われた影のような人物の輪郭を見極めようとする人々にとって、一番幸せな約束は、この世がまだ見たこともないほど密接な結びつきが男女の間にこれから存在するであろう、そうした人間生活の状態の輪郭を認められるかもしれないということなのである」(Schreiner 280-81) と述べている。そうした未来はヴィクトリア朝人にとっては不確かだったが、ディケンズもギッシングも新しい男女の結びつきを模索していたのは事実だ。[9] そしてそれは、男性はかくあるべしという、イデオロギーとしての「男性性」に縛られ、心身共に疲弊した男性自身の解放をもたらすのである。

注

1　Olive Schreiner, *Woman and Labour* (London: Unwin, 1911) 256.

2　See in *Punch* "What It Will Soon Come to" (Feb. 24, 1894) 90, "We've Not Come to That Yet" (Oct. 6, 1894) 167, "What the New Woman Will Make of the New Man!" (July 27, 1895) 42, "A Ballade of New Manhood" (May 26, 1894) 249, "The New Man (A Fragment from the Romance of the Near Future)" (Oct. 6, 1894) 167, and also "The New Man" (*Speaker*, Dec. 8, 1894) 621-22.

3　Sarah Grand, "The New Aspect of the Woman Question," *North American Review* 158 (1894): 273.

4　James Eli Adams, *Dandies and Desert Saints: Styles of Victorian Masculinity* (Ithaca: Cornell UP, 1995) 6.

5　『余計者の女たち』における男性たちの限界や葛藤については、タラ・マクドナルドの論に詳しい (MacDonald 41-55)。サリー・レジャーは、ローダやメアリといった知的な〈新しい女〉たち以上にモニカが既成秩序にとって危険な潜勢力を帯びていると指摘している (Ledger 263-74)。

6　Mona Caird, *The Morality of Marriage: And Other Essays on the Status and Destiny of Women* (1897; Cambridge: Cambridge UP, 2010) 143.

7　エヴリマン版テクスト二〇一頁に関する四三一頁の注に、出版に際して削除された原稿部分として引用されている。シビルの母性愛の欠如は、彼女の利己心の証なのである。

8　Philip H. Gibbs, *The New Man: A Portrait Study of the Latest Type* (London: Pitman, 1913) 75.

9　ギッシングは一八八九年九月二九日の手紙のなかで、シュライナーへの関心を示している。「彼女は、彼女の社会主義を家族が受け入れなかったせいで仲たがいし、ニュー・フォリストに一人で住むようになったそうです。裕福なのに使用人を雇おうとしません。それというのも、家のなかに、自分が適切だと考える知的な生活を送っていない女性を置いておくことに我慢がならないからです。彼女は全て自分でしています。注目すべき人物です。会ってみたいものです」(*Gissing Letters* 4: 117)。

第八章

家庭の天使と新しい女

――女性像再考――

木村　晶子

シドニー・グランディの喜劇『新しい女』（1894 年）のポスター（アルバート・モロウ作）

ヒロインは心変わりした夫に変わらぬ愛情を抱き続け、最後には夫の愛を取り戻す。むしろ女性の伝統的な「家庭の天使」としての役割を賞揚する内容だが、当時、結婚が女性に幸福をもたらすかどうかが論議されていたことがわかる。

「これほど退屈で冗長だと批判されそうな彼の作品は他にない」とギッシングが『チャールズ・ディケンズ論』（一八九八）で酷評したのが、ディケンズの完結した最後の長篇『互いの友』（一八六四〜六五）である。ギッシングはディケンズ文学に対する深い愛情を感じさせる『チャールズ・ディケンズ論』などの本格的評論を著したが、この作品については「自分のものではなくなった時代の束縛を感じた作者が、その要求に応じようと努力したものの、昔を懐かしがらせるだけに終わった」（第三章）と続けている。ギッシングも称賛した『大いなる遺産』（一八六〇〜六一）の均衡のとれた形式に比べると、次作ながらも『互いの友』には確かに断片的挿話が多く、一年半にわたる月間分冊形式や私生活の不幸の影響も窺える。ただ、時代の変化に取り残された巨匠というギッシングのディケンズ批判の裏には、自分こそ変化を表現できる新たな時代の文学者だという自負が感じられる。男性作家としては最もリアルに〈新しい女（New Woman)〉を描き、ヴィクトリア朝末期の思潮と風俗の変化を鋭敏な感性で表現した彼にとって、ディケンズは規範となる先輩作家の（ハロルド・ブルームのことばを借りれば）「影響の不安」を克服すべき文学的な父だったはずだからである。

言うまでもなく、文学的にはディケンズの時代だったヴィクトリア朝中期と、ギッシングが執筆した一九世紀末では社会も激変していたが、本稿では両作家の女性像の違いに注目したい。個性的で多彩な登場人物はディケンズ文学の魅力とはいえ、女性の人物にはしばしば疑問符が残る。彼女たちは天使のように善良か、逆にグロテスクな悪女や変人で、あまりにも等身大の女性とかけ離れている。例えば同時代の女性作家のヒロインが、挫折しつつも主体的に自己を確立しようとするのに対して、ディケンズが描く女性は作中で確かな機能をもちつつも、その機能を超える人間性を示さないように思える。それは、作家の性別による登場人物の信憑性というような問題ではなく、ディケンズという稀有のスケールの創造力を備えた作家のあり方と関るかもしれない。いわばディケンズの女性像の到達点であり、年代的にも最もギッシングの作品に近い『互いの友』とギッシングの女性問題小説を取り上げ、異なる視線によって構築された女性像をとおして両作家の文学的特質を考察してみたい。

第一節　『互いの友』の女性像

二十世紀後半以降、『互いの友』は、全知の語り手の不在、断片性や多義性などのポストモダン的意義によって再評価され、時代に取り残された作家の創作というギッシングの批判とは逆に、むしろ時代を先取りした作品と捉えられるようになった。物語はベラ・ウィルファーとリジー・ヘクサムをヒロインとする二つの恋愛プロットを軸に展開するが、女性像に関しても従来のディケンズの人物とは一線を画す新たな可能性も見出せる。

貧しい事務員の娘ベラは、ごみ収集で富を築いた父が亡くなって帰国したジョン・ハーモンの許嫁と定められており、この結婚がジョンの遺産相続条件となっている。ところが二人は面識もないため、テムズ河で溺死したと誤認されたジョンは、それを利用して偽名でベラの家に下宿し、彼女の人となりを確かめようとする。ベラは我儘で気が強く、「高慢で軽薄、気まぐれでお金が好きで慎みもない」（第一巻第一六章）が、それでもジョンはその魅力に抗えない。そもそもジョンの父親が見ず知らずのベラを息子の許嫁にしたのも、癇癪を起した幼い彼女を偶然目にして「将来楽しみな女の子だ」（第一巻第四章）と思ったからである。彼女の強烈な自我は確かにその後も発揮され、ベラは「まるでスプーンのように遺言で贈与された」不条理に怒りつつも財産を期待し、ジョンの死によってその見込みが消えると「お金が欲しくてたまらない、貧乏は大嫌い」（第一巻第四章）と嘆く。こうした明確な自己主張と怒りや物欲の表現は、ヴィクトリア朝のヒロインとしては特筆に値する。

その後もベラが〈自らを語れる〉ヒロインであることは、再三強調される。老ハーモンの財産を相続したボフィン夫妻からベラが同居を求められた際に見栄を張る母親に対しても、ベラは「自分のことは自分で話せます」（第一巻第九章）と抗議する。「まるで馬か犬か小鳥のように遺贈された」ことを憤り、「私は永久に見知らぬ人の財産並みの扱いを受けなければならないの？」（第二巻第一三章）と言って、秘書としてふるまうジョンの求愛をきっぱり断る姿には、従属的立場を拒絶する〈新しい女〉の予兆すら感じられる。彼女の金銭欲は、単なる物欲より自立願望でもあるからだ。しかし、ボフィン氏がジョンを激しく侮辱すると、彼女はジョンへの恋心に気付く。「あなたが恥知らずのひどい扱いをしたとき、私はあの方の味方であの方を愛していたの。おわかり？　私はそれを誇りに思うわ」（第三巻第一五章）と、ボフィン氏に言い返すベラの雄弁は印象的である（図版①）。

ところが、この後ジョンと愛を確かめ合ったベラは、まさに〈家庭の天使（Angel in the House）〉そのものに変化してゆく。結婚後は、質素な生活に文句も言わず『完全なる英国家庭の主婦』の手引書を参照して家事に精を出すばかりか、夫と時事問題を語れるように新聞記事を熟読して「専門家を気取るものの、やがてそんな自分がおかしくなって笑い出す可愛さといったらない」（第三巻第五章）と描写される新妻の鑑となる。彼女は、『デイヴィッド・コパフィールド』（一八四九〜五〇）のドーラの愛らしさと、彼女に欠けていたアグネスの賢明さと成熟を兼ね備えた理想の女性とでも言えるだろう。あるいは、『大いなる遺産』で主人公の求愛を退けたつれない美女エステラが、真摯な情熱を示す姿かもしれない。結局、前半のベラの自己主張は後半の従順な新妻ぶりを彩るものとなり、貧しくても愛する夫のために生きることが彼女の幸せとなる。結果的にはボフィン氏から真の相続人ジョンに財産が渡される幸福な結末が訪れる。[1]

しかし、ボフィン氏の偽悪ぶりはともかく、これほど長期間にわたる夫の欺瞞を責めないどころか「あんなにだめな私をどうしてジョンが愛してくれたのか」（第四巻第一三章）を最大の

図版①「ベラ、黄金の塵芥屋に過ちを正してもらう」
（マーカス・ストーンの挿絵、第3巻第5章）

ベラに言い寄ったことに対して、秘書のジョン・ロークスミス（ハーモン）をボフィン氏が罵る場面。実は芝居だったことが後にわかるが、このときのジョンに対する激しい侮蔑によって、ベラはジョンへの愛を自覚することになる。

疑問だと思うベラの恋愛は、蛙が実は王子だったというお伽話の文脈で解釈するしかないのではないだろうか。富と愛の二項対立の中で、運命の激変、人物の偽装を描くこの作品は、ディケンズの最もお伽話的小説である。ジョンが正体を偽ったのは欺瞞ではなく気高さ（この場合は裕福さ）の回復のためであり、「貧乏なふりをしていた僕の妻としての君が素晴らしすぎて、種明かしが遅れてしまった」（第四巻第一三章）という弁明はベラの試練を明確にし、お伽話の常として、物欲を抑えた者こそが最後に富を獲得するという教訓をもって、改めてこの作品における金銭の力の大きさを感じさせるのである。

　ここでは多くの人物が金銭の欠乏や獲得によって人生を左右され、金銭欲と精神性の対立が作品を貫く主題でもある。『互いの友』は「お金、お金、お金、そしてお金が人生をどのようにできるのか」についての小説だ」(Miller, *"Our Mutual Friend"* 169) と評したヒリス・ミラーによれば、ベラは本来善良だったのが明らかになっただけで、この小説ではどの人間の本質も変わらないことが示されている (177)。だが、善良さではなく個人の自立への志向を考えたとき、ベラは〈新しい女〉とは程遠い精神の持主となる。豪華な邸宅の「虹のように美しい子供部屋」で「幸せに浸るベラが自らの幼な子を若々しくつややかな腕に抱いている」（第四巻第一三章）姿が、ヒロインとして描かれる最後となるのもそれを印象付ける。

　ミラーが指摘する「金銭が増えても、真の人間的価値とは全く無縁である」(Miller, *"Our Mutual Friend"* 171) 状況は、もうひとつの恋愛プロットによってさらに深く表現される。金銭問題は当然ながら階級問題でもあり、リジーとユージーン・レイバーンのプロットは階級を越える恋愛の可能性を描いている。自己主張を抑える利他的なリジーはベラとは対照的で、二人のヒロインは相互補完的役割をもつ。ベラの物語がロンドンの家庭空間の〈日常〉で展開するのに対し、リジーはテムズ河の溺死体を掬っては死体の金品を奪って生計を立てる男の娘で、溺死という〈非日常〉を日常として社会の最底辺の生活をしている。金目当ての結婚を考えていたベラが、リジーの純粋な愛情を知って自己嫌悪に浸る場面（第三巻第九章）もあり、ベラが真実の愛を自覚する背景にはリジーの存在もあるだろう。リジーは『ドンビー父子』（一八四六～四八）のフローレンスを思い出させる健気な娘であり、父を深く愛しつつも、学問を禁じる父に隠れて弟に教育を受けさせて河の生活から解放する。ジョン・ハーモン溺死事件を契機に知り合うユージーンは、弁護士とはいえ顧客はなく、親がかりで恵まれた生活を送っているため人生に目的も見出せないでいる。彼はリジーに強く惹かれつつも、あまりの階級差に「結婚は論外」と感じながらも「別れるのも論外」という「人生の危機」に直面する（第四巻第六章）。ディアドレ・デイヴィッドは、リジーのような孤独な労働者階級の女性を紳士がたやすく手に入れていた一八六〇年代のロンドンの史実との違いを示し、作者がリジーの身体描写を避けることで、ユージーンの性的対象ではないことを強調したと述べている (David 68-69)。

こうした女性労働者の実情からの乖離を考えると、お伽話に転じるベラのプロットと同じく、リジーのプロットもリアリズムから離れてゆくことが明らかになる。常に河という自然の象徴性が付与されるリジーの物語は、河に育てられた娘が河から恋人を救い、更生させる神話的物語として解釈できるだろう。作品冒頭で、溺死体を載せた舟を漕がされて河を嫌がるリジーに対し、赤ん坊の彼女を温めた火も揺籠も河の舟から調達したものだと父親は叱る。この作品のテムズ河には死のイメージが重なるため、終始この恋愛の背景には死があり、いわば死に養われて育ち、瀕死の恋人を救うリジーをめぐって無意識の深層の恐怖が探求されるという指摘もある (Holbrook 155)。この「無意識の深層」は、入水による浄化という宗教的解釈と共に神話的解釈も可能にする。強い精神力と、父の手伝いで鍛えたボートの技によってユージーンを救うリジーが神に感謝する姿からは、聖なる女神像も想起されるのである。

ただしリジーの結婚が、現実の階級社会における勝利である面も見逃せない。この作品では、その名のように浅薄なヴェニアリング夫妻らの有産階級が、スウィフトを思い出させる痛烈さで風刺されている。リジーの出自を揶揄する彼らに対し、貴族の血縁をもつトゥエムローが彼女をレディーだと弁護する最終章には、ディケンズらしい人情味がある。とはいえ、リジーを愛するブラッドリー・ヘッドストーンが結婚を真摯に望むにもかかわらず、結婚を論外と考えるユージーンに太刀打ちできないのも皮肉だが、ブラッドリーの殺人未遂が結果的に二人の結婚を成就させるのはさらなる皮肉である。ブラッドリーがユージーンを憎悪する背景にも、恵まれない中、独力で教員となった彼の深い階級的怨恨がある。

だが、リジーの幸福な結末には疑問も残る。「情緒的にも知的にも深みがない」「本質的にメロドラマ的創造」(Slater 286)というリジーの人物造形への批判ももっともで、彼女は結局主体とはなり得ずに、男性の欲望の対象として機能し続ける。ブラッドリーとユージーンのホモソーシャルな関係に注目したイヴ・セジウィックが、リジーは常に操を守り、命を賭して恋人を救ったにもかかわらず「ユージーン・レイバーン夫人になり下がり、矮小化されてしまう」(Sedgwick 431-32)と指摘するのも納得できるのである。[2] リジーが最後に登場するのは、長椅子に横たわるユージーンの枕元で、まるで看護師のように尽くす場面である。ベラとリジーは対照的な性格や立場のヒロインでありながら、最後は共に確かな経済的安定を獲得し、ひたすら夫のために生きる。ディケンズは新たな女性像を示唆しつつも、結局はベラの自己表現もリジーの独立心と行動力も〈家庭の天使〉の自己犠牲的属性に吸収し、結婚のイデオロギーを超える女性像を創造しなかったと言えるだろう。

第二節　ギッシングの〈新しい女〉の表象

『互いの友』から三十年近く後のギッシングの『余計者の女たち』(一八九三)は、九〇年代前半に集中した〈新しい女〉小説(New Woman Novels)の中でも特に明確な主張をもつフェミニストを主人公としている。社会思潮の激変に伴い、最早幸福な結婚の成就はヒロインの終着点にはなり得ない。[3] そもそも〈新しい女〉という呼称は、性の二重規範の廃止、女性参政権や教育の機会平等を求める新世代の女性を論点にしたセアラ・グランドの「女性問題の新しい側面」と、ウィーダの「新しい女」という雑誌論文によって定着したとされるが、男女の役割分担のイデオロギーを否定する女性を広く指すようになった。特に結婚の拒否、既婚の場合は家庭に意義を認めない点が強調されたため、当然ながら保守派から攻撃され、女性本来の使命の放棄は人類存続の危機を招くと非難された。多分にジャーナリズムの産物でもある〈新しい女〉は、母性を失ったグロテスクな女として反フェミニズムの格好の標的となる一方で、家庭外で自己実現を目指す女性の主張を明確にした功績ももち、[4] 進歩と同時に野蛮さの象徴という両義性を示した。つまり〈新しい女〉は〈家庭の天使〉同様に、生身の女性とかけ離れた虚像だったが、伝統的性規範を維持し得なくなった現実の表象として意味をもったと言える。〈新しい女〉小説の共通点は、旧来の価値観と欲望の葛藤、現実と理想の乖離によって反逆者と同時に犠牲者となるヒロイン、そしてその葛藤が個人的次元を超えた普遍的な形で旧来のジェンダー・イデオロギーの矛盾を顕わにすることだった(図版②)。

二十世紀後半のフェミニズム批評の発展とともに注目された『余計者の女たち』は、ジェイン・E・ミラーによって「フェ

図版②「新しい女」（アーダーン・ホルト著／リリアン・ヤング画『仮装舞踏会の衣装』第5版、1896年頃）

「新しい女」の仮装をする女性は猟銃を肩にかけ、スカートには自転車に乗った女性、男性の娯楽だったゴルフのクラブとボール、競馬の記事などを中心としたスポーツ新聞、『スポーティング・タイムズ』の模様がある。自転車は女性たちの行動の自由に大きく寄与し、自転車に乗る女性は典型的な「新しい女」だった。

ミニズム思想を最もバランス良く表現した」と評価される一方で、反フェミニズム作品とも言われる。[5] 確かにギッシングの描く多様な人生模様は異なる解釈を許容し、語り手の立場も断定しにくいが、五十万人も男性を上回ると言われた深刻な女性過剰の問題は一八六〇年代から既に指摘されていた。妻と母のみが女性本来の姿とされた時代にあって、未婚女性は生理的にも不自然だと考えられたが、現実には不自然な立場を余儀なくされた女性が数多くいたのである。『互いの友』が二人のヒロインの物語だったように、この作品でもフェミニストのローダ・ナンと伝統的な結婚に縛られるモニカ・マドンの二人の女性の物語が平行して描かれるが、ここでは特にローダに注目したい。

ローダは不幸な独身女性のイメージを覆す〈新しい女〉である。十五歳から急進思想に影響されて速記、簿記、タイプの技術を習得した彼女は、実務を教えてくれたメアリ・バーフットと共に、女性職業訓練所の共同経営者になっている。まだ女性の進出が珍しかった実業界を選択したローダは「オールド・ミスの悲惨なイメージとはかけ離れて」知的で健康的であり、「自分の頭で考え、行動する勇気をもつ女性」に見える（第三章）。また、彼女の結婚観は見事なまでに過激で、「大抵の男には道義心がないので、結婚によって男に縛られるのは恥辱と不幸」であるため、「結婚は、望むものではなく避けるべきもの」である（第一〇章）。英国小説の原点とされるリチャードソンの『パメラ』（一七四〇）以来、幸福な結末はヒロインの結婚であり、『互いの友』も例外ではないが、ローダ自らが結婚を避ける点はまさに画期的と言える。

しかし、結婚制度自体を軽蔑するローダに対し、年長のメアリは「実は、ほとんどの女性は、結婚しなかったら惨めで虚しい一生を送る」（第六章）と、より穏健な立場をとる。不倫の恋で訓練所を去ったベラ・ロイストンの復学を断固拒否するローダの強さが、ベラの服毒自殺という悲劇的末路によって、落伍者を切捨てる偏狭さであることが示される。またメアリのローダに対する感情には、従弟エヴァラード・バーフットが彼女に関心を持ち始めたことへの嫉妬もあった。かつてメアリは彼をひそかに愛し、彼の女性関係に苦しんだからである。彼との恋愛関係によってローダの女性像は大きく変化し、〈新しい女〉とセクシュアリティの問題を提起する。

性規範を逸脱する〈新しい女〉は、女性性を剥奪されるか逆に過剰なセクシュアリティを付与されたが、まさにローダ像はこの両極を示すことになる。彼女の男性的外見、強さと決断力、キリスト教伝道者のごとく女性解放運動には禁欲が必要だというローダ・ナン自身の主張は、修道女（nun）的ヒロイン像を築く。ところが、エヴァラードは、語る主体としての〈新しい女〉から性的対象に彼女を変貌させる。「女なら誰にでも非常に深い興味を感じる」（第一〇章）彼の視線は、彼女の顔立ちや肉体的特徴を露わにし、前人未到の地の征服欲にも喩えられる欲望に満ちた〈男性の視線〉によって、彼女にも新たな自意識を生む。スキャンダラスな過去をもつ男の恋愛対象となったことに彼女は驚き、人生で初めての満足感を抱くのである。

中産階級のエリートコースから外れながらも労働者階級には共感せず、有産階級の生活を楽しむ教養がありながら財産はないというエヴァラードは、ギッシングの作品にしばしば登場する階級の狭間を漂う人物である。パブリックスクールで急進思想に影響されて進学を拒否した彼は、女性問題で父の怒りをかい、財産の多くを従姉のメアリに相続されてしまう。彼は、売春婦や労働者の女性と不幸な結婚を重ねた作者自身の分身でもある。「高等教育を受けた非常に知的な男が百万人いるとする。そんな男にふさわしい知的な女は二、三千人しかいないだろう。大部分の男は惨憺たる結婚生活を送る運命なのだ」（第一〇章）という彼のことばは、「人生の不幸の半分以上は、女の無知と幼稚さによる」（*Gissing Letters* 5: 113）という作者自身の手紙の一節と呼応する。[6] エヴァラードにとってローダは新しいタイプの性的対象であるだけでなく、対等の知性によって「両性の完璧な自由を前提とした結びつき」（第一〇章）の可能性を感じさせる女性だったのだ。

だがエヴァラードの征服欲とローダの使命感は、恋愛を支配欲の闘いとせずにはおかない。D・H・ロレンスの『虹』（一九一五）や『恋する女たち』（一九二〇）などの女性の自立と恋の葛藤に焦点を当てた作品を予告するかのように、二人の恋愛は緊迫した力関係の磁場となる。「彼女を自分の意志に従わせる喜びをどうしても味わいたい」（第二五章）エヴァラードは、やはり男性優位においてしか恋愛を捉えられない。はじめこそローダもフェミニズムに基づく結婚観を捨てきれないが、彼への愛情が深まってからは、事実婚を申し出る彼に対し、正規の結婚を望むようになる。彼女の結婚観の劇的変化だけでなく、嫉妬心も〈新しい女〉としてのヒロイン像を揺るがす。一度は婚約が成立するにもかかわらず、エヴァラードとモニカの関係についての疑惑を記したメアリの手紙が原因となって破局が訪れる。興味深いのは、モニカとの関係の釈明をエヴァラードが頑なに拒否することである。モニカはローダへの恋心を打ち明けていた単なる友人だったが、彼はことばを必要としない全面的信頼を求めた。嫉妬心がローダの限界だとすれば、それはまた対等の知性をもつ女性との対話を拒否したエヴァラードの限界でもある。新しい男女関係を望みながらも、結局二人とも伝統的な恋愛イデオロギーに縛られ、〈新しい女〉の情緒的弱点が表現されることになる。

　また、夫に失望して不倫関係を求めたモニカをはじめとする他の女性たちは〈新しい女〉に影響されながらも、社会参加という形では自己実現できない。自殺するベラや売り子から売春婦に転落するミス・イード、ローダに共鳴しつつもアル中になるモニカの姉など、大英帝国の繁栄の陰で悲惨な運命をたどる〈余計者の女たち〉からは、改めて女性の自立の道の険しさが浮かび上がる。とはいえ、モニカがエヴァラードとの関係の誤解を解くためにローダを訪ね、夫の疑惑を払拭できぬまま妊娠して絶望する彼女をローダが慰める場面は、この作品で最も肯定的な女性同士の絆を表現している。『互いの友』のベラとリジーのように、全く異なる人生経験をもつ二人のヒロインが共感し合うのだ。

　ただ、この共感と希望が結末で維持されるかは疑問である。モニカの娘の誕生によって新世代の女性の未来が暗示されるものの、モニカは産褥で亡くなってしまう。モニカの最期においてもなお不倫疑惑を消せない夫は、生まれた子を自分の娘として愛せない。「進歩と同時に、進歩の限界を示唆する曖昧な結末」(Harsh 89) であり、姉たちが赤ん坊を育てると決意し、ローダがこの子を抱く最後の場面を「集合的母性」を示す明るい結末とする解釈もある。[7] しかし、ローダとモニカの対話で築かれた肯定的女性像を受け継ぐのがモニカの娘だとしても、生まれたとき「とてもとても小さく、二、三分しか泣かなかった」（第三一章）子供の未来は、あまりに不確かである。それはまた、ローダの闘いの行方の不確かさでもあるだろう。[8]

第三節　ミソジニーと母性

『余計者の女たち』は女性解放運動に関心をもつ作家としてのギッシングの名を高めたが、この後の長篇『女王即位五十年祭の年に』（一八九四）ではミソジニーが目立ち、女性問題小説は、女性の道徳的劣性の考察となってゆく。九〇年代のギッシングは、物質文明が発展した都市における「人間の卑俗さの研究」(*Gissing Letters* 5: 11) に関心をもっており、女性は物質主義の犠牲者であり、妻・母としての「本分」を失うことで男性以上に危険な弱者となり得る存在だった。ジェラルド・シュミットによれば、「女性は直観や素早い認知、またおそらく模倣の点では男性より優れているが、こうした能力の少なくともいくつかは進化の遅れた種（the lower races）の特色のため、より未発達な過去の文明の特徴でもある」というダーウィンの説や、「種の保存に要する生命力維持のために個としての女性の進化は未発達にならざるをえなかった」というスペンサーの議論に影響されつつも、ギッシングは教育の重要性を信じ、進化論的心理学と教育の効用という、「相反する主張の危いバランス」（Schdmit 334）を保っていたという。[9]

だが、『女王即位五十年祭の年に』以降はそのバランスは崩れてゆく。ここでは社会規範の要としての母性が女性解放に対置される構図となる。ヒロインのナンシー・ロードは仕事を辞め、「どの世代の女性も次の世代のために犠牲になる自然の摂理を、いやだと思うけれど信じないわけにはいかない」と、「穏やかな哲学的境地」で語る（第六巻第三章）。教育を受けてレディー気取りになり「家庭ということばの意味すらわからない」（第一巻第五章）下品な娘たちが諸悪の根源だというナンシーの父のことばは作者の声でもある。家庭の不幸の元凶は「責任感もなく、家庭の義務もわからず質素な喜びを愛する気持も宗教心もない妻たちだ」（第四巻第四章）と語るアーサー・ピーチーの悪妻エイダには、作者自身の妻イーディスが投影されているに違いない。ギッシングの実人生の妻と作品の妻たちは環境も階級も異なるものの、妻の性的魅力に惹かれた結婚、妻の精神的未熟さと母性の欠如による不幸な家庭、それに耐える夫というパターンは共通している（図版③）。

後期の作品ほど良妻賢母の理想と反フェミニズムが露わになるとパトリシア・スタッブスが評するように、[10] 次の長篇『渦』（一八九七）では一層女性嫌悪が明らかになる。[11] 環境のもたらす肯定的な力への信頼によって教育が成立するとすれば、『渦』ではむしろ環境の破壊的な力と遺伝的決定論が、主人公ハーヴェイ・ロルフの妻アルマをとおして描かれる。ハーヴェイが妻の自由を尊重する新しい夫婦関係を目指したにもかかわらず、富と美貌に恵まれたアルマは結婚後に心身を病み、精神や道徳性においてもはるかに男性に劣る女性像を示すことになる。事業に失敗した彼女の父の自殺は、資本主義社会の「渦」に飲み込まれた象徴的事件であると同時に、苛酷な環境に耐えられない負の遺伝的要因としてアルマの破滅も予告する。遺伝学や精神病理関係の書物を読んでいたハーヴェイが、アルマの母の衝動的性格という遺伝因子に不安を覚える点は、当時の作者自身の興味を反映しているだろう。

また『女王即位五十年祭の年に』執筆後のギッシングは、都市文明が精神の病を誘発すると唱えたドイツのマックス・ノルダウの『現代の堕落』（一八九五）を読んでおり、『渦』にはノルダウの強い影響が指摘されている（Greenslade 511; Wood 188-89）。母として不適格なアルマは都会に毒され、〈自然〉から隔たった病的傾向に加え、夫宛ての手紙を開封する犯罪傾向すら示す（Greenslade 517）。事実、『渦』執筆の八ヶ月前にギッシングはロンブローゾとフェレーロの『女性犯罪者』

（一八九五）を読んでおり、同書では女性犯罪者の母性の欠如と幼児性が指摘されていた。[12]「熱病的不安と、疲れたる落胆と、恐怖に満ちたる予想と、卑怯なる諦め」が混ざり合った世紀末社会こそ、『渦』が描き出す世界なのである。[13]

『余計者の女たち』では生涯の目的となり得た女性解放運動は、ここでは偽善的な悪女の進歩的ポーズとして揶揄されてしまう。自己破壊的なアルマとは対照的に、シビル・カーナビーは悪女でありながら、社交界の有力者を後ろ盾にして女性労働者の救世主と報道される。『女王即位五十年祭の年に』が従来の結婚制度の破綻を描きつつも、あえて女性が〈良き母〉に戻ることで家庭空間を守る試みだとすれば、『渦』ではそのような伝統的性役割の維持も不可能で、その原因は物質主義に翻弄される女性の心身両面の弱さに帰される。自身をアウトサイダーと認識していたギッシングは、社会的弱者としての女性の苦境を理解しつつも、大衆社会の醜悪な面が特に女性に表れていると痛感せずにいられなかった。当時の医科学的言説や文化論は、そうした彼の感情の理論的裏付けになったと想像できる。彼の一連の女性問題小説からは、道徳的に〈家庭の天使〉と〈堕ちた女〉の両極に分化した女性像が、遺伝学・医科学的視点によって〈良き母〉と〈新しい女〉に分裂する女性像へと転換する世紀末の状況が窺えるのである。

しかし母性に着目すると、ディケンズの作品にもミソジニー的描写が見出せる。『互いの友』でも〈良き母〉は不在で、リジー、ジェニー・レン、プレザント・ライダーフッドらの母親はなく、

図版③「新しい女」(『パンチ』1894年9月8日)
牧師の妻「ミス・ゴールデンバーグ、猟はうまく行きましたか？」
ミス・ゴールデンバーグ「ええ、すばらしかったわ！　仕留めたのはウサギ一匹だけですが、弾が当たったのはもっとずっとたくさんでした！」

1890年代には、〈新しい女〉の「男性的」行動や感性を揶揄する諷刺画が多く描かれた。ちなみにこの絵の画家ジョルジュ・デュ・モーリエは、ヒッチコックの映画化作品でも有名な『レベッカ』の作者ダフニ・デュ・モーリエの祖父にあたる。

むしろ父娘関係に焦点が当てられている。この時代には天使と子供の空間だった家庭に、ディケンズはセクシュアリティを持ち込めなかったとマイケル・スレイターは論じているが(Slater, ***Dickens and Women*** 356)、虐待されても父を愛するリジーやプレザント、父を我が子のように溺愛するベラは、「リビドーや正常な性欲が抑圧された」(Holbrook 10) 男女関係として、父との絆を示す娘たちである。父権不在のウィルファー家では「童天使」と称される父親とベラが逆転した親子関係を示し、作中に登場する数少ない母親であるウィルファー夫人は母性的温かさを欠き、「マクベス夫人」（第三巻第一六章）に喩えられている。彼女は「階級的怨恨による社会的パラノイア」によって悲劇を演じる結果、結末でも疎外される喜劇的人物とされているが (David 59)、その姿はボフィン氏の偽悪的演劇性と対置されていると解釈できないだろうか。ボフィン氏の自己劇化がベラに真実の愛を教える利他的なものとすれば、ウィルファー夫人は戯画的なまでの偏狭な利己的自己劇化によってディケンズのグロテスクな女性たちの系譜に加わる。またジョージアナの母、ボズナップ夫人は娘に劣等感ばかりを与え、娘がラムル夫妻の餌食になる要因を作っている。皮肉にも、最も母性的なのは実子のないボフィン夫人であり、ボフィン夫妻とジョンやベラをはじめとして、愛情の絆は家族外の非血縁関係にある。ヒロインたちが最後に築く家庭を除いて、幸福な家族は見当たらないのである。ベラの結婚を「家庭の理想と、困窮した下層中産階級の現実の不調和」(Waters 177) を表わすウィルファー家からの脱出と捉えても、ベラが築く砂糖菓子のような幸福な家庭の非現実性は消えない。

　ヴィクトリア朝の厳格な性別役割のもとで、資本主義社会の根底を母性によって支える家庭の重要性が強調される中、ディケンズは常に家庭愛の価値を示すスポークスマンだった。だが同時に、ウィルファー夫人や『大いなる遺産』の暴力的なガージャリー夫人のような女性像をとおして、彼の家族愛への不信も窺える。否定的な妻・母親像の背景には、ギッシング同様の作者自身の妻との不和、家庭崩壊だけでなく、工場労働から幼い彼を解放しなかった母親に対する怨恨があるだろう。男性以上の権力を誇示する妻たちはグロテスクで、ガージャリー夫人たちのように不幸な結末を迎え、ベラやリジーのように男性への敬意と奉仕によってこそ女性は幸福になるのである。[14] 娯楽と慰安をとおして家庭のイデオロギーを確立する人気作家としての社会的使命に支えられながらも、家庭の闇を強く意識せずにいられなかったディケンズの矛盾が、〈家庭の天使〉とグロテスクな女性像の両極を生み出したと言えるのではないだろうか。

第四節　リアリズムの彼方

　ディケンズの家庭のイデオロギーに対するアンビヴァレントな姿勢は、フェミニズムに関しても窺える。既に一八五〇年代から高まるフェミニズムの中心には、妻の財産をすべて夫が所有あるいは管理すると定められていた既婚女性財産法の問題があった。[15] この問題に関心をもったディケンズも、勤勉な労働者の妻が横暴な夫に稼ぎを奪われる悲劇を自らの雑誌に掲載し、法律改正に多大な影響を与えたという。だが彼は、女性の権利拡大に貢献しつつも、次第にその政治的革新性が可視化されつつあったフェミニストに対しては、女らしさを損なう者と批判した (Wynne 60-61)。つまり彼が目指したのはあくまでも弱者としての女性の救済であって男女平等ではなかったし、現実の妻や母には見出せない〈家庭の天使〉の理想像は固持すべきものだったのである。

　女性問題がかつてないほど顕在化した時代に生きたギッシングにとって〈家庭の天使〉は既に虚像であり、かといって新たな形の男女関係も見えないままだった。〈新しい女〉小説は、女たちの反逆を表現する一方で、時代に先んじた者の試練と挫折を描き、過去の拒絶と不安定な未来への志向との間で宙吊りになるヒロインの悲劇的空間とならざるをえない。ギッシングは、〈新しい女〉ばかりか、普通の女にとっても過酷な現実を弱者の視点で描き、生身の女性の葛藤を浮き彫りにしたと言える。そこでは最早、結婚という幸福な結末は不可能である。エイドリアン・プールの言うように「明らかな拒絶にも新たな選択にもならず、解放と束縛を同時に生み出す逆説的断絶感」(Poole 1) がギッシング文学の真髄だとすれば、『余計者の女たち』は、まさに〈新しい女〉という虚像が必然的に生み出す矛盾した女性像にふさわしい文学空間だった。

　ギッシングはディケンズのような偶然に頼るプロットもデフォルメされた人物描写も避け、女性たちはプロット展開上の機能としてではなく、あくまでも等身大の人間として存在する。ただ、モニカやアルマの唐突な死に見られるように、彼はテクストから無情に女性を抹殺するので、作者に愛されない登場人物に読者が感情移入するのは困難となる。ディケンズの保守的ジェンダー観と〈家庭の天使〉像が、作者のヒロインへの愛と読者の共感を可能にしたのに対し、それを失っていたギッシングの保守性には女性恐怖と嫌悪が目立つことは否定できない。とはいえ、娯楽としての文学を退けたギッシングがあえて求めていたのは、人物への共感ではなく彼らの現実に対する洞察と理解だったかもしれない。ヴァージニア・ウルフはディケンズよりギッシングを遥かに高く評価し、万人受けしなくてもごく少数の読者に「この人はわかってくれた!」と思わせる、「完全な」世界を描いた作家だとした (Wooff 9-10)。実際、ギッシングの世界ではしばしば光と影が交錯し、幾層にも重なる現実の相の中でひとつのメッセージが別のメッセージに打ち消され、結末は苦さとほのかな希望に彩られる。そこにはウルフのようなモダニストも評価するリアルな生が表現されているに違いない。

　だが、『互いの友』にはリアルな生の彼方が窺えないだろうか。炎にイメージを読みとるリジーが泥にまみれた現実の彼方を見ているとすれば、その彼方への志向を一層明確にするのが友人のジェニー・レンである。背骨が曲り、足が不自由で「小人のような」彼女は十二、三歳らしいが、「ひどく幼くもあれば年寄りのような」顔立ちの不思議な少女である。〈家庭の天使〉のように善良ではない彼女は、ゴシック的雰囲気をもたらす独特の女性像を表わしている（第二巻第一章）。不自由な外見に反して彼女は自活しており、あらゆる男性に対等な口をきくばかりかアル中の父親を子供呼ばわりして叱り飛ばし、父親の死に際しては「気の毒な死んだ子への母としての義務」（第四巻第九章）を痛感して、ベラ以上に逆転した親子関係を表す（図版④）。

ベラのお伽話的プロットについては先述したが、ジェニーこそ最もお伽話的な登場人物と言えるだろう。彼女は、同じくアウトサイダーの立場を余儀なくされるユダヤ人のライアと、シンデレラのつもりになって会話し、想像上の恋人ともしばしば対話する。ジョン・キューシッチは、お伽話的要素によって自らの作品を機械的、人工的にすることで、ディケンズが「真面目な」自我をあえてパロディ化し、お伽話的結婚の結末によって保守的イデオロギーを否定せずにその内実を無意味にしたと考察している（Kucich, *Excess and Restraint* 245-49）。お伽話は現実を単純化する夢物語ではなく、「人が想像できるとはいえ、言語でしか投影できない幸福のイメージである」（249）という指摘は示唆に富んでいる。ジェニーはその意味で、お伽話を体現する非現実的な言語的構築であり、現実と非現実の境界に位置することで生死の境にいるユージーンの結婚の意志を理解し、リジーの幸福な結末を可能にするのである。ギッシング同様に『互いの友』を酷評したヘンリー・ジェイムズは、ジェ

図版④「ミス・レン、ひらめきを留める」（マーカス・ストーンの挿絵、第 4 巻第 9 章）

人形の衣装制作を仕事にするジェニー・レンがユダヤ人の高利貸ライアと対話する場面。この作品では、ベラをはじめとする女性の身体描写においてしばしば髪が注目されているが、ジェニーも波打つ美しい金髪をもつ少女とされている。

ニーを不健康で不自然な「小さな怪物」(H. James 470-71) と呼んだ。しかしヒラリー・M・ショアーは、この作品におけるあらゆる種類の想像力 (fancies) を表わすのがジェニーであり、その姿には現実の地獄と想像力の世界を行き来した小説家ディケンズが重なると反論している (Schor 200-01)。

　この小説では、正体を隠すジョン、金の亡者を装うボフィン氏、互いに財産目当てで結婚して相手に騙されたと知るラムル夫妻、借金取りの黒幕をライアと偽るフレジビー、犯罪隠蔽のために他人になりすますブラッドリー、金をだまし取ろうとするさまざまな「友」など、見かけと実体の乖離が幾重にも描かれている。偽装と欺瞞に満ちた作品空間において、人形の衣装制作を仕事にするジェニーは、偽装とは異なるミクロな仮想現実を絶えず創作していると考えられないだろうか。現実の貴婦人を細かく観察して人形用に再現し、父の葬式でも牧師の人形を思いつくなど、ジェニーの人形の空間はリアルなものの彼方に構築しうる別世界を提示する。ロンドンの上流階級から最下層までを含む広大な作品空間の片隅に創られ続けるジェニーの小宇宙は、改めてディケンズ文学の豊かさと私たちの現実とは別の世界の可能性を示すのである。

注

1　作品の要となるはずのボフィン氏の偽装に違和感があるのは否めず、これまでも多様な弁護がなされてきた。欺かれたという困惑によって、テクストの外部にいるつもりだった読者がテクストの内部に取り込まれるというジャフィの議論が興味深い例である (Jaffe 162-65)。読者を欺く手法がミステリー小説に発展することは言うまでもない。

2　ブラッドリーの激しい嫉妬と憎悪は印象的で、女性をめぐる男同士の三角関係に現れるホモソーシャルな関係の典型だが、ユージーンと親友モーティマー・ライトウッドの同性愛的関係に注目する批評もある。例えばファーニクスはこの関係に非異性愛イデオロギーによるクイアな空間を読み取っている (Furneaux 101-06)。

3　他にモナ・ケアードの『ダナオスの娘たち』(一八九四)、グラント・アレンの『其の女』(一八九五)、トマス・ハーディの『日陰者ジュード』(一八九五) などが挙げられる。

4　Sally Ledger, *The New Woman: Fiction and Feminism at the Fin de Siècle* (Manchester: Manchester UP, 1997) 1-10.

5　Jane Eldridge Miller, *Rebel Women: Feminism, Modernism and the Edwardian Novel* (Chicago: U of Chicago P, 1994) 23-24. 例えばファーナンドウはこの小説におけるフェミニズムに対する作者の敵意を指摘し (Fernando 123)、マルコーの論文「ジョージ・ギッシングは女性運動の支持者か、そうでないか?」は作者を反フェミニストと結論づけている (Markow 58-73)。

6　この一節は、ギッシングの女性観としてしばしば引用され、パトリシア・インガム編のオックスフォード・ワールズ・クラシックス版にも、エヴァラードと作者の見解の一致が注釈にある (Ingham, Notes 379)。またフェイデリーコウはエヴァラードのローダに対する感情を分析して、ギッシングの作品における男性の理想像の複雑な諸相に関する興味深い議論を展開している (Federico 90-101)。

7　Elaine Showalter, *Sexual Anarchy: Gender and Culture at the Fin de Siècle* (New York: Columbia UP, 1985) 33.

8　結末を否定的にとらえる批評家としては、姪のための学校計画を語るアリスに、一家の崩壊を招いた実際性の欠如とローダの改革の実現の困難さを指摘したスローン (Sloan 125-26)、子供をもたない選択をしたローダの悲しみを読み取るチェイス (Chase 242) が挙げられる。

9　ダーウィン『人間の由来』（一八七一）第二巻、スペンサー『社会学の研究』（一八七三）。ダーウィンが女性蔑視の立場をとったわけではないが、その性差と生殖に焦点を当てた考察が、女性が男性より知的に劣るという議論の根拠を与えたとシュミットは解釈している。

10　Patricia Stubbs, *Women and Fiction: Feminism and the Novel 1880-1920* (London: Methuen, 1979) 153.

11　『渦』出版直前の一八九七年二月には妻イーディスとの関係が限界に達したギッシングは家出し、六月に一度戻るものの九月には最終的に妻のもとを去った。一九〇二年に彼女は精神病院に収容され、ギッシングが没してから十四年後の一九一七年に脳の障害で亡くなっている。

12　Cesare Lombroso, Ferrero, Guglielmo, *The Female Offender* (1893) in Lucy Bland and Laura Doan eds., *Sexology Uncensored: The Documents of Sexual Science* (Cambridge: Polity, 1998) 20-21.

13　マックス・ノルダウ『現代の堕落』（中島茂一訳、大日本文明協会、一九一四）二～三。

14　女性の暴虐ぶりを表わし、最終的に権力を奪われる人物として、パトリシア・インガムはウィルファー夫人をガージャリー夫人の同類として考察している (Ingham, *Dickens* 82-83)。

15　既婚女性財産法は、一八七〇年代に改正され、最終的には一八八二年に撤廃された。

第九章

『互いの友』と『女王即位五十年祭の年に』にみる広告と消費（商品）文化

松本　靖彦

「ロンドン街頭でビラ貼り仕事をする男たち」（スコットランド出身の探検写真家ジョン・トムソンとジャーナリストのアドルフィ・スミスによる『ロンドンの街頭生活』[1877年]より）

この仕事のために雇われたのは概ね貧困層の人間だったが、むらなく綺麗にビラを貼るのには高い技量が必要だった。[1]

『荒涼館』（一八五二〜五三）と『互いの友』（一八六四〜六五）についてウィキは、「国家レベルや社会的言説全般にまで広告が侵犯し尽くした、丸ごと広告でできた社会の姿をはっきりと描いている」と述べているが（Wicke 46）、[1]この指摘がディケンズ作品以上に当てはまる小説がギッシングの『女王即位五十年祭の年に』（一八九四、以降『女王即位』）である。これは広告がテクストの表面に溢れ出ているほど広告にまみれた小説である。これら三作品はいずれも広告（商業広告以外のものも含む）が浸透した世界を扱っているわけだが、消費の欲望や快楽が描き出されている点で、二つのディケンズ作品のうち『互いの友』の方がギッシングの『女王即位』との共通点が多い。

しかし、それぞれの時代の広告と消費文化を扱いながらも、ディケンズの『互いの友』とギッシングの『女王即位』では当然焦点の置き所も作品から結果的に浮かび上がってくる価値観も違う。『女王即位』が度を超して広告だらけで広告原理に貫かれた世界を描く一方、『互いの友』の世界の趨勢は広告とは異なる原理によって決定づけられているのだ。それが最も興味深い形で現れるのが、それぞれの作品における事物や情報の雑多な寄せ集めの描写においてである。消費を促す広告に焦点を置く『女王即位』の場合、街に氾濫する広告テクストという雑多な寄せ集めが作品世界を象徴的に体現している。一方、消費の結果生ずる塵芥に着目する『互いの友』で最も目を惹く雑多な寄せ集めは、都市が吐き出した廃棄物の集積である塵芥の山である。それは、弁護士のライトウッドによれば「地質学的構成からいえばすべて塵芥でした。石炭ごみに野菜くず、骨片、瀬戸物類、粗塵芥、仕分け塵芥――ありとあらゆる種類の塵芥だったのです」（第一巻第二章）という種々雑多ぶりである。しかし、ヴィーナス氏が蒐集する動物や人体の断片、ジェニー・レン（ファニー・クリーバー）が人形の衣裳用に集める端切れも別種の雑多な寄せ集めといえる。以下本稿では、広告や消費（商品）文化――そしてその産物である雑多な寄せ集め――がどのように特徴的に表現されているかという観点からこれら二作品を比較し、それぞれの作家の傾向を浮きぼりにしたい。

第一節　実際よりもよく見せる広告戦略

ギッシングの『女王即位』の最も顕著な特徴は、広告の圧倒的な存在感である。単純に描写の量を見ても、『女王即位』は『互いの友』よりも格段に紙媒体の広告が存在を誇示している小説だといえる。例えば、第五部第二章では広告に埋め尽くされた地下鉄キングズ・クロス駅の壁が次のように描写されている。

> 上から下まで壁を埋め尽くした広告が目に喚いてくる（clamoured to the eye）。劇場、新聞、石鹸、薬、演奏会、家具、ワイン、祈祷会――文明のあらゆる産物と滓が、けばけばしい文字、それと下品で稚拙、俗悪な絵でもって衆目に訴えかけていた。広告の戦場である。地下の騒音と悪臭の只中というおあつらえ向

きの場所だ。それは地表で日夜絶え間なく繰り広げられている過酷な戦いの視覚的な象徴だった。

これは広告の氾濫の描写であると同時に、都市にひしめく種々雑多な人々を象徴的に表現したものでもある。ここには掲示の配置を律するルールも序列もなく、雑多な情報がごたまぜになっており、混乱を極めている。あまりに無秩序なため、この壁自体が視覚的な騒音を発しているほどである。雑多なものが寄せ集められた吹き溜まりになっているという点で、この壁は『互いの友』の塵芥の山に似ている（図版①）。

　しかし、この壁はただ目障りで無用な情報のごみ溜めではない。そこにみられる広告の氾濫が広告について二つの重要なことを想起させてくれるからだ。まず一つ目は、紙媒体の広告がここまで巷に溢れ返る背景には、普通教育の普及とそれに伴う識字率の向上があったということ。この小説にはボフィンのように文字が読めない設定の登場人物はいないし、野卑なフレンチ姉妹たちでさえ新聞や週刊誌、大衆小説を日常的に読んでいる。そして二つ目は、そこまで供給過多となるほど広告が生産されていたからには、社会の中で広告に果たすべく期待された機能が確実に存在したということである。

　広告の機能とは何か。一般的には情報の伝播ならびにそれを通じて人々に（商品・サービスの購入を含めた）何らかの行動を促すことだと考えられる。しかし、ここでは『女王即位』の世界に即して広告が果たしている役割をより詳らかにしたい。

図版①上から下まで広告で埋め尽くされた壁
ジョン・オーランド・パリー『ロンドン街頭風景』（1835 年）

『女王即位五十年祭の年に』第 5 部第 2 章で登場人物たちが目にするのもこのような光景だったろう。

そこで、ラックワース・クルーを広告担当に起用し、自らのファッション事業を成功させせたビアトリス・フレンチのビジネス戦略について考察する。

ビアトリスの事業の起点となっているのは、女性とファッションについての次のような洞察である。

(1)女性は他のことが何もできなくても着る物については自分で決められるものだ、と世間では当たり前のように信じられているが、これほどの誤謬はない。

(2)自分と同じような階級の女性はファッション音痴であるか、下着を含めて何を着たらいいのかまるで分からないでいる。

(3)ファッションについて無知な女性の大半は一応流行っているものを安く買うことができさえすれば満足する。

(4)そういう女性はデザインについての自分の好みも何もなく、ファッションに精通した売り手に一言「これが今シーズン一押しの品でございます」と太鼓判を押してさえもらえれば安心して買う。

実に鋭い状況分析である。ここからビアトリスのビジネスの狙いが見えてくる。それは自分の選択に自信をもてない女性には自信を与えることであり、何を着たらいいのか以前に何が着たいのかすら見当がつかない言わば「ファッション弱者」の女性たちには具体的な欲望の指針を提供することである。

たかがファッション、と侮るなかれ。服飾は自己像、自己承認と深く結びついた重要な「文明の産物」である。ビアトリスは、今のままの自分に自信がもてない女性たちに服を通じて、粗削りなものではあれ、より好ましい人生の筋書きを提供しているのだ。〈この服を着てみませんか。そしたら自信のない自分から変われますよ〉というわけである。彼女の広告の具体的文言がどのようなものであれ、そこに含意された暗黙のメッセージは、この小さな自己変革への誘いである。従って、広告の発信者とは、ビアトリスやクルーがそうであるように、欲望の書き手なのである。彼らは購買者の人生の筋書きを代筆し、彼女たちの漠とした欲望に輪郭を与える――あるいは自分たちにとって望ましい購買欲を強引に上書きしてしまうの――である。これは服飾業やクルーの手がける郊外リゾート開発に限らず、他の商業広告にも通じる原則である。[2]

ビアトリスやクルーの事業の成功は、（タラントから見たら噴飯物でしかない水準だろうが）いくらか教育を受け、購買力もつけた下層中産階級から出た才覚のある人間が、多少なりとも影響力をもつ欲望の書き手――才知あるマスター・プラン提供者――として消費社会の只中に躍り出てきたことを示している。ビアトリスの戦略が巧みなのは、それが自分で自分のことが決められないという女性たちの自己決定力のなさに付けこんでいる点である。長らく自由な決定権や選択肢を奪われてきた（実質的に労働者階級の出自とさして変わらない者も多く含まれる）下層中産階級に属する少なからぬ数の女性が自分で自分のことを決めかねる困難に直面したのは、階級制度に依るところが大きい。極貧生活からは抜け出し、教育も受け、購買力をつけたとしても、経済・生活面での成長に精神の自立が追いついていないのである（もちろん、ビアトリスは特に御しやすく付け入りやすい層の女性をターゲットにしているのだけれども）。ビアトリスの事業はこのように洞察に富んだマーケティングに裏付けられているのであり、成功する理由があったのである。ただ闇雲に宣伝量を増やして購買欲を煽っているわけではないのだ。

商売である限り集客するだけではなく利益を上げなくてはならず、当然そのための宣伝戦略が存在する。（商品やサービスを）実際よりも良く見せるという詐術が入り込んでくるのはそこである。右でみた⑶とも関連するが、ビアトリスは購買者が「これは客の自分ばかりが得をするシステムだ」と信じて買い物をするように仕向けている。彼女たちに、自分たちは手頃な価格で極上品の飛び切りおしゃれな服を手に入れたのだと信じ込ませる――実際はそうではないのであろう――ことに成功しているのである。何のことはない、彼女が大きな利益を上げることに成功しているのは「自らの愚かさと欲のためにおびき寄せられてきた」（第四部第四章）購買者たちを騙しおおせているからである。

広告が氾濫している『女王即位』では、この実際よりも良く見せるという宣伝戦略が作品世界の随所に見られる。はっきり確認できる場合は、それは取りも直さず販売や商取引上の不正や詐欺、あるいは違法とは言えないまでもどう見ても不誠実な販売方法が露見したことを意味する。例えば、アーサー・ピーチーが勤めている会社の消毒剤は混ぜ物のし過ぎで全く消毒効果のない粗悪品であることが判明する（第五部第一章）。消毒剤に関しては粗悪品の製造を罰する法律がないことを知った上での所業であった（第六部第一章）。また、郊外の新興住宅地に引越して失敗したモーガン夫人の例もある。環境の良さを連想させる「〇〇パーク」という名前に惹かれて彼女が移り住んだ先は、劣悪な環境の中に建てられた欠陥住宅だった（第四部第二章）。

実は実際よりも良く見せるというのは商業広告に留まらず、『女王即位』の登場人物の行動様式にまで深く浸透している原理である。タラントはナンシーと初めて会った時のことを思い返し、「近頃はケチな商売人の娘でも実際よりもちょっと上の階級の服装と言葉遣いをするもんなあ」（第三部第二章）と考えている。そんな娘の筆頭がナンシーである。彼女が郊外の「せせこましい家」に住んでいるとは、彼女の優雅な物腰からは想像もつかないだろうと語り手は述べている（第二部第四章）。下層中産階級が手にしたそこそこの教養と経済力が、彼女のような若い女性を実際よりも上の階級の人間に見えるのを可能にしたのだ。ダメレル夫人も資材と全精力を投入することによって実際の出自よりも格上の貴婦人を演じることに概ね成功している。「概ね」というのは、何とかお金持ちのマダムのふりをしている彼女の優雅さは無骨者クルーの眼は騙しおおせても、ビアトリスやファニーが本能的に胡散臭さを嗅ぎ付けてしまう程度のものでしかないからだ。ナンシーもダメレル夫人の装いには「裕福さよりも贅沢好みと虚栄心」（第五部第一章）を見て取っているし、ホレスもある時ダメレル夫人が属する世界がそれほど上品ではないことに気づく（第四部第三章）。結局、ダメレル夫人の場合、自分を実際よりも良く見せるという努力は中途半端な結果に終わっているのである。一方、実際よりも良く見せることに決定的に失敗しているのがクルーである。ナンシーと一緒にモニュメント観光に出かける日、新品の傘とシルクハットでばっちり決めたつもりで現れた彼だが、そのシルクハットが似合わない上に、どうにも不格好な被り方しかできず、ナンシーと並んで歩くといかにも下層階級の人間らしく見えてしまうのだった（第二部第三章）。この点、「品のよい黒いコートに黒いベスト、品のよい白いシャツ、品のよい正装用黒ネクタイ、品のよい霜降り模様の細見パンツ」に身を包んでも「晴れ着を着た機械工という感じがした」という『互いの友』の学校教師ヘッドストーンに似ている（第二巻第一章）。実際よりも良く見せる広告のイメージ戦略で成功しているクルーが、自分自身を良く見せることに失敗しているのは皮肉である。

第二節　広告だらけの『女王即位』にみる雑種性

格下の女性と本気の恋愛などするつもりのなかったタラントを魅了してしまうナンシーのような女性がいる一方で、自分を実際よりも良く見せようとしながら中途半端に終わるダメレル夫人や、おめかししても恰好の付かないクルーのような男もいる世界。ここに露呈しているのは詐術の失敗というよりも、広告で埋め尽くされた壁に見られた雑多性に通じる、彼ら下層中産階級の人間がもつ雑種性である。階級差を示す指標を超越して美しく化ける者もいれば、どう頑張っても、お里が知れる者もいるのだ。

この階級の人間たちと氾濫する広告との共通点は雑多（雑種）性だけではない。人物が広告そのものの行動を見せる時がある。例えば、ダメレル夫人の人生は広告の模倣となる瞬間がある。ホレスに分別ある選択をするよう言って聞かせようとして、彼女は広告に描かれた感傷的な絵のような顔つきをして見せるのである（第三部第四章）。意図的にせよ無意識にせよ、彼女は効果的な自己宣伝方法を広告から習得してしまっているのであろう。また、ビアトリスの店で広告塔として雇われたナンシーは、商品である服を身にまとい文字通り生身の広告になっている。働きに出る必要に迫られた彼女は、商品と一体化し、自ら広告となって市場経済の只中に身を投じることになったのだった。実際より上に見える教育と洗練を身に着けたにも拘らず、いや、それだからこそナンシーは広告的人間なのだ。そのことはまた、彼女の（経済力は言うに及ばず）教養と優美さも結局はそこそこ程度の中途半端なものでしかないことの証である。貴族階級やエリート層と比べてみれば雑種的でしかないのだ。

ナンシーの感性もまた雑種的である。それは右で見たのと別な局面でも彼女の広告との関係を通じて描かれている。

一八八七年六月二〇日の夜、サミュエル・バーンビー、ジェシカとともに女王即位五十年記念祝賀に湧くロンドン見物に向かう路面馬車の車中で、煩わしいサミュエルと目を合わせたくないナンシーは、車内に溢れる広告に目を留める。そこには既にみた地下鉄の駅の壁同様、雑多な広告の自己主張合戦に占拠された無秩序な世界があった（図版②）。

> ……ほら、［〇〇社の］石鹸［の広告］と［××社の］ジャム［の広告］の間に割り込んでいるのが――「神は、その独り子をお与えになったほどに、世を愛された。独り子を信じる者が一人も滅びないで、永遠の命を得るためである」[3] ナンシーは違和感も何も感じずにこの一文を読んだ。彼女の信仰が雲散して既に久しく、市場にひしめく営利団体たちが至る所で聖句の権威を貶めているので、この点での彼女自身の感覚もすっかり麻痺していたのだ。（第一部第七章）

聖俗、貴賤の区別のまるでない無秩序状態であり、例の壁と同種の視覚的騒音である。それでも、ナンシーはこの不調和を不快に思わず（そもそも彼女の目にはこれが不調和だとは映らない）、そのまま受け入れることができる。最上級の優雅さに同調する感覚を養った文化的エリートならばこうはいかないだろうから、やはり彼女はそこそこの中途半端な教養しかない雑種的人間だといえるだろう。語り手が示唆している通り、混乱した広告掲示が奏でるこの視覚的不協和音が全く気にならないの

図版②「新案広告塔」（『パンチ』1846年10月31日号）

「評判の悪いウェリンントン銅像を活用する方法」だとされる。

は鈍感で俗っぽい感性だともいえる。

しかし、この混乱は広告の放埒な振る舞いに起因するものである分、そこには自由がある。右の引用文の場面の後、サミュエルたちとわざとはぐれたナンシーはお祭り騒ぎに湧くロンドンの雑踏に身を委ね、いつもの自分から敢えて大胆に逸脱する自由を満喫する。見知らぬ男が戯れてくるのをある程度許したり、クルー相手に普段とは違うおきゃんな言動をする自分を楽しんだりするのである。都市の雑踏の中で「自分のアイデンティティを忘れた」（第一部第七章）というほど彼女が自分を解放するのは、勿論祭の非日常性に煽られてのことであり、それは一夜限りの冒険の勢いに駆られてのことではあった。しかし、彼女は決して祭の雰囲気に刺激され、衝動的にたがが外れた行動をとったのではない。その夜一人になって雑多な人間の寄せ集めである群衆と触れ合うというのは彼女が前もって計画し、心待ちにしていたことだった。祝賀祭の夜、無秩序の中でしか得られない自由の中でナンシーは自らの官能の所在を確かにするが、それは彼女が混沌の中でも安んじていられる感受性をもつ雑種的人間だったからこそ可能になったことだ。そして、彼女も気づかないうちにその感性を涵養したのは、広告の氾濫ではなかったろうか。

広告が氾濫する『女王即位』の世界では、ナンシーに限らず多くの下層中産階級の人間がこの文化的無秩序を許容する雑種的な性格を共有している。しかし、文化のごたまぜ状態に対して無感覚あるいはすっかり順応している彼らであっても、お互いのステータスの差別化には拘り、矮小な範囲でどんぐりの背比べをしている。大まかに言えば同じ階級に属しているようでも、細かく見れば、彼らの間には家族ごとの文化的洗練度に応じて微妙なグラデーションが存在していて、彼らは自分より格下と思われる連中との間には一線を引いて差別化を図ろうとしているのである。スティーヴンやナンシーにはロード家はフレンチのところよりは格上だという意識があるし、ナンシーはカンバーウェルのこの家に住んでいたのではいつまでたっても程度の低い人間としか付き合えない、と父に訴えている。作品中一番身を持ち崩していると思われるファニーでさえ、ダメレル夫人に「あんたらより上等な人たちと付き合うことになったのでさいならです」（第五部第一章）という主旨の相手を見下した手紙をよこしている。

こういうご近所同士の登場人物たちが狭い範囲で見苦しく差別化を競い合う様は、再び地下鉄駅の壁や路面馬車内で競って自己顕示をする広告の氾濫を想起させる。しかし、『女王即位』は野卑と放埒に堕す傾きをもった彼らの卑小さ、俗悪さ(vulgarity)と同時に彼らが時折見せる美点もごたまぜのまま整理することなく拾い上げている。[4]『女王即位』の中心的原理からは、登場人物たちがどこに住んでどんな人間と付き合うか、どんな身なりをしてどんな言葉遣いをするかという細かい差異化の拘りは派生しても、次に見る『互いの友』のように登場人物を倫理的観点から篩にかけ、分別していく大掛かりな仕組みは出て来ない。

第三節　『互いの友』が魅せられる広告形態

本稿の第一節では、『女王即位』第五部第二章に出てくる、広告で埋め尽くされた壁の描写をみた。実は、この描写のように大量の事物が雑然と寄せ集められた様態を描くのはディケンズの得意とするところである。また、同じ場面においてギッシングはキングズ・クロス駅の壁を埋め尽くす過剰な広告の内に社会の姿を凝縮して見せていて、それはささやかながらもディケンズ風パノラマ的描写といえなくもない。それならば、なぜこのディケンズ的といえる氾濫する広告の描写が『女王即位』にはあって『互いの友』にはないのだろうか。

勿論ディケンズの死後、一八七〇年の初等教育法施行以降の（下層階級の人間に中途半端な教育を与えたとギッシングが嘆くところの）大衆教育の普及や一八八〇年代にいやましに進んだ文学の産業化および一八九〇年代の広告産業の更なる成長(Bowlby 102, 169) など広告の氾濫を後押しする事象はいくつもあった。それでも、単純にディケンズよりもギッシングの方が大量の広告に晒されていたとは言いきれない。なぜなら、早くも一八三五年にはジョン・オーランド・パリーによって広告で埋め尽くされた壁が描かれているからだ（本稿の図版①参照）。これが現実を反映したものであることは、この絵に描かれているような過剰な広告の弊害が十九世紀の大部分を通じて『パンチ』誌上で指摘され続けたことからも分かる。[5] それならば、図版①や『女王即位』で見た広告で埋め尽くされた壁と同様の光景はディケンズとて無縁ではなかったはずである。

しかし、『互いの友』で壁を埋め尽くす広告と言えば、ギャッファーの小屋の壁一面に貼られた「溺死体発見」のチラシへの言及（第一巻第三章）があるくらいである。雑多な広告テクストの無秩序な氾濫が描写されることがないのは、おそらくこの作品では別な形態の広告や異なる消費（商品）文化の側面に著者の想像力がより強く刺激されているからである。以下では『互いの友』が広告や消費文化をどのように描き、どこに焦点をあてているか見ていきたい。

『互いの友』はヴェニアリング氏がダイレクト・メールの手法で人脈を広げていくやり方を揶揄しながら描いていて、それはこの小説の広告テクスト――彼の手紙は私信の体裁をとってはいるが、実質的に自己宣伝を目論む広告である――に対する基本的な態度を表している (Wicke 48-49)。この小説における広告原理は専らヴェニアリング夫妻によって体現され、不実で虚偽に満ちた態度として表現されるのである。

ヴェニアリングは何から何まで「ぴかぴかの新品」（第一巻第二章）に囲まれた贅沢な生活をしているだけの人物だが、ないものをあるように見せかける詐欺のような自己宣伝の能力に長けている。実際よりも良く見せるどころか完全な虚構で固められた「見せかけ (veneering)」だけの自己像を喧伝することで人脈を広め、社会的地歩を固めていく彼は、そのライフ・スタイル自体が拡散的な自己宣伝なのであり、つまりはダイレクト・

メール的人生を送っているのである。

　彼は日常的に選挙キャンペーンをしているに等しく、実際に彼が出馬した際も日頃の自己宣伝を期間限定・地域集中的に普段以上の労力を投入して実行したに過ぎない。彼は一貫して徹底的に一角（ひとかど）の人物である「ふりをする」ことで友人たちの協力を取り付け、「ロンドン中で最高のクラブ」（第二巻第三章）である下院議会に居場所をせしめてしまう。これは議会政治とはこのように腐敗した詐欺まがいの自己宣伝の延長線上にあるものだという示唆でもあり、その種の広告キャンペーンが道義的に疑わしいものとして提示されている。

　選挙という文脈を離れても『互いの友』における広告に対する印象はよろしくない。レディー・ティピンズは豪華な晩餐会を中心とするヴェニアリング夫妻との交際を――彼らが誇大広告のような存在だということを承知の上で――「気晴らし」として楽しむ擦れ枯らしの消費者なのだが、その彼女が信用ならないものの例として引き合いに出すのが広告なのだ。「わたくしは、広告業の人間のように、ちゃんとした根拠も示さずに信じろなどと言ったりしませんわ」（第一巻第二章）と彼女は言う。『女王即位』では無秩序な「広告の戦場」の俗悪さが問題視されていたが、ここでは信義の観点から広告が批判されているのである。

　その一方でこの小説が強い関心を向ける紙媒体以外の広告形態がある。店舗のショーウィンドウ・ディスプレイである。[6] 商品広告には違いないが、商品そのものの陳列展示でもあり、鹿島茂が読み解いてみせたベンヤミンの遊歩者論に内在する（屋）外と（室）内との反転を敷衍すれば、[7] 街路に向けて裏返しになった店内だといえる。それは遊歩者相手に街中で幕を開けた額縁舞台 (proscenium stage) なのであり、同様のショーウィンドウが点在する街路は劇場と化すのである。ボフィン夫妻が老ハーモンの遺した富を手にして最初に覚えたのも、そのように街全体を劇場として楽しむ目の快楽だった。

　これまで味気ない囲いの中でずっと働きづめだった彼は、いろんな店を見て回るのを子供のように喜んだ。これは自由な身分を得てから彼が最初に覚えた物珍しい楽しみの一つであり、彼の奥さんも同様にこの楽しみを味わったのだった。長年の間、この夫婦にとっては、ロンドン散策といっても店の閉まっている日曜にするしかなかったのであり、毎日が休日といってよい生活をするようになってからは、夫婦は店のショーウィンドウに陳列された品の多様さ、目新しさ、美しさを大いに楽しんだ。その楽しみが尽きることなどあり得ないように思えたほどだった。街の大通りはさながら大劇場であり、その情景は子供にとっての芝居のように新鮮だった。ベラがボフィン邸になじみ出した初めの頃から、夫婦はいわば劇場の最前列に陣取り、見るもの全てに魅了され、拍手を送ることしきりだった。

（第三巻第五章）

ボフィン夫人がベラにかけた「どこへでも出かけて行って、何でも見ちゃいましょうよ」という言葉が想起される（第一巻第九章）。彼らが街に出かけるのは商品を買うためではなく見るためなのだ。ボウルビーが記しているように、産業革命の成果を祝う一八五一年のロンドン水晶宮万国博覧会以降、ドゥボールが「商品のスペクタクル」[8]と呼んだ消費文化が花開いたのであり、そこでの主眼は買うことではなく見ることによる視覚的快楽だったのである（Bowlby 1）。言うまでもなく、ボフィン夫妻が遊歩者の悦楽を享受したロンドンの街路は（ガラス屋根のアーケードこそないものの）ベンヤミンが論じたパリのパッサージュに通じているし、十九世紀後半から「消費の殿堂（palaces of consumption）」（Bowlby 2）として台頭してくる百貨店にも繋がっている。

　このショーウィンドウ文化に製作者として参与しているのが人形衣裳師のジェニー・レンである。彼女は自分の作品が飾られたショーウィンドウをライア老人に指し示して誇らしげに「あれを見て。全部あたしの仕事なんだよ！」と言う。

　あれというのは、様々な色の服を身にまとい、半円状に並んだまばゆいばかりの人形たちを指していた。宮廷での拝謁、舞踏会、馬車でのお出かけ、乗馬、お散歩、結婚式の花嫁姿、花嫁の介添役、など人生のあらゆる晴れの日の恰好をした人形たちだった。

　「いやあ、とってもきれいだ！」老人が手を叩いて言った。「すごく優雅（エレガント）だね」（第三巻第二章）

上流階級の淑女達の最も美しい瞬間を人形で再現したディスプレイは、それらの人形が売れるかどうか以前に、見事な見世物（スペクタクル）として完結している。ジェニーには単に製作者であるということ以上に人形の出来栄えを殊更に誇らしく思ってよい理由がある。身体障害を負い、少女と言って良い年齢でありながら世話のやける父親を養育しつつ、人形衣裳師として職業的・社会的自己実現を果たしているのだから。彼女にはまた別な達成感もある。階級的にも身体的条件の上でも彼女には絶対に真似のできない魅惑と優雅さを身に纏った上流階級のレディーたちを街路で窃視することによって、人形のモデルとしてさんざん勝手に利用した挙句、人形サイズにまで落とし込むことで溜飲を下げているのだ。[9]

　しかし、ライアが賛辞と喝采を送っているのは、そういうジェニーの労苦に対してではない。彼とて彼女の苦労を知らないわけではないのだが、ここでは街路の劇場の一観客として「劇場の最前列に陣取り、見るもの全てに魅了され、拍手を送ることしきりだった」ボフィン夫妻同様、「商品のスペクタクル」の見る快楽を味わっているのである。これらショーウィンドウ文化の描写には消費の楽しさ、悦びこそ溢れているが、「尽きることなどあり得ないように思えた」という飽くなき快楽の欲望への批判は見られない。

　『互いの友』のショーウィンドウに暗い影が射すのは、ボフィンが遊歩者的な街路散策をやめ、鬼気迫る蒐集家として守銭奴の伝記を集中的に渉猟し始める時である（図版③）。それは

図版③「黄金の塵芥屋の書物蒐集狂」（『互いの友』第３巻第５章、マーカス・ストーンによる挿絵）

ベラを伴い、「守銭奴」や「金の亡者」に関する本だけを買い集めるボフィン。

蒐集自体が目的のように見える。「ボフィン氏は、守銭奴たちが金をしまい込んでいたのと同じように、彼らの伝記をしまい込んでいるようだった」（第三巻第五章）と報告されている通り、本を物として集め、溜めこんでいくことが目的化しているようだ。勿論ボフィンは――金の魔力と悪影響の恐ろしさをベラの骨身に染みさせるため――彼自身が守銭奴に堕してしまった芝居の一環としてこれをやっている。ただ溜めこむだけの蒐集は人格を歪める自己完結主義を体現しているだけでなく、次に見る『互いの友』を方向付けている原理からしても正しくない消費の姿なのである。

第四節　雑多なままと篩い分け

『女王即位』と『互いの友』の最大の違いは作品内の雑多な寄せ集めに対する態度に見られる。『女王即位』では広告の氾濫に表れた雑種的、文化的無秩序状態がごたまぜのまま提示されているのを見たけれども、『互いの友』は雑多な寄せ集めを興味深く描いて見せながらも、それをそのまま放置せず、それを秩序づけ、最終的には整理している。後者では集めて、仕分けして（整理して）、（秩序ある統一性へと）つなぎ合わせるという原理が働いていて、それが物語の趨勢を方向づけているのである。これは（ただ集めて溜めこんだだけの塵芥は塵芥のままであり、仕分けして使用・貨幣価値と関連づけられる必要があるという）経済原理であると同時に、（ばらばらの記憶、情報を集約し整理して、つなぎ合わせることで初めて事件の全貌が解明できるという）謎解きの原理でもあり、それぞれ前者はボフィンに後者はジョン・ハーモンによって体現されている。[10]

ジェニーと人体骨格標本職人ヴィーナスが関わる雑多な寄せ集めもずっとそのままではない。既に見たように、ジェニーは集めた端切れを縫い合わせ、見事な人形の衣裳を完成させている。[11] また、一見がらくたを溜めこんでいるだけのようなヴィーナスの店にも、物語終盤に向けて変化の兆しが窺える。「フランス人紳士」の骨格標本が着実に完成に近づいているし、（彼が良心に従い、ウェッグと袂を分かつことを密かに決意してからは）プレザント・ライダーフッドのおかげで掃除、整理整頓が行き届くようになるのである。

『互いの友』中、最も存在が顕著な雑多な寄せ集めである塵芥の山も最終的に整理されていく（図版④）。[12] そこでは、集めて、仕分け・整理して、秩序ある統一性へとつなぎ合わせるという原理の倫理的側面が顔を出す。老ハーモンが遺した塵芥の山は――大きな資産には違いないが――息子のジョンにとって父の強欲と悪意の象徴であり、忌まわしい感情しか持ちえない。また、これを相続する息子が不幸になるようにという呪いと抱き合わせになった父の遺産は到底そのまま手にするわけにはいかない不吉なものであった。父が描いた遺産相続の筋書きを書き換え、自分やベラを含めて既にその悪影響を被った人間たちの人生を刷新し、真に彼ら自身のものとするためには、どうしても塵芥の山がきれいさっぱり始末されなければならない。そ

図版④「ドッド氏の塵芥処理場」
『イラストレイティッド・タイムズ』（1861 年 3 月 23 日号）
『互いの友』の塵芥の山のモデルになったと言われる塵芥処理場での篩い分け作業。

れがジョンの信念であり、「塵芥の除去は父の呪いの浄化でもあり、塵芥が無くなって初めて［ジョン］は安心して富を手にしうる状態になったのだ」（植木、三一四）のである。また、塵芥の山が無くなっていくのと同時並行して、篩にかけられ分別されていく塵芥同様、主要登場人物たちも篩にかけられ整理されていく。彼らの世界の安寧を脅かす人物たちは（ウェッグはごみ溜めの中へ、ヘッドストーンと彼を強請っていたライダーフッドは前者による無理心中によって共にテムズ河の水底へと）片付けられていき、『互いの友』という物語は新しい秩序のもとに幕を下ろすのである。

以上、雑多な寄せ集めに興味を惹かれつつも秩序づけて整理していく『互いの友』と、いくらか嫌悪感を示しつつも取り繕わずに提示する『女王即位』という両作品の違い――これは二人の作家の社会への向き合い方の差に通じていると思われる――を見た。いずれの作品も物語の結末を平穏な日常の中に着地させているのだが、その背後には無事な結着を可能にさせた両作家の力技があり、そこにも両者の特徴的な傾向が窺えるので、最後にその点に触れたい。

『互いの友』では、倫理的観点から登場人物の篩い分けを行う――黄金のような美しい心根をもったベラを掬い上げ、欲深い小悪党を罠にかけて排除する――ため、ディケンズがボフィンに金に魂を奪われた守銭奴と化した芝居を打たせている。篩い分け自体は成功するのだが、この演技は作品の倫理的整合性と人物描写のもっともらしさ (verisimilitude) の点で緊張を孕んでいるといえる。まず、『互いの友』が根拠のない広告や詐欺まがいの自己宣伝を批判し、我欲のために仮面を被った演技者たち（ラムルやフレジビー）を告発していながら、ベラばかりでなく読者をも騙す大芝居をボフィンには許すからである。さらに、倫理的目的のためとはいえ、自分の演技が引き起こした悲しみをどれだけ目の当たりにしても、それに屈服することなく、最後まで徹底的に意地悪な役を演じきれてしまうボフィンの強さが問題である（あるいは彼は演ずることの魅力に憑かれてしまったのだろうか、命を縮める程公開朗読にのめり込んだディケンズのように）。目的達成のためにそこまで心を鬼にできてしまうこと――演技者としての鉄壁さ――が近代リアリズム小説の〈善良さ〉のもっともらしさと抵触するからだ。[13] しかし、作品世界の秩序回復の一端をボフィンの演技に託した時、ディケンズが拠り所としたのは小説の論理ではない。ボフィンがベラを騙す筋書きに関して彼がノウルズの戯曲『せむし』（一八三二）を下敷きにしていることから分かる通り (Cotsell 4, 203)、彼は演劇の説得力に頼っているのである。一大パノラマ小説における物語の趨勢を決する局面で演劇的手法に依っているのは舞台と関わりの深いディケンズらしい着想だといえる。

一方、『女王即位』が悲劇や破局で終わらずに済んでいるのは、ひとえにナンシーが犠牲になって彼女の置かれた家庭的・社会的条件の不均衡を飲み込んでいるからである。第六部第三章以降、タラントは優しく物分かりの良い夫の顔をするようになるが、基本的には「男のエゴイズム」(Poole 197) 剥き出しの自己中心的な人物である。彼は実質的に妻を見捨てて海外に逃げていただけではない。帰国後、「別居婚」生活を始めてからも、妻が小説執筆を通じて試みるささやかな社会的自己実現の芽を摘み、何度求められても——独身時代と変わらない自由を失いたくないからであろう——同居を拒むのである。これらの重要な局面でナンシーは不可解なほど容易に彼に言いくるめられているように見える。結果として『女王即位』という小説は途中までヒロインに寄り添い、彼女が営める辛酸と成長の過程を説得力ある筆致で記していながら、重要な局面で思い切り独善的な男性性主導の流れに舵を切り、そこに彼女を回収してしまっているのだ。単純にギッシングをタラントに重ね合わせる訳にはいかないだろうが、[14]女性への深い関心と理解が女性抑圧的な態度に呑みこまれる『女王即位』には、著者の個人的経験や時代背景と絡み合った複雑なジェンダー観が滲み出ている。

愛情深く誠実な人物が多く登場するけれども、著者が確信犯的に読者を騙しにかかる『互いの友』。[15]それに比べてみると、ヒロインが隙だらけで、終盤は男の身勝手さの表出を許している『女王即位』の方は開けっ広げな小説に見えてくる。役者としての馬力は、ディケンズの方が一枚上といえるだろうか。

注

1　ジョン・トムソン、アドルフィ・スミス『写真と文によるヴィクトリア朝ロンドンの街頭生活』（梅宮創造訳、アティーナ・プレス、二〇一五）四八〜五二参照。

2　彼らよりもはるかに上手で、この小説中で最も成功した広告業者は英国王室なのかもしれない。記念祭の夜、ナンシーは「こんなの全部王室が懐を温めるだけの商売さ」と毒づく酔っ払いと路面馬車で乗り合わせる。小池氏は、『女王即位』は（その表題も含めて）「ものづくり」国家として行き詰まった大英帝国が広告業者よろしく展開するイメージ戦略を批判する小説だと指摘している。小池滋「二つのジュビリー」日本ヴィクトリア朝文化研究学会第七回全国大会シンポジウム（於日本大学文理学部、二〇〇七年一一月一七日）。この発表には本稿の図版①の選択についても示唆を得た。

3　新約聖書からの引用（「ヨハネによる福音書」第三章第一六節）に関しては『聖書新共同訳』（日本聖書協会、一九九二）を参照。

4　ナンシーの人格的成長が克明に記されているのは言うまでもないが、ファニーに執着した挙句破滅するホレスの愚かしさの中にも幼さ極まって痛々しいくらい純な部分がある。野卑なクルーの活力と才覚にも見るべきところがあるし、基本的に嫌な女のビアトリスでさえ、自業自得で進退きわまった妹のファニーが助けを求めて来た時に迷わず面倒を見るという良いところがある。

5　Gerard Curtis, *Visual Words: Art and the Material Book in*

Victorian England (Aldershot, UK: Ashgate, 2002) 63-65.

6　『互いの友』がショーウィンドウに着目している点については、ウィキもベンヤミンのパッサージュ論との関連を視野に入れながら触れているが、ジェニーのショーウィンドウとの関わり方については「[ジェニーは] 自分のお客向けの商品を作る際、どんな服を真似したらよいか知るために、一番おしゃれな店のショーウィンドウを見なければならない」と誤読している (Wicke 49)。

7　鹿島茂『「パサージュ論」熟読玩味』（青土社、二〇〇四）五九～六四。

8　Guy Debord, *Society of the Spectacle*, trans. Ken Knabb (London: Rebel, 1983) を参照。

9　実はジェニー自身が独自の魅力と優雅さの持ち主である。彼女の髪の美しさについては幾度も触れられているし、スロッピーの前で松葉杖を使って見せる場面（第四巻第一六章）で、彼女には誰にも真似のできない可憐な魅力があることが示されている。

10　ここでの筆者の考察は主に次に挙げる先行研究を敷衍したものである。まず、『互いの友』における想像力の発露を（ヴィーナス氏にも目配りしつつ）ジェニー・レンに探ったスチュアートの考察 (Stewart 198-221)。スチュアートの論を参照しつつ、「接合 (articulation)」と「分析 (analysis)」という概念を鍵に『互いの友』を読み解いたメッツの論考。そして、メッツが取り上げた「接合」という概念を用いつつも、それを（犯罪捜査や解剖学、探偵小説等）ヴィクトリア朝の社会的・文化的背景と絡めて論じたハッターの論考である。なお、この小説が重視している物を扱う人物たち（ジェニーとヴィーナスはいずれも流通性の低い品を扱う職人であり、ボフィンは塵芥仕分けのマエストロと言ってよい）は、フリーグッドが言う「物文化 (a thing culture)」を体現している。次を参照。Elaine Freegood, "What Objects Know: Circulation, Omniscience and the Comedy of Dispossession in Victorian It-Narratives," *Journal of Victorian Culture* 15.1 (2010): 91.

11　彼女はさらに重要な局面で「つなぎ合わせる」仕事をしている。死に瀕し、ばらばらに途切れてしまう弁護士レイバーンの意識の中から、彼の願望を掬い取ってそれをはっきり言葉にし（これは "articulate" の別な意味）、彼の命をつないだだけでなく、リジー・ヘクサムとの絆をしっかり結ばせたのである。

12　塵芥の山が物語終盤で除去されていくことの重要性を、誰よりも明確に提示したのが植木氏である。

13　人を騙すための演技を貫徹することができなかったラムル夫人の弱さは彼女の心に残された最後の善良さの証だったが、役者としてのボフィンはそんな弱さとは無縁である。

14　ギッシングは一八九五年一月三一日付のモーリー・ロバーツ宛ての手紙で、タラントの見解をそっくりそのまま著者の自分のものとして捉えた書評に対する不満を表明している (*Gissing Letters* 5: 290-91)。

15　騙しというわけではないが、自作の販売のため（クルー顔負けの）広告戦略を用いたディケンズが後期作品の中で広告批判をすることが、作品内に「緊張感」を生じさせているという指摘がある (Wicke 49)。

第十章

ディケンズとの対話
──『三文文士』における商業主義とリアリズム──

新野　緑

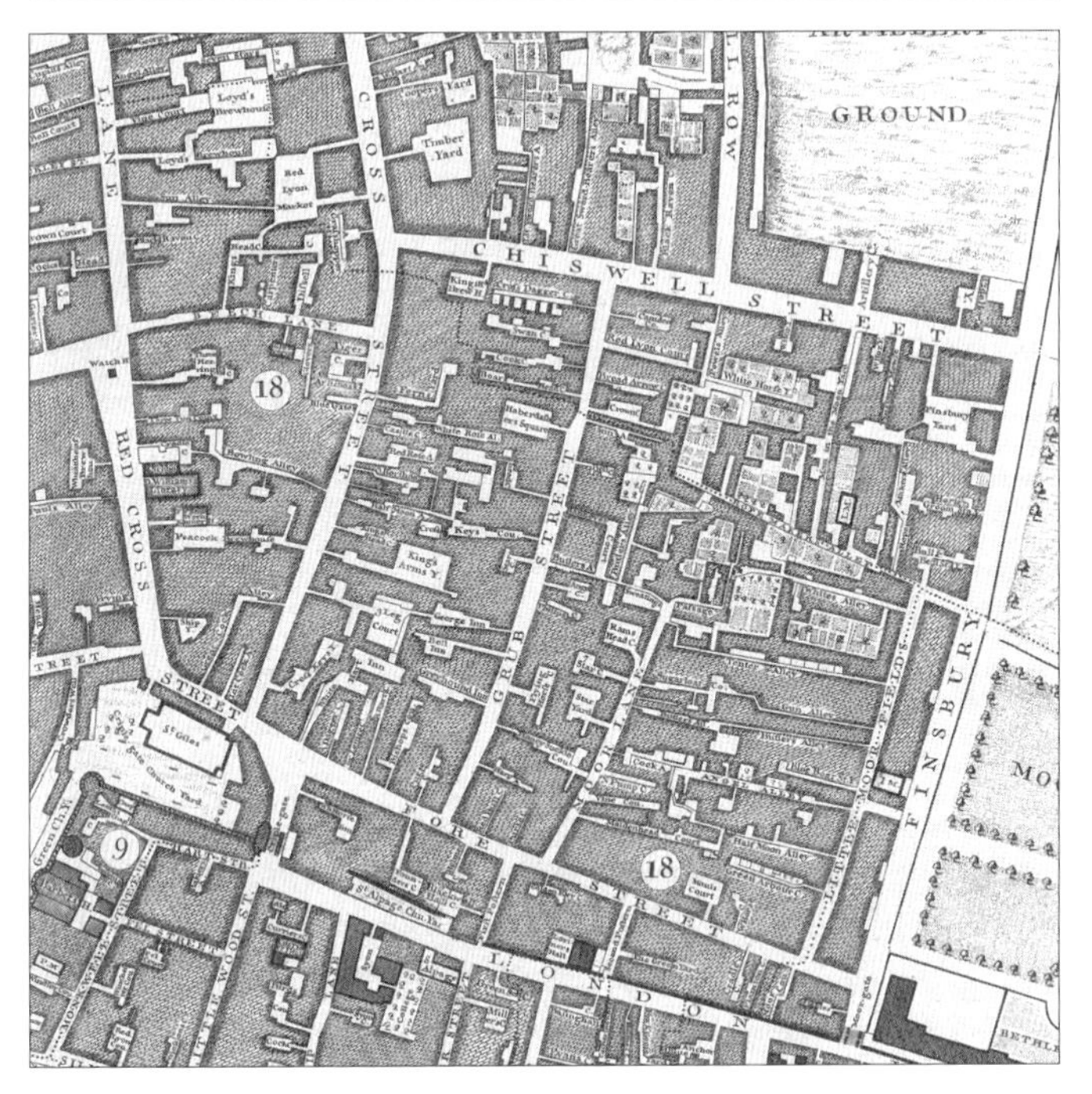

ロンドンのグラブ・ストリート（ジョン・ロック『ロンドン地図 1746』）

バンヒル・ローの北にあり、1830年以降はミルトン・ストリートと呼ばれた。17世紀にマーヴェルが通俗作家を揶揄する目的でこの名を用い、ジョンソン博士も言及。ギッシングはこれをもじって小説のタイトルとした。

第一節　『エドウィン・ドルードの謎』の影

商業化が進む一八八〇年代のイギリス文壇を活写した『三文文士』（一八九一）には、「一八八二年の作家」（第一章）と自ら公言し、鋭い現実感覚と磨きをかけた「成功への技術」（第二〇章）を武器に、ジャーナリズムの世界でのし上がる野心家ジャスパー・ミルヴェインと、そのジャスパーが「実務の才のない旧式の芸術家」（第一章）と呼ぶ友人の小説家エドウィン・リアドンの二人の主人公がいる。ある種の文学的才能に恵まれながら、「職人としての腕の冴え」（第三章）にこだわり、いい加減な作品を「市場に供給できない」（第一章）リアドンは、作品が認められて成功への足がかりを得たかと思われたのも束の間、生活に追われる中で才能が枯渇し、困窮の末に妻からも見捨てられて死に至る。彼の転落の人生は、ミルヴェインの上昇の履歴と鋭い対照をなし、レイチェル・ボールビーが論じるように、「当時起こりつつあった、芸術の商業による侵食」(Bowlby 102) と、そのため作家たちが追い込まれた逃げ場のない「袋小路」(117) を、当時の過酷な社会的現実として読者に実感させる。

しかし、大陸の自然主義小説の影響を受けたギッシングらしい、卑俗な社会への冷めた眼差し以上に注目したいのは、二人の対照的な主人公が、ディケンズの未完の小説『エドウィン・ドルードの謎』（一八七〇、以下、『ドルード』と略記）の中心をなすジョン・ジャスパー、エドウィン・ドルードの二人と、それぞれ同じ名前を持つことだ。もとより『三文文士』のジャスパーは『ドルード』のそれと違って姓ではないし、ディケンズによるジャスパーの造形と命名自体、ロバート・サウジーの詩「ジャスパー」からの援用とも言われる (Paroissien 324) から、ミルヴェインのジャスパーという名が必ずしもディケンズに由来するとは言い切れない。しかし、『三文文士』の主人公が、『ドルード』の主人公と同じ名前を二人ながらに持つことは、作品の背後に『ドルード』あるいはディケンズの存在があることを当然読者に意識させるだろう。しかも、『ドルード』において、ジャスパーが甥エドウィンの許嫁ローザへの情欲から甥を殺し、婚約者を失った彼女に激しく言い寄れば、『三文文士』のミルヴェインもまた、リアドンの死後、その妻エイミとの再婚を果たす。たしかに、『ドルード』のジャスパーは結局ローザを手に入れることはないし、『三文文士』のミルヴェインがリアドンを直接手にかけるわけではない。しかし「採算の取れる商売として文学作品を製造できない」（第一章）リアドンが、破滅して死に至る物語の展開は、商業主義を体現する時代の寵児ミルヴェインに、リアドンが比喩的な意味で殺されたと言えなくもない。つまり、『三文文士』は作品構造の基盤が『ドルード』に通底しているのである。

そもそも『三文文士』には、『ドルード』のみならず、ディケンズの作品を意識させる要素がちりばめられている。まず登場人物の名。リアドンの妻はリトル・ドリットと同じエイミという名を持ち、ミルヴェインの妹のドーラはデイヴィッド・コパフィールドの最初の妻の名と一致するし、リアドンの雇い主カーターの妻は、ドンビーの後妻イーディスと同じ名前だ（カーターという名も、イーディスの駆け落ち相手カーカーを思わせる）。もちろん、イーディスはギッシングの二番目の妻の名でもあり、ミルヴェインのもう一人の妹モードは、テニスンの詩のヒロインに通じるから、それらの名前がディケンズに由来すると必ずしも言えないかもしれない。しかし、ジャスパーとエドウィンに加えて、ディケンズ小説で知られるヒロインの名が次々登場することで、読者にディケンズとのつながりを意識させる効果はある。しかもリアドンの作家仲間ビッフェンの友人で『オリヴァー・トゥイスト』[1]（一八三七～三九）の盗人と同じ名前を持つ物書きのサイクスは、下層の生活をありのままに写し出すというビッフェンの創作理念を、「ディケンズが受けたのは、トップクラスの労働者にだけだし、それも彼の持つ笑劇（ファース）とメロドラマの力があってこそだ」（第二七章）と、わざわざディケンズを引き合いに出して批判する。ビッフェンは、サイクスとこの話をした直後に下宿が火事になり、書き上げたばかりの小説の原稿を部屋から救い出そうとして、野次馬の見守る中、逃げ場を求めて登った屋根から危うく転落死しそうになる。ギッシングには珍しくセンセーショナルなこの場面は、『オリヴァー・トゥイスト』でナンシー殺害の罪が発覚して追い詰められたサイクスが、屋根からの逃亡を図ったものの、野次馬の注視の中、誤って足を滑らせ、公開処刑そのまま逃亡用のロープで自ら首を吊って死ぬ場面（図版①）を想起させよう。[2]

図版①　ジョージ・クルックシャンクによる『オリヴァー・トゥイスト』の挿絵

追い詰められたサイクスが、野次馬の見守る中、屋根からの逃亡を図る（第50章）。

このように、『三文文士』には『ドルード』を中心に、ディケンズへの直接間接の言及がふんだんに盛り込まれている。古びた大聖堂のある静かな田舎町で、聖歌隊の指揮者が引き起こす甥殺しの禍々しい物語と、商業化の波に晒されたロンドンの売れない作家たちの窮状を、逃れることのできない現実として淡々と描写する自然主義的作品。一見ほとんど共通するところのない『三文文士』に、『ドルード』、ひいてはディケンズの影が色濃くある。そこに作家のどのような思いが隠されているのか。なぜギッシングは、ディケンズを意識させる記述を、これほど『三文文士』に埋め込んだのだろう。

第二節　欲望から金銭へ

ギッシングがディケンズに深い関心を寄せていたことはよく知られている。友人や弟たちに宛てた手紙の中で彼は頻繁にこの先輩作家に言及し、[3] 彼の「ディケンズの思い出」（一九〇二）では、幼少時のディケンズ読書体験や、そのロンドン描写のインパクト、さらにジョン・フォースターの『チャールズ・ディケンズの生涯』（一八七二～七四）が伝える勤勉な仕事ぶりへの共感が綴られる（*Collected Works* 1: 47-51）。なかでも『チャールズ・ディケンズ論』（一八九八、以下『ディケンズ論』と略記）において、ギッシングは『ドルード』を、「ディケンズの中でもっとも見事に構成された作品」（第三章）とし、その「矛盾のない物語展開」や「細部の仕掛けの巧みさ」を高く評価する。もっとも、『ドルード』の中心となる「ミステリーと殺人」を、「ディケンズの芸術の真の題材」からは程遠い俗悪なテーマと批判するのは、そのミステリー的展開こそが、作品の常ならぬ緻密な構成を生み出したことを思うと、[4] 論理矛盾と言えなくもない。

ギッシングが、『ドルード』の欠点とする「ミステリーと殺人」の要素を、『三文文士』の創作にあたって自分の作品からは排除しようとしたのは明らかで、『ドルード』のエドウィンとは違い、リアドンは風邪をこじらせて肺炎で死に、読者の興味を引く謎や超自然的な出来事も一切見当たらない。では『ドルード』を意識しつつ独自の作品を作り出す中で、ギッシングはディケンズをどのように援用し、どのように書き換えたのか。

それについて、これまでエドウィンは叔父ジャスパーによって殺害されると述べてきたが、じつは『ドルード』は執筆途中に作者が亡くなって未完となった作品で、エドウィンが本当に殺されたのかどうかは実際の作品では不明のままだ（図版②）。しかし、一八六九年にディケンズが語ったという作品の構想が、ジョン・フォースターの『チャールズ・ディケンズの生涯』第一一章第二節に引用されており、その縮約版を書いたギッシングは、フォースターの記述を要約して

叔父が甥を殺す物語になる。その犯行は、目的を遂げるためには必要ではなかったことが犯行直後に明かされ、死体が投げ込まれた石灰の腐食作用を受けなかった金の指輪のおかげで、最後に全てが明るみに出る。ローザはターターと結婚し、クリス

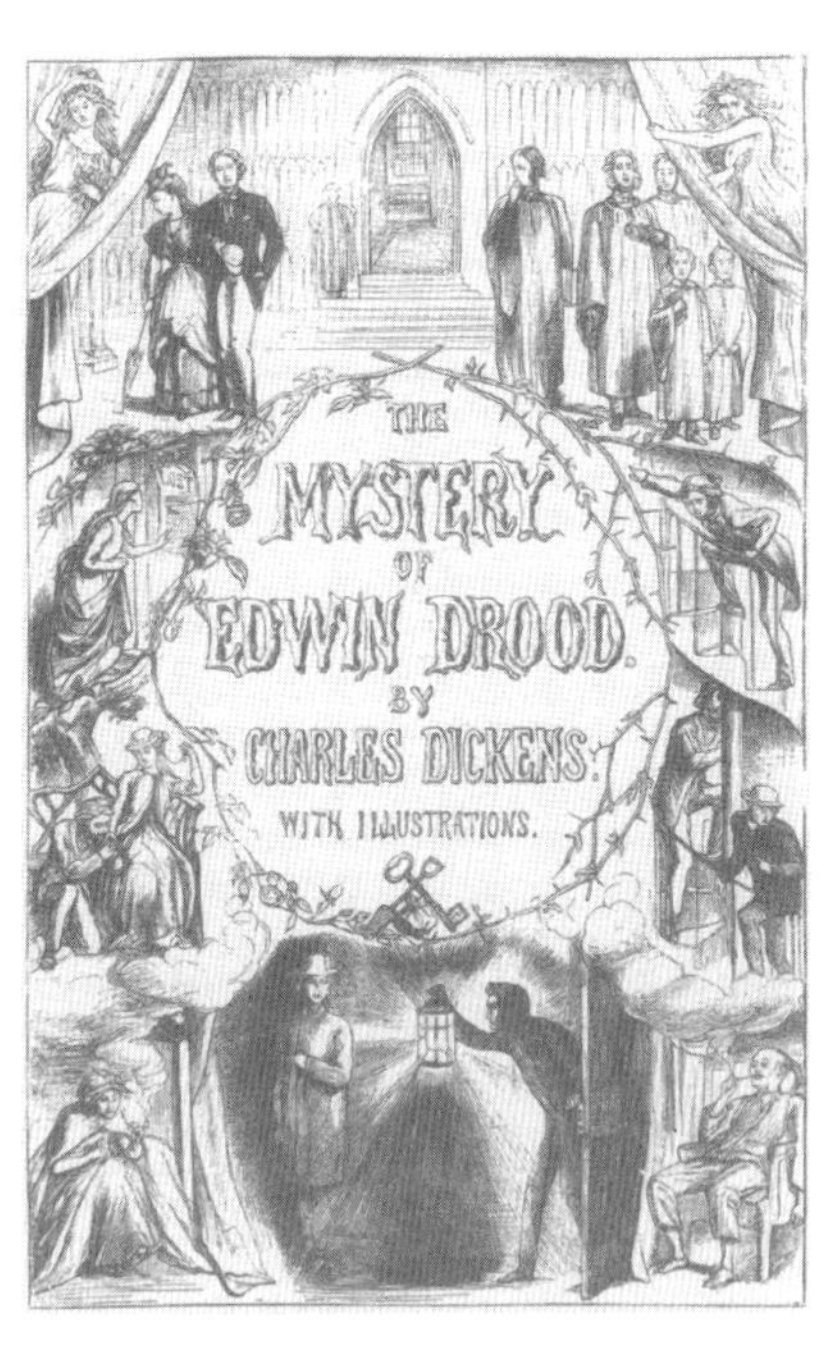

図版②『エドウィン・ドルードの謎』月刊分冊の表紙絵

ディケンズの指示のもとに描かれたこの表紙絵には、未だ小説に書かれていない場面もあり、ディケンズの意図を解く手掛かりと考えられる。表紙絵の一番下に描かれている場面は、エドウィン生存説の根拠でもある。

パークルはランドレスの妹と結婚するが、ランドレスはタータによる犯人逮捕を手助けする最中に死ぬ。（第一八章）

と書いているから、ジャスパーによるエドウィン殺害の事実を、ギッシングはプロットの重要な核と意識していたはずだ。

上の要約にある「犯行の目的」とは、甥の許嫁ローザに対するジャスパーの野心で、彼はエドウィンを溺愛していると見せながら、ローザ本人が「あの人はその眼差しで私を奴隷にしたの」（第七章）と言うように、その目の魔力によって実際には「一言も発することなく」ローザに言い寄る。そして、エドウィンを殺してその罪を、彼と対立していたネヴィル・ランドレスに着せる。しかも、初対面でたちまちローザに恋したネヴィルが、「自分の授かった宝をあまりに軽々しく扱う」エドウィンに腹を立て、ネヴィルの妹ヘレナに一目で魅了されたエドウィンが、「自分を冷ややかに扱って、完全に無視する」ネヴィルに感情を害したことが、二人の対立の始まりとされるから、エドウィン殺害を中軸に展開するこの物語のプロットの原動力として、恋愛を起源とする激しい感情、あるいは理性を離れた不条理な欲情があることは疑いがない。そのことは、ジャスパーに飲まされたアヘン入りの酒のせいで、二人の対立感情が本人の統御を超えて急激にエスカレートすることからも明らかだろう。親の定めた結婚に反発するエドウィンとローザが、「測量技師の見取り図のように前もって測られ、線を引かれ、点を打たれた」（第二章）人生から逃れようと婚約を解消した事実を、ジャスパーが犯行の直後に知る皮肉なプロット展開もまた、エドウィン殺害を合理的な動機を欠いた不条理な出来事と見せる働きがある。麻薬入りの酒や煙草、さらにはその不気味な目の魔力を駆使して、ジャスパーがエドウィン殺害の計画を実行していくことは、企ての知的な巧みさよりは、人々を支配する不可思議な力の存在を読者に印象づける。

物語の冒頭、ジャスパーは、「自身の居場所に安住する、退屈で哀れな聖歌隊指揮者、詰め込み主義の音楽教師だって、時にある種の野心で心を乱すものさ。野心というか、渇望というか、落ち着きのなさというか、不満というか、なんと呼べばいいのかわからないが」（第二章）と、自身の心にわだかまる鬱々たる思いを語っていた。刺激のない「窮屈で単調な生活」が生み出す精神的抑圧と、その反動としての狂気。ジャスパー自身もその正体を把握できない無意識の欲望こそが、彼が甥の許嫁を「狂おしく愛し」（第一九章）、アヘンが生み出す「天国と地獄のヴィジョン」に身を任せた挙句、夢の中で何度も試みた甥殺しをついに実行する要因なのだ。『ドルード』でディケンズが描こうとしたのは、この得体のしれない力に翻弄される人間の姿であって、「ミステリーと殺人」はその不可解な世界を表現する重要な手段なのだ。

ギッシングの『三文文士』においても、たとえばミルヴェインに抱きしめられたメアリアンが、「激しい喜びの波」（第二四章）に「過去の記憶も未来の予測も吹き飛ばされ」、人間が「型にはまった知の世界から完全に逃れ出て、生の実感を味わう」一瞬が描かれてはいる。しかし、メアリアンの恋の相手のミルヴェインは、「結婚はわずかな好みが、状況に押されて、徐々に強い性的感情に高められたもの」（第二二章）で、「同種の感情は、不快でない女だったら誰に対しても生れる」と主張、そうした恋愛感情や性的欲望の意義そのものを否定する。「道徳的、知的、肉体的適合性」こそが「理性的な人間」にとっての最重要事項だと言う彼は、結局のところ、手に入るはずの財産を失ったメアリアンとの婚約を解消して一万ポンドの遺産を相続したエイミとの結婚を選ぶ。ミルヴェインが文壇での地位を確立するのはそのことによってだから、不条理な欲望に支配される『ドルード』のジャスパーとは対照的に、したたかな利害計算によって構築された合理的な知の世界こそが、『三文文士』の世界であるかのように見える。

たしかに、「書くことは商売だ」（第一章）と公言し、「知性を使って金を稼ごう」、あるいは、「文学で出世しようと思えば、金を持つことがますます大切になっている。何より、金を持てば、友人ができるからね」（第三章）と言うミルヴェインは、知力の限りを尽くして金銭を獲得し、その力を最大限に利用して、文壇という商取引の世界で見事に出世の階段を駆け上るかのごとくである。しかしその彼が、「金があれば、僕は気前のいい善人になれる。確かにそうだ。困窮生活の中で最悪の性格が顔を出している哀れな連中も大概はそうさ」（第八章）と、金銭を自分の力で操るのではなく、むしろ金銭こそが人間の運命のみならずその人格をも容易に左右しうる絶対的な力を持つことを認めるのは、どうしたことか。しかも、あらゆる点でミルヴェインとは対照的な価値観を持つはずのリアドンもまた、「富者と貧者の違いは、まさに健常者と障害者のようなものだ」（第一五章）と、金銭の力に言及し、困窮生活の中で「意志のゼンマイが壊れてしまい、どんな決心を口にしても、あらゆることが、自分では予測もできない影響力によって定められてしまう」（第六章）ことを実感せずにはいない。金銭が人格に及ぼす影響は、リアドンの妻エイミが「人間の自尊心がみすぼらしい環境によっていかに巧妙に蝕まれていくか」（第一八章）と告白し、五千ポンドの遺産を得たメアリアンの変化が「金銭は自尊心を守る偉大な砦だ」（第二三章）と描かれることからも明らかだ。つまり、『三文文士』の登場人物たちのすべてが、金銭という人間の統御を超えた不条理な力に支配されており、そのことは、ジョン・ユールの遺産が全くの気まぐれとも見える不可解な形で姪のエイミやメアリアンに遺贈され、その遺産の与えられた時期や金額が、遺産を受け取る当の本人ばかりか、エイミの夫リアドンや、メアリアンの父親、さらに彼女の恋人のミルヴェインなどの周囲の人間の運命さえをも大きく変えていくことに、象徴的に示されている。

「世間というものは、金になると思う何かをしたり生み出したりできない男には容赦がない。……社会は運命と同じように盲目で残酷だ」（第一五章）というリアドンの言葉が端的に示すように、『三文文士』における金銭は、盲目の形で示される運命にも似て、人間の理解を超えた不可解な力として、『ドルード』の欲情と同様、登場人物を翻弄し、物語のプロットを支配する。理性や合理性がコントロールするように見えながら、その実そうした計算が意味を持たない、不条理な力が人間を支配し、翻弄する世界。その意味で、『ドルード』と『三文文士』は、同じ世界観を共有するものだ。しかし同時にまた、『ドルード』を書き換える過程でギッシングがもたらした欲情から金銭へという変化にこそ、「ミステリーと殺人」を排除してよりリアリスティックな物語を作り出そうとする作家の工夫、言い換えれば、ディケンズとは異なるギッシングの世界観や人間観が示されてもいる。ギッシング独自の視点とはどのようなものか、以下にみてみよう。

第三節　読者の権威

『三文文士』におけるプロット展開の原動力が金銭の力にあるなら、それと連動する形で提示されるのが、商業化時代の文学の特質や創作の方法の変化である。たとえば、文壇での成功の秘訣を、「何よりも真っ先に市場のことを考えるんだ。一つの商品の売り上げが落ちたら、すぐさま食欲をそそる新しい何かを提供するのさ」（第一章）とミルヴェインが語るように、作品の購買者である読者の力は、商業化された文壇のあり方と切り離せない。『三文文士』の時代設定は、自ら「一八八二年の作家」と宣言するミルヴェインの言葉によって明確に規定されている。それは、一八七〇年の初等教育法によって、教育委員会の管理のもとに全ての国民に初等教育の可能性が開かれてから十二年が経過し、二年前の一八八〇年には初等教育が義務化された時期、教育改革の成果が現実のものとなり、今までにはない膨大な数の読者層が誕生した革新的な時代だ。[5] ミルヴェインの、「公立小学校出の子供たちのような新しい世代の趣味にピタッとくれば、誰にだって広大な活動の場が開ける。ぶりっ子はダメ。時代遅れだね。ある種の下品さを身につけないと」(第三章)という言葉は、そうした新しい読者層の急激な拡大と、その結果としての文学の変容の可能性を鋭く突く。

こうした時代にあって、ミルヴェインは、「女性雑誌の読者は分かりきったことでなければ、苛々するんだ、絶対にね。当たり前ではない考えが嫌なんだ。そんな雑誌に――いやどんな大衆相手でもそうなんだが――物を書く術は、下品な考えや感性を持つ連中が喜ぶように、下品な考えや感情を表現することさ」(第二八章)と言い放つ。一見したところ、愚かな読者を見下すように見えるが、顧客となる読者層とその嗜好を的確に把握し、それに適合する作品の製造を旨とする点で、じつは作者に勝る読者の権威をはっきり認めている。同様の姿勢は、ミルヴェインの妹ドーラと結婚するウェルプデイルが、「不完全な教育を受けた連中、つまり公立小学校から輩出される膨大な数の新しい世代」(第三三章)をターゲットとする雑誌『チット・チャット』(図版③)の構想を披露する、「彼らが欲しがるのは、最高に軽くて中身のない雑談みたいな情報だ。ほんのちょっぴりの物語、説明、醜聞、冗談、統計、愚行さ」という言葉から

TIT-BITS
FROM ALL THE MOST INTERESTING
BOOKS PERIODICALS AND NEWSPAPERS IN THE WORLD

No. 1.—Vol. I. PRICE ONE PENNY. Oct. 22, 1881.

"TIT-BITS."

図版③ ウェルプデイル発案の『チット・チャット』のモデルと言われる『ティット・ビッツ』

1881年10月にジョージ・ニューンズによって創刊されたこの週刊雑誌には、コナン・ドイルが後に『四つの署名』を寄稿している。

も読み取れる。

『チット・チャット』の企画を披露しながら、「ガラクタだって価値のある記事になるよ。うまく扱いさえすればね」(第三三章)と言うウェルプデイルや、自分の書く記事を「ガラクタには違いないが、非常に特殊な、良質のガラクタなんだ」(第一四章)と主張するミルヴェインにとって、作家の力量は、書かれる内容の豊かさではなく、空疎な内容を読者の好みに合わせて言い表す表現の巧みさにこそある。その結果生じるであろう作品内容の空洞化は、ミルヴェインが昨今の激しい「本の生存競争」(第三三章)に触れて、「飾り気のないありのままの真実なんかに耳を傾ける奴はいない。大衆の耳を捉えるには、大声で叫ぶしかない」と言うことからも明らかだ。彼らが文壇で名をなす一方で、「馬鹿みたいに良心的で、『芸術家』と呼ばれたがる」(第一章)リアドンや、「大真面目に努力して、自分は芸術作品を生み出していると考え、その野心を猛烈な良心を持って追求」(第七章)するアルフレッド・ユールのように、作品の芸術的価値にこだわり、内実を磨いて作家の権威を維持しようとする者が、ことごとく敗北して文壇から姿を消すことを思えば、こうした読者層の拡大が、文学作品の質的変容と芸術家たる作家の地位の喪失に、いかに大きなインパクトを与えたかが理解できる。

「特定の社会階層を扱わず」(第五章)「地方色を欠いた」リアドンの作品は、本来「純粋に心理学的な面白さ」が売り物で、「大衆受けはまったく望めない」が、「少数の洗練された読者の食指をそそる知的熱情」を特徴とした。しかし、生活が窮乏するにつれて、彼は「自身の想像力の自然な働き」とは相容れない、「多くの読者の興味を引く一種の文学的なびっくり箱とも言うべき『プロット』を案出しよう」と苦闘し、手っ取り早い金銭獲得の手段として、「素早い出来事の連続だけを狙った」(第一六章)短い作品を書いてはみたものの、「卑しい大衆に迎合しようとし始めた」自分に我慢ができず、作品が刊行されないことを密かに期待しさえする。変わりゆく時代の中でリアドンが強いられた作風の変化とそれに伴う心理的葛藤は、新たな読者層が出現する一八八〇年から九〇年代にかけて、多くの作家が陥った創作のジレンマを浮き彫りにするだろう。しかも、さらに注目すべきは、リアドンとミルヴェインとの対比が前景化する、この作者と読者の権威をめぐる様々な二項対立は、ギッシングの『ディケンズ論』のキーワードともなっていることである。

『ディケンズ論』が書かれたのは、「無知蒙昧の『充分な教育を受けていない大衆』」(Collins 18)と「多くのインテリ」との間で、ディケンズに対する評価の隔たりが顕著になり、批評家の多くが「ディケンズの技法の多くを批判しようと手ぐすねを引いていた」時期だ。サイモン・J・ジェイムズが指摘するように、ディケンズの評価をめぐるこの「矛盾」(*Collected Works* 2: 4)は、単に過去の作家の特質を示すのではなく、むしろ読者層の急激な拡大を見た一八八〇年から九〇年代に、多くの作家や批評家が自ら直面していた問題を明らかにする。[6]『ディケンズ論』で、一八三二年の『チェインバーズ・ジャーナル』

や『ナイツ・ペニー・マガジン』の創設に触れながら、ディケンズの時代を「新しい大衆、今までは作家の誰もが相手にせず、最も安い形で出版されて初めて出版物が手に入る階層が台頭してきた」（第三章）時代とギッシングが評するのは、およそ半世紀を隔ててはいるものの、自身の時代と共通する問題を、彼がディケンズという作家に探ろうとした結果ではないか。

「大衆が全て」（第四章）ではないが、「ご贔屓を怒らせる自由」を求めない作家ディケンズの矛盾を、「読者の共感こそが彼にとっての活力で、その共感が完璧であればあるほど、作品を評価でき」、さらには、「彼を丸ごと理解するには、儲け主義の側面を認めねばならないが、そうした商売人的精神がもたらす最悪の結果から彼が逃れられたのは、天賦の才能のおかげだ」と『ディケンズ論』で解説するギッシングは、最終的にディケンズの特質を以下のように要約する。

> ディケンズは自身の意図やテーマを変えたかもしれないが、変えてやったとは一度も考えなかった。この点で、彼は真の民主主義者だった。また熟考の結果ではないだろうが、世間に受け入れられなければ最高の芸術ではないと信じていた。同時に、世間の選択の正当性を証明しようと、彼ほど一所懸命努力した人間はいない。（第四章）

ディケンズを擁護すると見えて、なんともアンビヴァレントな彼の思いが染み出している。そこには、読者層の急激な拡大が必然的に作家に強いることになった矛盾や抑圧を、矛盾と感じずに生きられた過去の作家に対するある種の羨望と軽蔑が複雑に絡み合っているようだ。「一般大衆の夢を具現化し、彼らのために明るい現実を据える」（第四章）ことを、「単なる商売人の狡猾さや、芸術的感性の鈍さ」でなく、「完璧な共感の力」をもって行えたと、ギッシングが『ディケンズ論』で言う時代。[7]あるいはそうした時代を体現するディケンズという作家。「商売人の狡猾さ」を発揮して読者に迎合することで成功を勝ち取るミルヴェインと、「芸術的感性」にこだわり没落するリアドンを中軸に、売れない作家たちの苦闘と葛藤を描く『三文文士』でギッシングが企図したのは、商売と芸術、作者と読者がすでに分離した時代にあって、彼自身が直面したジレンマを、ディケンズとの批判的対話を通して提示することではなかったか。

第四節　リアリズムのゆくえ

ギッシングは、『ディケンズ論』で、読者の反応を重視するディケンズの姿勢を論じ、「この姿勢が日常生活を描く芸術家としてのディケンズの正直さに影響しているのか。どの程度、またどの方面なら、読者を喜ばせたり怒らせないために、事実を偽装し、状況を修正する自由があると感じるのだろう」（第四章）と、読者との関係性の問題を、リアリズムのテーマと結びつけて提示する。じっさい、ギッシングは自分たちの時代の小説作法とディケンズのそれとの最も大きな相違点に、「厳格な真実味、あるいはリアリズム」があるとも言う。興味深いことに、『三文文士』においてディケンズが直接引き合いに出されるのは、まさしくこのリアリズムの議論においてなのだ。「卑しいが真っ当な人々の世界を徹底して写実した作品」(第一〇章)を書くことを目指す、リアドンの友人のビッフェンがその理念の斬新さを説明する言葉を引く。

「どこにでもある卑しい生活を忠実に、真面目に描いた作家というのは、まだお目にかかったことがない。ゾラが書いたのは巧みな悲劇だ。彼が描く最も卑しい人物でさえ、その強力な想像力が生み出すドラマの中では、本来の場所を離れて英雄的になってしまう。僕が書きたいのは、本質的に英雄的ではない人物、下劣な環境に翻弄される大多数の人間の日常生活なんだ。ディケンズはそうした作品の持つ可能性を理解していたが、一方でメロドラマを志向し、他方ユーモアもあったから、その可能性を突き詰めて考えられなかった」(第一〇章)

ビッフェンはさらに、下層の生活を「滑稽に」(第一〇章)描くディケンズや、「理想化する」他の作家とは異なり、「正直に報告する以外は差し出がましいどんな視点も何一つほのめかしたりはせず、一字一句誤りなく再現する」ことの重要性を説くのだが、こうした彼の姿勢は、まさにギッシングが当時の文学の主流とする「厳格な真実味を求める一派」のものだ。自己の創作理念を際立たせるために、同様に下層の生活を写実的に描いたディケンズを引き合いに出すことで、メロドラマやユーモアに頼って「行き過ぎ(extravagance)」に陥るディケンズを一見批判するかに見えて、そのディケンズと並んで、ギッシングが傾倒した自然主義作家の代表者ゾラ(図版④)を比較対象としていることに注意すべきだろう。つまり、ビッフェンの言葉は、先輩作家との差異のみならず、彼らとの相似、さらには、ディケンズとゾラの間の隠れた共通性をも主張しているのだ。しかも、ビッフェンは、こうした創作理念に基づく作品が、少なくとも「一般的な読者」(第一〇章)には「言葉にならないほど退屈」である事実を十分に認識しており、じっさい、彼の作品『雑貨商ベイリー』は、ミルヴェインの好意的な書評にも拘らず、世間に認められないまま彼はついに絶望の中で服毒自殺を遂げる。つまり、ギッシングは、ビッフェンの造形を通して、自身をも含む当時の厳格なリアリズムと彼らが批判の対象とするディケンズとの共通性を示唆するとともに、当時主流となったリアリズムそのものにも、批判的な視線を投げかけているのである。

ビッフェンが「教養の世界の心理的リアリスト」(第一〇章)と呼ぶリアドンとは、同じリアリストとされながらも、ビッフェンは扱う階層も描写の力点も対極にある。両者の違いは、上品な生活を望むエイミとの別居を余儀なくされ、労働者階級の娘を妻とすべきだったと嘆くリアドンを、ビッフェンが「恥知らずのロマンチスト」(第二七章)と非難して、身分違いの結婚がもたらす「真の結末」を、彼の経験を交えて語ることからも

図版④ 1880年に刊行された『メダンの夕べ』第4版の扉

ゾラやモーパッサンをはじめとする自然主義作家6人がそれぞれ普仏戦争を題材とするリアリスティックな作品を寄せたこの本は、フランスにおける自然主義宣言の書として知られている。

明らかだ。この一見対照的な二人を評して語り手は、

> しかし、粗野で混乱したこの世の労働市場に完全に不向きな人間を想像してみるがいい。彼らは、通俗的な視点から見れば価値のない人間だが、人道的な社会の道理に照らし合わせて見れば、あっぱれな市民なのだ。（第三一章）

と、むしろ両者の共通点を指摘するのである。二人ながらに「この世の労働市場」の敗北者として死に至るリアドンとビッフェンは、古典を尊重し、イタリアやギリシアへの憧れを抱き、エイミを愛し、最後まで友情を保ち続ける。ジョン・ハルパリンは、『三文文士』のリアドンは「ギッシングのペルソナ」(Halperin 141) で、他の書き手たちは全て「多様な諷刺の対象」だとする一般的解釈の妥当性をある程度は認めながら、じつは彼らの全てが、ギッシングの「自己を劇的に言い表そうとする衝動」から生み出された可能性を指摘し、[8]「ゾラ流の小説家を目指す」(144) ビッフェンを通して、ギッシングは「若き日の自身の文学的野心を風刺した」と言う。

しかし、一見対照的と見えて通底するこのビッフェンとリアドンの造形は、先に見たビッフェンのリアリズムとディケンズとの差異を含んだ類似をも考えれば、ギッシングとの関係のみならず、ディケンズとの関わりをも意識したものと言えよう。たとえば、「それと知りながらいい加減な作品を書くことから尻込みし」（第四章）、「一流になれないと分かっていても、作品

をできる限りよくしようと努力」せずにいられないリアドンは、『ディケンズ論』でギッシングが言及する、ディケンズが「十分な資格のない寄稿者の作品」（第四章）を『ハウスホールド・ワーズ』に掲載するために、「四時間もかけて注意深く」切り貼りしたというエピソードを彷彿させる。ギッシングが言うように、そこには明らかに、「大衆が全て」ではないディケンズの芸術家としてのこだわりが垣間見え、リアドンは、ディケンズのこの側面を体現しているようだ。さらに、定められた用紙四枚分を毎日ノルマとして執筆し、作品完成までの日数を正確に計算するリアドンの執筆方法（第九章）や、時にノルマを早く終えて、夜のロンドンの通りを徘徊、途中で「最良のアイデアが思い浮かぶ」（第一五章）と「喜びに有頂天になって屋根裏の自分の部屋に戻り、寝床に入るまでに必死でメモを書いた」という『三文文士』の記述も、たとえば一日にこなす仕事量の点ではかなりの差はあるものの、ディケンズの創作方法を思い起こさせる。[9] しかも、リアドンは、「芸術の主題」（第三一章）としてのロンドンの意義を認めながら、かつて「知的生活の中心」として憧れたロンドンが、すでに「過去の文学」が作り出した「幻影」にすぎなくなっている事実を指摘し、知的な若者が「真に住むべき場所は、そこから遠く離れた穏やかな土地」だと主張する。そのことは、ロンドンを作品の舞台に据えてきたディケンズが、「子供時代を過ごしたロチェスターという古い町」（第三章）を『ドルード』の舞台としたことを、「適切で頼もしい選択」だと『ディケンズ論』で褒めるギッシングの言葉に通じよう。「ギッシングのペルソナ」であるリアドンには、同時にまた芸術家としてのディケンズの、とりわけ執筆活動に関する側面が、いくつかの相違も含みながら重ねられており、リアドンの造形を通して、読者はギッシングとディケンズとの類似と差異を意識することになる。

　そのリアドンと対極にあるはずのミルヴェインにもまた、ディケンズを想起させる要素があるのは、いっそう興味深い。もちろん、「僕は、確かな文学的価値を持つものは一生涯書かないだろう。いつだって、書く相手の大衆を軽蔑することになるが、それでも僕が歩むのは成功の道さ」（第六章）というミルヴェインは、ギッシングが『批評的研究』で「完璧な共感の力」によって「一般大衆の夢を具現化」しようとした「真の民主主義者」と呼ぶディケンズとは対照的な側面がある。しかし、ジャーナリストとして成功の階段を駆け上るミルヴェインは、すでに述べたように、報酬にこだわる商業主義的な思考や、読者大衆の共感が得られるかどうかを創作における第一原則と考える姿勢が、明らかにディケンズと一致している。リアドンとミルヴェインという対照的な二人の主人公は、ギッシングがディケンズの中に発見した矛盾する二つの側面、すなわち「大衆が全てではない」芸術家としてのディケンズと、「ご贔屓を怒らせる自由を求めない」商人としてのディケンズを、分散して体現した人物と言える。ギッシングは、ディケンズにおいて無理なく融合していた二つの要素が、互いに相容れないものとして分離した時代にふさわしく、相矛盾するその二つの要素を、二人の対照的な主人公に個々に付与した。しかもその主人公は、すでに述べたように、ギッシング自身の異なる側面が投影された彼の一種の分身でもあるのだから、彼自身でもあればディケンズでもあるそれらの登場人物との類似と対比を通して、ギッシングは時代の特質と作家としての自己のアイデンティティを探ったと言えるのではないか。

こうしたディケンズとの対話を通して浮かび上がってくる時代の変化を、もっとも皮肉な形で表しているのが、リアドンの妻エイミが見せる「際立った知的成熟」（第二六章）だろう。リアドンの死後、ミルヴェインと再婚に至るエイミが、『ドルード』におけるエドウィンの婚約者ローザと重なる位置にあることはすでに述べた。じつはローザは、『ディケンズ論』において、「ディケンズが描く知的で思いやりのある女性登場人物の中で」（第七章）抜群の出来だと、ギッシングが賞賛するヒロインである。もっともその『ディケンズ論』で、ギッシングが注目するのが、「愚かな可愛さを脱ぎ捨てて、合理的な人格の力で行動するに至る」ローザの人格的成長であるなら、エイミの人物造形の焦点は、読者としての変容にこそある。

リアドンと結婚した当初、彼女は「純粋に文学的な長所」（第六章）を見出す「鋭い目」を持ち、「一般の読者が全く気づかないような長所や短所を指摘して、彼女の夫にゾクゾクするような最高の喜びを与えた」。その反応は、「女学生の最終学年」（第二六章）程度の教育しかなかった彼女が、「リアドンの影響に身を任せ」、「大いに有益な知性の訓練」を受けた成果だが、その知的訓練は、同時に夫の「文学的趣味」とは異なる「精神が自然に向かう方向性」を彼女にはっきりと自覚させた。リアドンとの夫婦関係が破綻して別居に踏み切った彼女は、「リアドンがとても共感できないような読書への衝動に身を任せる」が、その彼女の読書の実体は、以下のように説明される。

> 哲学的な思想で、何か斬新で大胆な匂いのするものは何でも彼女の好みに合った。大衆化された専門知識とでも言うべき書き物、教養はあるが、厳密には学問的でない人々向けの、芝生のあるウェスト・エンド以上の社会で会話のネタの宝庫となる書き物を、山ほど読んだのだ。……彼女は典型的な新しい女、ジャーナリズムの企画と足並みを揃えて進化する女になろうとしていた。（第二六章）

ミルヴェインやウェルプデイルが言う公立小学校出身の教養のない大衆ではない、新しい読者の存在がここに示されている。ミルヴェインの妹たちが、「とりわけ女性の場合、貧しい獣医の子供に許される素朴な生活領域の外にあるものを理解することを、誰も奨励しない」（第三章）二十年前とは異なり、新しく設立された女学校で、「彼女たちの物質的な生活状況とは全く不釣り合いな知的訓練」を受けたように、エイミもまた、新しい教育制度の影響を反映して出現した女性読者層を体現する。しかし、古典教育を基盤とするリアドンやビッフェンとは教養の質が異なるとはいえ、エイミをはじめとするこれら女性読者が、無教養な大衆読者とは異なるその知的レベルの高さを強調されていることに注意する必要がある。[10]

『三文文士』の書き手たちは皆、教養のない大衆の下品な趣味と、作家が本来追求すべき芸術的理想とのギャップに悩まされてきた。しかし、ここで注目すべきは、そうした無教養な読者ではない、十分な知的成熟を遂げ、理想の読者へと成長したはずのエイミが、むしろ彼女に知的教育を施したリアドンの思いとは正反対の価値観や嗜好を持つに至ることである。リアドンもビッフェンもエイミを愛する者たちは、新しい時代の知的読者の開拓の可能性をそこに見出しながら、結局はそれを果たせず破滅するのに対して、「現代の文学少女の好例」（第二章）と呼ぶメアリアンと婚約しながら、最終的に「賢い女学生に過ぎない」（第三七章）彼女を捨て、リアドンの妻のエイミとの再婚を果たすミルヴェインは、彼女の財産によって念願の「自立という輝かしい特権」を獲得する。こうした物語の展開は、商業化の時代における金銭の影響力や、いわゆる愚かな大衆読者の勃興による文学的価値の下落ではなく、むしろリアドンたちが頼みとしていた知的読者までもが、新たな教育環境の中で、大衆読者と同様の嗜好や感性の持ち主へと変貌しつつあることをはっきりと示している。しかし、ギッシングの悲観的な見方とは裏腹に、そうした知的読者の変容は、ハイカルチャーとローカルチャーの境界を超えて、分離していたはずの芸術と商業、知識人と大衆とが再び融合する、新たな時代の到来を予感させもする。そこに、過去へのノスタルジアと未来への冷徹な眼差しに引き裂かれた作家ギッシングの、最大のパラドックスが潜んでいるように思われるのである。

注

1　『三文文士』のサイクスの綴りは Sykes だから、ギッシングの学友で「ジョージ・ギッシングの初期学校生活」を書いたT・T・サイクス (Sykes) に由来するとも言えるが、彼が泥酔して拘置所に入れられるエピソード（『三文文士』第二七章）は、むしろ盗人サイクスとのつながりを示唆しよう。

2　『三文文士』の冒頭、ミルヴェインは公開処刑に言及し、社会的現実に感情的に反応する無意味さを強調するが（第一章）、それは、サッカレーの「人が縛り首になるのを見に行く」（一八四〇）やディケンズの『タイムズ』紙への手紙 (*Dickens Letters* 5: 644-45) など、ヴィクトリア朝中期の作家の公開処刑への反応を意識したものと考えられる。したがって、サイクスと深いつながりを持つビッフェンのこの場面からも、ディケンズ小説への意識が読み取れる。

3　たとえば、弟のアルジェノン宛ての一八七八年五月二日付、及び一八八五年七月一九日付書簡 (*Gissing Letters* 1: 86, 2: 320) や、妹マーガレット宛ての一八八一年七月十日付書簡 (2: 52) 参照。

4　ディケンズの創作ノートから、エドウィン殺害に向かって、登場人物の導入の時期や関係性の構築などを、作家が綿密に計画していたことが分かる (cf. Dickens, "Appendix 2," 281-93)。

5　もっとも、オールティックは、読者層の拡大に対する初等教育法の直接的影響には懐疑的である。Richard D. Altick, *The English Common Reader: A Social History of the Mass Reading Public 1800-1900* (Chicago: U of Chicago P, 1957) 171-72.

6　ジョージ・H・フォードは、ディケンズ評価の下落に、フォースターの『チャールズ・ディケンズの生涯』第一巻に対するジョージ・ヘンリー・ルイスの一八七二年刊行の書評が大きな役割を果たし、その復権が成ったのは、一九二〇年代になってからとする。もっともそうした評価の大きな変化は、自然主義や唯美主義など、当時主流となった文学運動の信奉者によるもので、一般の読者の間ではディケンズ人気は衰えることがなかった (Ford 227-66) と述べて、当時の文学運動と一般大衆との分離の実態を示唆している。

7　エイドリアン・プールも、読者との共感と作家の権威を兼ね備えたディケンズに対するギッシングの憧憬を論じている (Poole 108-12)。

8　ハルパリンは、ミルヴェインやウェルプデイル、さらにビッフェンやユールにもギッシングの投影を見る (Halperin 145-47)。

9　フォースターの『チャールズ・ディケンズの生涯』縮約版で、ギッシングは、『骨董屋』(一八四〇~四一) 以前のディケンズが主に夜に執筆していた事実に触れ、「十二時半までに十一枚をみっちり書いたが、章を仕上げるまでにはあと四枚書かねばならない」(第四章) あるいは、「昨晩十六枚まで行ったが、寝るまでに三十枚まで書かねば」というフォースター宛てのディケンズの手紙を引用する。一日四枚しか書けないリアドンとの違いもそこに示されてはいるが、ギッシングがフールスキャップ (foolscap) と呼ばれる罫線を引いた紙を用いているのに (Coustillas, *Heroic Life* 1: 135)、リアドンやディケンズがスリップ (slip) を使っていることから、リアドンにディケンズのイメージを見ることもできる。さらに、ディケンズが夜の散歩を好んで、そこからインスピレーションを得ていたことは、『ボズのスケッチ集』(一八三六) をはじめ、ロンドンを歩く数多くの作品から明らかだ。マイケル・ホリントンも言うように、夜の散歩は、ド・クインシーやラムにも共通するが (Hollington 71-87)、ディケンズへの意識をそこに読み込むことは可能だろう。

10　ジョン・ケアリーは、ギッシングが女子教育を否定的に描いた背後に、妻との関係や進化論の影響を指摘しつつも、彼のそうした姿勢が下層の女性に限定され、彼がじつは自分の妹の教育には熱心で、女性の知性にも深い敬意を払っていた事実を指摘する (Carey 98-104)。とはいえ、女性を理想の「読者」と見る視点はディケンズにも共通する一般的な見方でもあるから (新野、一四一~四五)、『三文文士』でギッシングが読者としてのエイミの変容を描いたのは、女性の知的教育というようなジェンダーの問題を提起するためではなく、一般的な意味での「読者」の変容を示すためだったと見ることもできよう。

第十一章

原本と縮約版

──二つの『チャールズ・ディケンズの生涯』──

楚輪　松人

エレン・ターナンの写真（撮影者・撮影時期は不詳）

当時18歳、ディケンズが出会った頃の「ネリー」。ギッシングの『縮約版』から「消された女」は後代の伝記によって復活することになる。

第一節　伝記とディケンズ

伝記。ある個人の生涯にわたる事跡を叙述した記録は、文学研究に必要だろうか。二十世紀には伝記に対して異議が唱えられた。D・H・ロレンスの「芸術家をゆめ信じるなかれ。信じるなら物語の方をだ。批評家の正しい機能は、物語を、その作り手である芸術家から救いだすことだ」という名言は忘れがたい。[1] これを徹底すれば、作家の日記や書簡に加えて、屋上屋を重ねる伝記作者という族はこの世から駆逐されねばならない。「作者の死」のロラン・バルトによれば、紡がれた言葉の糸を解くのは読者である。「テクストの統一性は、テクストの起源ではなく、テクストの宛先にある。……読者の誕生は、〈作者〉の死によって贖わなければならない」[2]——これを徹底すれば、作家や作品という概念を生成させようとする伝記作者はその存在理由を失う。

ディケンズの伝記に対する態度は曖昧である。生前は、ジョン・フォースターをその伝記作者と指名し、そのための資料を提供していた。その成果がフォースターの『チャールズ・ディケンズの生涯』（一八七二～七四、以下、『ディケンズの生涯』と略記）である。フォースターは言う。「この伝記を書くことができたのは、彼が他界の寸前まで私を信頼して、資料を託してくれたお陰なのである」（第一章）。ディケンズは、フォースターの『ゴールドスミス伝』（一八四八）を読了後、その上梓を慶賀する手紙の最終段落に記している。

> 清潔整頓が大好きな小生も、やがて我が身の塵と化すのがいかんともしがたくなった時、我が名声のためには、大兄のような伝記作者であると同時に優れた批評家である人物によって扱われること以上の望みはあり得ません。いま一度、厳粛に言います。英国の文学は、大兄ほどの擁護者（チャンピオン）をかつて持ったことはなかったし、おそらくこれからも持つことはないでしょう」
>
> (*Dickens Letters* 5: 290; Apr. 22, 1848)

しかし、ディケンズの「遺言」は、生前の言葉とは裏腹に、伝記に関する要望を覆す。

> 私が祖国によって記憶される資格があるとすれば、それはただ私が世に送り出した作品の実績にのみ基づくべきものであり、また友人諸氏によって記憶される資格があるとするならば、それは上記のものに加えて私に関する彼らの経験にのみ基づくものである」
>
> （『ディケンズの生涯』「付録」）

遺言は伝記不要説を唱える。小説家としてのディケンズを知るには小説を読めば十分であり、人間としてのディケンズについては〈通り抜け禁止〉なのである。

以下の小論では、フォースターの『ディケンズの生涯』と、それを三分の一の長さにしたギッシングの縮約と改訂（一九〇二、

図版① ルーク・ファイルズ『主なき椅子、ギャズヒル、1870年6月9日』
(『グラフィック』1870年クリスマス号、タイトルの日付はディケンズの命日)

机と椅子はその主の死を嘆いているのか？

以下、『縮約版』と略記）を考察の対象とする。ディケンズとギッシングについての二つの伝記の考察は、第一に、ディケンズとギッシングの類似点と相違点を、第二に、伝記の執筆を通してディケンズ文学の意義を絡め取ろうとしたフォースターとギッシングの企てをディケンズが巧みにスリ抜けたことを明らかにするからである。読者はフォースターとギッシングの伝記に実像のディケンズを発見することはできない。ディケンズは彼らの追手を逃れた。主人公不在の伝記。彼らのディケンズ伝記は、比喩的に言えば、まさしくギッシングがエッセイ「ディケンズの思い出」(一九〇一) で言及した、ディケンズの逝去を報せるルーク・ファイルズの絵画（図版①）、『主なき椅子』が表象するものに他ならない。『グラフィック』の一八七〇年クリスマス号に掲載されたこの絵図が示すように、ディケンズはそこにはいないのである。しかし、ディケンズは何処かにいる。神出鬼没の「かげろう小僧 (Artful Dodger)」として。

第二節　「文学の尊厳」の擁護者、フォースター

ジョン・フォースターは、生身のディケンズを知る人物によって書かれた最初の注目すべき伝記の著者として、その名を英文学史に残している。例えば『研究社英米文学辞典』[3] (第三版) では、「イギリスの伝記作家・批評家」と説明され、『ゴールドスミス伝』、『ランダー伝』、『スウィフト伝』、『ディケンズの生涯』など一連の著作が紹介されている。ヴィクトリア朝の一時

期（一八三〇～四〇年代）、英国では最も重要な文学者の一人であった。ロンドン大学を卒業後、弁護士となり、チャールズ・ラムやリー・ハントの仲間となり、文壇の世界に入ると、同時代の綺羅星のごとく居並ぶ文学者たち、マクリーディ、ランドー、カーライル、ロバート・ブラウニング、テニスン、ディケンズなど、文学界の名士たちの知己を得たのである。フォースターについて銘記すべきことは、その生涯が「文学の尊厳（ディグニティ）」のために捧げられた生涯であったということである。数々の作家の伝記を執筆したのも、文学者の社会的体面（リスペクタビリティ）のための活動の一環であった。その活動の原動力は、イングランド北部ニューカッスルの肉屋の倅であったという出自に対する劣等感と同時に、より高い社会的地位に対する憧憬であった。当時の多くの名士がそうであったように、その生涯は貧困からの脱出の試みであった。社会の階梯を昇り、遂には時代を代表する文学者の一人となったフォースターは、まさしく立身出世の成功物語を地で行く成上り者（パーヴェニュー）であったのである。

「文学の尊厳」の擁護者としてのフォースターの生涯のハイライトは、文字通り「文学の尊厳（Dignity of Literature）」にまつわる大論争である。事件の発端は、一八五〇年一月、サッカレーが刊行中の『ペンデニス』（第十一月刊分冊）で文学者を諷刺したことにある。それに反応した『モーニング・クロニクル』(Jan. 3, 1850) の社説が契機となって、「文学の尊厳」をめぐる論争が開始された。フォースターは、自らが編集長を務める『イグザミナー』(Jan. 5 & 19, 1850) で、サッカレーを非難する形でその論争に参戦する。文学者を弁護するフォースターと『モーニング・クロニクル』からの非難に応える形で、サッカレーは自己弁護の反駁を『モーニング・クロニクル』(12 Jan. 1850) に寄せる。この論争は、結局、サッカレーの敗北で終わり、彼を懲らしめることになったが、ヴィクトリア朝全盛期の一八五〇年、「文学の尊厳」をめぐって三つ巴のホットなディベートが展開されたことは特筆に値する。文学をめぐる大論争が可能であった一八五〇年のロンドンは、まさしく文学者の百花繚乱、文学の楽園であった。

『ディケンズの生涯』は、フォースターが取り組んだ最後の伝記である。その執筆には特別な意味があった。迫り来る死。事実、その上梓から二年後、フォースターは六四歳で亡くなっている。『ディケンズの生涯』の著作こそ、彼に与えられた生涯最大の使命であった。最晩年に書かれた最後の伝記は、彼の文学活動の集大成として、フォースターが遺した〈大いなる遺産〉であったのである。その始まりは、一八三六年のクリスマス、エインズワースを〈互いの友〉として、ディケンズとフォースターの遭遇にある。『ピクウィック・クラブ』（一八三六～三七）と『オリヴァー・トゥイスト』（一八三七～三九）を同時並行の形で執筆中の若き獅子と、『イグザミナー』の演劇批評家との出会いであった。それ以降、二人は生涯の友となる。フォースターにとって、ディケンズとの出会いは運命的な出会いであり、千載一遇の好機であった。フォースターは、多士済々の文学者たちの中から、同い年のディケンズの中に、彼自身も含めて文学を生業とするすべての文学者たちの社会的信望を体現する存在、芸術の尊厳と品格を実現するのに相応しい可能性を見出したのである。ディケンズの小説の原稿や校正刷りを読み、批評を提供し、法律の専門家の立場から、契約を更新し、投資を管理し、代理人として著作権を管理し、そしてその伝記を著したのである。「この時期［一八三七年十月］以降、彼の書いたもので、原稿ないし校正刷りの段階で、世に出る前に私が目を通さなかったものは一つもなかった」（第二章）。ディケンズ文学の最大の理解者であることを自負するフォースターの言葉である。

　三三年間、公私において、ディケンズとその生涯を共にしたフォースターは断言する。文学美術協会（The Guild of Literature and Art）のための運動こそディケンズの生涯における最大の営みであったと。「この協会に対するほどにディケンズが熱心に自己を傾注した生涯の計画はなかった」（第一一章）。しかし、世論はディケンズに味方していたわけではない。例えば、サッカレーは、「紳士」が文筆で生計を立てることを疑い、ギルド設立に対しても『フレイザーズ・マガジン』(Mar. 1846) で、当初からその設立運動を攻撃していた。サッカレーの諷刺の極め付きは『パンチ』(Oct. 9, 1847) に掲載された「パンチが選んだ懸賞小説家 (Punch's Prize Novelists)」である。当代人気の大衆小説家ブルワー＝リットン、チャールズ・リーヴァー、G・P・R・ジェイムズ、キャサリン・ゴア、J・F・クーパー、サッカレー自身の六人の作家たちの文体を滑稽に模倣した戯作（バーレスク）である。実現こそしなかったけれども、ディケンズもサッカレーの諷刺の槍玉に挙げて笑いものにすることが考えられていた。ディケンズは、自ら主宰する週刊誌『ハウスホールド・ワーズ』で「文学美術協会」[4]と題した記事でギルドに対する熱意を明らかにしている。フォーターは、ギルド設立時にディケンズがリットンに宛てた手紙をわざわざ入手して、『ディケンズの生涯』に引用している。

> この計画は、それに必ず与えられるに違いない支援によって実現され、イギリスの文学者の身分を変え、その地位に革命を起こすだろうと心から信じています。この変化は、文学者自身が努力しなければ、いかなる政府もいかなる地上の力も決して達成できないものです。このように立派に着手された計画は、我々が着実な努力を持って実行するならば、成功することは絶対間違いありません。将来、何百年にもわたる文学者たちの平和と名誉とを我々は手中に握っているのであり、貴下は彼らの最も優れた、最も永続する恩人になることが決まっているのだと私は固く信じています。……我々が土に化した後も、我々の属する階級のために、この事業のすべてから、どんなに素晴らしい新しい時代が繰り広げられることでしょう。（第一一章）

しかし、ディケンズの企ては失敗に帰することになる。一八九七年、文学美術協会は解散したのである。

フォーターは考えた。文学者は、全き尊敬に値し、尊厳とリスペクタビリティに相応しいと。しかし、晩年におけるディケンズの最大の関心事、国内外での公開朗読（図版②）は、フォースターにとって頭痛の種となる。理由は明白である。文学者に高邁な職業観を寄せるフォースターにとって、有料の公開朗読は、国民作家としてのディケンズの品格を損ねるものに他ならないからである。

> 高い目標の代わりに低い目標を目ざすことであり、高邁な仕事から低俗なものに移ることであった。また、金銭のために大衆の前に身をさらすという趣きが強く、彼の作家としての職業の尊厳性に関する疑念と共に、紳士としての自尊心についての疑問を喚起するほどのものであった。（第八章）

独善的に語るフォースターの弁である。果たして、その評価は正鵠を得たものであったのか。シルヴェール・モノの「ジョン・フォースターの『ディケンズの生涯』と文学批評」によれば、答えは〈ノン〉である。フォースターの伝記が実像のディケンズを捉えてないことの理由としてモノは断言する。「結局のところ、フォースターは、おそらく本当に偉大な伝記作者ではなかった。彼は力強い思想家でもなければ、才能豊かな作家でもなかったからである」(Monod 373)。つまり、ディケンズはフォースターの理解を超えていたということになる。それでは、その『縮約版』を書くほどにフォースターの『ディケンズの生涯』に傾倒したギッシングのディケンズ理解は正しいものであ

図版② ディケンズの公開朗読（『イラストレイティッド・ロンドン・ニュース』1870年3月19日）

公開朗読は、生涯をかけて追い求めた「お金と喝采」を一挙に与える特効薬であったが、彼の命取りになった。

ったのだろうか。

第三節　三文文士、ギッシング

ディケンズにまつわるギッシングの記憶は、「ディケンズの思い出」(*Collected Works* 1: 47-51) と題されたエッセイに記されている。『タイムズ文芸附録』の前身である週刊新聞、『文学』のディケンズ特集号 (Dec. 21, 1901) に掲載されたエッセイで、ギッシングの死後出版のディケンズ作品論集、『不滅のディケンズ』(一九二五) の巻頭に再録されているものである。ギッシングのディケンズにまつわる最初の記憶は「居間のテーブルの上に置かれた緑色の表紙の薄い本」、『互いの友』(一八六四～六五) の表紙絵 (図版③) であった。七歳の時の記憶である。それから八年後、フォースターの『ディケンズの生涯』の第一巻 (一八七二) が出版された時、フォースターは、文字通りディケンズとギッシングの〈互いの友〉となったわけである。

ギッシングは、その四六年間の生涯で、二二の小説、百以上の短篇、数多くのエッセイと書評を著したが、フォースターの『縮約版』は彼が手を染めた唯一の伝記である。ちょうど道化師『ジョゼフ・グリマルディの回想録』(一八三八) こそディケンズが手を染めた唯一の伝記であったように (『ディケンズの生涯』第二章)。[5] 一八九五年一〇月二三日、ギッシングはクレアラ・コレット宛の手紙で伝記執筆の希望を表明していた。「小説家は最良の伝記作者になれるものと信じています。私も誰かの伝

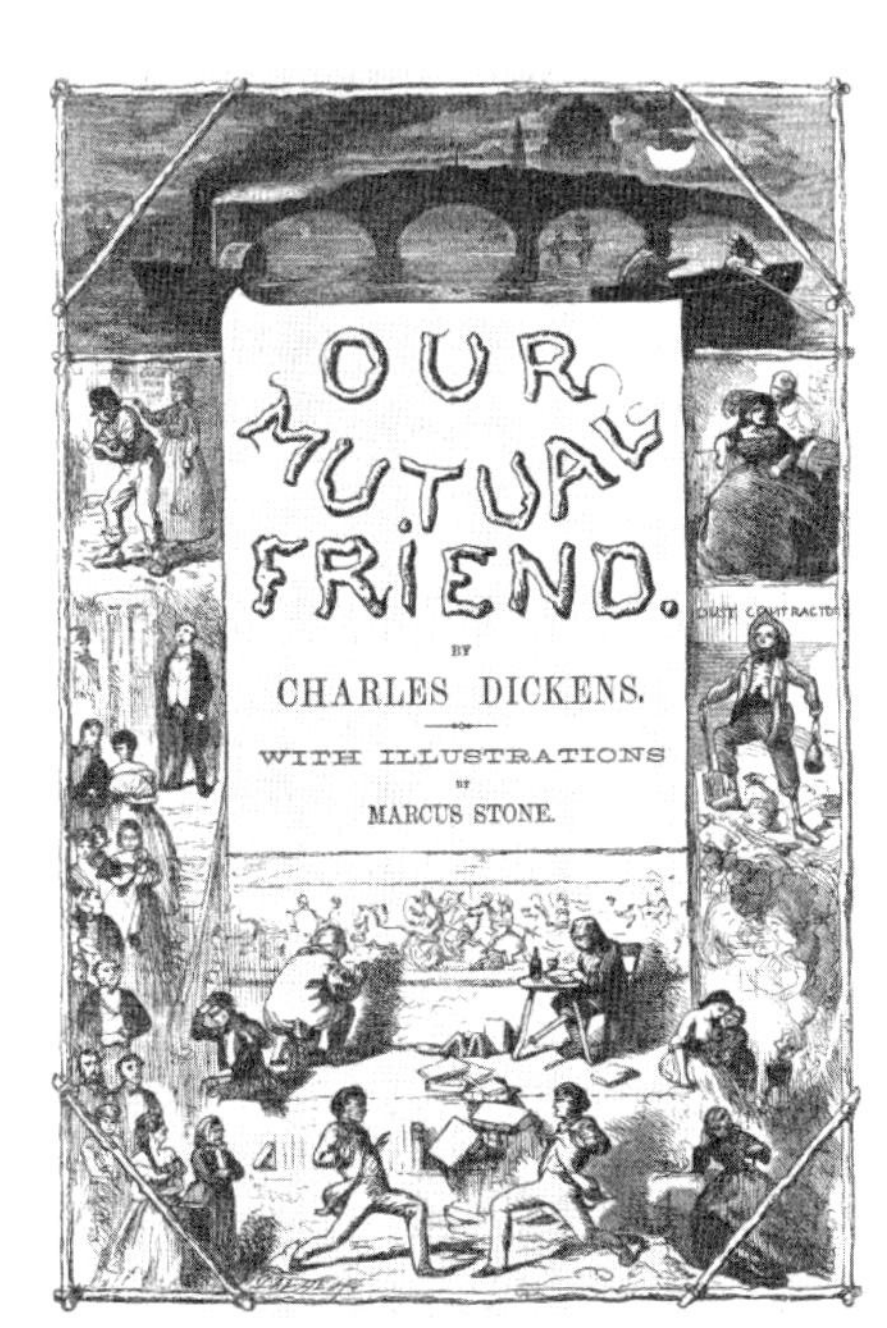

図版③『互いの友』の月刊分冊の表紙絵

これがディケンズにまつわるギッシングの最初の記憶。フォースターは、『ディケンズの生涯』によって、文字通りディケンズとギッシングの《互いの友》となる。

記を手がけてみたいものです」(*Gissing Letters* 4: 95)。フォースターの『ディケンズの生涯』の縮約と改訂の作業は、ギッシングの最晩年の試みの一つで、彼が亡くなる前年の一九〇二年一〇月に出版された。『縮約版』のフルタイトルは『フォースターの「ディケンズの生涯」――ジョージ・ギッシングによる縮約と改訂』である。

ギッシングの生涯は金欠の生涯であった。H・G・ウェルズ夫人宛の手紙で、『縮約版』に編集することに多少の逡巡を表明した後、次のような自虐的な文章を残している。

> 目下手にしている半端仕事は、チャップマン・アンド・ホール社のための、フォースターの『ディケンズの生涯』の縮約です。半年で仕上げることを引き受けました。すばらしいちゃんとした本をこのように切り傷むことを良しとしているわけではありません。しかし報酬は百五十ポンド。バカにならない額です。現金はなんとかして手に入れなくては。
>
> (Nov. 10, 1901: *Gissing Letters* 8: 270)

しかし、『縮約版』の「序文」でギッシングは、「余暇がほとんどない現代では、偉大な伝記があまりにしばしば「読んだもの」として見過されてしまう。多くの読者がフォースターの作品に近づきたくても、その長大さに虞をなして敬遠するのである」と言明する。『ディケンズの生涯』の冗長さを嘆くギッシングは、全体的構造はそのままに、余分と思われる部分を刈り込んで文章の内容を縮めようとした。ギッシングの心中では、『縮約版』を編集することに罪悪感と使命感という葛藤があったわけである。その相反する感情を友人エデュアルト・ベルツ宛の手紙に認めている。

> 白状すればフォースターの伝記のようなすばらしい伝記を切り刻むことには多くの逡巡がある。俗物的なところがあるからだ。でも、近頃の人は本を読まない。長すぎるというのだ。加えて、もし僕がその仕事を引き受けなかったら、この本に対して僕ほどの畏敬の念をこの本に持っていない他の誰かがそれをすることになるだろう。
>
> (Oct. 26, 1902: *Gissing Letters* 9: 15)

『縮約版』は「俗物的」である。しかし、その作業は禁欲的義務感以外の何ものでもないと弁明するギッシングの分身もいるのである。抽出されたものに誘われて、読者が伝記本来の十全な姿に遭遇すること、つまり『縮約版』による読者の掘り起こしがギッシングの本望であり、その基本方針は原文に忠実に、余計な部分を極力省略して、ディケンズの生涯のエッセンスを抽出することであった。[6]

しかし、ギッシングの『縮約版』では、フォースターが『ディケンズの生涯』の巻末に重要な文書として付けた「付録――チャールズ・ディケンズの遺言書」の一節、すなわちディケンズの最晩年の愛人エレン・ターナン(通称「ネリー」)の名前は完全に無視された。本稿の扉絵に用いた人物である。実像のディケンズの実像を理解する上で必要不可欠な「見えない女」[7]について、ディケンズの死後三十年を経たにもかかわらず、ギッシングが沈黙を守ったことは彼自身のお上品ぶり、ヴィクトリアニズムを露呈する。ディケンズの晩節を汚す醜聞、国民作家の品格にふさわしくないこととして回避したのであろうか。確かにディケンズの女性問題は、ギッシング自身の人生の不幸の原因となった人間関係を想起させたに違いない。その女性遍歴において、ギッシングはディケンズの轍を踏んだ。ディケンズと十八歳の若い女優「ネリー」との関係に、ギッシングは彼自身の十八歳の若い賤業婦「ネル」、メアリアン・ヘレン・ハリソンとの関係を確認したのである。ディケンズもギッシングも「賢くではないが、あまりも愛しすぎた男」(*Othello* 5.2.344) であった。愚かではあるが細やかな感情の男と宿命の女との出会い、それが彼らの人生の悲劇の原因であった。

　似た者同士は磁極のように反発しあうと言われるが、貧乏という磁界においては、ギッシングは、時々、ディケンズに対して批判的になる。後年、ディケンズがフォースターの諫言に耳を傾けず、公開朗読を強行するようになったことに言及して、ギッシングは『縮約版』で言う。「これらはすべて、実際、子ども時代から本当の試練と不幸を知らず、そして（不躾を承知で率直に言えば）、空前の成功と称賛によって、少し甘やかされた男の特性である」（第一五章）。この文章は、『縮約版』におけるギッシングの数少ない加筆部分であり、またディケンズに対して手厳しい箇所であるだけに特筆に値する。

　一方、ギッシングのフォースターに対する熱中は尋常ではない。フォースターの『ディケンズの生涯』はギッシングの愛読書であり、鬱ぎの虫にとり憑かれたときにはいつでも本棚から手に取った。

> 『ディケンズの生涯』が私の助けとなったのである。疲れて落胆し、もはや脳味噌に拍車をかけて仕事に取り掛かることができなくなった時、フォースターを取り出して、行き当たりばったりで開いたページを読むと、必ずや私の知的熱意を新たにしてくれる何かに出くわした。単にすばらしく活動的、熱狂的、成功した人生の物語として読んでも、この本に匹敵するものは存在しない。どんな読者でも、これが元気奮発の書だと発見するだろう。しかし、私にとっては、当時、どこにも見い出せなかった特別な支援を与えてくれた。　（「ディケンズの思い出」）

『チャールズ・ディケンズ論』（一八九八）をはじめとして、フォースターの『ディケンズの生涯』についてギッシングが書き残したものを読んでいくと、ギッシングのディケンズに対する興味は「仕事人としてのディケンズ」に対する興味であることが判明する。

> 私に元気を与えてくれたページは仕事中のディケンズ (Dickens at work)、独り机に向かって、ストーリー・テラーの仕事に没頭しているディケンズを想像させてくれるページである。彼は、

絶えずフォースターに仕事の進捗状況を知らせ、困難について詳細に語り、喜ばしい幸福な労働の魅力を喜んだ。

（「ディケンズの思い出」）

ギッシングの偶像（アイドル）は、ペンを手にして机に向かうディケンズ、ルーク・ファイルズの描いた「主なき椅子」に坐って創作するディケンズである。「仕事中のディケンズ」という表現は、一九五七年のジョン・バットとキャスリーン・ティロットソンの研究書のタイトル『仕事中のディケンズ』となった。ディケンズの創作ノート、ワーキングプラン、原稿と校正刷の分析を通して、その小説作法、デザインと創作のプロセスに新しい光を当てた、ディケンズ研究における金字塔を打ち立てた研究である。しかし、ギッシングが興味を示した「仕事中のディケンズ」は、いたってシンプルである。

厄介な手紙が朝の郵便で舞い込む。そして丸一日が台無しになりそうな気配。しかし、部屋の中を二、三歩歩き回り、心配事を振り払い、何時間も、何時間も書くために坐り込む。彼は海辺にいる。机は、海岸を見下ろす、日の当たる張出し窓のそばにある。そして、彼はそこで午前中ずっと会心の筆をとる。時たま、自分自身のアイデアにどっと笑う。

（「ディケンズの思い出」）

強調されているのは、〈仕事人〉としてのディケンズ、何よりも几帳面なセルフメイド・マンのお手本としてのディケンズである。前述のように、ギッシングのテクストには愛人エレン・ターナンとの逢瀬を重ねる〈遊び人〉ディケンズは存在しない。エッセイ「ディケンズの思い出」の結びの言葉は、ギッシングのフォースターへの傾倒ぶりを如実に物語る。落ち込んだ時、フォースターの文章を再読したのである。

そうだ、小説家としてのディケンズに倣うのではなく、遠くから仕事人としてのディケンズの具体例に従うことに私を駆り立てた。こういう風に見ると、私が彼に負っている恩義は計り知れない。私の記憶の中で最良の瞬間は、険悪な空模様の下、その伝記作者「フォースター」のページに光を求めた時、決して空しく立ち帰ることがなかった瞬間である。

フォースターは、『ディケンズの生涯』で〈ボロ着から金持ちへ〉の成功神話におけるセルフメイド・マンの美徳を強調した。そしてギッシングはそれを「仕事の福音 (Gospel of Work)」[8]と理解したのである。

『縮約版』の出版後、ギッシングは最晩年の自伝的エッセイ集『ヘンリー・ライクロフトの私記』（一九〇三）で再びフォースターの『ディケンズの生涯』を特筆して、その生涯のディケンズ讃歌の筆を擱く。

無論、几帳面な作家だ。几帳面な努力なくしては長編小説など書けるものではない。それでいて、一時間に何語と決めたりはしなかった。手紙にも窺える仕事中のディケンズこそ、文学史上、人々に感化を与えて鼓舞激励する最たるものの一つである。それは理解ある読者の愛情と尊厳をディケンズにつなぎとめるのに今まで一役買ってきたし、そしてこれからもずっとそうであろう。

（「秋」第二二章）

「文学の尊厳」に殉じようとした作家は、ギッシングにとって、魅力的に映ったに違いない。フォースターという伝記作者のフィルターを通して描かれたディケンズ像。それがたとえ歪像画（アナモルフォーズ）であったとしても、ギッシングはその真偽を鑑定する判断材料を持ち合わせていなかったのである。

第四節　かげろう小僧、ディケンズ

「文学の尊厳」のために闘う同志のはずであったディケンズは、その晩年、金儲けに夢中になり、公開朗読ツアーに余念がなかった。また、若い女優と情事に憂き身をやつす〈遊び人〉でもあった。フォースターが重視した「作家としての職業の尊厳性」と「紳士としての自尊心」とは無縁の生活である。さらにはフォースターの感情を逆なでするかのように、「サイクスとナンシー」を公開朗読の十八番とした。かつてディケンズが謳歌した「家庭の団欒」の対極に位置するドメスティック・バイオレンスの演目である。フォースターにとっては理解を超えた公開朗読会ではあったが、ディケンズにはそれなりの理由があった。第一に、貧困に対する恐怖。封印したはずの少年時代の忌まわしい記憶は、後年、発現した。

こういうことを思った時の悲しみと屈辱感は、私の全身に深く滲み通っていて、名も知られ、人にもてはやされ、幸せな身分になった今でさえも、夢の中では、愛する妻や子があるのを忘れ、いや、大人になったことさえも忘れて、うらぶれ果てた思いでさまよいつつ、あの頃の生活に戻って行くのも珍しいことではない。

（第一章）

第二に、ディケンズの本心は、『ハード・タイムズ』（一八五四）で「スリアリの哲学」として紹介される「人々は楽しませなければならない」（第一巻第六章）という箴言に要約される。文学者である以前にエンターテイナーとしての生涯を生きたディケンズ。その到達点は芸術ではなく娯楽である。[9]

第三に、ディケンズは芸術家という族そのものからも離反する。『リトル・ドリット』（一八五五〜五七）の画家ガウアンや、『エドウィン・ドルードの謎』（一八七〇）の聖歌隊長ジャスパーの人物造型は、ディケンズが到達した一つの芸術家像であった。ド・クインシーの「芸術の一分野として見た殺人」（一八二七）や、ワイルドの「ペン・鉛筆・毒薬」（一八八五）における芸術家＝殺人者という系譜にディケンズも連なるのである。事実、後年、フォースターの代替の友人としてディケンズが親交を深めたのは、一回り年下のボヘミアン、宗教的な几帳面さや保守的な考えに反発して、文筆家として生きることを志したウィルキー・コリンズであった。コリンズに関するフォースターの言及は、文学美術協会の活動仲間について触れる時に素っ気なく触れるに過ぎない。「ウィルキー・コリンズ氏は、その後のディケンズの生涯を通して最も親しい、また最も重んじられた友人の一人となったのであった」（第六章）。コリンズに心変わりしたディケンズの本意がフォースターには理解できない。結局、年来の友であったにもかかわらず、フォースターにとって、ディケンズは、『オリヴァー・トゥイスト』に登場する、フェイギン配下のスリ少年、ジャック・ドーキンズ、通称「かげろう小僧」（図版④）であり、その善悪を超越する喜劇精神は、フォースターの理解をスリ抜けたのである。

「かげろう小僧」はギッシングをもスリ抜ける。宿命の女（ファム・ファタール）「ネル」を別にすれば、ギッシングの人生の不幸の原因は三つである。第一に、ギッシングが遅れてやって来たセルフメイド・マンであったことである。産業革命以後、英国の活力の一つは、社会的流動性が高い点にあったが、労働者から中産階級へ、さらに資本家へといった上昇のチャンスは、ギッシングが生きたヴィクトリア朝中期以降は閉じられようとしていた。社会の流動性がすでに停止しかけていたことも知らず、十七歳のギッシングは、フォースターの『ディケンズの生涯』を読み、そこに成功者のパターンを思い描いていた。親友アーサー・ボーズ宛の手紙で言う。この文章がフォースターについてのギッシングの最初の言及である。

図版④ かげろう小僧［アートフル・ドジャー］（ジョゼフ・クレイトン・クラーク［“キッド”］画、1890年頃）

善悪を超越したその自由な喜劇精神はシェイクスピアのフォルスタッフに匹敵する。天才ディケンズの真骨頂である。

フォースターの『ディケンズの生涯』の最終巻を手に入れたところだ。すばらしい。ディケンズの有料公開朗読についての説明もある。手に入るなら是非とも手に入れたまえ。勉強のために新しい計画を始めた。午後一〇時に就寝し、午前四時に起床。請け合ってもいいがちょっとタフな規律だった。冬の間ずっとだから、実際、まったくのスパルタ式だ。

(Feb. 21, 1874: *Gissing Letters* 1: 27)

起床から就寝までの生活スタイルに言及するギッシングは、フォースターが作り上げたディケンズ像に大いに啓発され、それをメンターとしてひたすら自己成型（セルフ・ファッショニング）に励むナイーブな青年像である。実際、ディケンズやフォースターと同い年のサミュエル・スマイルズの成功神話、『自助論』（一八五九）がもはや過去のものとなりかけた時代に生きていたのである。

　ギッシングの不幸の第二の原因は、ディケンズの小説作法が彼の理解を超えていたことである。『縮約版』でギッシングが削除したのは、『ディケンズの生涯』の「小説家としてのディケンズ」（第九章）をはじめとして、ディケンズがフォースターに知らせた小説作法の奥義、人物造型の秘訣についての文章であった。

　これらの人物がどんなふうにしてその性格を現してきたかと言いますと、それらはもう創作の神秘、書いている時のまことに不思議な精神活動の一例としか言えません。知っている ことを書いていくと、知らないことがこんこんと湧き出てくるのです。小生はこの経緯の真実性について、重力の法則と 同じくらい絶対的なことを感じます――いや、そういうことがあり得るとすれば、私の確信はそれ以上です。（『ディケンズの生涯』第四章）

また、創作に必要な霊感がどこからともなくやってくることについてディケンズは次のように説明する。

悩みと苦痛の最中にあっても、作品の執筆に取りかかると、何か有難い力がすべてを小生に示してくれ、興味を感じるように誘ってくれ、自分で作り出すのではなく――実際、その通りなのです――目に見えるので、小生はそれをただ書くだけなのだということは、小生が自分の選んだ芸術に向くようにできていることのすばらしい証拠なのだと考えたら許されないでしょうか」（第九章）

詩作（ポイエーシス）に関して、プラトンは『パイドロス』で「ミゥサの神々から授けられる神がかり」[10]、すなわち女神から与えられる「霊感」説を唱えた。後のノーベル文学賞作家、キプリングはその流れを汲んで、守護霊（ダイモン）説を唱え、自伝『私事若干』（一九三七）では、わずか三語でその小説作法を説明した。「漂わせ、待ち、そして従え (Drift, wait and obey)」（第七章）。これがキプリングの創作のための処方箋である。フォースターの説明によれば、ディケンズの「創造的天才」はいつも彼を訪れた。「彼の文筆活動に関していうならば、その創造的天才は決して彼を去ることはなかったというのが真相である」（第八章）。「創造的天才(creative genius)」という表現は「創造する守護霊」とも訳せる。フォースターの説明を敷衍すれば、ディケンズは、プラトンのいう「詩的霊感」を感受し、その文体の最大の特徴であるアニミズム――万物は人間と同じように生きて働いているという独自の世界観を生み出したわけである。しかし、ギッシングにはそのような創作方法を感知できない。ギッシングから一世代を経たモダニストのヴァージニア・ウルフは、このディケンズの創作の秘密を嗅ぎ取っていた。一九三九年一一月四月の「日記」に、「ディケンズを読んでいる。気分転換のため。なんと彼は生きていることだろう。書いているのではない。これは美徳であると同時に欠点でもある。まるで何かが現れ出るのが目に見えるようだ」[11]と彼女は記している。フォースターの伝えるところでは、「目に見える」だけではない。ディケンズの耳には「彼の人物の発するすべての言葉がはっきりと聞こえるのである」（第九章）。

　しかし、ギッシングは、霊妙な霊感が創造する力を理解できず、午前中を創作時間に当てた几帳面さこそディケンズの本質であり、その偉業は勤勉の積み重ねによるものと考えた。フォースターもその几帳面さを強調していた。「事をなすすべての人にとって、規律と秩序とは欠くべからざるものであるが、何事にも几帳面というのがディケンズの特色であった。そして朝食と昼食の間が仕事の時間ということには例外はほとんどなかった」（第一一章）。しかし、ギッシングはフォースターが指摘した「創造する守護霊」の存在が感知できず、ディケンズの規則正しい生活習慣に注目したのである。

ふらりと訪れる霊感説 (the theory of casual inspiration) などは信じていない几帳面な人物でもあった。繊細な芸術家で、規則正しく、時間厳守で仕事に取りかかった。朝食の時間が十五分早まると、それだけ朝の仕事の時間はもっと実りあるものになった。

（「ディケンズの思い出」）

確かに、フォースターもディケンズの几帳面さを強調していた。「事をなすすべての人にとって、規律と秩序とは欠くべからざるものであるが、何事にも几帳面というのがディケンズの特色であった。そして朝食と昼食の間が仕事の時間ということには例外はほとんどなかった」（第一一章）。フォースターとギッシング、共に強調するキーワードは「几帳面」である。二人はディケンズに同じものを見たのである。そしてギッシングはいつしかフォースターに親近感（キンシップ）を覚え、彼の『ディケンズの生涯』を座右の書とするのである。先輩作家を尊敬しながらも、その小説作法を学ばなかった後輩作家がギッシングである。これがギッシングの小説家としての悲劇である。もしギッシングがディケンズの小説創造の秘密を、キプリングやウルフのように、直感的に感知していたならば、文学史におけるイギリス小説の地図は確実に変わっていたことであろう。

ギッシングの不幸の第三の原因は、彼が本格的なディケンズの伝記の執筆を依頼されても、ディケンズと向き合ってその伝記を執筆する代わりに、フォースターの『ディケンズの生涯』の『縮約版』を編集したその創作態度にある。ギッシングが選んだのは、生活のために「雑文」を書いて糊口を凌がざるを得ない売文家の生活であった。ギッシングは、文学の系譜にあるフロイトの父と子のオイディプス関係に身を投じて、自らが対峙すべき父親的存在はフォースターではなくディケンズであったという現実から逃避したのである。結局、ギッシングは、彼の最初の妻「ネル」との不幸な結婚が象徴するように、「境遇の犠牲者」となって、フォースターが『ディケンズの生涯』で指摘した三文文士の宿命、「やがて奴隷に等しい境遇に落ち、そこから抜け出すためのはかない努力に後半生を費やすのが彼らの普通の宿命」（第二章）を身をもって生きることになったのである。小説家としての大成を願って、ディケンズとの文学上のオイディプス的闘争に身を投ずることのなかったギッシングの生き方、この生き様こそギッシングが小説家としてではなく、自伝的エッセイ集『ヘンリー・ライクロフトの私記』の著者としてしか後世に知られていない理由なのであるまいか。

注

1　D. H. Lawrence, "The Spirit of Place," *Studies in Classic American Literature*, ed. Ezra Greenspan, Lindeth Vasey, and John Worthen (Cambridge, UK: Cambridge UP, 2003) 2: 14.

2　Roland Barthes, "The Death of the Author (1967)," *Image, Music, Text* (London: Fontana, 1977) 148.

3　齋藤勇・西川正身・平井正穂編『英米文学辞典』（第三版、研究社、一九八五）四四三。

4　「ディケンズ・ジャーナルズ・オンライン」の "Article Index" <http://www.djo.org.uk/indexes/articles.html> が示すように、この記事はディケンズの著作であるにもかかわらず、マイケル・スレーター編『ディケンズのジャーナリズム』第三巻（'*Gone Sstray' and Other Papers from Household Words 1851-59* [Columbus: Ohio State UP, 1999]）には未収録である。

5　二五歳のディケンズは、出版社リチャード・ベントリー宛の手紙によれば、三百ポンドのお金のために、その編纂を行った (*Dickens Letters* 1: 326: Oct. 30, 1837)。

6　フォースターの伝記の冗長さを嘆いたのはギッシングだけではなかった。例えば、ジョージ・エリオットは、親交のあった女流作家セアラ・ヘンネル宛の一八七一年一二月一五日付けの手紙で、「本としての構成はまずいし、日の目を見ないほうがマシだった批評その他がぎっしり詰まっています」(J. W. Cross, ed., *George Eliot's*

Life as Related in Her Letters and Journals [New York: Harper, 1885] 3: 104) と書いている。

7　消された女の生涯(ライフ)を、顕在化されたディケンズのヒロインの伝記(ライフ)として著したクレア・トマリンの伝記のタイトルが「見えない女」であった。Claire Tomalin, *The Invisible Woman: The Story of Nelly Ternan and Charles Dickens* (London: Viking, 1990).

8　Asa Briggs, "Samuel Smiles and the Gospel of Work," *Victorian People: A Reassessment of Persons and Themes, 1851-67* (Harmondsworth: Penguin, 1980) 124.

9　キャサリン・マンスフィールドは「お金と喝采」こそ、生涯にわたってのディケンズの欲望の正体であったことを見抜いていた。彼女はフォースターの『ディケンズの生涯』の最終巻を読んで、金銭に対する執着心、そして公開朗読がその死因となったことを知って、一九二〇年二月二四日、夫のJ・M・マリーに興奮した手紙を書いている。「何がディケンズを殺したのか知りませんでした。お金でした。歳をとるごとにディケンズはお金の誘惑に抗えなくなって守銭奴になり、それを笑いという外見で偽装したのです。お金と喝采。この二つのためにディケンズは死んだのです。なんて恐ろしいこと!」Vincent O. Sullivan and Margaret Scott, eds., *The Collected Letters of Katherine Mansfield* (Oxford: Clarendon, 1984-2008) 3: 229.

10　藤沢令夫『プラトン「パイドロス」注解』（岩波書店、一九八四）一六二。

11　Anne Olivie Bell, ed., *The Diary of Virginia Woolf, Volume V: 1936-1941* (London: Hogarth, 1984) 214.

第十二章

伝記と自伝

──人生はどう描かれるのか──

宮丸　裕二

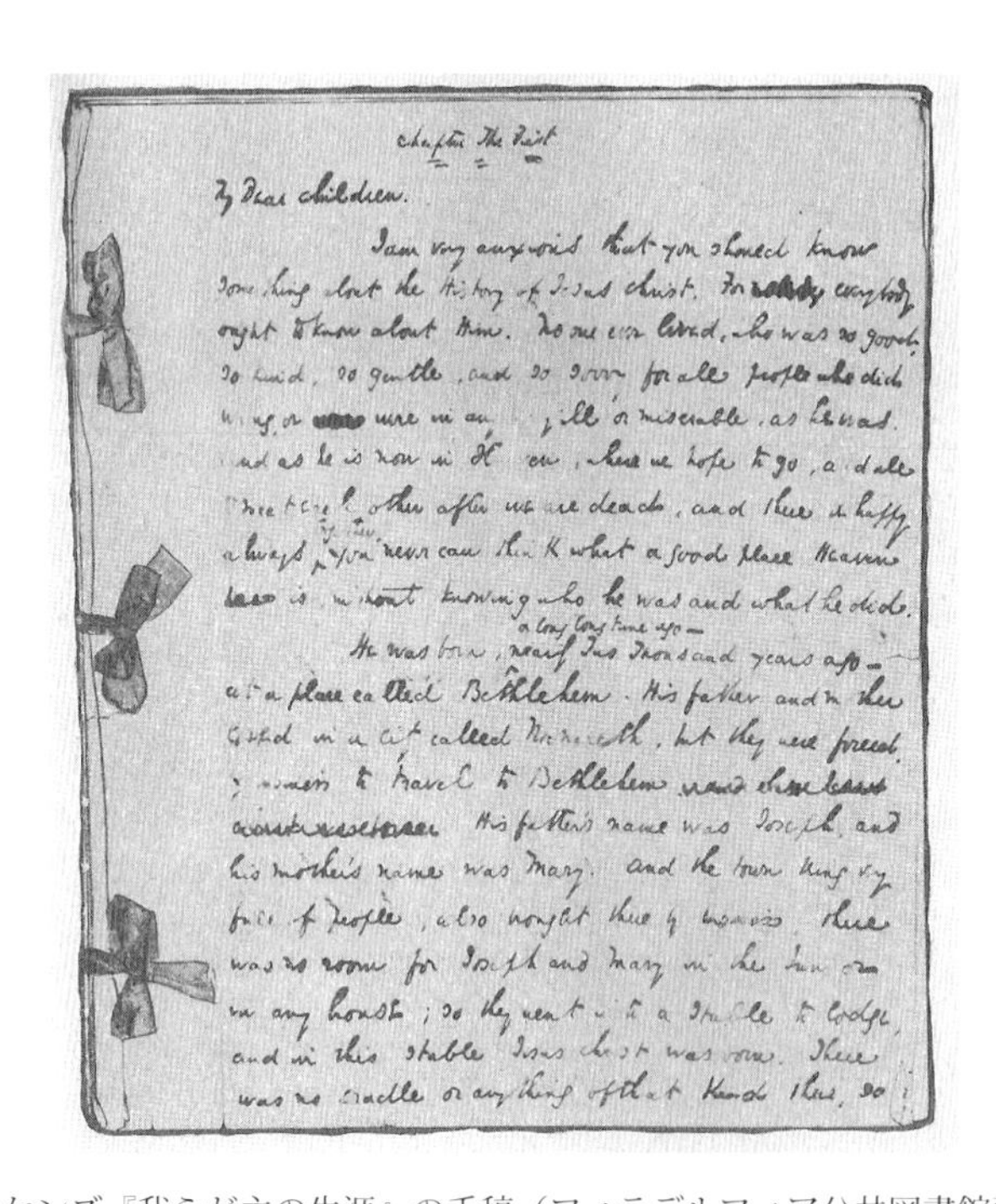

Chapter the First

My Dear children.

I am very anxious that you should know
something about the History of Jesus Christ. For everybody
ought to know about Him. No one ever lived, who was so good,
so kind, so gentle, and so sorry for all people who did
wrong, or were in any way ill or miserable, as he was.
And as he is now in Heaven, where we hope to go, and all to meet
each other after we are dead, and there be happy
always together, you never can think what a good place Heaven
is, without knowing who he was and what he did.

He was born, a long long time ago — nearly Two Thousand years ago —
at a place called Bethlehem. His father and mother
lived in a city called Nazareth, but they were forced,
by business to travel to Bethlehem.
His father's name was Joseph, and
his mother's name was Mary. And the town being very
full of people, also brought there by business, there
was no room for Joseph and Mary in the Inn or
in any house; so they went into a Stable to lodge,
and in this stable Jesus Christ was born. There
was no cradle or anything of that kind there, so

ディケンズ『我らが主の生涯』の手稿（フィラデルフィア公共図書館所蔵）

1846年から49年ほどの間に執筆したとされる。ディケンズの生前は未発表で、出版されるのは1934年。

人の人生を文章として綴ろうとするとき、どのような方法をとり得るだろうか。綴ろうとするその目的や、信憑性の付与のためなどから、様々な方法が考えられ、実践されてきた方法は、そのまま時代時代の人生の意味の持たせ方の変遷の軌跡となる。ヴィクトリア朝に焦点を当てるとき特徴的なのは、ちょうどこの時代に成熟を見た小説というジャンルとの相互の影響である。

人の人生を綴る目的は、主題となる人物に尊敬を集めたいのか、同情を集めたいのか、それともその人物の罪を告発したいのか、その人物を通じて国や国民を賞賛したいのか、あるいは、変わった人生を読む者に示したいのか、それとも模範を示すことで読む者の生き方に影響を与えたいのか。こうした一定の目的をもってある人物の人生を文字に置き換えて表現するとき、それは伝記というノンフィクションの形式で行われてきたと同時に、小説に代表されるフィクションの媒体でも同様に行われてきたことに思い至るのである。そして、小説では、架空ながら伝記的な方法が大いに援用されている。

従って、伝記的記述を考察する際に、本来まったく別のジャンルであるはずの小説を、執筆される目的が共有される場合に限り、同じレベルに置いて比較することが可能で、伝記だけを見ている場合には見過ごされがちな側面に光を当てることができるのである。「伝記（バイオグラフィー）」というと本来的には歴史記述の一部としてのノンフィクションをのみ指すものであるが、それを翻訳しただけの「ライフ・ライティング（人生の記述）」という言葉で呼び直してみる昨今の動きは、こうしたテクストが結果として属するジャンルの制約を取り払って今一度テクストそのものの方法論と目的を問題にするべく浮かび上がってきたものなのである。

一人の人物の生涯に焦点を当てて物語るライフ・ライティングは、いわゆる「伝記」の範囲をはみ出している。実在の人物であろうと架空の人物であろうと、歴史的事実に沿って語ろうと事実にない脚色を大いに加えて語ろうと、さしあたってそれを度外視して、一人の人物の生涯を語るという共通項で結ぶなら、それを描く営みは、「伝記」、「自伝」、「小説」、「自伝的小説」といった複数のジャンルにまたがって行われてきているのである。

「なんのために物語を書くか」はこれまでの小説研究が大いに問題にしてきているところであるが、本論では、その点よりも、どのジャンルのどういう文体で、どういう方法論で人生を描いているのかという形式の面に光を当て、ディケンズからギッシングに至る時代にヴィクトリア朝のライフ・ライティングがどういう場所と方法を見つけたのか、人生の語り方は最終的にどのような形式のものでなければならなくなったのかを明らかにしたい。その際の手順として、ディケンズとギッシングがそれぞれ残した、形式上伝記である執筆と形式上自伝である執筆を題材として、その時間軸の扱い、情報供給のあり方、人物の内心の表白、人物の評価、物語の信憑性、それに読者の需要を促す触媒としてのリアリズムという、各事項を検証していきたい。

第一節　ディケンズが考える歴史記述としての伝記

ディケンズ（図版①）がどのような伝記を書き、どのような自伝的記述を行ったのか。そこを論じようとするといきなり立ちはだかるのは、ディケンズが一冊もいわゆる伝記を書き残してくれていないという非常に困った事実なのである。では、ディケンズと伝記とは互いに無関係であるのか、ここではありもしないことについて語ろうとしているのかというと、そうではなく、ディケンズの伝記という著述ジャンルへの関心は強く、自分が書かれることも含め相当強い意識があるのだ。従って、ディケンズがいかに伝記を書いたのかということを問題にすると、逆説的に、ディケンズがいかに伝記を書かなかったのかということを問題にしなければならなくなることなのである。

実際にディケンズが書き残した伝記であると、言おうとすればかろうじて言えなくもないのが、『我らが主の生涯』（一九三四）というキリストの人生について子供に読み聞かせるために書いたもので、家族のためだけに書かれたということでディケンズの死後六四年間は出版されることのなかった作品である。近代的な意味での伝記とは当然違う印象を与えるだろうが、タイトルにあるのはやはり「〜の生涯」（The Life of . . .）なのである。

そして、ディケンズの人生の大部分において、最も近くにジ

図版① チャールズ・ディケンズ（ジョン・ウォトキンズによるの写真、1861 年）

伝記的なものや自伝的なものへの関心を示しつつも、本来の意味での伝記も自伝も、自ら執筆することはなかった。

ヨン・フォースターがいたことの影響は大きい。フォースターは、当時の文壇の中心にいた作家であるが、その代表的な仕事は伝記の執筆であった。ディケンズが作家として活躍するすぐ横では、フォースターがオリヴァー・クロムウェル、ウォルター・サヴィッジ・ランダー、ゴールドスミスなどを主題に、この時代の最高峰とも言える伝記を書いていたのである。ディケンズくらいの有名な人物のすぐ隣に時代を代表する伝記作家がいれば、その伝記作家がディケンズの伝記を後々書くというなりゆきは容易に想像できるのだが、それは生前のディケンズ自身も同じで、ある日の出来事について、「僕の伝記を書くときに、この件は絶対に忘れずに書いてくれよな」と真剣な顔をしてフォースターに伝えていることからも、自分の人生がやがて「公式に書かれる」ことに対するディケンズの自覚ははっきりと分かるのである（フォースター、『チャールズ・ディケンズの生涯』第六章第六節）。加えて、フォースターが近くにいたお陰で、ディケンズが伝記文学というものを高く評価し、大変優れた文学の形式であると考えていたことが分かっている。ゴールドスミスの伝記を書き上げたフォースターに対して、ディケンズは惜しみなき賛辞を送り、「文学の威厳と名誉に大変な貢献をしており、これまで書かれたものはこの本の半分もそれをなし得てはないだろう」と称えている（*Dickens Letters* 5: 288-90: Apr. 22,1848）。つまり、ディケンズは、伝記を文学全体の中でも高く位置づけており、小説同様、とても可能性に満ちた表現法として伝記というものを捉えていた。

では、自分では執筆に乗り出さなかったものの、ディケンズの考える伝記とはどういうものであったのか。それはフォースターが書き残した伝記、あるいはディケンズ自身が題材となった『チャールズ・ディケンズの生涯』（一八七二〜七四、以下『生涯』）のような作品を考えればいいのではないだろうか。つまり、人間社会の歴史というものがあって、その歴史の中に実在した人々がいる。その内の一人の人物に焦点を当てて、歴史の一要素としての個人の歴史を、史実に基づいた正確な情報をもって、時系列に従って語っていくことである。歴史の一部、歴史のサブジャンルとしての伝記記述なのである。実際、キリストの生涯を歴史として捉えていたかどうかには現在以上に議論があったはずだが、ただ、先の『我らが主の生涯』でも書き出しは子供たちに呼びかけて「君たちにはイエス・キリストの歴史（History of Jesus Christ）について知っておいて欲しいと思うんだ。誰だって知っていた方がいいのだから」と語っている（第一章）。ここで注目するのはまさに個人の「歴史」である。さらに、フォースターの伝記を賞賛していた根拠を考えると、伝記の中にその人物が何を考えて生き、それが同時代や後の時代にどういう評価を与えられるかという点はもちろん伝記の大事な仕事の中に含まれている。だからこそ、フォースターの伝記は、文学への貢献を伝えることを主眼とし、それに成功しているからこそ、ディケンズは絶賛していたのである。

では、小説との関係ではどうだろうか。『オリヴァー・トゥイスト』（一八三七〜三九）の冒頭で、ディケンズはその生まれ落ちた命運からするとオリヴァーは生まれて間もなく人生を終えてもおかしくはない境遇に置かれていて、もしもここで死んでしまったら「この回想録『オリヴァー・トゥイスト』そのもののこと」は世に現れなかっただろうし、現れたとしてもその回想録は二、三ページに収まって、現存する世界文学の中でも最も簡潔にして信頼すべき伝記のお手本として際限のない栄誉を手にしたであろう」と書いている（第一章）。この文章からは、ディケンズがヴィクトリア朝の作家にしては意外なことに伝記は短い方がいいと考えていたことが分かるし、回想録（memoir）と伝記を部分的には同一視していることも分かるのだが、ここで重要なのはオリヴァーという自分が創作した架空の人物の人生に伝記という言い方を当てはめていることである。先述の通り、定義上はノンフィクションに属する（少なくともそれを装う）歴史記述のサブジャンルであるわけだから、小説は伝記ではあり得ないのだが、その語り方においては小説を伝記のようにみなしているということである。架空の人物を実在であるかのように語る。前世紀から続く一つの慣習ではあるものの、ディケンズが『ニコラス・ニクルビー』（一八三八～三九）と『マーティン・チャズルウィット』（一八四三～四四）の正式タイトルに「その人生と冒険」（The Life and Adventure of . . .）と付け、『デイヴィッド・コパフィールド』（一八四九～五〇）には「その個人史、冒険、経験、そして見解」（The Personal History, Adventure, Experience and Observation of . . .）と付け加えていることには、架空の主人公の伝記記述を試みようとする執筆姿勢を見ることができる。こうしたことが、ディケンズが遺していない伝記というものについてのディケンズの考え方を裏書きしてくれる。

　では、実際にディケンズが伝記のように小説の人物を描くことに成功しているかというと、必ずしもそうでないだろう。ディケンズの小説は時系列で進むものの、主人公の生涯が最初から最後まで網羅的に語られることはほとんどないし、生育のバックグラウンドや職業などの詳細な情報さえ実は与えられることが少ないのはディケンズの小説の特徴である。我々はピクウィックの現役時代の職業を聞かされていないし、フェイギンの来歴や年齢さえ知らされていないのである。むしろ、例外的に伝記に準ずる情報供給を実践しているのが『クリスマス・キャロル』（一八四三）というファンタジーの設定を持つ作品であったり、「ジョージ・シルヴァーマンの釈明」（一八六八）といった奥歯に物の挟まった語りを持つ作品であることは、意外なことである。

　以上から、ディケンズは、伝記というものは時系列で語られ、史実に依拠し、その人物がどう考えどう生きたか伝えるものと捉えており、さらには、書き手によるその人物の評価を伴ってこそ意義を持つと考えていたと言っていい。記述内容が歴史的な事実に則しているだけではなく、歴史の一部であると捉えているその記述方法こそが伝記の内的なリアリズムを保つものだと考えていたのである。

第二節　自分で書く伝記——ディケンズの自伝

では、ディケンズの自伝についてはどうであるか。ジャンルの理屈からすると、歴史の一角に個人レベルの歴史としての伝記がある。そして、伝記の中でも、書かれる主題となる人物本人が語るのが自伝である以上、伝記のサブジャンルとして自伝が存在することになる。この点に注意が必要で、多くの自伝が小説の方法を援用して書かれていたり、あるいは自伝を書く小説家が多いせいで、自伝が小説の一部であるとか、自伝が小説から派生したものと誤解されがちであるが、ジャンルの形式上の理屈からいうと、飽くまで自伝は伝記の一部であり、従って歴史記述の一部なのである。

そして、この自伝というものをディケンズは一度ならず執筆することを試みている。フォースター（図版②）の説明するところによると一八四五年～四七年のどこかでディケンズから自伝を書き始めていることを聞かされ[1]、原稿の一部をフォースターに渡している。もちろん、ここには幼少期に家族が経済的に没落し入獄したという、衝撃的かつ非公開の内容が含まれていた。ただし、ディケンズが自伝を書こうとしたかあるいは実際に書いた形跡はそれだけではなく、一八四五年には手紙で自伝を執筆中であることを明かしているし、フォースターが把握している可能性のある一番初期である一八四五年よりも前である一八四二年にも自伝執筆の意図を他の手紙で伝えている

図版②　ジョン・フォースター（エリオット&フライによるの写真、1870年頃）

ヴィクトリア朝を代表する伝記作家であり、数多くの伝記執筆を通じて、自らも属する作家という存在の地位向上に大きく貢献している。

(*Dickens Letters* 3: 61; Feb. 14, 1842)。さらにはマライア・ビードネルには自伝を昔書いたが破棄したと言っている (7: 543, 22. Feb. 1855)。その後も自伝を書こうとしていたと義理の妹ジョージーナは報告し (Burgis xxi)、息子のチャーリーは自伝原稿を書き妻の前で読み上げていたとまで証言している (Dickens the Younger iii)。これらがフォースターに渡した自伝断片と同じであるかどうかは確かめることはできないが、[2] 破棄したと言っている以上、嘘が含まれていないなら複数回執筆したと思われる。やがて、その自伝断片は、ディケンズの死後にフォースターが一部を引用して伝記に掲載し、時代を大いに驚かせることになる。また、一方で、自伝執筆を一度諦めたディケンズは小説の構想に切り替え、それを実践した小説作品である『デイヴィッド・コパフィールド』に転用し、こちらの方はもっと広く世の目に触れることになる。そして、我々は、フォースターが引用したディケンズの自伝の断片と、ディケンズの自伝的小説『デイヴィッド・コパフィールド』の二つから、ディケンズが自伝と自伝的小説をどういうジャンルのものと考えたかを窺い知ることができる。

ディケンズの考える伝記はまさに歴史の一部としての個人史であり、自伝とはそれを自分で語るものである。少なくとも自伝の断片として残存している部分から判断するに、時系列に沿って物語ろうとしているし、さらに、自分が幼くして置かれた労働環境についてその雇い主や工場の住所までかなり細かい情報を与えている。そして、伝記においてもどうやら必須のものと考えていたであろう、人物の内心というものについても、どれほどひどい環境でどれだけ辛い思いをしたのかを存分に語る。しかし、ここに一つの問題がある。本人が語るからこそ他の誰が語る場合にも勝る事実、情報、内心の思いが語られ得ると考えられるかも知れないが、本人が語るからこそ信じるに値しなくなく可能性もまた出てくるのである。

> 意識的な誇張だろうと意識することとなくする誇張であろうと、この貧しく生きるのが大変だった話を語るのに、私がどんな誇張もしていないことは私が知っている。誰からだろうと一シリングでももらえたら昼食か軽食に使うに決まっていたことは、この私が知っている。大人から子供まで下銭な者に囲まれて、朝から晩まで働いて、自分もがみすぼらしい子供の一人になっていたことは、他ならぬ私が知っているのだ。金を稼ぐよりも早くに使ってしまわず、稼ぎを一週間もたせようと努力はしてみたが、実際にはまず無理だったことだって、私自身が知っているのである。
>
> （『生涯』第一章第二節）

この私についての出来事を「私が知っている」と繰り返す修辞は果たして、信憑性の付与に寄与しているのだろうか。小説においてであれば、一つの語りのテクニックのバリエーションとして理解できるかも知れない。ただ、それがノンフィクションを前提としている自伝において、本人が知っているのだから事実なのだという語り方は、逆効果でもあり得るのではないだろうか。

とりわけ、主題となる人物の意義を評価する段になると、こうした伝記では看過されがちな点が、自伝においては語ることの難しさとして如実に問題として立ち上がるのである。そうした場面に来たときにディケンズが選択している語り方はこうだ。

あんな年齢で私が簡単に放り出されてしまったのはまったく不思議なことだ。……あれだけの特異な才能に恵まれ、機敏にして情熱的で、心も体も繊細で傷つきやすい私に、同情する者など一人もいなかったのは不思議なことだ。

（『生涯』第一章第二節）

三人称で語っていればそう問題にならないものが、一人称で語るとどうだろう。時代が認めた「比類なきボズ」とはいえ、自分で言われると即座の同意をためらうのである。

いくつかの自伝執筆の試みを断念したディケンズは、これを『デイヴィッド・コパフィールド』として小説化することとし、一八四九年五月に連載を開始する。先行する『ジェイン・エア』（一八四七）という大きなヒントもあり、一人称の語り手による自伝的小説となっている。そして、自伝のうち、書きかけてフォースターに見せたバージョンについてはこの小説の中に一部を取り込むこととなった。ただし、現在の分類ではディケンズの「自伝的小説」であるが、当時はディケンズの伝記的事実は知られていないので、受け取られ方としてはあくまで自伝的小説ではなく「小説」であった。出版当時はディケンズとフォースターの二人にとってのみ自伝的小説であったのだ。

ディケンズがなぜ再三にわたる自伝執筆を断念して、それを小説で書こうとしたのかという問いにはいくつかの説明があるが、いくつかあるがゆえに確言するのは容易ではない。[3] 少なくとも、ディケンズが書こうとしても、いささかぼかして書かざるを得なくなるような過去を持っていたことそのものが一因ではあるだろう。

その理由はさておき、ここでの直接の主眼である、書かれかけた伝記を元にディケンズの想定する自伝の形式的な特徴をまとめるならば、自伝とは、伝記と同様に正確な外的な情報が時系列で配列されていて、当人が考えたこと、当人の歴史的な意義の評価を含んでいるもので、それでこそ伝記と同様の歴史記録として役割を果たすのだと考えていたことには疑いがないだろう。しかし、その中で用いた信憑性を付与するための修辞は成功していない。語り手が事実を語っていることを正当化して見せる手法は、自身について語るときに急にその能力を発揮できなくなる。自身の声の正当化は、むしろフィクションを語るときには機能するが、フィクションにおいては元々はじめから何かを証明しようとするために語っていないからだ。だから『デイヴィッド・コパフィールド』では、「私は生まれる」のようなことを言っても、幼少期に知り得ず記憶し得ないことがらを、その年齢で語り得ない言葉を使って語ったとしても、それが小説であるからよほど自然に響くのである。従って、ディケンズの自伝は、伝記のあらゆる特徴をそのまま引き継ぎ伝記の延長と想定されてはいるが、しかし、伝記と同じように自伝を書こうとしたがために、そのリアリズムの付与に失敗しているのである。

第三節　批評的展開――ギッシングの伝記

ギッシングの伝記にまつわる仕事は、ディケンズについての批評『チャールズ・ディケンズ論』（一八九八、以下『ディケンズ論』）とディケンズの全集の各巻につけた序文である。[4]

ギッシングの伝記について考えるときもやはり書かれなかった作品について問題にすることになるのだが、出版者のチャップマンは、フォースターの伝記に基づきつつも新しいディケンズの伝記を書いてみないかとギッシングに一九〇二年に依頼する。しかし海外にいて資料が使えないので、代わりにフォースターの伝記の縮約版を編集することをギッシングが逆に提案をする。世に出たのがフォースターの『チャールズ・ディケンズの生涯』の縮約版なのである。出版後ギッシングが間もなく死去することを考えると時間の不足を感じての選択であったかも知れないし、あるいはそれでも伝記出版に関わりたいという強い思いから出した代替案であったかも知れないが、いずれも推測の域を出ない。一応の伝記らしいものとしては「ディケンズの居宅と居所」（"The Homes and Haunts of Dickens," 1901）があって、ディケンズの居住地を辿っている伝記的な要素が含まれる執筆だが非常に短いものである。

すると、やはりその前に書かれていた、『ディケンズ論』や全集への序文を問題にすることになる。そもそも、『ディケンズ論』はそのタイトルに従えば批評研究（a critical study）であって、伝記ではないので、ここで扱うことに違和感があるかも知れないが、中味を参照するとそうでもない。本書は伝記としての側面を、批評書としての側面と同じくらいか、それ以上備えているのである。この書籍の構成として、主にフォースターが与えてくれる情報を繰り返すかたちでディケンズの生い立ちを辿る。フォースターの伝記のようにすべてが時系列で語られるわけではないのだが、冒頭の数章に加えて、最後は晩年の説明で終わっている。これは時系列で人生を辿る伝記の語り方を借用したものである。

ギッシングは、確かに批評も行っている。各所に目を見張る斬新にして鋭い指摘が散りばめられていてそうした各論の細部に価値が個々に宿っているものの、全体に繰り返される本書の柱となる主張は二つだろう。それは、ディケンズほど当時の社会変革の時代を体現する人はいないということ。もう一つはディケンズの小説は構成が必ず練り切れておらずしくじっている一方で、人物造形には必ず成功していたということ。しかし、こうした批評性のある大筋の指摘や細かな分析も最終的にどこに向かっていくのかというと、必ずやディケンズの人格の分析になっていくことが実は大きな特徴なのである。ディケンズの生い立ちからその人間性を説明するときと同じく、作品やその登場人物を考察するとき、最終的にはディケンズの人間性を解き明かすところに向かうのである。例えば、ユーモアについて論じる際、ギッシングはギャンプ夫人を例に挙げて言う。

> ディケンズは錬金術の中で触媒を使って、この触媒だけが物質変化を誘うのだ。それがユーモアと呼ばれるものだ。思い出して頂きたいのだが、ユーモアというものは慈悲心と切っても切り離せない。ユーモアがあればこそ、ディケンズは、この見下げ果てたギャンプ夫人という女性を愉しい人物と見ることができるのだ。ユーモアがあればこそ、ディケンズは寛容さをもって外見から内側を見通し、置かれた状況をユーモアで満たし、人間を即断してしまうことを避ける寛容さと謙遜とを身につけたのである。（第五章）

ここに見るように、作品分析を通じて、ディケンズがどういう人だったのか、ディケンズが何を獲得し、どういう人間になったのかということを解明し、その理解に至るのがギッシングの定式だ。時代背景や作品の構成や登場人物を、時に他との比較の中で、多々論じてそれを最終的になんのために論じているのかということの意味づけを与えてくれるのは、それが最後はこのディケンズという人物、その人格の説明になるからなのである。そして、作品に出てきた人物を、ディケンズが実人生で会ったであろう人物になぞらえ、時にディケンズ自身とも同一視し、作品に出てきた風景をディケンズが実人生で見た風景を写したものと説明する。ディケンズの経験したすべては、さもその作品群が描かれるためであったかのように説明される。遺した作品から人生に意義を付与するこの手法は、実はギッシングの創作ではなく、フォースターもやっているし、フォースター以前の伝記にも見られる世界観である。ただ、これを伝記というフォーマットの中で展開するのではなく、ギッシングが批評書の中でやっている点は大いに注目に値する。

従ってそのタイトルでは批評であっても、語りは伝記の手法を援用しているし、伝記の印象を与えて当然なのである。実際、本書を指して批評書と呼ぶ人もいれば、伝記と呼ぶ人もいるのである。[5] そして、同じ筆致はディケンズ全集の序文として書かれた文章の中にも見つけることができる。自伝的背景と関わりの深い『デイヴィッド・コパフィールド』はもちろんのこと、『ボズのスケッチ集』（一八三六）、『骨董屋』（一八四〇～四一）、『バーナビー・ラッジ』（一八四一）への序文は、その頃のディケンズがどういう時期で、どういうことを抱えていたのかということが、作品解説の実質を構成している。

逆に、フォースターが自ら伝記と位置づけている『チャールズ・ディケンズの生涯』もまた、資料や体験に基づいた伝記的情報の記述に留まらず、書き手フォースター個人によるディケンズの作品批評も大いに含んでいる。このことは、少なくともディケンズの晩年にあたる時代からギッシングが『ディケンズ論』を著した世紀転換期に至るまで、伝記と批評とが未分化であったことを物語っている。文学批評というものが近代的あるいは学術的なレベルで確立する以前にも批評する行為は厳然と存在したものの、一本の記事やエッセイを超える大規模のものになると、それは伝記の場に忍び込むかたちで展開されていた。批評の枠組みが大きくなればなるほど、それは作家という人物の単位をもって行われることが慣習として定着していた。文学を考察することは、とりもなおさずそれを著した作家の人物を考察することだったのである。だからこそ、ギッシングは人物を考察する伝記というスタイルで批評を展開しているのである。やがて、文学が教養から専門科目に「格下げ」となり、学術機関という場で研究されるに及んでからも、学術的研究成果としての批評もまた一つひとつの文学的事象や着目した観点ごとの単位ではなく、作家ごとの単位で論じるという形式を踏襲していったことは、よく知られているとおりである。ある一時期までは、あるいは今でも、文学研究に関する書籍の大半が作家の名前をタイトルにつけていたのはそのためであるし、図書館の分類法も題材となる人物ごとで配列の単位とするシステムとして作られている。こうした「作家単位主義」、「人物主義」の考え方の枠組みが必要以上に長らく続いたことの功罪はさておき、ギッシングの当時にこうした人物を単位として、伝記が批評を含み、批評が伝記的に書かれることは、一つのフォーマットであり、それ以外の場合がむしろ例外だったのである。

いま一つのギッシングの伝記的執筆に見られる特徴は、ディケンズを語る文章には、かなりの割合でギッシング自身が入り込むことである。先の『ディケンズ論』の中でも「この下りは感動的なところだ」と伝記であり批評でもあると同時に感想文にもなってしまっている箇所さえある（第一二章）。「ディケンズの思い出」でギッシングは、テニスンとディケンズを極めて個人的な体験の中での重要な出会いとして語っている。これはディケンズの伝記でもあると同時にギッシング自身の伝記を書き加えた例だろう。グッドが「ディケンズにとってのロンドンが若いギッシングにとってのロンドンであった」と論じているようにグの幼少期の死であり、ディケンズの死はギッシンギッシングにとってのロンドンでもあった」と論じているように(Goode 34)、ディケンズの体験と自分の体験が未分化であることがそのまま文に表れている。ディケンズについて書いたギッシング晩年の執筆には若い頃のものほど面白いものはあまりないとドネリーは言うが (Donnelly 202)、面白いか否かを度外視すれば、若いときのものよりも遠慮なく書き手自らを書き込んでいる点で、伝記記述変遷の一つの段階を表していると言えるのではないだろうか。ディケンズの小説の中でどうやらギッシングの一番のお気に入り『骨董屋』のようで、全集の中でも『骨董屋』の序文では、チョーサーとの比較に至る自然の描写についての論を展開する一方で、「とっても魅力的な本」、「この本の最も素晴らしいところは」と、一読者としての読書体験を隠さずに込めている。

もう一つ、ここで論じている伝記の形式にまつわることではないものの、ギッシングの伝記認識に大きく関わる点を付け加えたい。それは、ギッシングは、フォースターの伝記を通じて、ディケンズの作家としての天才性ではなく、「ディケンズが仕事をする中で、日々机に向かい、人知れぬ困難を経て、密やかな勝利を見せてくれる」（第四章）ことを大変に評価している。つまり、その強い精神と努力が記録されたものとしての伝記を評価しており、実際にギッシングが文筆の作業をするときに大いに背中を押してくれたそうだ。このことは、やはり情熱を込めて「ディケンズの思い出」でも強調して書いている。フォースターの伝記が、ディケンズの幼少時代の辛い経験を描くことで、ディケンズの悲劇的体験とならんで人とは違う特別さを打ち出したのに対して、アントニー・トロロプ（図版③）はこれとは対照的に（おそらくこれを意識して）『自伝』の中で、自分の文筆を日々の定時作業だったと披露し、作家の仕事を靴作りになぞらえてロマン主義的天才信仰を剥ぎ取って凡人の実直な仕事であることを強調しようと試みた。こうした文脈に置くとき、フォースターによる伝記は悲劇をだしにしてディケンズの天才神話をあおる構成を持つものの、ギッシングはこれをトロロプの伝記を読むように等身大のものとして読んだということになる。[6]

ギッシングが想定する伝記というものをまとめると、従来と同じく時系列で、正確な情報を与えるものとしている一方で、その題材となる人物が内心で何を思うかは、それをどう意義づけ評価するかと併せて、もっぱら書き手に委ねられていると考えていたと思われる。そして、その書き手による批評を含んでこその伝記だからである。そして、そのレベルに至って、書いてあるこ

図版③ アントニー・トロロプ（ジューリア・キャメロンによる写真、1864年）

自伝出版を通じて、ヴィクトリア朝において尊敬されていた作家という職業の舞台裏を明かし、靴屋の仕事になぞらえて誰でもできる地道な仕事であることを強調して、作家を神秘の存在から等身大の存在に変えたと言われる。

とが事実であるかどうかはあまり問題にならなくなる。その歴史的真偽とは別に、議論の当否が伝記の価値を決めることになるからである。

第四節　自分を題材にした小説——ギッシングの自伝

『イオニア海のほとり』（一九〇一）は形式としては自伝であっても内容としては旅行記である。ギッシング（図版④）も正当な自伝らしい自伝は書いていないのであるが、自分のことについて書いたものとしては『ヘンリー・ライクロフトの私記』（一九〇三）がある。これを本来の意味での自伝とは呼ぶことができないのは、明らかに記述内容が書き手の歴史的事実と対応しないので、歴史や伝記に属する記述とは見なすことができないからである。むしろ、これは自伝を装った小説ということになる。その意味では、こうした自伝の形式を持つフィクションというスタイルは、『ジェイン・エア』や『デイヴィッド・コパフィールド』と同じカテゴリーになるかも知れないが、それもよくよく比べると違っている。というのは、これらの作品は時系列で生い立ちが伝記のような方式で語られるのに対して、『ヘンリー・ライクロフトの私記』では章こそ四季に分けられているが元は順不同の断片である。その意味ではディケンズが残した中では『無商旅人』（一八五九）のようなエッセイに近い。また、ジェインやデイヴィッドがかなりの部分までその作者自身の実人生の写しであるが、ヘンリー・ライクロフトなる人物

図版④ ジョージ・ギッシング（エリオット＆フライによる写真、1901 年頃）

伝記や自伝への興味を、伝記執筆や自伝執筆以外の執筆において発揮することとなる。

は、書き手であるギッシングとは名前以外にも置かれた状況から来し方まで大いに異なった人生を送っているのだ。自伝的と言えるとしたら、ライクロフトが文筆の中で表白する考えが書き手のギッシングのものであろうと思われることくらいなのである。そういう心許ない自伝性ではあるけれど、そのスタイルは紛れもなく自伝のスタイルなのだ。

どうしてこのようなことになったのかというと、ギッシングもまた、ディケンズに負けず劣らず、はきはきと語るのがはばかられる、ぼかして語らざるを得ない人生を歩んできているという事情はあるだろう。ならば語らなければよさそうなものだが、本作の最後に綴られているように、「この人生を真面目に努力してきた証に、一冊の伝記として自分の生涯を眺めたい」という欲望がライクロフトにあり、そしておそらくギッシングにもある（「冬」第二六章）。これまで苦労して生きてきたライクロフトは三〇〇ポンドの遺産で田舎に引っ込んで悠々自適に過去を美しく回想するだけかというとそれだけでもない。世のこと、国のことを、余裕のある立場から語っていたかと思うと、突如、自分の過去を陰鬱に思い返す。今では金銭的には潤ったけれど、若い時間を満足のゆくかたちで過ごさなかったことへの後悔が非常に強いのである。若いころに歩いたように通りを軽快に歩きたいが今ではその時間が戻らないことを憂う（「冬」第五章）。自分の生涯は終わりを迎えようとしているけれど、何の仕事もして来なかったこと、なんとつまらない時間を過ごしてきたことかと悔やんでみたりする（「秋」第二三章）。これは一貫しているわけではなく、どうやら気分次第で楽観的になったり悲観的になったりと変化があるので、互いを並べると矛盾した人生観が混在している。ただ、こうした辛辣な見方を実際の生涯にするのはあまりに痛々しいがゆえに、手の込んだ設定で自伝を装った小説というかたちでの自伝を展開しているのかも知れない。

ここでも、執筆の目的を当面脇に置いて、形式の話だけをするならば、実は自分の話をしながらも、先の伝記であり批評書でもある書を書く際に出てきた、内心の吐露、人生の評価が、実は自伝においても容赦なく行われており、その点で方法を伝記と共有していることが分かる。そして、形式の上で伝記でないため、きわめて時系列や語りの手順の制約がなく断片という形式をとるため、伝記のサブジャンルであった元々のかたちよりもずっと自由になっていると言える。明らかに互いに矛盾する記述が出てきてもそれらは別の章にあり、時系列から自由であることで破綻を免れている。そもそも内容が事実であるかどうかは、伝記の場合と同じく、大事ではなくなっていっているのが分かる。これが本当にライクロフトという架空の人物が経験し考えたことなのかという問いが本質的にどうでもいいことであることから、それがギッシングの真実であるかどうかもほとんど問題にならないのである。それでもなお、その自伝的小説ならぬ自伝を装う小説が内的に保持するリアリズムについて言うならば、元々あった伝記としてのリアリズムは見る影もなく、むしろなにかしらをライクロフトが「思った」ことからくる現実性、記述の矛盾の露呈による動揺も含め、語るものの不安をリアルに伝え、内心をひたすら伝えるという、小説的なリアリズムに依拠した表現になっているのである。このように、ギッシングの自伝でない形式をとる自伝に見て取ることのできる各要素は、ギッシングの伝記に既に見ることができたものと同じ傾向のものなのだ。

＊　＊　＊　＊

ディケンズもギッシングも伝記というものに関わりつつ、自伝の試みを残している。そこには、当初歴史記述の一部であったものが、次第にその意義を変えてゆくのを見ることができる。時系列に情報を与えていくことよりも、重要な点は、語られる対象の内心の洞察、語る側の評価や分析へと移っていく。そして、話はただこの二人だけに留まらず、時代はこのあとの大きな二つの流れの分岐点に象徴的に立っている。一方は、歴史や伝記を正確にして膨大な資料に基づいてヴィクトリア朝期以上に分厚い歴史書としての伝記を、歴史家、伝記作家、学術研究者が手がけていく。科学としての事実追究であり、記録資料の生成になるわけだが、それでもやはり時系列に沿った形でのある種の物語であることはやめないのである。また、一方では、フォースターからギッシングに至っていよいよ重点が置かれる、評価付けを核とする伝記は、時系列や物証といった従来のルールからは自由になると同時に事実記録としての価値を軽くしてゆくこととなる。その過程には小説という執筆形式が与えた強い影響があった。このもうすぐ後の時代には、よく知られるとおり、ストレイチーが情報供給よりも意義の分析に重きをおいた伝記を提唱し、ウルフが外的なダイアリーよりも内的な精神のあり方の記述にこそリアリズムの核心を見出してゆくのである。ヴィクトリア朝へのアンチテーゼとして出て来るこうした方向性の萌芽は、すでにヴィクトリア朝を代表する作家の中に見ることができるのである。

一方、自伝についてであるが、本論で確認したように、ギッシングにおいて自伝、ないし自伝的内容を持つ執筆は、その元々の親ジャンルである伝記から独立して自由な形式を備え、むしろ小説に近い「架空であっても問題はない」執筆形態になる。小説の性質を移植することで、本当のことを書いているのか、本当らしく書けているのかという、歴史的忠実さについてのリアリズムの問題そのものを不問とするようになる。ヴィクトリア朝に隆盛した自伝や自伝的小説であるが、このジャンルの執筆はそれに輪をかけて、量産され、そのバリエーションを増やしてゆく。

注

1　これは「『デイヴィッド・コパフィールド』を書くことを思いつく二、三年前」のことと言っていて、フォースターが本小説の構想について知ったのは一八四八年である（『生涯』第一章第一節、第六章第六節)。

2　ただし、コリンズは、違う自伝執筆の試みであり、別のテクストだったはずだと論じている (Schlicke 158)。

3　ディケンズ自身は実に上手く虚構と事実を混ぜる方法を思いついたのだと手紙で説明している (*Dickens Letters* 5: 569; Jul. 10, 1849)。一方、フォースターは、書こうとした主題とぴったりと重なったからだという。ギッシングは両親への恨みを和らげて書きたかったからだといい (第二章)、チェスタトンは真の伝記は小説形式でしか書き得ないのだとうとうディケンズが気づいたのだと説明している(第八章)。バックリーは結果としてディケンズとは別の人物の自伝にしかなっていないと言う (Buckley 33-34)。

4　メシュエンが計画したロチェスター版ディケンズ全集は出版が中絶したので六冊のみ序文をつけて刊行された。未完の三冊分の序文は「ディケンズの思い出」(一九〇二) と共に、アメリカで『チャールズ・ディケンズ論』(一九二四) に、イギリスで『不滅のディケンズ』(一九二五) に、それぞれ収められた。さらに行方が不明であった『デイヴィッド・コパフィールド』の序文とオートグラフ版全集『デイヴィッド・コパフィールド』の序文と併せ、『ギッシングのディケンズ関連著作集』第一巻 (二〇〇四) で現在は読むことができる。ちなみにロチェスター版全集のための序文は、上の十本に加えてさらに二本書かれたらしいが失われたままである。

5　例えばドンリは本書を批評書 (critical essay) とも伝記 (biography) とも評価 (appreciation) とも呼んでいる (Donnelly 201-03)。

6　ギッシングは『ヘンリー・ライクロフトの私記』の「秋」第二二章で、トロロプはディケンズと同じことをしただけだが、書き方が悪かったのだという論を展開している。

第十三章

文人としての英雄
――ディケンズの敢闘精神とその継承者――

麻畠　徳子

書斎で夢想するディケンズの肖像画
（ロバート・ウィリアム・バス、1875 年）

ディケンズ没後 5 年に熱心なディケンズ読者であった画家によって描かれた。

第一節　ディケンズと英雄崇拝

ディケンズの自叙伝的小説『デイヴィッド・コパフィールド』（一八四九～五〇）は、次のような有名な書き出しで始まっている。

ぼくが、結局、この自叙伝の主人公になるのか、それともその地位を他の人物に取られてしまうのか、それはこの書物が教えてくれるはずだ。（第一章）

物語冒頭での「この自叙伝の主人公になる（be the hero of my own life）」という表現に込められた意味は、単に物語の主人公として読者に認められるというだけではなく、その生きざまによって人々の敬慕の的になるということも含まれているといえるだろう。そして、第四八章において、成長したデイヴィッドが「この頃までにはもう、天性と偶然がぼくを作家たらしめたのだと信じる根拠もいくらか得ていたので、自信を持って自分の天職に従事した」と語り、職業作家としての自己実現を志すとき、その生きざまは、国民的作家となったディケンズの人生に重なっていくのである。

一八七〇年六月にディケンズが亡くなり、その後、一八七二年二月に、友人のジョン・フォースターによる『チャールズ・ディケンズの生涯』（以下、『ディケンズの生涯』と略記）第一巻が刊行されたとき、その内容はまさにディケンズの人生がどんなものであったかを読者に知らしめるものであった（図版①）。また同時に、作家ディケンズの生きざまが「英雄的」と称されるものであったかどうかを、読者に問うものでもあったといえるだろう。同時代作家であったアントニー・トロロプは、一八七二年二月二七日付のジョージ・エリオット宛の書簡において、『ディケンズの生涯』第一巻を読んだ感想を次のように述べている。

フォースターの第一巻は、そうであろうと予期していたとおり、私にとって不快なものであった。ディケンズは英雄などではなかった（Dickens was no hero）。彼は力強く、才気があり、ユーモアにあふれ、多くの点で賢い男だった。しかし、ひどく無知で無神経、自分が自分の神だと思い込み、自分のまわりの人すべてにとって十分な神であると信じていた。英雄などでは決してない。[1]

生前からディケンズの作品について否定的だったトロロプだが、[2]ここでの彼の批判のなかに見られる「ディケンズは英雄などではなかった」という否定の言葉は、『デイヴィッド・コパフィールド』の冒頭を踏まえたものであるかのように読めるだろう。トロロプにとって、ディケンズを英雄視させるようなフォースターの『ディケンズの生涯』は不快に映ったのだといえる。

図版①『ディケンズの生涯』ハウスホールド版（1879年）の扉絵
生前明かされなかった幼い日のディケンズの苦労を窺い知ることができる。

トロロプには否定されたものの、ディケンズが『デイヴィッド・コパフィールド』冒頭で問うていた、職業作家が英雄的と称される姿というのはどのようなものだったのか。そこには、ディケンズが書斎に肖像画を飾るほど敬愛していた歴史評論家カーライルの思想的影響が見受けられる。一八四〇年に行われた一連の講演の第五回目において、カーライルは「文人としての英雄」という演題を掲げ、パトロンの庇護に頼らず独力で身を立てる職業作家を文学的英雄と呼んだ。カーライルは、そうした近代的な作家が「この世に現れてまだ一世紀も経っていない」と述べ、その出現を革新的なものと捉えていた。講演内容が収録された『英雄と英雄崇拝』（一八四一）のなかで、カーライルはその「英雄」的な存在を次のようなものと述べている。

約百年前まで、そのような異例の方法で独立して暮らす偉大な魂を持った人物は決して見られなかった。彼は内なる思想を印刷された本によって言明しようと努め、その行為に対して世間が彼に喜んで与えてくれるものによって、居場所と生活の道を見つけようとする。いろいろなものが市場で売り買いされてきたが、英雄的な魂が霊感を受けて書いた知恵が、あのようにありのままで売り買いされたことはなかった。彼は、著作権を持ち、著作権侵害を受けながら、むさ苦しい屋根裏部屋で、古ぼけた上着をまとって生活し、死後は墓場のなかから、生前は自分にパンを与えたり与えようとしなかったりしたあらゆる国、あらゆる時代の人々を支配する――これこそ、ずいぶん奇妙な眺め

ではないか！　これほど予想もされなかった英雄的行為はないだろう！　（第五章）

ここでカーライルが「独立して暮らす偉大な魂を持った」文人を「英雄的」と称揚する主張は、自立した作家として生きる道を切り開いてきたディケンズの職業的身分の主張と一致する。一八五〇年一月に、著述業を専門にする作家に対して年金や居住地を給付し自立を促そうとして、ディケンズが「文学・芸術同業組合」を設立したという行動に端的に見られるように、彼は著述業の職業的な身分の自立を信念とし、精力的に社会にその主張を訴えていた。フォースターの『ディケンズの生涯』では、この時期、作家のために同業組合を立ち上げ、精力的に公演活動するディケンズについて、「文人たちが有利になる計画のための素晴らしい巡業（splendid strolling）」をしていた、と述べられている（第六章第五節）。ディケンズが思い描いた職業作家の英雄的な生きざまとは、こうした著作権を所有する近代的な作家が、自立した創作活動を続けるために奮闘する姿であったといえるだろう。

トロロプとは対照的に、フォースターの『ディケンズの生涯』にそうした職業作家ディケンズの英雄性を見出したのが、ギッシングであった。ギッシングは、一八九八年出版の『チャールズ・ディケンズ論』においてフォースターの伝記に言及し、一般的には「いろいろ非難が加えられている」本書について、特筆すべき点を次のように述べている。

私に言わせれば、文学の世界での悪戦苦闘にこれから踏み出そうとする若い人（特に若い小説家）に直接役立つ本として、このフォースターの伝記は最高のものである。理由は簡単、ディケンズの仕事ぶりの逐一を、実にことこまかに示してくれるからだ。毎日机に向う姿、目に見えぬ困難、人知れぬ彼の勝利などを見せてくれる。要するに、私たちの面前で、巨匠にその人生のもっとも見事な部分を再現させているのだ。この伝記の各ページから学び取れるものは、ディケンズの創作にあたっての敢闘精神（the strenuous spirit in which Dickens wrought）である。出来栄えについての評価は何であれ、彼の熱意とエネルギーは、まさに生まれながらの芸術家のそれだ。　（第四章）

ここでギッシングは、職業作家としてのディケンズが創作現場で奮闘する「敢闘精神」を評価し、彼の芸術家としての感化力を指摘している。その感化力とは、「文学の世界での悪戦苦闘にこれから踏み出そうとする若い人」の背中を押す力に他ならない。そして、ギッシング自身がまさにその力に影響され、文筆業の苦闘に身を置き続けたのである。一九〇一年一二月二一日付の『文学』で、「ディケンズ特集号」が組まれた際に寄稿されたエッセイ「ディケンズの思い出」において、ギッシングは自分の作家人生を振り返り、「たれこめた暗雲の下で」自分を奮い立たせてくれたのは、「小説家としてのディケンズ（Dickens as a novelist）を真似ることではなくて、職人としてのディケンズ（his example as a worker）の遥かしんがりから付き従う」という同業者としての使命感であったと述べている。その意味でギッシングは、ディケンズの持つ文人としての英雄的感化力を受け止め、継承した作家の代表であったといえる。

ギッシングは『ヘンリー・ライクロフトの私記』（一九〇三、以下『ライクロフト』と略記）で「ディケンズの仕事ぶりは感化を与えて人を励ます点で、文学史上にひときわ光彩を放っている」（「秋」第二二章）と述べて、働く職業作家としてのディケンズの英雄的存在感を強調した。本稿では、そうしたディケンズの文学への献身ぶりの根本に、近代的作家として自立した創作活動を行うための「敢闘精神」があったことを論証する。そして、ディケンズの職業作家として闘った軌跡が、ギッシングを含めた後のイギリスの文筆業界にどのような影響を与えたのかを考察する。本稿の狙いは、ギッシングの指摘したディケンズの英雄性が、安易な作家の神格化に基づいたものではないことを確認したうえで、ギッシングがディケンズから継承したものを、擬似自叙伝的作品である『ライクロフト』においてどう回顧しているのかを明らかにすることである。

第二節　ディケンズによる王立文学基金との闘争

第一節で述べたように、一八五〇年、ディケンズは生活に困窮する作家に対して年金や居住地を給付し自立を援助するために、文学・芸術同業組合を創設した。もともとは、当時ディケンズと共に『十人十色』という素人劇団による公演を成功させた、下院議員のブルワー＝リットンによる発案（*Dickens Letters* 6: 328）で、公演で得た収益を基に貧窮する作家たちを援助する組織を作ろうという計画が持ち上がったのである。単なる慈善団体ではなく、作家と芸術家が相互のために自ら資金を提供する専門家の団体として、この同業組合の構想は壮大なものであった。この構想について、ディケンズは一八五一年一月五日付のリットン宛の書簡において、次のように述べて意欲をのぞかせている。

> 私はこの計画が実行されたら、イングランドの文芸に携わる人間の社会的地位はすっかり変わり、革命的な出来事となるのを心から信じています。しかもそれを成し遂げることができるのは、いかなる政府でもなく、またこの地上のいかなる権力でもなく、作家自身にほかならないのです。もし我々がたゆまぬ精力で実行に移すならば、私は――とても壮大に始まった――この計画に絶対的な自信があります。我々の手中にこの先数世紀もの文人たちの平和と名誉を握っていること、そして、あなたが彼らの最善かつもっとも不朽の恩恵者となるべく運命づけられていることを、強く確信しています。
>
> (*Dickens Letters* 6: 259)

ここでディケンズは「イギリスの文芸に携わる人間の社会的地位」が向上するために貢献することについての意欲を示している。そして、作家の地位向上が「いかなる政府でもなく、またこの地上のいかなる権力でもなく、作家自身」によって促されることを期待している。文筆業は独立を維持するに値する専門職であるというディケンズの信念は、ここからも窺うことができるだろう。ギッシングは『ライクロフト』で、ディケンズが個人的にだけではなく、時代と階級の要請に応えようとして奮闘した作家であったことについて、「律儀な作家」と形容し、「すでに充分な貯えがありながら、自身のためではなしに財産を殖やそうと身を粉にした」と評している（「秋」第二二章）。

同業組合設立に関するディケンズの言動は、彼の生涯にわたる職業的主張を端的に物語っているといえる。しかし、ディケンズが夢想したように、この組織が「イギリスの文芸に携わる人間」に影響を与えたかといえば、そこには疑問が残る。なぜなら、一八九八年に組織が消滅するまでの四八年間のうち、同業組合は「三名の年金受給者を選定して、ほんの一握りの助成金を与えたにすぎなかった」(Cross 70) からである。活動実績において大したものを残せなかった同業組合事業について、一部のディケンズの伝記作家や研究家には、当初の壮大な構想だけを焦点化し、過大評価する傾向が見受けられる。たとえば、F・G・キットンは「人生のいかなる目的といえども、文学・芸術同業組合の事業ほどチャールズ・ディケンズの実践的熱意を引き起こしたものはなかった」(Kitton 329) と述べている。また、エドガー・ジョンソンは、ディケンズによる作家や芸術家の「経済的自立に関する立派な理想と勇敢な言葉」を賞賛し、「先見の明による近代的な基金の開設」(Johnson 380-81) を称えている。しかし、構想の壮大さが実を結ばなかったという点からいえば、「ディケンズが自ら企てたことに対して、これほど非実践的になったことはなかった」(Cross 75) と見る方が妥当だろう。

ただし、ディケンズが同業組合による活動において実績を残すことができなかったからといって、彼がその活動によって何の社会的影響も及ぼさなかったというわけではない。なぜなら、同業組合の事業は、ディケンズと王立文学基金（図版②）との関係を考慮しなければ理解できない側面があるからである。一八三九年以降、ディケンズは、一七九〇年に創設された、貧窮する作家の経済的援助を行う慈善団体である王立文学基金の役員に加わり、積極的に活動してきたが、やがてその運営に対して幻滅するようになっていた。同業組合は、ディケンズが基金の運営から離れて、独自に作家支援を行えるようにするために構想された団体だった。しかし、一八五四年にリットンが議案を提出し、同業組合は法人として事業が承認されたが、その法人化に伴い、以後七年間は年金を与えてはならないという禁止条項が加わった (Mackenzie 345) ために、当面の同業組合の実行力のなさが明白になったのである。そのため、ディケンズは再び王立文学基金の運営に活路を見出し、一八五五年から五九年にかけて、基金の改革に乗り出したのである。したがって、ディケンズが作家の社会的地位向上のために奮闘した軌跡は、同業組合の活動それ自体よりもむしろ、王立文学基金との関わりにおいて辿ることができるといえる。

図版②　王立文学基金（Royal Literary Fund）の紋章
1790 年にデイヴィッド・ウィリアムズによって設立され、
1818 年に法人化された。

ディケンズと王立文学基金との関係は、『ピクウィック・クラブ』（一八三五〜三七）において、下院議員トマス・タルフォードに献辞へ捧げたことに端を発する。当時タルフォードは、著作権法改正案を提出し、文筆家の著作権保護のために奮闘する政治家として、文人たちからの支持を受けていた。ディケンズの献辞の存在を知った、タルフォードの支援者のひとりであるウィリアム・ジャーダンに誘われて、同年五月三日にディケンズは基金の第四八回年次記念ディナーに出席することとなる。その席で「ディケンズ氏と今日の新進作家のために」という乾杯の辞を受けて、ディケンズはスピーチを行ったが、これは作家としてまだ駆け出しであった彼が「初めて公の場で発言した重大な出来事」（Mackenzie 58）であった。そして、一八三九年三月一三日に、オクテイヴィアン・ブルーイットが文学基金の幹事に選出された際、ディケンズも委員のひとりに選出されたのである（271）。

　こうした経緯を見ると、ディケンズにとって基金の運営に加わることは、作家として一人前と認められた晴れがましい出来事であったはずだ。クロスによれば、それ以降ディケンズは基金のために積極的な貢献をなしており、一八四九年は「ディケンズが委員会のメンバーとして最も積極的に活動した」年だったが、この頃には「すでに基金の運営に幻滅を感じるようになっていた」（Cross 31）という。ディケンズが基金のありかたに不満を覚えるようになった要因は、一八四九年九月八日の『アセニアム』誌において、基金の定例ディナーの開催について報じられている、その記事の論調から窺うことができる。この記事は、恒例のディナーが催されたことについて、冒頭から「協会の定例ディナー、そして――年に一回の賛辞を掲げる――定例の自画自賛の会が開催された」[3]と切り出し、「次の催しが開かれる前に、我々が今ここで述べようとしていることは多分忘れられてしまうだろう」と述べて、基金の活動が閉鎖的で自己満足的に展開されていることを揶揄している。そして、委員会の会合に評議員は出席することができず、実質評議会には何の権限も与えられていない基金の運営体制を問題視した。また、文学基金の援助金の平均値が三十ポンドであり[4]、基金の運営経費に比べてその支給額の少なさが顕著であることも、批判の対象であった。こうした批判の声は、のちにディケンズが基金の改革に乗り出した時に主張したことと一致するものである。

前述したように、文学・芸術同業組合の活動が頓挫した後、ディケンズは基金の改革に乗り出すこととなる。一八五五年三月一四日の年一度の定期総会で、ディケンズは『アセニアム』誌の編集者であったチャールズ・ディルクを中心とした改革派とともに、基金に対する異議申し立てを行った。ディケンズは、前もって周囲の関係者に定期総会への出席を呼びかける周到さ (*Dickens Letters* 8: 562-63) で、スピーチにおいては「あらゆる議論のまえに……この協会は文学と科学に携わる者の手にすべて委ねられるべきで、その他の者たちは一切お呼びでないのである」[5]と主張した。ディケンズは、現在の基金が「あまりに馬鹿げていて、不合理なほど一貫性がなく、明らかに本末転倒だ」と強く批判し、大論争の末に、総会の同意で基金の憲章の問題を検討する特別委員会が設けられることになった。一連の騒動を報じた各紙は、一様にこの結果はディケンズの勝利と称し、「チャールズ・ディケンズ氏が腐敗した組織に与えた最後の一撃」[6]と称賛した。

同年六月一六日にディケンズが委員長を務める特別委員会が開催されたが、彼はそこでも、「まずなによりも、文学基金はあまりに長い年月の間眠り過ぎていたため、叩き起こすことが絶対に必要である。そして、ああ神よ、彼らは何らかの方法でベッドから蹴り出されることになるだろう」という熱のこもったスピーチを行っている (Mackenzie 273)。すでに見た定期総会のスピーチ同様、ディケンズが基金改革について支持を求めようとする際、その言動は論理的というよりも感情的に訴えかけるものが主であったといえる。そして、そうしたディケンズの感情的な言動は、特別委員会の提案が結局賛同を得られずに否決された後、ますます過激なものになっていったのである。

一八五五年の基金改革は失敗に終わったが、翌年三月一三日に開催された定例総会でも、ディケンズは再び基金を批判するスピーチを行っている。ディケンズは、「作家たちに関して、職業作家 (a writer by profession) として言わせてもらえば、申請者が救済を受けるに値するかどうかを確かめるために綿密な調査が必要だと言われていることは、本末転倒な言い訳だ」と述べ、「働く文人 (working literary men) なら、その委員会によの前に提出された事案についての知識ぐらい、その委員会によってかき集められうるものより、はるかに多く持ち合わせているだろう」(*Dickens Speeches* 184)と、基金の申請者に対する冷淡な態度を非難した。このスピーチに見られるように、ディケンズの基金への反発は、職業作家の困窮にたいする基金側の無理解に向けられていると言える。ディケンズは、現在の基金が「高価な正餐の席を設けて定例の誇大広告を行い、大勢の著名な方々へ一連のぜいたくなおべっかを送る」ことに夢中になっている団体だとして、組織改革の必要性を主張したのである。

しかし、その熱意がゆえにディケンズの言動は年々戦闘的なものになっていき、彼は潜在的な支持者を失っていったと言える。一八五六年に定例総会でのディケンズのスピーチを聞いた作家チャールズ・マクファーレンは、基金幹事のブルーイットに宛てた書簡のなかで、「本当にディケンズはひどく浅はかで無礼でした。彼は一時的な成功のせいで慢心を起こしているのです」[7]と述べている。そして、ディケンズ自身も、一八五七年の定例総会で再び主張が否決された後、一八五七年三月一九日付のディルクに宛てた書簡において、「個人的に言わせてもらえば、私が戦化粧を施し、平和のキセルを葬って、委員会の頭皮めがけて雄叫びを上げていると切に伝えたい」(Mackenzie 288)と述べ、基金の改革に向けた熱意よりも、基金の委員会への復讐の色合いを強めていった。そして、一八五八年には、基金への反発がついにパンフレット戦争にまで発展した後[8]、ディケンズは定例総会を経て、「彼らがその行いを正して家を建て直すか、それとも家なしで、あるいは家もろともに滅んでしまうか、そのいずれかであることは死と同じくらい確かなことである」[9]という文章を記して、同業組合の代わりとなりうる組織に基金を変革しようとした当初の熱意を、報復の念に変えてしまった。そして、一八五五年から続いたディケンズの基金との闘争は、お互いの遺恨が晴らされないまま、組織の体制を変えることなく終わったのである。

第三節　ベザントによる作家協会の創設

失敗に終わったとはいえ、ディケンズの王立文学基金との闘争は五年間にも及び、同業組合の事業も含めれば、それに費やされた労力はすさまじいものであった。クロスは、「ディケンズの友人や党派心の強い伝記作家および歴史家の何人かは、ディケンズの基金との闘争に関して性格づけを行なって、中流階級の職業作家による貴族および上流階級の素人作家に対する闘いであると述べてきた」が、「事情はそれよりももっと複雑である」と指摘している(Cross 35)。クロスによれば、基金改革派の陣容にも貴族階級の支援者が存在しており、他方、基金の委員会にもサッカレーをはじめとする専業作家が存在していたため、「ディケンズの基金との闘争」は階級や職業の違いによって「性格づけ」を行えるものではないという。クロスは、両者の主な相違が「どんな文学活動を選択したかという点」にあると考察しており、基金側に小説家や詩人がほとんどいない点をその相違に挙げている(36)。

しかし、そうした相違点に加えて、文筆業は独立を維持するに値する専門職であるというディケンズの職業意識について、共感できる人々が当時はまだ少数派であったという点も見逃すことはできないだろう。ディケンズのように、創作活動だけで自活することのできる作家は稀であり、作家という職業を選ぶこと自体が貧窮を覚悟することであった。そのため、サッカレーのような専業作家であっても、作家稼業を社会的に認められた立派な専門職だとは主張できなかったのである。ディケンズが基金に求めたのは、そうした職業に身を投じようとする人々の不安を払拭することのできる組織的な支援であり、将来的な自立を促すことのできる経済的な援助であったといえる。ディケンズの基金との闘争には、「文学の世界での悪戦苦闘にこれから踏み出そうとする若い人」の後押しをしようとする彼の英雄的使命感が窺えるのである。一八四八年一月九日付のサッカレー宛ての書簡には、ディケンズのこうした使命感の萌芽をすでに見ることができる。ディケンズは「とりとめもない、自己中心的な考え」と断りながら、次のように述べている。

> 私はときどき、自分の成功が有能な作家たちのために道を開いたということを考えて、本当に満足感を覚えることがある。そして、このことを私は今も確信しているし、死ぬ時も当然確信しているだろう。私のあらゆる社会活動において、必ずやこの名誉と威厳を忘れずにいよう、そして彼らの正当な場所を静かに主張していくために常に何かをしようと思っているのだ。イギリスの文人の地位をこれまでよりもよい、もっと独立したものにしたい、という希望がいつも頭から離れない。
>
> (*Dickens Letters* 5: 227)

ここで述べられている、成功した職業作家としての「名誉と威厳」から来る、後進への道を切り開こうとする英雄的使命感が、基金の改革にあたってのディケンズの熱意に反映されたと言えるだろう。

他方、一八六四年から基金の委員会に選出されたトロロプは、その後十八年間にわたって基金の運営に関わったが、そこから導き出されたのは、作家という職業に対する否定的な認識であった。トロロプは、『自叙伝』（一八八一）のなかで基金の委員としての務めを振り返りながら、「基金の目的のために積極的に活動することによって私が得た経験から言って、私は誰であろうと若い男女に対して、大胆に文学の道に入って生活の糧を求めなさいなどとは、絶対に助言することはできないのである」（第一一章）と述べている。同じ基金の運営に携わった作家であっても、ディケンズとトロロプの間には、作家という職業を志すことへの態度の違いが見受けられるのである。

ギッシングは、『ライクロフト』において、こうした両者の意識の違いからくる芸術家としての感化力の差を指摘している。『ライクロフト』の「秋」第二二章において、ギッシングは、トロロプが『自叙伝』で明かした、「機械的な文章作法」が読者の不評を買い、作品の評価を下げているという「文芸批評に散見される議論」に言及し、作家独自の文学作法を一般に知られることが必ずしも作品の評価を低下させるわけではないという反証として、ジョン・フォースターの『ディケンズの生涯』を引き合いに挙げた。そして、この出版によってディケンズの文学作法が明かされたことによって「ディケンズの文学に愛想を尽かした熱烈な読者がただの一人でもいただろうか」と問いかけ、「仕掛かりの一章をこつこつ書き進めるチャールズ・ディケンズと、十五分で何語と勢いに任せて書き飛ばすトロロプの姿は画然と違う」と述べた。これに続いてギッシングは、「ディケンズの仕事ぶり」が「感化を与えて人を励ます点」を「文学史上にひときわ光彩を放っている」と称賛した。「ディケンズ愛好家」(*Gissing Heritage* 405) であるギッシングのこの言葉は、一見一方に偏った賛辞のように映る。しかし、これまで辿ってきたことを踏まえると、ここで両者を比較することは、ディケンズの英雄性がどこに由来するのか、ギッシングが直感的に理解していたことの裏付けとも捉えられる。

ディケンズの一連の企ては、強い信念に基づくものであったにも関わらず失敗に終わったが、彼が文学・芸術同業組合を構想した壮大な事業は、一八八四年に「作家協会（図版③）(Society of Authors)」を創設したウォルター・ベザント（図版③）によって引き継がれていった。ベザントは、一八八九年七月号の『コンテンポラリー・レビュー』誌で、「最初の作家協会」と題したエッセイにおいて、彼が創設した作家協会の前身にあたる団体の失敗について言及している。前身の団体とは、一八四三年

図版③『シカゴ・ヘラルド』誌に掲載されたベザントの戯画（1898年）

右足にディケンズ、左足にシェイクスピアと書かれており、イギリスの文人の代表と見なされていたことを表しているようである。

三月二五日に初会合が開かれ、四月八日にディケンズが議長を務めた「英国作家協会（Society of British Authors）」のことであり、作家たちの自助と相互支援を謳ったという点で、のちの文学・芸術同業組合の構想に引き継がれるところがあるものであった。ベザントは、短命に終わった前身の英国作家協会について、その原因を次のように分析している。

いかなる場合でも、新しい協会が設立されるとき、当初においてその成功と将来を決定づけるのは一人の人物、まさに一人の人物の力に他ならない。指導するのも、生気を吹き込むのも、さまざまな考えを取りまとめ、進路を方向づけ、政策を決定するのも、また、会全体を思いやるのも、一人の人物なのである。

(Besant 303)

ここでベザントは、専門家の協力組織を成功させるのに不可欠なリーダーシップの欠如を指摘している。事実、ディケンズは作家たちの意見をとりまとめようとせず、一八四三年四月二七日付の書簡において、早々に英国作家協会の活動から手を引く意向を表明した。[10] ベザントは、そうした同業者同士の分裂という失敗を踏まえ、新たに発足した作家協会について、「新たなイギリスの協会は先の世代が放り投げた仕事を引き受け、現在の明確な方針をもって、精力的にその目的を推し進めているところだ」(304) と述べている。その意味で、ディケンズの文学・芸術同業組合という壮大な構想は、ベザントによってようやく実現され、後の英国文筆業界に影響を与えたということができる。

第四節　ギッシングによる内なる闘争回顧録

一八八四年に作家協会が設立されたものの、職業作家として生きる道はまだ不安定なものだった。ギッシングは、『三文文士』（一八九一）を出版後作家協会に入会し、代理人を通じた執筆依頼交渉をするようになっていき、作家としての知名度を上げていったが、私生活における苦労も相まって、生活の困窮から完全に脱することはできなかった。文学市場が急激に大衆化するなかで、文学の道を歩き続けたギッシングにとって、困窮するなかでも作品を執筆する活動それ自体が、ギッシングなりにディケンズから継承した敢闘精神の表れであったといえるだろう。

しかしながら、『三文文士』において、不遇のなかで闘う作家の姿を世に知らしめたギッシングが一転、晩年『ライクロフト』のなかで作家稼業に対する諦念を吐露していることは、一体どういう意味を持つのであろうか。『チャールズ・ディケンズ』においては「文学の世界での悪戦苦闘にこれから踏み出そうとする若い人に直接役立つ」本として、フォースターの伝記を挙げていながら、『ライクロフト』においては、作家を志すことを推奨する言動について、次のように述べているのである。

> 生涯の惨めな体験を引きずっている立場から言わせてもらうと、男であれ女であれ、若い者に「文学」に生きることを奨めるのは罪でしかない。愚見にいくらかなりとうなずくべきところがあるならば、万人を前に声を大にしてこれを言いたい。どんな形であれ、生きるための闘いは難儀だが、文学の現場の波風、浮き沈みは何よりもえげつなく身につらい。（「春」第一八章）

この主張を文字どおり捉えれば、ギッシングはトロロプ同様、自身の作家人生を振り返って、作家を志すことについて否定的な見解を持つに至ったということができる。それはつまり、ギッシングがディケンズから継承した敢闘精神の否定を意味する。晩年のギッシングは、ディケンズが収めたような文学による商業的な成功に見切りをつけ、そこでの奮闘は無意味であるという答えを『ライクロフト』によって提示したというべきなのだろうか。

　ここではまず、『ライクロフト』は擬似自叙伝的エッセイ集であるという形式をとっている以上、ギッシングがヘンリー・ライクロフトというペルソナの裏にひそませている真意を疑わねばならない。何よりこの作品は、ギッシングの創作してきた写実主義的小説群と作風が異なっているため、一九〇三年二月二一日付の『アセニアム』誌においても、「ギッシングの小説だけを知る者にとってはなじみのない状態の作者に出会う」と評されている (*Gissing Heritage* 417)。本節では、異色の作品である『ライクロフト』を、ギッシングがディケンズから継承した敢闘精神をどう回顧しているのかという観点から考察してみたい。

　不意に財産を手にしたことによって、三十年余りの苦しい文筆業から足を洗い、自然豊かな田舎での隠遁生活を送ることになったライクロフトは、一見この世の幸福を獲得したかのように思えるが、『ライクロフト』の記述から窺えるのは、全体的に〈メランコリー〉な調子である。一九〇三年四月四日付の『ニューヨーク・デイリー・トリビューン』紙でも、この作品は「癒しがたいメランコリーが全体の基調である」と評されている (*Gissing Heritage* 425)。同誌のレビューによれば、それは三十年余りの文筆業が作者に残した傷跡であって、「彼が述べる全てのことにほとんど痛ましい調子がある」という。その調子は、『ライクロフト』冒頭の「春」第一章から早々に窺うことができる。一週間余り手を触れていないペン軸が、こちらを恨みがましく見つめているようだと感じるライクロフトは、それを手にした当初のことを振り返り、「自分から意欲を燃やしてペンを持った」若き日の自分の「期待は裏切られた」と述べている。それは、「書いたものは一つとして長く残る作品の名に価しなかったから」である。大衆化が進む出版市場において、ディケンズのように、大衆読者にうまく迎合することができなかったことによる苦節の年月は、『ライクロフト』全体に影を落としている。

　しかし、ライクロフトが売れない作家として生活していた若き日の自分を振り返るとき、そこには青春時代を美化するような前向きな言葉が並んでいる。たとえば、「春」第八章では、「貧苦に喘ぎ、今から思えば背筋が寒くなるような悪条件と闘っていた当時、被害者意識は欠片もなかった」と述べられており、ライクロフトはそうした当時を回顧して、「人間の幸福を考えると、あの頃の自分は果たして本当に不幸だったかどうか、何とも言えない」と述べている。また、「春」ついて、「あの頃は志があった。希望に燃えていた。人が憐れんでいると知ったらさぞかし驚き、かつ憤然としたことだろう」と振り返っている。そして、この章は、金銭的な幸福を手にして文筆業から退くことのできた五三歳の自分と比較して、「三十年前を思えば、今はまるで意気地のない出来そこないだ」と憂えて、締めくくられているのである。したがって、『ライクロフト』全体のメランコリックなトーンは、創作現場で闘っていた若き日の作家の姿を輝かせることに寄与しているといえるだろう。執筆当時四四歳であったギッシング（図版④）が、ライクロフトという老年のペルソナを用いて試みたのは、フォースターの『ディケンズ伝』を通じて明らかにされた創作現場のディケンズの姿のように、闘う職業作家としての自分の姿を読者に英雄的に伝えることだったのではないだろうか。

前述したように、生活に苦労することが分かっていて「若い者に『文学』に生きることを推奨するのは罪でしかない」と述べていながら、ライクロフトは、「秋」第二一章において、最近の若手作家が安易に「作家の道」に入り、著名人のような社交生活を送っていることについて苦言を呈している。

図版④ エリオット＆フライ社によって撮影された 44 歳のジョージ・ギッシングの写真

『ライクロフト』出版の前年は『ディケンズの生涯』の縮約改訂版を発表し、ディケンズ没後の作品再評価に精力を傾けた。

どうやら、作家への道はえらく平坦になっていると見える。今日、中流の上の教育を受けた若造が文筆で立とうと思いつめれば、食うに困ることはないだろう。……もちろん、飢えが優れた文学を生むとは限るまいが、この手の素人作家はどうも胡散臭い。いくらか才能を示して見込みのありそうな新人もちらほらいることはいる。そういう作家は悲惨な目に遭って寄る辺なく路頭に迷うのが何よりだ。それきり作家生命を断たれるかもしれない。だが、約束された将来に待ち受けているであろう精神の脂肪変性を思えば、飢えの恐怖も耐えられるはずではないか。

（「秋」第二〇章）

ここで、ライクロフトは自分の「生涯の惨めな体験」から作家になることを勧めないと前述していながら、矛盾するかのように、若手作家には「悲惨な目に遭って寄る辺なく路頭に迷う」ことが必要だと述べている。この苦言は、ライクロフトが若き日の自分の生活苦を美化したことと、同じ動機に基づいているといえる。ライクロフトは、困難に耐えてでも作家を天職と信じて執筆活動を続けることのできる精神を鍛えた自分の過去を、職業作家としての矜持と見なしているのである。そして、そうした強靭な精神は、ギッシングがディケンズから継承した職業作家の「敢闘精神」と呼ぶべきものであるといえよう。

『ライクロフト』の最後は、まるで死期を予感した遺言のような言葉で結ばれている。この『ライクロフト』を、ギッシングの擬似的自叙伝としてみた場合、その結びは彼の作家人生を回顧した末に出てきた言葉だといえるだろう。ライクロフトは、あと一年の命であっても思い残すことはないと振り返り、「作品は褒められたものではないが、努力は怠らなかった。時間と境遇と才能の許す限りで頑張った。残された時間もそんなふうに過ごしたい」（「冬」第二六章）と述べている。『ライクロフト』のなかで、作家稼業の苦労や大衆読者に対する不満はたびたび言及されているが、それでも最後に作家としての人生を回顧した時に、一番に残したい思いは、諦念ではなく職業作家として闘ったという自負の念だったのである。そして、その私記を一篇の伝記として読者に受け止めてもらいたいというライクロフトの思いには、ギッシングが自身の職業作家としての人生を読者に知ってもらい、そこに彼の矜持を見出してもらいたいという願いが重ねられているように思われる。

ウォルター・アレンによれば、『ライクロフト』にはギッシングの自己に没入する傾向が顕著であり、この作品は「単にギッシングの自己憐憫の見事な事象」[11]であると評されている（Allen 291）。しかし、ギッシングが『ライクロフト』の緒言において、この私記を発表するに至った経緯を説明する際に、ライクロフトの「期せずして行間に滲み出た自己顕示の真意」のありかについて言及していることを考慮すると、この作品は単なるギッシングの客観性を欠いた自己憐憫に過ぎないと言って片づけられるものではない。むしろ、老年の作家というペルソナを用いて、ロンドンの劣悪な創作現場に立つ若き日の作家の姿を美化するように描いたギッシングの戦略的な意図は、ギッシングという作家の生きざまを『ライクロフト』を通じて間接的に読者に知らしめることだったのではないだろうか。そして、『ライクロフト』という作品をそのように捉えた場合、ディケンズとギッシングの獲得してきた読者の数には大きな差があるにせよ、ギッシングもまた自身の読者に対して作家という職業的身分の主張を行い、作家の「自由と気位」（「春」第九章）が理解されることを信じていたといえるのではないだろうか。ここにディケンズとギッシングの世代を超えた職業意識の一致を見ることができるのである。

注

1 N. John Hall, ed., *The Letters of Anthony Trollope*, vol. 2 (Stanford: Stanford UP, 1983) 557-58.

2 トロロプとディケンズについては、Andrew Sanders, *Anthony Trollope* (Plymouth: Northcote, 1998) 24-26 を参照。

3 "The Literary Fund," *The Athnaeum* (Sept. 8, 1849) 909-11.

4 Nigel Cross, *The Common Writer: Life in Nineteenth-Century Grub Street* (Cambridge, UK: Cambridge UP, 1985) 32.

5 一八五五年の王立文学基金の年次総会におけるディケンズの発言については、"Dickens and the Royal Literary Fund Part 1" (*The Times Literary Supplement*, Oct. 15, 1954) を参照

6 一八五五年の年次総会直後の各紙の反応については、"Dickens and the Royal Literary Fund Part 2" (*The Times Literary Supplement*, Oct. 22, 1954) を参照。引用したのは、ディケンズと懇意であったジャーナリストのダグラス・ジェロルドによる記事の抜粋である。

7 Qtd. in Cross 33.

8 一八五八年の年次総会前に、改革派による「文学基金の改革者の論拠」という小冊子が、新聞社と寄付者に配布された。それに対して、基金側はロバート・ベルを指名し、「基金の記録から得た事実の要約」という返答文を書かせた。基金の運営経費の額をめぐって、両陣営は対立した。

9 一八五八年の年次総会後、改革派は「基金の記録から得た事実の要約」に対する返答文を公表したが、そこでディケンズは捨て台詞を述べて、基金改革から手を引いた (Dickens, et al., *The Answer* 16)。

10 一八四三年四月二七日付のチャールズ・バベッジ宛の書簡で、ディケンズは発足したばかりの英国作家協会について、「理論上はその構想に賛成だが、現実的には無謀だと思われる」(*Dickens Letters* 3: 478) と述べて、協会から脱退する意向を示した。

11 Walter Allen, *The English Novel* (Aylesbury: Pelican, 1973) 291.

第十四章

諷刺される十九世紀英国の室内装飾

三宅　敦子

ロンドン万博（1851年）での家具の展示

中産階級の男女が手前のコーナーに展示されたピアノや椅子を見学している様子を描いている。

第一節　ロンドン万博とデザイン改革

ヴィクトリア朝英国のメルクマール的イベントであるロンドン万博は、一八五一年五月一日に水晶宮で開幕した。正式名称を万国産業生産品大博覧会という。博覧会の成功には二名の立役者がいた。旗印としてのヴィクトリア女王の夫アルバート公と、旗振り役のヘンリー・コールである。多面的なイベントであったロンドン万博は、ヴィクトリア朝の住環境をその後支配することになる、デザイン改革という国家主導のアート普及運動の出発点でもあった。ここでいう「アート」は包括的な用語で、絵画や彫刻のような、いわゆる美術のみならず、今でいう工芸も含んでいる。『イラストレイティッド・ロンドン・ニュース』は、開幕二日後に「博覧会特別号」（一八五一年五月三日）を刊行し、W・ブランチャード・ジェロルドというジャーナリストによる「産業博覧会の歴史」と題する連載記事を掲載した。記事の解説によれば、計画段階でのロンドン万博の主たる目的は、英国製品のデザイン向上と、製作に携わる労働者階級や完成した製品の購買層となる中産階級を、アートに関して教化することであった。

連載記事の「第一章　はじめに」で、ジェロルドはフランスという成功例を引き合いに出しながら、国家主導でのアート普及の意義について次のように説明している。

国家がアートを促進することで生まれる効果は、今やフランス社会のあらゆる階級に感じられる。ここ五十年ほどの間、フランス政府はアート全般を育成してきた。フランスのあらゆる町に初等芸術学校が存在するおかげで、英国でさえも競うことを恐れるような、フランス国民に特有の優れた趣味が発展した。この趣味のよさはまず、国家による産業博覧会の結果であり、次に今言及した初等芸術学校の成果である。[1]

背景には、アートは産業・工業・商業と結びつき、優れた輸出品に姿を変えて、国力の増強に貢献するという期待があった。この連載記事の一面に掲載された挿絵（図版①）は、その考えを如実に物語っている。ＩＮＤＵＳＴＲＹと書かれた旗とＡＲＴＳと書かれた旗を持った二人の天使が、肩を組みながら空を飛翔している挿絵は、この期待の図像化である。国家主導のアート普及活動は、製造者である労働者階級の趣味を向上させ、産業製品輸出国としての英国の国力増強に貢献するのみならず、購買層である中産階級の趣味の向上を経て、最終的には英国民全体の趣味の底上げという効果を発揮すると信じられていた。

とはいえ、たかだか五ケ月半の展示期間中に、多数の国民が優れた工芸品を見物したからといって、即座に英国民の趣味が向上するわけではない。それはあくまで入り口であり、この最終目標の達成には、教育というシステムが不可欠と考えられた。そのため旗振り役のコールは、趣味の教育システムの構築にも

図版①「博覧会特別号」（1851 年 5 月 3 日）の第一面の下半分に掲載された挿絵の一部
左の天使が持つ旗には INDUSTRY と、右の天使が持つ旗には ARTS と書かれている。

貢献した。

英国製品の低質なデザインは、コールが表舞台に登場する以前から、英国政府の懸念の一つとなっていた。高品質のデザインを生み出す人材育成という目的で、一八三七年に官立のデザイン学校が設立されたが、これといった成果が上がらず、その教育は芸術家や知識人に加え、製造業者からも評判が悪かった。[2]こうした状況を改善するのにうってつけの人物だったコールは、もう一つの大問題であったデザインの知的財産権と、デザイン学校の在り方について検討する委員会を、一八四九年に立ち上げた。同年三月には、『デザインと製品のための雑誌』という月刊誌を創刊した。菅靖子はこの雑誌を、デザイン教育の理論化を目指し「日用品のデザインの統制を試みた初の手引書」[3]であると評価している。コールは「よき趣味」と彼が呼ぶ美の基準を、デザイン学校とデザイン教化の雑誌という二種類の媒体を通して英国民に周知する活動を経て、デザイン改革の鍵を握る人物となっていった。

第二節　ディケンズが描くデザイン改革

十九世紀半ばの英国社会で、このように八面六臂の活躍をしたコールは、当代きっての人気作家であったディケンズの知人でもあった。ディケンズは、労働者階級にロンドン万博への訪問を促す目的で設置された労働者階級中央委員会のメンバーとして、一八五〇年の四月から短期間、万博開催準備に携わっていた。そして一八五四年の『ハード・タイムズ』連載当時、コールと書簡をやり取りする間柄だった。

この小説でコールは諷刺の対象となっている。エヴリマン・ディケンズ・シリーズの『ハード・タイムズ』(一九九四)の編者グレアム・スミスは、登場人物の一人「三人目の紳士」が、ヘンリー・コールの諷刺であると注で言及している(Smith 280)。この発見はJ・K・フィールディングと、フィリップ・コリンズの研究に負うところが大きい。フィールディングはディケンズのメモに、第一巻第二章に書くものとして「コール、グラッドグラインド氏、シシー、ビッツァー」という人物名と、「モールバラ館の教義」が挙げられていることを指摘している。このメモから、当該章に登場する「三人目の紳士」という人物がコールであることは、ほぼ間違いないと見ており(Fielding 273)、コリンズもこの意見に同意している。[4]

「三人目の紳士」は、『ハード・タイムズ』第一巻第一章の最後の段落で登場する。彼は政府の役人であり、「官僚たちが地上に君臨することになる役所の黄金時代を、築き上げる責務を権限のある者から任されていた」(第一巻第二章)。舞台は「殺風景で、何の飾り気もない、単調な丸天井の教室」(第一巻第一章)で、無垢な子供たちが人生で必要なものは「事実のみ」と説教される場面である。教室には、生徒であるシシー・ジュープたちと、資本家で学校経営者のグラッドグラインド氏がおり、「三人目の紳士」はそこに視察に来ている。

この場面は「無垢なるものたちの殺害」と題された第一巻第二章に引き継がれる。子供たちと質疑応答しながら事実の重要性について説教する中で、「三人目の紳士」は「部屋に馬の模様の壁紙を張りますか」と問う。問われた子供の一人が、壁には馬柄の壁紙は貼らずに馬の絵を描くと答える。すると、「三人目の紳士」は「壁紙は張らなければならない」と反論する。加えて「三人目の紳士」は、馬が実際に部屋の壁を歩き回ることはないので、馬柄の壁紙はよろしくないと解説する。そして「実際に見ないものは、どこであろうと見ない。実際に持っていないものは、どこであろうと持っていない。趣味とは事実の別名にすぎないのだ」と付け加える。この説教に対し、グラッドグラインド氏は「これは新しい原理、発見、偉大な発見なのだ」と賛同し、話題はカーペットに移る。

「三人目の紳士」は次に「花柄のカーペットを敷きますか」(第一巻第二章)と尋ねる。花が好きなので敷きたいというシシーの答えに反応して「三人目の紳士」は次のように説教する。

空想などという言葉は、一切捨てなければならない。そんなものは君には何の関係もないのだ。実用品であれ、装飾品であれ、事実と矛盾するものを持つべきではない。実際に花の上を歩いたりはしない。だからカーペットであっても、花の上を歩くことは許されないのだ。外国の鳥や蝶が、君たちの陶器にやってきて止まることはない。だから君たちの陶器に、外国の鳥や蝶の絵を描いてはいけない。四足の動物が壁を上り下りするのに、出くわすことはないだろう。だから壁に四足の動物を描いてはいけないのだ。壁紙やカーペットといったもの全てには、証明や論証が可能な幾何学模様を、（原色で）組み合わせたり修正したりして使わなければならない。これが新発見なのだ。事実なのだ。よき趣味なのだ。

「三人目の紳士」とシシーたちとの壁紙とカーペットをめぐる議論は、全体としてみれば、「よき趣味」の普及を核とするデザイン改革全体を諷刺している。[5] 二種類の質疑応答に、何の脈絡もなく登場する「趣味」という言葉、そして「証明や論証が可能な幾何学模様」は、デザイン改革のキーワードであり、特に後者は、オーウェン・ジョーンズやリチャード・レッドグレイヴたちとともに、コールが展開した「よき趣味」の原理原則だからである。これこそ、ディケンズのメモに記載の「モールバラ館の教義」なのである。また、好みとは関係なく壁紙を貼らなければならないという、グラッドグラインド氏の強い主張は、オーウェン・ジョーンズの壁紙ビジネスにおける成功を想起させる。[6]

「証明や論証が可能な幾何学模様」は、オーウェン・ジョーンズが自著『装飾の文法』（一八五六）で推奨したデザインで、この著書は英国のデザインに大きな影響を与えた。ディケンズは『ハード・タイムズ』で、事実と空想を対立させ事実が支配する世界や教育を批判しているが、空想を排除し「証明や論証が可能な幾何学模様」で成り立つ「よき趣味」という基準は、生活用品のデザインという形で当時の読者の日常生活に入り込み、趣味についての人々の考え方を、一つの大きな流れとして支配しつつあった。このような文化的文脈で『ハード・タイムズ』を考察すると、「三人目の紳士」の説教場面が学校であることも、諷刺的表象と考えることができる。コールがデザイン学校をはじめ、教育システムを通じて「よき趣味」を英国民に教化しようとしたことを、諷刺していると考えられるからである。

「三人目の紳士」の登場の是非については、フィールディングとコリンズは意見を異にしている。小説の一貫性や蓋然性を台無しにしていると評するフィールディング（Fielding 276）に対して、コリンズは趣味の教化についての教理教育的な調子は、教訓的寓話というこの小説の性質との関連で見れば、信じがたいものでもないと主張する（Collins 157-58）。加えて、このエピソードはそれ自体面白く、実際に壁紙とカーペットに用いられるデザインとしての馬や花は、ディケンズが擁護する空想というテーマにおいては重要なものであると位置付けられる、と反論している（158）。コールが功利主義者であり、J・S・ミルと友人であったことを考えれば、コリンズの主張に分がある。グラッドグラインド氏と「三人目の紳士」のどちらもが功利主義者であるならば、学校視察現場での議論は、功利主義批判が展開される『ハード・タイムズ』の冒頭部に相応しい挿話といえる。冒頭から功利主義という難解な思想そのものを、抽象レベルで批判するのではなく、まず、ディケンズが導入したい空想というテーマを読者と共有し、次により身近で具体的な室内装飾の話題に言及する。そうすることで、この挿話が一つの功利主義批判の縮図的エピソードとなり、功利主義をよしとする社会の批判を小説全体で表すという発展的展開へと、スムーズに読者を導くことができるからである。

このようにデザイン改革とその創始者は『ハード・タイムズ』で諷刺されるが、「三人目の紳士」が口にする室内装飾というテーマは、その直前に発表された『荒涼館』（一八五二～五三）でも、目立つところで言及されている。『荒涼館』の月間分冊版の裏表紙が、ヒール・アンド・サンという家具商のイラスト入りカタログの全面広告となっており、図版②のような家具の挿絵がついていたのである。月刊分冊版で、小説の舞台となる館の名前がタイトルである『荒涼館』を読み終えると、家具の広告が読者の目に入る、という凝った作りになっていた。本章の扉絵から分かるように、家具の展示はロンドン万博の目玉の一つであり、ヴィクトリア朝後期にかけて花開く大量消費文化の一端を担うものであった。

『荒涼館』では、ロンドン万博の展示で注目された家具が、実在の人物をモデルにした登場人物スキンポールの口を借りて、さりげなく諷刺される。文筆家リー・ハントの諷刺的表象である脇役スキンポールを、ウラジミール・ナボコフは、子供というディケンズ文学の重要なテーマにおいて『荒涼館』を理解する際に重要な登場人物と評している。[7] またアーサー・クレイバラーは、ディケンズ文学に登場する不調和を示すグロテスクな登場人物を分類する際、七番目の「無私、同胞愛、様々な形の自己中心主義、利己性、道徳的近視眼」に分類できる代表

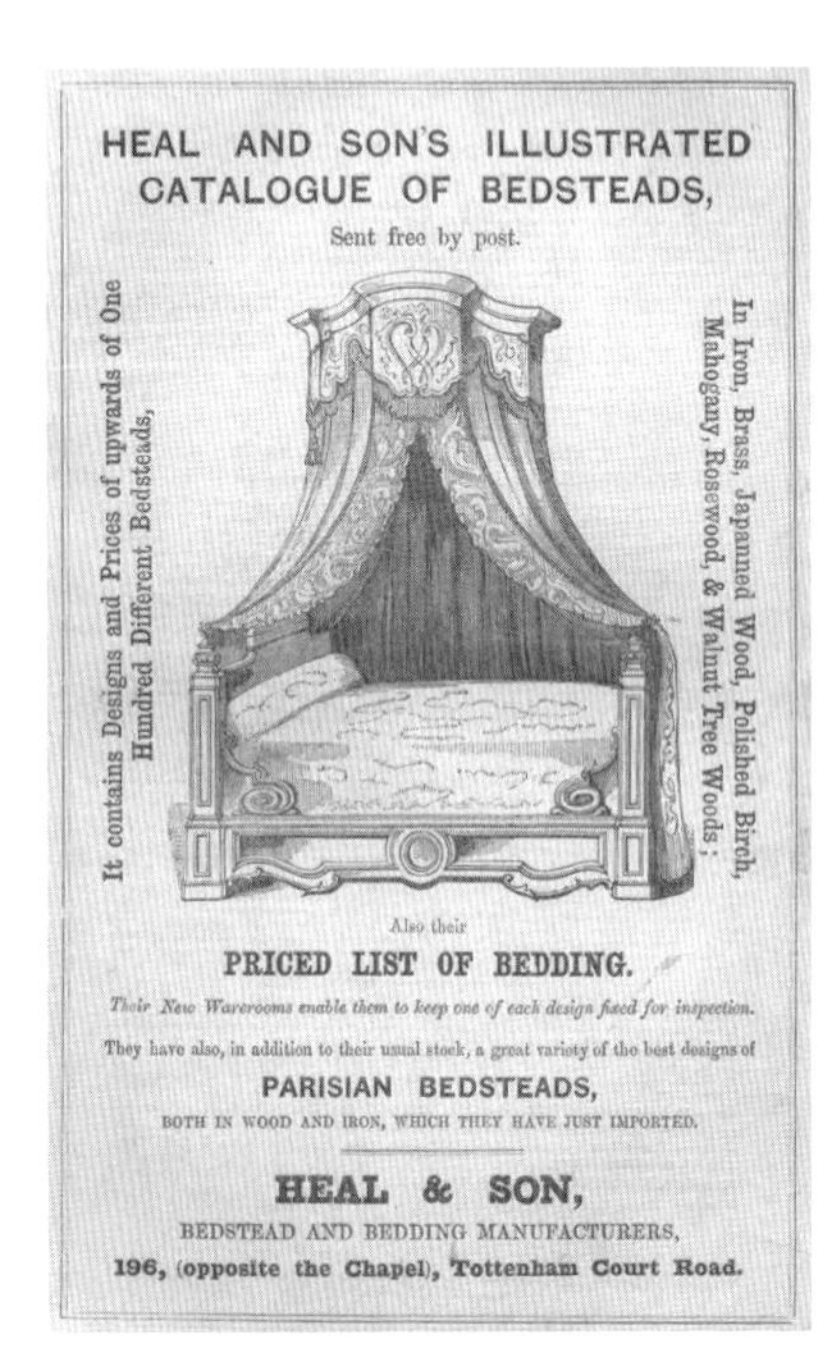

図版② 月間分冊版の『荒涼館』の裏表紙

依頼すれば無料で商品の挿絵入り価格リストを郵送すると書かれている。名前を変えて今も続くヒールズ社のホームページによれば、雑誌広告の走りであった。

人物として、その名を最初に挙げている。[8]

スキンポールのモデルとなったリー・ハントは、家具にまつわるエピソードに事欠かない人物であったようだ。スティーブン・フォーグルはカーライル夫妻の話として、スキンポール家の乱雑な室内の描写が現実のハント家の室内を反映したものであることや、食器類から炉格子に至るまで、常に何かをカーライル家から借り出し続けた上、催促があるまで返却せず、返却しても数がそろっていないことが常であったというエピソードを紹介している (Fogle 12)。

家具についてのスキンポールの哲学とでもいうべき見解は、彼が他の登場人物に対し、一方的に展開する主張の中で明示される。第一八章でスキンポールは、リンカーンシャーへ同行するエスタに、自宅の差し押さえにより家具を失った話をする。語り手であるエスタが、スキンポールは家具が無くなったことにホッとしているように見えたと読者に語る一方で、スキンポールは「家具やテーブルは退屈な物体だ。単調な観念で表情に多様性がないんだ。見つめられるとこちらは当惑するし、こちらが見つめるとあっちが当惑するんだ」と、家具を批判する。

家具に対するこの批判は、第四三章で再登場するスキンポールによって蒸し返される。スキンポールは自宅に来たエスタやジャーンダイスに、ある人から椅子を借り、それを使いつぶしてしまったところ、貸してくれた男性が不満を言ったという話を、次のような表現で披露する。

> 私はこう言ったんですよ。「君はいい年をして、肘掛椅子は棚に上げて眺めるものだというような無茶を言い張るのかい？　肘掛椅子は鑑賞するもの、遠くから眺めたり、一つの視点から考察したりする物だとでも？　肘掛椅子は座るために拝借したんだってことが、わからないのかい？」って。（第四三章）

これら二つのスキンポールの見解によれば、当時、家具は見る対象としても認識されていた可能性がある。家具の鑑賞という認識は、どこからきたのだろうか。

図版③はロンドン万博で展示されたパピアマシェ製品、「夢見る人」という名の肘掛椅子である。椅子の背には羽をつけて擬人化された思想が、前面の脚部分には天使の頭と擬人化された快眠と不眠の像、そして側面には眠っている妖精パックの像が装飾された夢と睡眠をテーマとした肘掛椅子である。安眠が期待されるこの椅子の装飾は、座った当人からは見えない場所に装飾が施されているところからも、「棚に上げて眺め」たり「鑑賞」する目的で作成されたかのような印象を受ける。

イゾベル・アームストロングは、この椅子を「グロテスク表現の一例」と評している。[9] そもそもグロテスクは、古代ローマのネロ皇帝の黄金宮殿内に存在した、洞窟（グロッタ）のような地下室に描かれた壁面装飾に由来する美術用語で、奇妙な動物や唐草模様からなる装飾図柄を指した。アームストロングが意図しているのは、この意味である。図版③の椅子の脚それ自体が、曲線を描いた唐草模様の彫刻の体裁をとっているうえ、女性の体で表

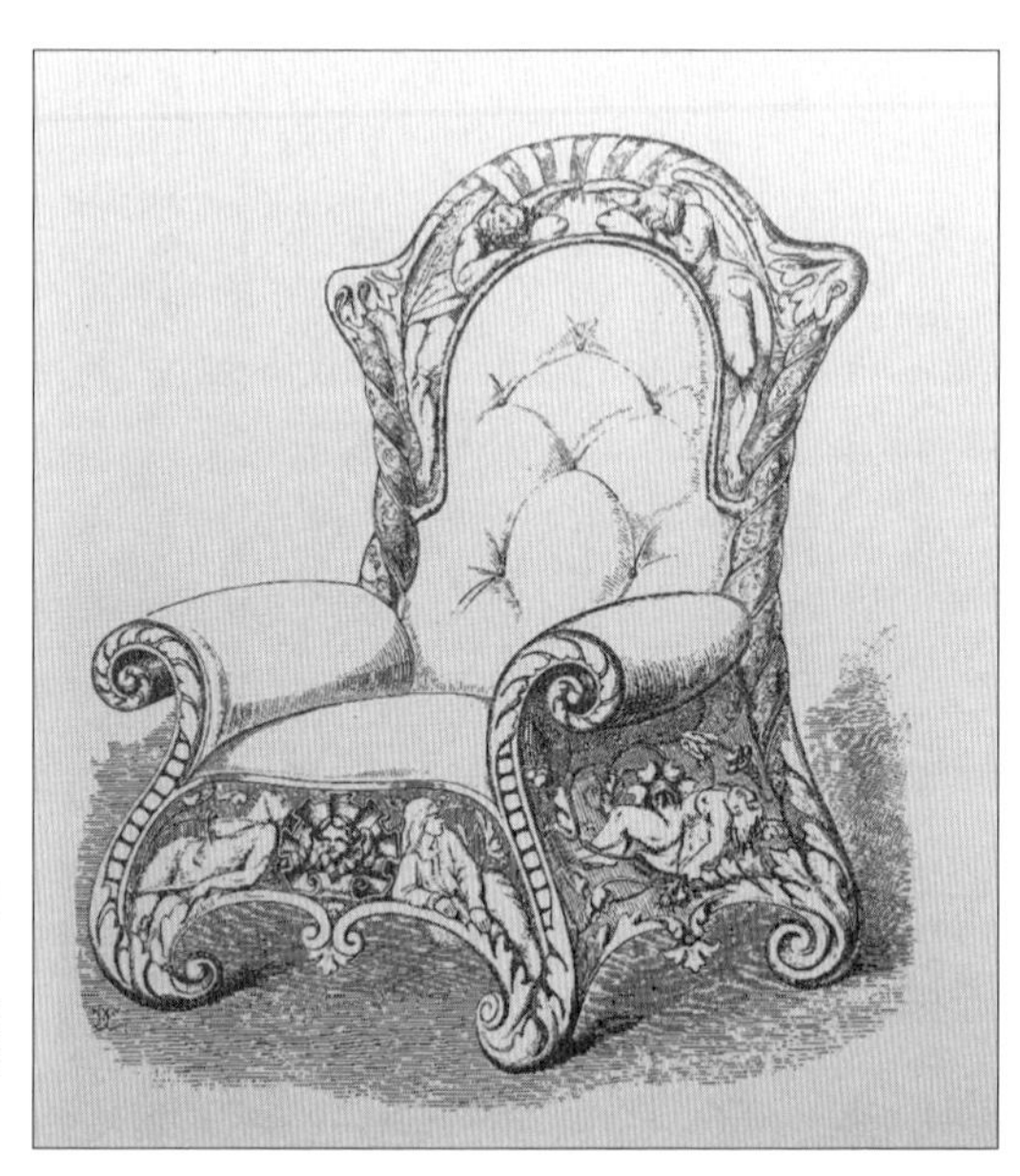

図版③「夢見る人 (day dreamer)」という名がついた椅子

『1851 年大英博覧会公式解説・図版カタログ』の第 3 部に掲載された挿絵

現された不眠と快眠は植物と絡み合い、その脚は文字通り椅子の脚と一体化している。十九世紀半ば、それまで人気だった十六世紀フランスの陶工ベルナール・パリスィの陶器に代表されるような、動植物を三次元的に表したグロテスクな家具や陶器類が徐々に敬遠されるようになり、コールたちが主張する幾何学模様などの二次元的デザインへと、デザインの潮流が変わった。[10] オーウェン・ジョーンズは『装飾の文法』の冒頭で、デザイン決定に際して配慮すべき一般法則の定理を列挙している。その八番目が「あらゆる装飾は幾何学的な作図に基づくべきである」という定理である。それを補完する形で定理一三として花やその他の自然をデザインに使用する際は、「装飾する物の統一感を損なわないように、意図したイメージが見た人に示唆される程度まで様式化」することと述べている。つまりグロテスク性の排除を主張しているのである。[11] ロンドン万博の展示は、グロテスク性からの脱却を目指していたが、実際にはグロテスクなデザインが会場にあふれていた。

同じ頃、グロテスクという言葉は新たな意味を獲得し、諷刺の近接語となった。[12] グロテスクという言葉をめぐる、デザインと言語という二つの分野における歴史的流れを考慮すると、スキンポールの家具批判は、諷刺という新たなグロテスク性が、廃れていくグロテスクなデザインの家具をけなすという意味で、二重にグロテスクな批判である。ギッシングは『チャールズ・ディケンズ論』（一八九八）で、作家としてのディケンズが誕生した一八三〇年代の英国では、「グロテスクとエキセントリシティは、今日よりもっとありふれ」ていたと振り返り、「ディケンズの作品は人間の突飛な性質にあふれているからこそ、ディケンズは彼の生きた時代とその世代の人々の真(まこと)の記録者なのだ」(第一章)と述べている。スキンポールの家具批判の挿話は、まさにグロテスクという概念の変遷に関する歴史的記録ともなっていると言えよう。

第三節　大衆化する室内装飾

コールが「よき趣味」の展示場たらんと願った水晶宮は、約五ヶ月にわたり開催されたロンドン万博の閉幕とともに、その役目を終えた。しかし、耳目を集めたガラスと鉄の展示会場は、ロンドンの南郊シデナムで、複合娯楽施設という新たな役割を得た。同様に、ロンドン万博の展示物も一部は保管され、のちに装飾美術の殿堂となるヴィクトリア&アルバート美術館のコレクションの基礎となった。コールはこの美術館の初代館長としてデザイン改革に携わり続けた。メアリ・アン・スタンキビッチは、ラスキンとラファエル前派が、十九世紀後半に隆盛する審美主義運動に息吹を吹き込んだ一方、コールとヴィクトリア&アルバート美術館は、審美主義という宗教としての芸術の福音を普及させたと論じている。[13]

「よき趣味」という理念は、工場で大量生産される家具や布地で具現化され、室内装飾品という形で徐々に安価に手に入るようになった。一方、ラファエル前派との交流から多大な影響を受けたウィリアム・モリスは、そのような過渡期に結婚後の新居となるレッド・ハウスの家具をデザインする中で、大量生産ではない手工芸の室内装飾品の必要性を感じた。そこでモリスは一八六一年に、ロセッティやバーン=ジョーンズ、建築家のフィリップ・ウェブらと、モリス・マーシャル・フォークナー商会を設立した。この会社設立の動きは一八八〇年代に入ると、手工業の復興を目指すアーツ・アンド・クラフツ運動へと発展する。

一方で一八六〇年代には、室内装飾の指南書や雑誌記事が多数出版され、よき趣味の大衆化促進に一役買うこととなった。中でもチャールズ・ロック・イーストレイクによる『家庭におけるよき趣味についての手引書』は、一八六五年の『クイーン』誌での連載記事に、主としてイーストレイク本人による挿絵を加え、一八六八年に単行本として出版された。[14] この指南書は英米で人気を呼んで版を重ねたうえ、一八九〇年にかけて英米両国で家庭芸術文献と呼ばれるジャンルを形成するまでになった。

一八六九年版の序文でイーストレイクは、出版意図を次のように説明している。

> 工芸の様式やデザインの問題については、技術面から、理論面から、また歴史的な観点から、様々な著作で折に触れ論じられてきたけれども、一般大衆が確実に注意を向けてくれるような、実際的かつ身近な議論としては、まだ不十分である。[15]

一般大衆は、デザイン改革の主導者たちと同程度の、知的かつ専門的な教養を備えているわけではない。したがって、もっと具体的な指南が必要である、とその出版意義を説いた。イーストレイクの言う審美改革には「富裕層だけが入手できる、洗練された出来栄えの品々」を生産するのではなく、「日常的に使用する品の大衆的な趣味に改良を加えよう、もしくは適合させようという意図」が必要なのである。[16]

こうしてコールが十九世紀半ばに始めたデザイン改革は、結果として、後期にかけて室内装飾品の大衆化を進めることになった。一八七二年には『家具ガゼット』、一八八〇年には『高級家具職人と芸術性の高い家具商』というように、相次いで業界誌が創刊された。図版④のような広告がメディアにあふれ、宣伝された折り畳み式家具のような斬新な家具も登場した。『荒涼館』でスキンポールが苦情を述べた家具は、次節で論じるように、ギッシングの小説では、鑑賞するものでも拝借するものでもなく、売買し所有し使用するものとなった。

第四節　ギッシングが描く室内装飾

ギッシングは『チャールズ・ディケンズ論』の第一一章でディケンズの作風を、バルザック同様に十九世紀リアリズム小説であると定義し、両者の違いを指摘する。バルザックの小説を「現実の人生についての情け容赦ない研究の結果」と評す一方、「ディケンズは人生それ自体を我々に見せるふりは決してせず、

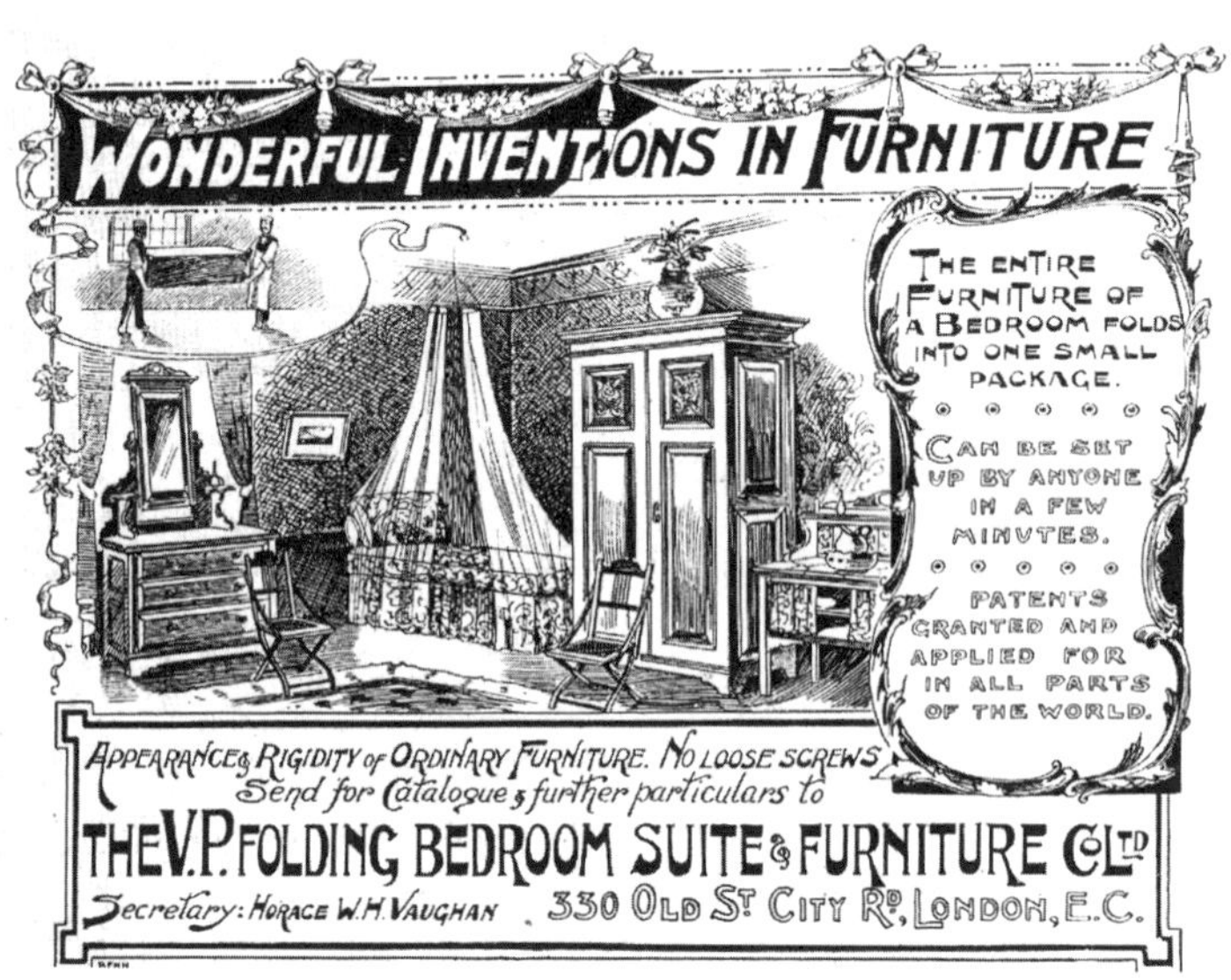

図版④ 室内装飾業の業界月刊誌（1895 年 9 月）に掲載された、折り畳み式の寝室家具一式の広告

選択したもの、脚色したものを見せていることは明らかである」と、先輩作家のリアリズムの独自性を説明している。

個人的にも室内装飾に関心があったディケンズは、[17] 本稿の第二節で分析したように、デザイン改革やグロテスクな家具への批判を諷刺的な登場人物に代弁させた。アロン・マッツによればディケンズの諷刺は、典型的に「社会の特定の部分に狙いが定められて」おり、「諷刺を隔離するので、嘲笑の的にされることなく感傷的に描かれることの多い領域の人生がある一方、別の領域の人生は嘲笑の的にされる」。[18] この見解は、前述のギッシングによるディケンズ観と共通している。『ハード・タイムズ』では、デザイン改革の諷刺は「三人目の紳士」に任されており、『荒涼館』においては、グロテスクな家具の諷刺を、スキンポールが引き受けている。諷刺の対象となったデザイン改革や家具は、あくまでディケンズの小説の一部でしかない。

一方、ギッシングの小説観は、同じく小説を書いていた弟のアルジェノンに宛てた、一八九一年七月二五日付の手紙で言及されている。

> 登場人物や動機の分析は、それが可能な読者ならば、読者に任せなさい。ただ単純に事実、出来事、会話、景色を示しなさい。登場人物……自分の作った人物が、動くままにしておきなさい――日常生活で人々がする物に絶えず何かをさせておきなさい
> ように。 (*Gissing Letters* 4: 310)

モリスやラスキンに関心を寄せていたギッシングの小説では、[19] デザイン改革の成果としての室内装飾が時代の流れを映す鏡として、会話や情景の中にさりげなく表象されている。例えば『余計者の女たち』（一八九三）の主人公モニカ・マドンに求婚するエドマンド・ウィドソンは、ラスキンの信奉者で、典型的なヴィクトリア朝家父長制度のもとで妻を支配しようとする。その価値観は妻モニカとの会話を通して明かされる。従順な女性だと信じていたモニカが、女性の自立を援助する活動をしているローダ・ナンとの交流から悪影響を受けることを恐れ、ウィドソンはモニカに「ジョン・ラスキンを読ませよう。女性についてのラスキンの言葉は、すべて正しくて価値がある」（第一五章）と語る。

モニカは従順なのではなく、これといった考えがないだけで、美貌を売りに何とかして住み込み店員の立場から抜け出たいという浅はかな考えから、ウィドソンの年六百ポンドの年金収入と、洗練された室内装飾の家にひかれて結婚を承諾しただけだった。ウィドソンは、モニカと知り合う前に、「しかるべき装飾業者のアドバイス」を得て、「個性的ではないが、教養ある人なら納得するような室内装飾」（第一五章）を施した自宅を手に入れていた。その家に招かれたモニカは、ウィドソンが選んだ内装について、「すべて完璧よ、何も変更する必要はないわ」と言って受け入れ、その家の主婦となる。この安易な決定がモニカの将来を左右する。自分の趣味ではなく、装飾業者が勧める当世風のアドバイスに従い、他人も納得するように、自宅室

内を装飾するという行為は、体裁を重んじるヴィクトリア朝家父長というアイデンティティを作り上げるウィドソンを、象徴するエピソードともなっている。借り物のウィドソンの室内装飾の趣味を、そのまま受け入れるというモニカの行為は、ラスキンを信奉するウィドソンに支配され、自由を奪われた人生を送ることを意味していた。

ギッシングが中産階級の女性たちに焦点を当てた小説を書き始めた一八九〇年代には、室内装飾の指南書は既に飽和状態に達していたうえ、室内装飾は女性の関心事となっていた。一八七〇年代後半に登場したローダとアグネスのギャレット姉妹は、室内装飾業というビジネスに参入した先駆者的女性たちであった。家庭芸術文献の一つである、W・J・ロフティ師が編者を務めた、マクミラン社刊行の『家庭に芸術を』シリーズの第二弾、『絵画・木工・家具による室内装飾の提案』を一八七六年に出版し、その前年の一八七五年には室内装飾のビジネスに着手していた。[20] このように十九世紀後期には家具や室内装飾品は幅広く女性たちが売買するものになり、同時に女性の自立を可能にした。

ギッシングはこうした社会背景を、一八九〇年代の小説で、女性の登場人物を描き分ける際に、さりげなく描きこんでいる。『余計者の女たち』に登場する女性で、男性がしつらえた家庭空間を黙って受け入れるのは、モニカただ一人である。ミス・バーフットのところで自立を目指し、モニカに短期間の共同生活を提供するミルドレッド・ヴェスパーは、自分の家具を買い、快適な空間を作っている（第七章）。エヴァラード・バーフットの友人ミクルスウェイトは、ウィドソンとは正反対の思想の持ち主で、家庭の管理を夫人に任せている。夫人の努力の成果として、「簡素な趣味のものではあったが、絵画や装飾品、数点の家具が、家の洗練された快適さを高める役割を果たし」（第一七章）、理想の結婚生活を送っている。経済的に自立した女性や、家父長的ではない家庭生活など、新たな価値観に基づいて生きようとする登場人物たちには、女性が創造した室内空間での生活が与えられている。

女性たちは、家具を選んで買えるようになっただけではない。部屋、すなわち装飾する対象となる空間そのものを借りることができるようになった。エマ・リギンズは一八八〇から九〇年代のロンドンにおいて、「新たにフラットや女性用の下宿が登場したことで、都市文化において中産階級の女性の立場が正当化され、女性同士で友情を深めたり、女性が職業についたりすることが容易になった」(Liggins 82) と述べている。そしてギッシングはこの新たなフェミニズム的潮流を、自らが創造した世界の中に取り込んでいると指摘する。リギンズは、ギッシングの小説では、「ロンドンの貸間に女性が住むことは、女性たちのリスペクタビリティを試す場となっている」(Liggins 86-87) と指摘する。

『余計者の女たち』は、そうした新たな潮流をうまく取り入れた作品として評価できるだろう。第一章でモニカたちの父である マドン医師は馬車の事故で死亡する。第二章の「漂流して」というタイトルが示すように、そこから姉妹たちは住まいを転々とする。モニカの独身の姉であるアリスとヴァージニアの二人は、両親の遺産を食いつぶしながら高齢夫人のコンパニオンや家庭教師をしたのち、モニカのいるロンドンにやってきて、貧しい貸間暮らしを続ける。なけなしのお金をやりくりして、かろうじてリスペクタビリティを保っているため、ミルドレッドのように、自分の家具を手に入れて自立することもできない。小説の最後で、アルコール中毒に陥ったヴァージニアは施設に入り、残されたアリスは将来的に学校を開くという夢を胸に、故郷のクリーヴドンに戻り、そこにウィドソンが整えた家で亡くなったモニカの子供の面倒を見る。結婚の機会を逃し、新しい女の誕生という時流にも乗り損ねた、典型的なヴィクトリア朝の婚期を逃した未婚女性であるアリスたちは、自ら購入した家具で、自分たちの快適な居住空間を作ることは一度もなく、貸間から貸間へと移動しながら、リスペクタブルといえる生活をなんとかして送ろうと日々節約に努める。しかし、ローダ・ナンのように自立した女性になれず、最終的にロンドンを去ることになる。

ギッシングは、翌一八九四年に出版された『女王即位五十年祭の年に』の主人公ナンシー・ロードを描く際にも、女性の自立と家具へのこだわりを結び付けているが、この小説では新たに階級を含む社会的アイデンティティを示すものとして、室内装飾を描いている。二一歳の誕生日、すなわち成人した際、ナンシーは自室の室内装飾の決定権を父から得る。しかし、室内装飾をめぐる二人の攻防戦は、娘を自分の支配下に置き、古くからの友人の息子でビジネス・パートナーでもあるサミュエル・バーンビーと結婚させせようとする父スティーヴンと、そのくびきから逃れようとするナンシーの葛藤を象徴するエピソードとなっている。家全体のリフォームの要求は認められなかったが、自分の部屋については白いエナメルの家具、バラの花柄の壁紙とカーテンなどを自分で購入してそろえる（第一部第四章）。ナンシーは『余計者の女たち』に登場するローダのように、女性の経済的自立を目指してはいない。むしろ父の遺産を受け取れるよう結婚したことを黙秘したり、自分よりも上の階級の男性との結婚を目指したりして、人生を切り開こうとしている。男性が支配する家を出るのではなく、室内装飾品を取り換えることで、家を気に入った空間にしようとするナンシーのエピソードは、室内装飾品の大衆化に伴い、それに付与された意味が変化したことを暗に示唆している。『余計者の女たち』に描かれた、女性の自立の象徴という室内装飾品に付与されたフェミニズム的要素は、『女王即位五十年祭の年に』では社会階級を含むアイデンティティを示唆するものとして、小説の最後まで繰り返し登場する。

その一つがナンシーの生活そのものが、大衆化したピアノに支えられているという設定である。ナンシーの父はピアノ販売店を経営しており、父の死後、極秘結婚が暴露されるまでナンシーの生活を支えた生活費は、父が分割払いのピアノ販売で蓄積した遺産の一部である。成功の証としてピアノを手に入れようとする下層中産階級の悲哀を、ギッシングは次のように表現している。

ピアノ販売人として、彼（ロード氏）は容赦ない侮蔑を抱かせるような類の人たちと接点があったし、近年彼の商売は、感情と関心の間に生まれる葛藤など知りもしないような商人同士の競争のために、かなり痛手をこうむっていた。彼の客の大半はピアノを分割払いで購入したが、たいていは収入が少ない、もしくは不安定な人たちで、上流気取りに熱をあげ完了できないような契約を結んだ。経済的に困窮するとピアノを売って金を調達するか、差し押さえに来た債権者の手にピアノを渡してしまうのだ。ピアノを買いたいとやってくる人たちに生活状況を訊くと、嘲笑したくなるような話を時に耳にした。例えば、新婚の夫婦は最上階の二部屋を借りているのに、友人や親戚が自慢するピアノを置かなければ、家具の備え付けが終わらないように思っていた、といったようなことである。（第一部第四章）

家庭芸術文献の普及と、大量生産による家具の価格の下落とコモディティ化により、安価な家具を調達できるようになった十九世紀後期には、ロンドン万博の会場で展示された家具を眺めて憧れを抱くことしかできなかった下層中産階級の人々も、家具を買うことで新たなアイデンティティを構築することが可能になった。

ギッシングはクレアラ・コレットに宛てた一八九四年八月二六日の手紙で、『女王即位五十年祭の年に』というタイトルも小説そのものも、上流崇拝や見せかけといった軽蔑に値する一切合切を、人間の愚かさの中に展示した諷刺なのだと説明している（*Gissing Letters* **5: 229**）。ナンシーは社会的身分が上のライオネルと憧れだった上方婚をしたものの、父の遺言のためにその事実を公表することができない。オックスフォード出の高等遊民であるライオネルは、実のところ、石墨ビジネスで儲けた成り上がりの孫である（第二部第五章）。ナンシーの上流志向は、手に入れたと思った望みがすぐにその手をすり抜けていってしまうことで、最後まで満たされることがない。ライオネルは、ナンシーが同居により共有したいと願った家具を売って、バハマとアメリカへの放浪旅の生活費にあててしまう（第五部第五章）。最終的に戻ってきたライオネルを迎えるのは、召使いだったメアリが借りた家に間借りし、自分で買いそろえた家具類を実家から持ち込んだ空間であるうえ、ライオネルは最後までナンシーとの同居を本心から望みはしない。『余計者の女たち』のモニカとは異なり、ナンシーは夫の室内装飾を共有することができず、今後も「表向きは普通」だが、本質的には通い婚が継続することをほのめかして（第六部第六章）小説は幕を閉じる。ナンシーの極秘結婚の結末を考えると、ライオネルが所有した家具を、ナンシーが憧れつつも最後まで所有できないというエピソードは、ナンシーの上流崇拝の愚かさの諷刺と解釈できる。デザイン改革を契機に中産階級の人々の関心事となった室内装飾品は、『女王即位五十年祭の年に』においては、ナンシーにとり憧れの対象であると同時に、それに対する憧れに縛られるがゆえに願望が成就されることのないナンシーの人生を象徴するものとして描かれる。

　室内装飾というテーマを軸に、ディケンズとギッシングの小説を通時的に検討すると、室内装飾という行為に内在した社会的意味が見えてくる。ディケンズが、実在のモデルをもとに生み出した登場人物の口を借り、諷刺や嘲笑の対象として選択的に焦点化した国家主導のデザイン改革と「よき趣味」は、ギッシングが生きた十九世紀末には社会の隅々にまで浸透し、個人のアイデンティティの一部や階級意識の礎にさえなっていた。そうした室内装飾とその社会的意味を二人の作家は、それぞれの手法で諷刺の対象としたのである。

注

1　W. Blanchard Jerrold, “The History of Industrial Exhibitions. Chapter I—Introductory,” *Exhibition Supplement to the Illustrated London News* (May 3, 1851) 372.

2　菅靖子『イギリスの社会とデザイン――モリスとモダニズムの政治学』（彩流社、二〇〇五）三〇～三一。

3　菅、三三。

4　書簡集所収のディケンズからコールへの手紙（一八五四年六月一七日付）に付けられた注によれば、「三人目の紳士」の正体に初めて言及したのはJ・K・フィールディングのようである（*Dickens Letters* 7: 354）。またボニソン＆バートンによれば「ディケンズはコールを小説に登場させることで与える不朽の名声について、二人で機嫌よく書簡をやり取りしつつ、巧みにコールのやることは理に適っており、意図も良いのだが……やりすぎる」と、自分なりの見解を述べていた。Elizabeth Bonython and Anthony Burton, *The Great Exhibitor: The Life and Works of Henry Cole* (London: V & A, 2003) 155.

5　ディケンズがデザイン改革を諷刺の対象として取り上げたのは、『ハード・タイムズ』が最初ではない。一八五二年一二月四日付の『ハウスホールド・ワーズ』に掲載の「恐怖の館」という諷刺小話では、デザイン改革の目玉の一つであるモールバラ館に置かれた装飾製品博物館（ロンドン万博の展示の一部を、七つの部門に分類し展示していた）が諷刺されている。第七部門の展示室は、コールたちが考える装飾の原理に反したデザインを集積しており、この小話では「戦慄の間」と称され諷刺されている。ディケンズが関係する他の媒体でも、デザイン改革は諷刺されていた。

6　『英国人名辞典』（オーウェン・ジョーンズの項目）によると、一八四〇年代からオーウェン・ジョーンズがデザインを手掛けた壁紙や補床用材は、大変な人気を博し十九世紀住宅の特徴となった。

7　Vladimir Nabokov, *Lectures on Literature*, ed. Fredson Bowers (New York: Harcourt Brace Jovanovich, 1980) 83.

8　Arthur Clayborough, *The Grotesque in English Literature* (Oxford: Clarendon, 1965) 222.

9　Isobel Armstrong, “Language of Glass: The Dreaming Collection,”

Victorian Prism: Refractions of the Crystal Palace, ed. James Buzard, Joseph W. Childers, and Eileen Gillooly (Charlottesville: U of Virginia P, 2007) 70.

10　Shelagh Wilson, "Monsters and monstrosities: grotesque taste and Victorian design," *Victorian Culture and the Idea of the Grotesque*, ed. Colin Trodd et al. (Aldershot: Ashgate, 1999) 153-55.

11　Owen Jones, *The Grammar of Ornament* (1856: London: Bernard Quaritch, 1868) 5-6.

12　Colin Trodd, Paul Barlow, and David Amigoni, "Introduction: Uncovering the Grotesque in Victorian Culture," Trodd et al. 1-20: 6.

13　Mary Ann Stankiewicz, "From the Aesthetic Movement to the Arts and Crafts Movement," *Studies in Art Education* 33.3 (1992): 168.

14　John Cloag, introduction, *Hints on Household Taste*, by Charles Eastlake (1878; New York: Dover, 1986) v-vi.

15　Charles L. Eastlake, *Hints on Household Taste in Furniture, Upholstery and Other Details*, 2nd ed. (London: Longmans, 1869) vi.

16　Eastlake viii.

17　クレア・トマリンは、ディケンズの妻や友人あての書簡を分析し、ディケンズがホテルでも家具の並べ替えをしたというエピソードに言及している。同時に、身の回りの整理整頓に偏執的といってよいほどこだわっていたことを指摘している (Tomalin xlv)。短時間しか滞在しない場所で家具の配置を気にしたというエピソードは、家具へのこだわりをよく示しているといえる。

18　Aaron Matz, *Satire in an Age of Realism* (Cambridge: Cambridge UP, 2010) 23.

19　例えば、一八八八年から八九年にかけてのイタリア旅行中、現地でラスキンの著作を読んでいることがギッシングの日記 (*Gissing Diary* 115-16) に記載されている。またモリスの死もギッシングの日記に記載 (423) があり、『民衆』(一八八六) に登場するウェストレイクのモデルは、モリスであることはよく知られている。

20　ギャレット姉妹と、十九世紀後期の室内装飾業および室内装飾指南書の執筆者たちのサークルについては、Elizabeth Crawford, *Enterprising Women: The Garretts and Their Circle* (London: Francis Boutle, 2002) が詳しい。

第十五章

ギッシング作品の書評にみる
ディケンズ的要素

橋野　朋子

1901年6月8日、ギッシングがH・G・ウェルズ宅を訪れた際に
クラレンス・ルック夫人が描いたスケッチ画

ギッシングの死の翌年、『ブックラバーズ・マガジン』誌（1904年3月号）は、
「現代のディケンズ」と題した記事のなかでこのスケッチ画を掲載している。

第一節　初期ギッシング作品の批評の傾向

労働者階級の生活を題材として、都市の貧困をリアリスティックに描いた初期のギッシング作品に対する当時の批評には、「悲観主義」「むさ苦しさ (sordidness)」といった言葉が顕著に見られる。また、「世の中を灰色でしか見ようとしない奇異な盲目さ」(*Pall Mall Gazette*, May 29, 1893: 4)、「単色のみの色覚異常」(*Critic* 32 [1898]: 159) など、色彩のなさを指摘する声も多い。このような批評家たちの不平の声に対してギッシングは、「もっともよく知っていることを書くことが小説を書く上での絶対条件であり、唯一の基準である」として、「自分の作品が悲観的であるのなら、それはそれが私の生活そのものであるからだ。私を取り巻く環境も人もむさ苦しいのであり、私の作品はそれらすべてを反映しているにすぎない」(*Gissing Letters* 6: 94) と述べている。

また、初期のギッシング作品の批評には、ゾラ（図版①）に代表されるフランス自然主義文学への言及も多く見られるが、そこで指摘されているのはゾラ的要素ではなく、むしろそれとの相違である。『無階級の人々』（一八八四）のある書評は、作風は「多くの読者を不快にさせるに足るほどリアリスティック」であるものの、作品の精神は「不浄さ (dirt) への渇望を満たすことを追求するフランスのリアリズム」のそれとは異なっている (*Academy* 25 [1884]: 454) と指摘し、また別の書評も同様に、

図版① ゾラの風刺画（アンドレ・ジル画、1876年）

手に握られた虫眼鏡が写実主義の描写の詳細さを揶揄している。

題材は「多くの読者に嫌悪感を抱かせる」ものではあるが、その「抑え気味の刺激の少なさ」は、決して「リアリスティックなものへの不健全な欲求」に応えるものではない (*Graphic* 30 [1884]: 286) と述べている。またある書評は、ギッシングの作風を「ゾラ的自然主義ではなく、ゲーテもしくはアーノルド的自然主義」(*Chicago Tribune*, Feb. 13, 1892: 13) と表現している。それはすなわち、ギッシングの作品が「頭脳の訓練と思考の糧を求める読者にふさわしい」(*Gissing Heritage* 130)、「知的鍛錬によって生み出された作品」(*Academy* 30 [1886]: 24) であるということである。作品の思考性、真剣さを評価する見方は一様に多く、『三文文士』(一八九一) は、「洗練された嗜好と教養を持ち合わせた読者によって評価されうる現代の『文学作品』」(*Gissing Heritage* 170) と評価されている。『因襲にとらわれない人々』(一八九〇) 以降は貧困層の描写から中流階級へと舞台を移し、『余計者の女たち』(一八九三) では、偏りすぎていた「思考的要素」がストーリー展開と見事なバランスを見せるまでに進歩を遂げたことが指摘され、「現代小説における卓越した本物の作品」(*Glasgow Herald*, Apr. 20, 1893: 9) と評価されるに至る。

その一方で、読者がごく一部に限られていることも少なからず指摘されている。ギッシング自身、この時期のある手紙に「人は一種の敬意を込めて私のことを話すが、小説家としての私を好んではいない」(*Gissing Letters* 5: 389) と記している。ある書評が「賞賛は、描写の力強さ、鮮やかさのみに向けられるべきものであって、彼の描くもの自体は、卑俗さ、むさ苦しさ、醜悪さのこの上なく歪んだ世界である」(*Gissing Heritage* 241) と批判しているように、多くの批評家たちがギッシングの小説家としての技量を評価しつつも、題材の選択を問題視している。ある批評家は、「連綿たる悲観主義はその偽りのなさゆえになおのこと悩ましいのであり、説得力があるだけに二重に危険である」(*Pall Mall Gazette*, Apr. 27, 1897: 4) と、ギッシングの描写力の確かさが作品に与える負の循環を指摘している。『三文文士』の書評は、「絶望的なまでに陰鬱な悲壮感」によってギッシングが「日の出の勢いの作家として人気を博す」ことを阻まれている点を指摘し (*Gissing Heritage* 172)、また『因襲にとらわれない人々』の書評は、「作品として人気を得るためには読者の共感を呼ぶような魅力ある人物を描き、人間の弱さに対して柔らかいまなざしを向ける必要がある」(*Saturday Review* 69 [1890]: 772) と述べる。『流謫の地に生まれて』(一八九二) の書評も同様に、ギッシングには登場人物に対する「憐れむような優しさ」が欠けており、その「共感の狭さ」はギッシングが「健全で広い寛容の心で人々を眺めることのできる作家と肩を並べる可能性の芽を摘んでしまっている」(*Gissing Heritage* 212) と指摘する。

多くの批評家たちがギッシングの作品を一様に、「想像力よりもむしろ知力によるもの」(*Pall Mall Gazette*, June 28, 1887: 3)、「ユーモア、悲哀、絵的情景、躍動するような語り口に欠け」、「心でも感覚でも想像力でもなく、もっぱら頭脳だけに訴える作品」(*Times*, July 1, 1892: 18) などと特徴づけ、「あと少しのロマンス的要素、詩的要素、ユーモアがあればギッシングは実に偉大な作家となるであろうに」(*Nineteenth Century* 41 [1897]: 791) と述べたりしている。〈ユーモア〉、〈悲哀〉、〈共感〉、〈寛容〉、これらはまさにディケンズ作品を想起させる要素と言えよう。ロンドンにおける下層階級の生活描写に関してディケンズとギッシングを比較したある書評は、「ディケンズは、その奇異さ、悲哀、多様性に対する情にもろい解釈者として、ギッシングはその心理、癖、嗜好を探る、強い関心を抱きながらも冷徹な探求者として、群集の中に入りこんでいった」(*Academy* 62 [1902]: 247) と述べている。また別の書評も、「彼はユーモアにふけることは決してない。……彼は庶民をディケンズのようにユーモラスにではなく、彼ら自身の視点から描いた」(*Illustrated London News* 106 [1895]: 98) と指摘している。〈ユーモア〉と〈共感〉はギッシング自身がディケンズ作品の核を成す要素と捉えていたものである。しかしながら、それらは多くの批評家たちがギッシング作品に致命的に欠けていると捉えていた要素であった。

第二節　求められるディケンズ的要素

「不幸の小説 (The Novel of Misery)」と題した『クウォータリー・レビュー』誌 (一九〇二年一〇月) の記事は、ギッシングがどのリアリズム作家よりも影響を受けた作家としてディケンズを挙げ、ディケンズ作品がギッシングに与えた間接的なインスピレーションを次のように説明している。

> ディケンズの作品を観察する中で、ロンドンにおける大衆の生活描写において、本来の闇のどれだけが描かれずに除外され、突飛で滑稽な部分のどれだけが強調され、つまらなくはあっても描写に値するもののどれだけが省かれているかをギッシングは見て取り、彼はロンドンにおける下層階級の生活の、より暗く救いのない側面を描きだそうと決めた。　(392: 401)

ディケンズ作品がギッシングに与えたこのようなインスピレーションは、『無階級の人々』の一節に示唆されている。作家を志す主人公の青年、オズモンド・ウェイマークは次のように述べる。

> 実のところ、日々の生活を描く小説は陳腐になってきている。もっと深く、まだ描かれていない社会階層にまで掘り下げるべきなんだ。ディケンズはこのことを感じてはいたけれど、彼にはその題材に立ち向かう勇気がなかったんだ。なにしろ、彼の月刊誌は家族団欒の茶の間に置かれるべきものだったのだから。断言するが、ぼくの書くものは「少年少女向き」のものではなく、深いところまで見たいと思うような、芸術の素材としてのみ、人生が意味を持つのだということを理解している男女に向けたものなんだ。　(第一五章)

ギッシングは一八九五年の『ヒューマニタリアン』誌に「小説におけるリアリズムの立場（The Place of Realism in Fiction）」と題したエッセイを書いているが、原稿を記した編集長宛ての手紙のなかで、リアリズムとは、「好ましくない事実を常に見えないようにする」ことを前提とした従来の小説の「偽善（insincerity）」に対抗して「現代生活を偽りなく描写したもの」と定義し、小説家は「たとえ結果がおぞましく悲痛なものであっても……芸術的良心に従って厳格な正確さで人生を描く」べきであると主張している（*Gissing Letters* 5: 333-35）。ギッシングのリアリズムに関して当時の批評家たちは、その「説得力のある真実味（verisimilitude）」を高く評価する一方で、「惨めな（sordid）不幸を長々と記録することが必ずしも芸術ではない」、「芸術のための芸術（Art for Art's Sake）だけを口実にしてあるがままを描く写実的描写が許されてはならない」などと批判している。[1][2][3]

『渦』（一八九七）のある書評は「描写は細部がことごとく正確で綿密であり、賞賛に値するが、全体的な印象は不自然で重苦しい」（*Critic* 32 [1898]: 159）と述べている。細部へのこだわりによって全体のバランスが犠牲となっていることへの批判は、その緻密さ、細部へのこだわりが問題視された一八五〇年代のラファエル前派の絵画をめぐる論争を思い起こさせる。芸術は自然を忠実に再現すべきであるという『近代画家論』第一巻（一八四三）におけるラスキンの主張に共鳴したラファエル前派の作品に対して、「ありのままの真実に拘泥するあまりに芸術的真実を欠くという過ちを犯している」（*Leader* 4 [1853]: 477）、「自然界において醜いものは芸術においても醜く、醜いものを定型化することは芸術に対する冒涜である」（*Art Journal* 12 [1850]: 270）など、当時の批評家たちは一様にその芸術性を疑問視した。ここで言う「芸術的真実」とは、ロイヤル・アカデミー初代会長ジョシュア・レイノルズが、一七六九年から一七九〇年にかけてロイヤル・アカデミーの学生たちに向けて行った講演のなかで、偉大な芸術作品を導く大原則として位置づける〈理想美〉に通じるものであり、レイノルズは、ありのままを描くのではなく、全体的効果のために想像力を働かせて、知識と経験によって省くべきものを見極めることの重要性を説く。ここで大切なのは、描くべきものと省くべきものを選択する判断力であり、「何ものも拒むことなく、選ぶことなく、蔑むことなく」忠実に自然を写し取るべきというラスキンの主張は、これに真っ向から対抗するものであった。[4][5]

ある批評家は、ラファエル前派を擁護したラスキンの論評に対して、「描く対象を選別する知識なしに単にありのままを写し出しても優れた作品は生まれない」（*Builder* 9 [1851]: 571-72）とレイノルズ的主張で批判を展開している。ディケンズも、エッセイ「新しいランプを古いランプに」（*Household Words*, June 15, 1850）において、ラファエル前派が標榜する理念を「退行的（retrogressive）」と表現し、一八五〇年のロイヤル・アカデミーに出展され物議を醸したジョン・ミレイの『両親の家のキリスト』（図版②）を、「みすぼらしく、醜悪で、このうえなく不快でおぞましいものの極み」と辛辣に批判し、「芸術とは、緻密で正確な描写以上の何か、知性 (mind) と情趣 (sentiment) といったものを帯びなければならない」と、レイノルズに通じる見解を示している。

このようにラファエル前派をめぐる絵画論争に目を向けると、同様の趣旨の批判がギッシング作品のリアリズムに向けられているのが分かる。批評家たちは、「小説は想像力を満足させるものであるべき」[6]、「全体的な調和を持たせるような想像力をコントロールする力量が足りない」[7]、「審美眼が今ひとつ及ばない」[8]などと、ディケンズの主張する情趣といった要素をギッシング作品に要求している。『女王即位五十年祭の年に』(一八九四)のある書評は、リアリストがあらゆる事実をありのまま描き出すのに対して理想主義者は、「ある種の効果や印象をもたらすために意識的もしくは本能的に描くべき事実を選択し、それに自らの価値観を付随させる」(*Gissing Heritage* 240) と、レイノルズが提唱する〈理想美〉を彷彿とさせるような説明を行っている。

しかし、『渦』の前後からギッシング作品に対するこのような見方に変化が見られるようになる。『埋火』(一八九五) においては、「悲観主義を脱ぎ捨てた」[9]、「態度の変化の兆候」[10]、「新たなスタイルへの勇敢な試み」[11]など、批評家たちは口をそろえて作風の変化を評価し始める。続く『下宿人』(一八九五) では、ギッシングと深い親交のあったH・G・ウェルズが、「緻密な描写のところどころに織り交ぜられた皮肉の効いたコメント

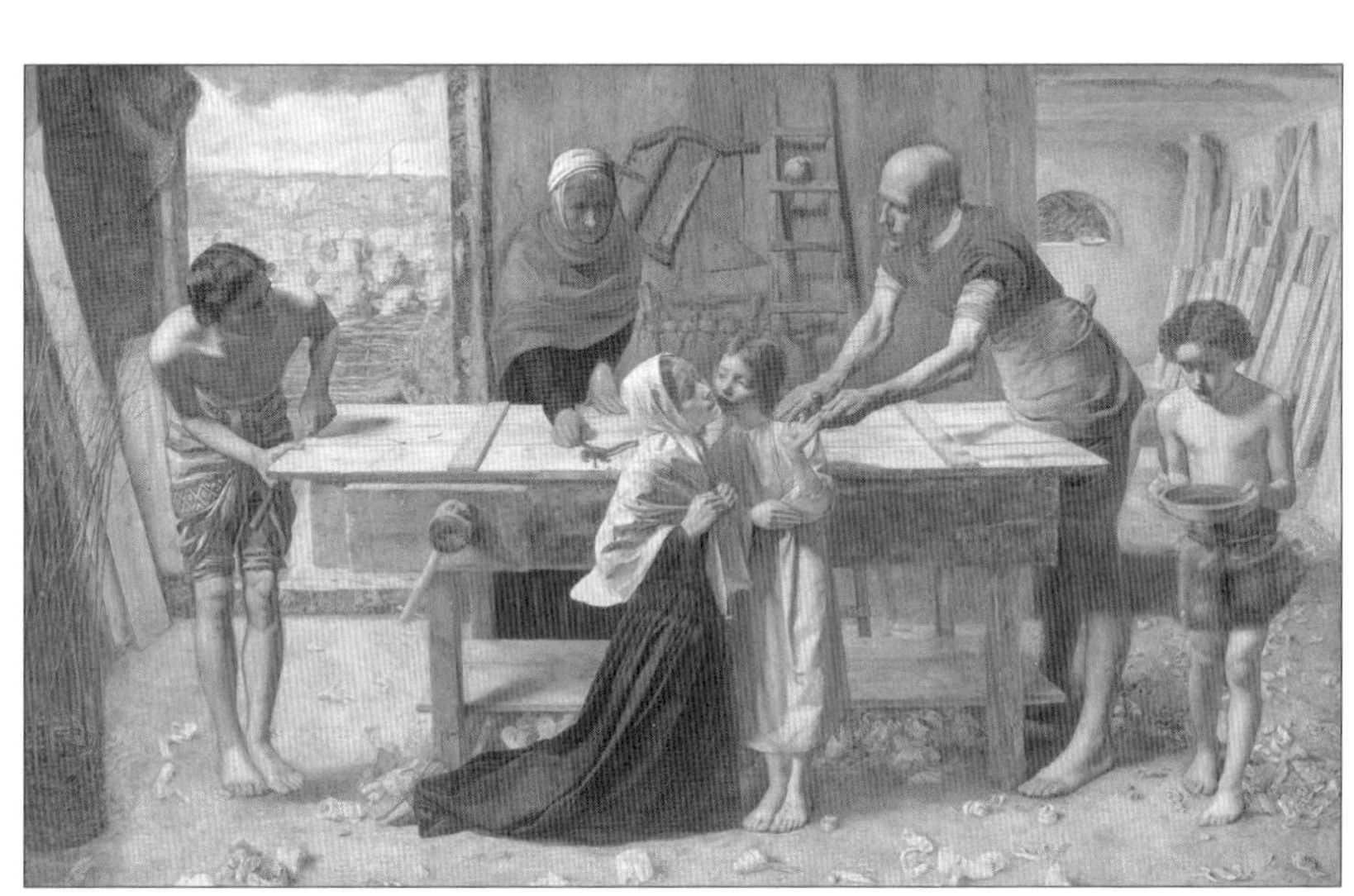

図版② ジョン・ミレイ『両親の家のキリスト』(1849-50 年)

『パンチ』誌 (1850 年 5 月 18 日) は、この作品を「ロイヤル・アカデミーにおける病理学的展覧会」と題して揶揄した。

に作者自身の人間味が感じられるようになった」と指摘し、次のように述べている。

> まったくもって偏っているがゆえに間違いなく誤解を招くような小説技法からのこの脱却に関し、我々は素直にギッシング氏を褒めたたえる。このように解き放たれて、彼の可能性は広がる。……彼は今まで、批評家たちが共感したくなるような機知、ユーモア、悲哀といったものを表面に出すことを見事なまでに抑制し、頑に避けてきたのだから。そして今、もし彼が自らを解き放って、笑い、語り、責めたて、咳で涙をごまかし、人間味を前面に押し出したら、誰のお咎めを受けることもなく、ついには読者の心をも掴むであろう。
>
> (Wells, "Paying Guest" 405-06)

『渦』に続く三つの小説、『都会のセールスマン』(一八九八)、『命の冠』(一八九九)、『我らが大風呂敷の友』(一九〇一)はそれぞれ、「何かがギッシング氏の見る人生の色を変えさせた」(*Gissing Heritage* 343)、「以前の強烈な悲観主義が一段と楽観的な見通しと融合し始めた」(360)などと、その作風の変化が大いに歓迎された。次節では、このような作風の変化がもたらされた背景を、ギッシングの書簡を通して見ていく。

第三節　悲観主義からの脱却

ギッシングは一八九三年に、出版社からの依頼で短篇を書き始めるようになった。このことが、「執拗なまでに、そして余りあるほどに惨めな(sordid)」(*Gissing Heritage* 285)、「悲観主義がほとんど病的な(morbid)」(310)などと形容される『渦』を挟む形で書かれた六つの作品――『渦』執筆に先立つ一八九五年に立て続けに出版された『イヴの身代金』、『埋火』、『下宿人』、および『渦』に続いた『都会のセールスマン』、『命の冠』、『我らが大風呂敷の友』――に見られる作風の変化をもたらしたと考えられる。ギッシングは雑誌向けの短篇に関して、「大した価値もないものではあるが、やらざるを得ない。こういった類のものは読者数を伸ばせるのだから」(*Gissing Letters* 6: 21)と述べているが、読者がごく一部に限られていたギッシングにとって、雑誌のための短篇依頼は安定した収入をもたらしてくれるものであり、彼は精力的に短篇を世に送り出した。『イヴの身代金』、『埋火』、『下宿人』はいずれも中篇小説であるが、中篇小説は短篇小説同様に長篇小説よりはるかに実入りの良いものであり、ギッシングはこれらの作品を読者の好みの変化に応じて短期間で書き上げた。

しかし、金銭的必要性のために雑誌向けに執筆することはギッシングにとっては身を落とす行為であり、[12]『埋火』と『下宿人』を書き終えた一八九五年の後半にかけての書簡には、生活のために出版社の依頼に応じて数多くの作品を執筆するなかで、自分が本当の意味での小説を書けないでいることに苦悩する様子が記されている。同年暮れのある手紙で、ギッシングは「小説を最後に出してから二年になる」(*Gissing Letters* 6: 74) と述べているが、それは一八九四年に出版された『女王即位五十年祭の年に』のことであり、その二年間で彼が執筆した中篇小説である『イヴの身代金』、『埋火』、『下宿人』は彼のなかでは小説と認識されていないことが分かる。ギッシングは同じ手紙のなかで、さらに続けて次のように述べている。

> ほかのものすべてを脇にやらなければ、新たな本はとても書けそうにない。でも、僕の小説がいかに金にならず、雑誌向けの仕事はかなりの稼ぎになるということを考えると、執筆依頼を断ることを躊躇せざるを得ない。しかし、何かしっかりした (solid) ものを近いうちに書かないと僕の評判が傷ついてしまう。

続いて年が明けた一八九六年一月の手紙にも、「短篇小説はうんざりだ。もう一度しっかりした (solid) 本を書かなければ」(85) と焦りを記している。

そうして生み出されたものが『渦』であった。ギッシングが『渦』執筆にあたっていた一八九六年は、一月に次男アルフレッドが誕生しているが、家庭は妻イーディスによる悪態と騒動に悩まされる環境下にあり、四月にはそのような環境が長男ウィリアムの言動に与える悪影響を懸念して、ウィリアム一人をウェイクフィールドの実家に預け住まわせ始めている。『渦』はこのようなプライベートでの苦悩が色濃く反映された力強い作品であり、『渦』執筆中のギッシングは手紙に、「急いで片づける金稼ぎの仕事ではなく、精神を集中させてじっくりと考えられた最良の産物である」(*Gissing Letters* 6: 129) と述べたり、「真の苦心の作」(210) と記したりしている。このようなギッシング渾身の作である『渦』は、「本物のリアリズム」(*Academy* 51 [1897]: 517) と評され、その文学的価値とギッシングの作家としての力量は多くの批評家たちの認めるところとなった。だがその一方で、特徴的な色彩のなさ、悲観主義の重苦しさは読者を遠ざけるものであり、「ギッシング氏の資質は、受けの良さというよりも、重味に向かうものである。」(*Critic* 32 [1898]: 159) などの声が寄せられる。だが、ギッシング自身は「自分の本当に言いたかったことの多くをこの小説に詰め込み、そのことに満足している」(205) と述べており、彼にのしかかっていた「何かしっかりしたもの」を書かなければという焦燥感は解消されたと言えよう。

とはいえ、金銭的苦境は相変わらずで、ギッシングは手紙に「僕の評判と金銭的成果のギャップは馬鹿げているどころではない」(*Gissing Letters* 6: 210) と記している。ギッシングは『渦』を脱稿した翌月の一八九七年一月のある手紙のなかで『都会のセールスマン』の着想に触れているが、この作品は、雑誌での連載を念頭に、失踪した男の正体をめぐるセンセーション小説的要素を織り交ぜ、ロンドンの下層中産階級の人間模様を描いた喜劇的作品である。当初ギッシングは数ヶ月で書き上げるつもりでいたが、思うように筆が進まず、その間の手紙には、「なんとか書き上げなければ救貧院行きだ」(269)、「三ヶ所の生計（実家に預けているウィリアム、別居中の妻イーディスとアルフレッド、そして自分自身）をまかなうために、かつてないほどあくせく働かなければならない。必然的に作品の質は低下する」(284) など、苦境にあえぐ様子を記している。当初の予定より数ヶ月遅れてどうにか書き終えたギッシングは、弟のアルジェノンに宛てた手紙に、「コリス［ギッシングの著作権代理人］が連載してくれることになる小作品を終えたところだ。さぁ、金だ！　金だ！」(305) と綴っている。

　このようにして出来た『都会のセールスマン』は、「僕の恥ずべき作品」(*Gissing Letters* 7: 155) という本人の認識とは裏腹に、作風の陽気さ (mirthfulness)、快活さ (cheerfulness) の受けが良く、『ガーディアン』紙は、「『都会のセールスマン』で描かれているロンドンの中流階級の明るい光景は、惨めな日常や失望だらけの生活が爽快なまでに皆無である」(*Gissing Heritage* 344) と、ギッシング特有の陰鬱さからの脱却を歓迎し、また『クリティック』誌は、「ギッシング氏は陰鬱なムードだと説得力があるが、陽気になると説得力を欠く」と、それまでの作品の「自然発生的な」陰鬱さに対して、作品の持つ陽気さのぎこちなさを指摘しながらも、「読者にとってはぴったりフィットした悲観主義よりも不似合いな楽観主義のほうが好ましい」と、ギッシングの「陽気さを狙った初の試み」を歓迎している (*Critic* 33 [1898]: 510)。

　また、『都会のセールスマン』に関してはディケンズ的要素を指摘する書評も少なくない。『ガーディアン』紙の記事は次のように述べている。

> 爽快さと快活さ、弱さに対する陽気な寛容さ、そして正直者が報われる単純明快さが読者の注意を引き、半世紀前にチャールズ・ディケンズによって踏みならされた地を見事に扱っている。(*Gissing Heritage* 345)

『クリティック』誌の書評もまた、「舞台はディケンズのロンドンであり、何にもまして雰囲気はディケンズそのものである」などと述べ、次のようにディケンズによる影響を指摘している。

> おそらくその若き作家は、ディケンズの人気においてほかの何よりもはるかに大きな要因であった、心地よさと陽気さを可能な限り再現することによって、読者を喜ばせ、自らが役に立つ領域を広げてみてもよいのではないかと自らに勧めたのではないだろうか。(*Critic* 33 [1898]: 510)

ギッシングは『都会のセールスマン』の着想に触れた同じ手紙のなかで、出版社からのディケンズ論の執筆依頼を半ば承諾したことに触れているが (*Gissing Letters* 6: 215)、実際にギッシングが『チャールズ・ディケンズ論』（一八九八、以下、『ディケンズ論』と略記）に取り組み始めたのは、『都会のセールスマン』を書き上げた二ヶ月後、生活のしがらみから逃れるべくイタリアへ旅立ってからであった。しかしながら『都会のセールスマン』の連載契約が立ちいかなくなったことなどで、結果的に『ディケンズ論』のほうが半年ほど早く出版される形となった。よって、「チャールズ・ディケンズの手法の新たな研究の最初の成果」(*Morning Post*, Sept. 8, 1898: 2) など、少なからぬ批評家たちが『都会のセールスマン』における『ディケンズ論』執筆の影響を指摘したものと思われる。

ギッシングは、『都会のセールスマン』が出版された一八九八年の夏ごろに次の作品となる『命の冠』の構想を抱き始めているが、『命の冠』が書かれた背景はこれまでと大きく異なる。その年の前半の書簡は、底をつきそうな財政状況、作家としてのキャリアの終わりを嘆くものが多く、ギッシングは『渦』から『都会のセールスマン』にかけての頃を上回るような苦境のなか、「せっせと雑誌に精を出さなければ」(*Gissing Letters* 7: 101) と短篇の依頼に応じている。そのようなどん底の心持ちを一変させるような出会いがギッシングを訪れる。ギッシングがガブリエル・フルリと出会ったのは、彼が『命の冠』の構想を抱き始めた頃と重なっており、ガブリエルとの出会いはこの作品に大きな影響を与えた。ギッシング自身、ガブリエルへの手紙のなかで、「あなたに出会ってからこの作品は変化を遂げていて、この本を形作っているのは私というよりあなただ。あなたは私の想像力に大きな影響を与えている」(178) と述べている。『命の冠』は主人公が八年もの変遷を経て理想の女性と結ばれるという話であるが、この時期のガブリエルに宛てられた手紙は、ついに階級においても知的さにおいても自分と同等である理想の女性に出会えた喜びに満ち溢れていて、手紙の随所でギッシングはガブリエルを「命の冠 (crown of life)」と呼んでいる。特に一気に筆が進んだ時期などには、ギッシングは手紙に「途方もなく楽天家になった」(210)、「人生で初めて幸せだ」(215) などと記したりもしている。

このように『命の冠』は非常に前向きな心持ちで書かれた作品であるが、ギッシングは、この作品が「単なる安っぽく馬鹿げた理想主義」(*Gissing Letters* 7: 205) ではなく、「大きな問題も盛り込んだラブ・ストーリー」(175) であることを主張している。「大きな問題」とはイギリスの帝国主義に関する問題であり、ギッシングは「イギリスの帝国主義――その強欲さと傲慢さで世界の平和を乱そうとする憎むべきイギリス魂――の最も悪い面を描き出すつもりだ」(235) と述べている。批評家たちは『命の冠』を、「ロマンチックすぎることもなく、険しく分析的でもなく、腕のある作家の成熟した思考が節度をもって表明されている」(*Gissing Heritage* 355) と、そのバランスの良さを指摘し、熟達 (mastery)、成熟 (maturity)、自制 (restraint) といった言葉で高く評価している。

続く『我らが大風呂敷の友』（図版③）は、社会問題の解決に進化論を応用させる考えを風刺した皮肉の効いた喜劇的作品

図版③『我らが大風呂敷の友』の口絵
（チャップマン・アンド・ホール社、1901年）

人目を忍んで落ち合った主人公とヒロインが、
人影に気づき慌てる場面（第22章）。

であるが、『都会のセールスマン』でそのぎこちなさが指摘されていた作品の陽気さは、徐々に自然な形で作品に溶け込むようになり、『タイムズ』紙は、「多くの風刺が込められているが、それは憤った風刺ではなく、面白がっているような風刺である」と述べ、さらに、「ジョージ・ギッシング氏のものの見方は明らかに変わった。彼は人生の惨めな皮肉を歯を食いしばって口惜しがるより、今は微笑むようになった」と評価している。[13]生活のための短篇と縁を切りたいと切に願いながらも、「金を得るため、愚か者を楽しませるため」（*Gissing Letters* 7: 267）、「読者受けのために不可欠な馬鹿げた楽天主義」（310）をまとうことを余儀なくされたギッシングではあったが、それは結果的に彼の「喜劇的要素を扱う意外な才能と、皮肉な状況を巧みに展開させる手腕」（Korg, *Literary Biography* 112）を開花させることとなり、それは短篇だけでなく、本節で扱った中篇小説にも発揮され、商業的な成功を収めたのであった。

第四節　読者への意識と晩年の作品の評価

『ディケンズ論』においてギッシングはユーモアがディケンズ作品における魂であり、そのユーモアはディケンズが「現実の厳しさ」を和らげようとするときに「行きすぎた茶番(farcical extravagance)」となることがあるが、それこそが「痛ましいリアリズム」と「万人受けする小説」との違いを生むディケンズ作品の力の秘密であると述べている（第八章）。ギッシングによると、読者を楽しませるため、読者の気分を害することを避けるために事実を隠したり修正したりすることは、リアリストにとっては「うそ偽りのなさ (veracity)」という芸術家の責務に反する「歪曲 (falsification)」であるが、ディケンズにはそういった意識があるどころか、ディケンズにとって「世間の同意は言うに及ばず芸術における最上のもの」であり、「好ましくないものを芸術的に合わないテーマとして避けること」は「世間のための道義的行為 (moral service)」であったという。ディケンズの執筆姿勢に一貫しているものは「読者との共感」であり、「読者との共感は彼にとっては生命力であり、その共感が完全であればあるほど彼は作品を高く評価するのであった」とギッシングは述べている (第四章)。

『渦』を書きあげた頃にギッシングは友人で作家のエドゥアルト・ベルツに宛てた手紙で、「成功は自分の心に正直に書いてこそ得られるものだ。……読者の人気は狙って得られるものではない。もちろん君はそんなふうに魂を売ったことはないだろうが」(*Gissing Letters* 6: 205) と、読者を喜ばせるために書くことへの軽蔑的態度を示しているが、『命の冠』の執筆を終えた一八九九年ごろからは、読者の共感に対するギッシングの揺れ動く心情が見え始める。一八九九年四月、ガブリエルに宛てた手紙に、彼は「僕の作品にはどこかイギリス人が嫌うものがあるようだ。彼らは自分たちの思い込みのお先棒を担ぐような作家しか好まないから」と述べながらも、構想を温めていた『ヴェラニルダ』(一九〇四) に触れて、「でも状況は良くなりつつある。まったく新しい類の作品の結果がどうなるかが非常に楽しみだ」と前向きな気持ちを綴っている (7: 310)。その一方で同じ頃の別の手紙には、「二十年も人気を得ずにやってきた。このまま最後までやっていくしかない」(344) とも綴っている。

『我らが大風呂敷の友』の執筆にあたり始めたこの年の秋ごろには、自らの評価と本の売れ行きの悪さの隔たりに苛立ちを示し、「手遅れになる前にこの状況を変えなければならない」(*Gissing Letters* 7: 387) と焦りに近い気持ちを見せ、執筆を終えた頃には、「自分が書いてきた作品がなんとか新たに読者に受け入れられないだろうか。今の埋もれた状況は災難どころではない」と嘆き、読者を勝ち取るチャンスに賭けてくれる勇気ある出版社の出現を願っている (8: 95)。ギッシングは、先のガブリエルに宛てた手紙にも示されているように、古代ローマを舞台とした『ヴェラニルダ』に読者の共感を得る可能性を見ていたように思われる。著作権代理人であるジェイムズ・ピンカーに宛てた手紙のなかで、ギッシングは『ヴェラニルダ』の構想に触れ、「この作品は読者の目先を変えるであろう」(149) と自信を見せている。この自信は『我らが大風呂敷の友』に続いて出版された紀行文『イオニア海のほとり』(一九〇一) に対する賞賛にみちた評価を受けてさらに強まり、「ひょっとしたら成功が来つつある」(195) という予感につながる。

『イオニア海のほとり』に関して、「強く感性豊かな魂」が素直に披瀝され、作者の「美的、精神的心酔」に溢れた作品であると『アカデミー』誌は高く評価し、[14]『ガーディアン』紙もまた、作品における作者と読者の一体感を次のように評価している。

この作品の優れた特徴の一つは、作品が作者自身のことを物語っている痕跡、すなわち、作者が我々の楽しみのために自らをあらわにし、我々が彼と気持ちを共有して仲良く連れだって旅することを可能にしている点である。　(*Gissing Heritage* 388)

この指摘は、「自らを解き放ち、さらに人間味をさらけ出せば、ついには読者の心を掴むであろう」という、第二節において触れたH・G・ウェルズの指摘と重ね合わせて読むと興味深い。

続く随筆集『ヘンリー・ライクロフトの私記』(一九〇三) もギッシング自身の趣向と見識がにじみ出た作品であり、ある書評は、作中もっとも魅力ある一節として、「年月を経て、考え方と共感の気持ちに起きた変化、すなわち、常に頭脳の英知を選んできた人物が、心の英知のほうがはるかに美しいと思うようになり、より大切に心に抱くようになった」ということが語られるくだりを挙げている (*Gissing Heritage* 424)。そして、生存中に完成させた最後の作品となった『ウィル・ウォーバートン』(一九〇五) でギッシングは従来の題材に立ち返り、投機に失敗して財産を失い雑貨商になることを余儀なくされた中流階級のビジネスマンを描くが、惨めな状況に陥りながらも主人公は、最終的に世間の上品ぶったしがらみから解放され、心の平穏を見出すという展開を見せる。ある書評は、結末の明るい調子が、ことの成り行きで迎える従来型のハッピーエンドではなく、主人公の心の成長によってもたらされる点に芸術性を認め、「ギッシングが書いたどの作品よりも成熟して、思いやりがあり、人間味がある」(479) と評価している。また別の書評も「明るいユーモアのセンスが作品全体を占めている」と指摘し、次のように評価している。

「現実生活のロマンス (a romance of real life)」と表現されるような、はるかに穏やかな気分が作品を特徴づけており、現実的なロマンス (a realistic romance) であり、それは用語として矛盾せず、ギッシングの典型的な作品とは大きく異なる。

(*Athenaeum* [1905] 2: 41)

早すぎる死を迎えるギッシングの晩年に書かれたこれらの作品に対する書評からは、作品の「明るい筆遣い」(*Speaker* n.s.12 [1905]: 353) が、もはや作風の変化を見せ始めた頃の「色づけされた楽天主義の物真似」(*Times Literary Supplement* [1905]: 209) ではなくなり、独自の穏やかさを放つようになっていることが読み取れる。

政治家でもあり文筆家でもあったチャールズ・マスターマンはギッシングの死を悼み、次のように述べている。

晩年の作品は輝かしい展望の可能性を開くように見えた。辛辣さは和らぎ、人の営みの哀れな仕組みに対する全面的な抗議は、

> 苦しむ人すべてに対する憐れみとなり、人生のささやかな喜びに感謝を見出す受容の精神となった。
>
> (*Gissing Heritage* 491-92)

興味深いことに、ギッシングの死後、彼のリアリストとしての評価そのものにも変化が現れ、批評家たちは苦境を描くギッシングのかつての冷徹なまなざしに、理想、共感、想像力といったものを見るようになる。ある書評はギッシングを「理想で導かれるリアリスト」と呼び、「ギッシングは生活の惨めな側面を強調するように見えるかもしれないが、彼には美しいものを愛する気持ちがあり、よって彼の醜いものの分析には常に美しいものとの相関が含まれていた」と述べ、さらに、事実と向き合うギッシングの姿勢には「芸術家の強い共感」があり、「彼はどんなリアリストにも劣らず状況をありありと描き出すことができるが、そこには、うわべだけを読む読者には見えてこないだろうが、深く痛ましいまでの感情があった」と述べている (*Atlantic Monthly* 43 [1904]: 280-81)。このような認識の変化は、晩年の作品のなかに批評家たちが一様に、ギッシング独自の思い、理想を読み取ったことが影響していると言えよう。

「陰鬱な作品のほうが優れているというのは彼の小説家としての皮肉である」と、『三文文士』などの従来の作品こそ優れていると主張する書評も、その理由は、その「流謫の地で」描かれているものが、「惨めで陳腐な環境に囚われた心弱いが高潔な享楽主義者の、余暇、知識、理想の人生に対する叶わぬ憧憬」であるから、というものであった (***Times Literary Supplement*** [1905]: 209)。未完の遺作となった古代ローマを舞台とした歴史小説『ヴェラニルダ』（図版④）に対するある書評は、「環境によって彼はリアリストになることを余儀なくされた。しかしその間ずっと、彼の思いはまったく異なった空想の世界に羽ばたき、心落ち着く雰囲気のなかで余暇に耽ることができる時を絶えず待ち望んでいたのであった」(*Gissing Heritage* 437) と記している。

批評家たちがギッシング作品に求めたユーモア、機知、想像力、共感といった、いわゆるディケンズ的とされる要素は、ギッシングが読者の共感を意識していくなかで徐々に作品に投影されるようになり、特に晩年の作品において語られたギッシング自身の見解、思いは批評家たちの注目するところとなり、その見識と憧憬の念は高く評価された。しかし、うそ偽りのないこと (sincerity) を小説家としての信条としていたギッシングにとっては、読者の共感、理解はあくまでも二次的な問題であったであろう。『ヴェラニルダ』に関してギッシングは次のように述べている。

> これで読者の目先が変わるだろう。……でも、もちろん、すべきことは自分の満足のために書き上げることであって、それを読者が気に入るのであればそうすればよいのである。
>
> (*Gissing Letters* 8: 149)

VERANILDA

By George Gissing 6s.

This volume is the posthumous work of the famous novelist. It is a long complete story, and critics who have read it are of opinion that it will attain the success of "New Grub Street" and "The Private Papers of Henry Ryecroft."

The Private Papers of Henry Ryecroft

By George Gissing *Fifth Edition.* 6s.

Times :

"Mr. Gissing has never written anything more remarkable. . . . In many ways it is his best work . . . strikes us as a *tour de force*."

Daily Telegraph :

Mr. W. L. Courtney in a column review quotes Mr. Swinburne's phrase as being the best description possible : "A golden book of spirit and of sense."

Daily Chronicle :

"The sustained excellence of the writing in this volume will surprise even his admirers. The pages that describe natural beauties of scene or of season are the finest that have been written lately. . . . The volume is a great treat. It is the revelation of a deeply interesting personality, and it is expressed in the prose of admirable strength and beauty."

10

図版④『ヴェラニルダ』の初版本(London: Constable, 1904年)の巻末に掲載された『ヴェラニルダ』および『ヘンリー・ライクロフトの私記』の宣伝文

『ヴェラニルダ』が『三文文士』および『ヘンリー・ライクロフトの私記』と並ぶ成功を収めるであろうと謳っている。

注

1 "Recent Literature," *Daily Telegraph* (Dec. 21, 1894) 6.

2 "Fiction," *Speaker* 5 (May 14, 1892) 599.

3 Frederick Farrar, "*The Nether World*," *Contemporary Review* 61 (Sept. 1889) 374.

4 Joshua Reynolds, *Sir Joshua Reynold's Discourses on Art* (Chicago: McClug, 1891) 270-71.

5 John Ruskin, *The Works of John Ruskin Vol. 3: Modern Painters I*, ed. E. T. Cook and Alexander Wedderburn (1903; Cambridge: Cambridge UP, 2009) 624.

6 James Ashcroft Noblel, "New Novels," *Academy* 30 (July 10, 1886) 24.

7 "New Novels," *Academy* 25 (June 28, 1884) 454.

8 "A Good Gray Novelist," *Critic* 32 (March 5, 1898) 159.

9 George Coterell, "New Novels," *Academy* 49 (Feb. 22, 1896) 154.

10 H. G. Wells, "*Sleeping Fires* by George Gissing," *Saturday Review* 81 (Jan. 11, 1896) 48.

11 "Libraries of Fiction," *Athenaeum* (Jan. 25, 1896) 116.

12 金を早急に工面しなければならない状況にあったギッシングは、一八九八年六月一八日付の手紙に、「雑誌向けにあくせく書かなければ。年間数百望めるのは唯一その方法だけだ。問題はそれをい

かに品位を落とすことなくやるかということだ」(*Gissing Letters* 7: 101)と記している。

13 "Recent Novels," *Times* (June 29, 1901) 5.

14 "Fiction in the Light of Travel," *Academy* 60 (June 22, 1901) 536.

あとがき

本書の出発点は、ほぼ一年前の二〇一七年一〇月七日（土）に東京大学の駒場キャンパスで開催されたディケンズ・フェロウシップ日本支部の秋季総会において、「ディケンズとギッシング――隠れた類似点と相違点」という題目で行なわれたシンポジウムにある。このシンポジウムでは、本書の執筆陣十五名のうち五名がパネリストとなり、それぞれが研究発表を行なった。小宮彩加氏の「貧民街を舞台とした初期作品におけるロンドンの比較」、玉井史絵氏の「小説家の使命――〈共感〉の表象をめぐって」、金山亮太氏の「教育は誰のためのものか」、三宅敦子氏の「文学的表象にみる十九世紀イギリスの芸術運動の変容」、そして司会を務めた編者の「近代都市生活者の自己否定、自己疎外、自己欺瞞」である。編者は、二〇一一年の京都大学での秋季総会でも「ディケンズと暴力」というシンポジウムを企画し、終了後に中堅・若手の支部会員を慫慂して『ディケンズ文学における暴力とその変奏――生誕二百年記念』を大阪教育図書から刊行したが、今回は年配の会員にも声をかけて、前回同様に十五章からなる論文集を編むことにした。

少子化と国の財政赤字との皺寄せを受けて、昨今の大学教員は超多忙化し、研究の時間が思うようにとれない。それで、多くの原稿が締切に間に合わないことを見越して、その締切を今年のゴールデン・ウィーク明けに設定した。それが功を奏し、最後の論文もなんとか九月末に届いたので、突貫工事で年内の出版が可能になった。突貫工事とはいえ、決して手抜き工事ではない。先に届いた論文は編者を含めた数名で内容をチェックし、早い時期からＰＤＦの版下を完成させていた。提出が遅れていた執筆者には夏休み後にメールによる矢の催促をしてしまったが、度重なる督促でも健康を害されなかったようなので（実際には恨まれているかもしれないが）、編者は安堵の胸をなで下ろしている。突貫工事というのは索引を含めた論文以外の作業のことで、編者には昔のように体力と気力にまかせて仕上げることができなくなっていた。しかしながら、そんなことは言い訳にならない。誤字脱字の見落とし、レイアウト上の崩れ、その他の不備が残っているならば、すべて編者の責任である。編集方針や表記の統一などに関しては、腑に落ちない箇所も多々あったはずだが、執筆者の皆さんはヴィクトリア朝の女性のように不満を抑え、苦しみをじっと我慢してくださったようである。だからこそ、本書も無事刊行できたと思っている。この場を借りて深甚の謝意を表したい。

編者が本プロジェクトへの参加を依頼した執筆者は、いずれもディケンズやギッシングで研究発表をしたり、関連論文を発表した経験のある研究者であり、今回は各自もっとも関心のある問題を取り上げて論じてもらった。本書における共通テーマは、表紙の副題にあるように「底流をなすものと似て非なるもの」である。もちろん読者諸氏には各章の論考について納得できない点や反論したくなる箇所もあるだろう。その場合は、当該の執筆者または編者まで、遠慮なく御意見をメール等でお寄せいただければ幸いである。

本書の「巻頭言」を快諾してくださった小池滋先生には、執筆者を代表して心より御礼を申し上げたい。先生は一九八八年に責任編集者として秀文インターナショナルから『ギッシング全集』全五巻を刊行されている。その第五巻が本書の第五章を担当された金山亮太氏との共訳『チャールズ・ディケンズ論』である。翻訳としては一九九七年に『ギッシング短篇集』（岩波文庫）も出版されている。半世紀以上も前に遡るのは畏れ多いことだが、今回の執筆者全員がまだ生まれていない一九五三年に矢島書房から出た『比較文學』に、小池先生の「日本におけるギッシング」が収められている。爾来、日本においてギッシングの学術研究を先導されてきたのは小池先生に他ならない。金山氏や編者を含めて、ディケンズからギッシングへ研究対象を広げた者は少なくないが、ほぼ例外なく先生の影響と薫陶を受けている。

小池先生は、東京都立大学に奉職中の一九六三年九月から一年間、ロンドンで在外研究をされていた。その後半にあたる翌年の夏に、ギッシングの評伝を出版したばかりの米国のジェイコブ・コールグ氏と、それ以後のギッシング研究で中心人物となるフランスのピエール・クスティヤス氏との三人で、大英博物館やその周辺で鼎談を重ねられた。それまで互いに手紙で取り交わしていた情報を多くの人に流す媒体として『ギッシング・ニューズレター』を創刊するためであった。数週間後に、英国のハーバート・ロウゼンガーテン氏が加わり、ここに国籍の異なる四人の研究者によってギッシング関連の情報を共有する年四回発行の季刊誌が誕生したわけである。ちなみに、クスティヤス氏はマニアックな書籍収集家で、ありとあらゆる種類のギッシングに関する——英語以外の十四の言語で書かれた千五百冊以上の——本を所蔵されており、小池先生が送られた本も相当数に及んだようである。先生は一九八九年にクスティヤス夫妻を日本に呼ばれ、多くの日本人研究者やギッシング愛好家に紹介されている。お二人は年齢もほぼ同じだが、お互いの引力は単にギッシングに対する愛情だけでなく、異国の研究者の学識や人格への敬意もあったと、編者はクスティヤス氏から聞いている。氏が小池先生の「日本におけるギッシング」の英訳を収めて、『東西におけるギッシング』を一九七〇年にロンドンの出版社から上梓された理由も、そこにあるのではないだろうか。

『ギッシング・ニューズレター』は一九六五年一月に創刊された。その四年後にクスティヤス氏はコールグ氏から編集長の座を引き継ぎ、九一年に『ギッシング・ジャーナル』へと発展したあとも、体調を崩される二〇一三年まで、編集長として孤軍奮闘された。とはいえ、クスティヤス氏はインターネットもコンピュータも別世界の、研究一色の生活を送られていたので、編集作業やメールでのやり取りはすべて同じソルボンヌ大卒のエレーヌ夫人の担当であった。『ニューズレター』と『ジャーナル』のバックナンバーについては、編者がクスティヤス夫

クスティヤス夫妻（フランス北部リール市の自宅にて）

妻の許可を得て、創刊時から二〇〇〇年までを電子化し、専用のウェブサイト（Gissing in Cyberspace）で公開しているので、誰でも自由にPDFファイルで閲覧できる。

この半世紀の間に出版されたギッシング関連書籍の大半はクスティヤス氏の手によるものである。主要なものを挙げれば、一九七〇年代にほとんど単独でハーヴェスター・プレスから現代版として復刻されたギッシング著作集、ともに六百ページ以上もあるギッシングの日記と注釈付き文献目録、そして氏のギッシング研究の集大成とも言える三巻本の評伝などがある。いずれもギッシング研究者必携の文献で、誰もがその恩恵に浴している。むろん、ディケンズに関しても造詣が深く、『ギッシングのディケンズ関連著作』をはじめ、様々な研究書や論文でディケンズの生涯と作品を論じておられる。

しかし、とても悲しいことに、リール大学名誉教授のクスティヤス氏は、八八歳の誕生日を迎えた数週間後の今年八月一一日に、フランス北部の都市リールで逝去された。『ギッシング・ジャーナル』はクスティヤス氏を追悼し、エレーヌ夫人に捧げるために、一〇月に特別増刊号を出したが、ジョン・スピアーズ氏による巻頭の追悼文に書かれているように、仕事に時間を費やしすぎる夫に対してエレーヌ夫人は「ギッシングこそ彼の人生ですから！」と言われたという。絶筆となった三巻本のギッシング評伝を見ただけでも、そこには仕事に精魂を使い果さずにはおれない学者魂が感じ取れる。ギッシング研究がここまで盛んになったのはクスティヤス氏の存在があったからこそである。巨星落つの感があり、今後のギッシング研究の衰退が懸念されるが、それを阻止するためにも、私たちは氏が尽力されたギッシング研究の興隆の維持に――特にディケンズ研究などと絡めて――努めなければならない。氏の悲報が届いたのは本書の出版に向けて準備していた最中だったため、しばらく寂寞の感を禁じ得なかったが、執筆者の皆さんの許可を得て、本書を亡きクスティヤス氏に捧げることにした。衷心より氏に哀悼の意を表し、御冥福を祈りたい。

末尾になって恐縮だが、このような論文集に今回も関心を寄せていただき、編者の無理難題にも誠実に対応してくださった大阪教育図書の横山哲彌社長の御厚情に対し、心から御礼を述べたい。今回も出版費用を削減するために、編者がＤＴＰの定番ソフト（InDesign）で版下を作成したが、そうした素人の組版を許してくださった横山社長には感謝の言葉しかない。

編　者

二〇一八年一一月二二日

Werner, Alex, and Tony Williams. *Dickens's Victorian London 1839-1901*. London: Ebury, 2011.

"*Whirlpool, The*." *Academy* 51 (May 15, 1897): 516-17.

Whitehead, Andrew. "George Gissing: 'The Nether World,' 1889." *London Fictions*. Web. <http://www.londonfictions.com/george-gissing-the-nether-world.html>

Wicke, Jennifer. "The Dickens Advertiser." *Advertising Fictions: Literature, Advertisement, and Social Reading*. New York: Columbia UP, 1988. 19-53.

"*Will Warburton*." *The Times Literary Supplement* (June 30, 1905): 209.

"*Will Warburton*. By George Gissing." *Athenaeum* (July 8, 1905): 41.

Wood, Jane. "New Woman and Neurasthenia, Nervous Degeneration and the 1890s; Rebellion and Recklessness in *The Whirlpool* of Modern Life." *Passion and Pathology in Victorian Fiction*. Oxford: Oxford UP, 2001. 163-214.

Woods, Sandra R. "Dangerous Minds: The Education of Women in Gissing's Marriage Quartet." Postmus 107-114.

Woolf, Virginia. "The Novels of George Gissing." *The Times Literary Supplement* (Jan. 11, 1912): 9-10.

Wynne, Deborah. "Circulation and Stasis: Feminine Property in the Novels of Charles Dickens." *Women and Personal Property in the Victorian Novel*. Farnham, UK: Ashgate, 2010. 53-85.

植木研介『チャールズ・ディケンズ研究：ジャーナリストとして，小説家として』南雲堂フェニックス，2004.

玉井史絵「包含と排除――『骨董店』における『同情』のメカニズム」『主流』67（同志社大学，2007）35-52.

新野緑『小説の迷宮――ディケンズ後期小説を読む』研究社，2002.

____.「都市型作家の誕生――『骨董屋』に見るディケンズの自己形成」『英国小説研究』25 (2015): 28-55.

廣野由美子「小説技法――語りの方法と人物技法」『ギッシングを通して見る後期ヴィクトリア朝の社会と文化――生誕百五十年記念』（松岡光治編，溪水社，2007）347-64.

"Odd Women, The." *Pall Mall Gazette* (May 29, 1893): 4.

Oliphant, Margaret. "Charles Dickens." *Blackwood's Magazine* 77 (1855): 451-66.

Paroissien, David. Notes. *The Mystery of Edwin Drood*. By Charles Dickens. London: Penguin, 2002.

Parrinder, Patrick. Introduction. *The Whirlpool*. By George Gissing. Brighton: Harvester, 1977.

Paterson, Michael. *Voices from Dickens' London*. Newton Abbot, UK: David & Charles, 2006.

Patterson, Anthony. "It's 'Ard on a Feller: Female Violence and the Culture of Refinement in Gissing's *The Nether World*." Huguet and James 101-16.

Pemberton, T. Edgar. *Dickens's London: or, London in the Works of Charles Dickens*. 1876. New York: Haskell, 1972.

Philip, Neil, and Victor Neuburg, eds., *Charles Dickens: A December Vision—His Social Journalism*. London: Collins, 1986.

Pite, Ralph. "Place, Identity and *Born in Exile*." *Rereading Victorian Fiction*. Ed. Alice Jenkins and Juliet John. London: Macmillan, 2000. 129-44.

Poole, Adrian. *Gissing in Context*. London: Macmillan, 1975.

Postmus, Bouwe, ed. *A Garland for Gissing*. Amsterdam, Neth.: Rodopi, 2001.

Sanders, Andrew. *Charles Dickens's London*. London: Robert Hale, 2010.

Schlicke, Paul, ed. *Oxford Reader's Companion to Dickens*. Oxford: Oxford UP, 1999.

___, Pricilla and Paul. *The Old Curiosity Shop: An Annotated Bibliography.* New York: Garland, 1988.

Schmidt, Gerald. "George Gissing's Psychology of 'Female Imbecility'." *Studies in the Novel* 37 (2005): 329-41.

Schor, Hilary M. *Dickens and the Daughter of the House*. Cambridge: Cambridge UP, 1999.

Schwarzbach, F. S. *Dickens and the City*. London: Bloomsbury, 1979.

Sedgwick, Eve Kosofsky. "Homophobia, Misogyny, and Capital: The Example of *Our Mutual Friend*." *Between Men: English Literature and Male Homosocial Desire*. New York: Columbia UP, 1985. 161-79.

Slater, Michael. *Dickens and Women*. London: Dent, 1983.

___, ed. *The Dent Uniform Edition of Dickens' Journalism*. Vol. 3: *'Gone Astray' and Other Papers from Household Words, 1851-59*. London: Dent, 1998.

Sloan, John. *George Gissing: The Cultural Challenge*. New York: St. Martin's, 1989.

Smith, Grahame. Notes. *Hard Times*. By Charles Dickens. London: Dent, 1994. 278-316.

Stewart, Garrett. *Dickens and the Trials of Imagination*. Cambridge, MA: Harvard UP, 1974.

Tindall, Gillian. *The Born Exile: George Gissing*. London: Temple Smith, 1974.

Tomalin, Claire. *Charles Dickens: A Life*. London: Penguin, 2012.

"*Town Traveller, The*." *Critic* 33 (Dec. 1898): 509-10.

Walder, Dennis. *Dickens and Religion*. London: George Allen, 1981.

Waters, Catherine. *Dickens and the Politics of the Family*. Cambridge: Cambridge UP, 1997.

Wells, H. G. "*The Paying Guest* by George Gissing." *Saturday Review* 81 (Apr. 18, 1896): 405-06.

___. "The Truth about Gissing." *Rhythm Literary Supplement* (Dec. 1912): i-iv.

Welsh, Alexander. *The City of Dickens*. Cambridge, MA: Harvard UP, 1986.

Kitton, F. G. *Charles Dickens: His Life, Writing and Personality*. London: Jack, 1902.

Koike, Shigeru. "The Education of George Gissing." *English Criticism in Japan: Essays by Younger Japanese Scholars on English and American Literature*. Ed. Earl Miner. Tokyo: U of Tokyo P, 1972. 233-58.

Korg, Jacob. *George Gissing: A Critical Biography*. Rev. ed. 1963. London: Methuen, 1965.

___. "George Gissing." *Dictionary of Literary Biography*. Vol. 18. Ed. Ira B. Nadel and William E. Fredeman. Detroit: Gale, 1983. 104-19.

___, ed. *George Gissing's Commonplace Book: A Manuscript in the Berg Collection of the New York Public Library*. New York: New York Pub. Lib., 1962.

Kucich, John. *Excess and Restraint in the Novels of Charles Dickens*. Athens, GA: U of Georgia P, 1981.

___. *Repression in Victorian Fiction: Charlotte Brontë, George Eliot, and Charles Dickens*. Berkeley: U of California P, 1987.

Leavis, F. R. and Q. D. *Dickens the Novelist*. London: Chatto, 1973.

Ledger, Sally. "Gissing, the Shopgirl and the New Woman." *Women: A Cultural Review* 63 (1995): 263-74.

Liggins, Emma. *George Gissing: The Working Woman and Urban Culture*. Aldershot, UK: Ashgate, 2006.

MacDonald, Tara. "Gissing's Failed New Men: Masculinity in *The Odd Women*." Huguet and James 41-55.

Mackenzie, Norman & Jeanne. *Dickens: A Life*. Oxford: Oxford UP, 1979.

Makras, Kosta. "Dickensian Intemperance: The Representation of the Drunkard in 'The Drunkard's Death' and *The Pickwick Papers*." *Interdisciplinary Studies in the Long Nineteenth Century* 10 (2010). Web. <https://www.19.bbk.ac.uk/articles/10.16995/ntn.528/>

Markow, Alice B. "George Gissing, Advocate or Provocateur of the Women's Movement?" *English Literature in Transition* 25.2 (1982): 58-73.

Metz, Nancy A. "The Artistic Reclamation of Waste in *Our Mutual Friend*." *Nineteenth-Century Fiction* 34 (1979-80): 59-72.

Miller, J. Hillis. *Charles Dickens: The World of His Novels*. Cambridge, MA: Harvard UP, 1958.

___. "*Our Mutual Friend*." *A Collection of Critical Essays*. Ed. Martin Price. Englewood Cliffs: Prentice-Hall, 1967. 169-77.

Monod, Sylvère. "John Forster's *Life of Dickens* and Literary Criticism." *English Studies Today*. Rome: Edizioni di Storia e Letteratura, 1966. 357-73.

"Mr Gissing and the Minor Clerks." *The Speaker* (Oct. 8, 1898): 429. Coustillas and Partridge 349-51.

"Mr Gissing's New Novel." *Pall Mall Gazette* (Apr. 27, 1897): 4.

"Mr George Gissing's New Novel." *The Spectator* (Feb. 9, 1895): 205-06. Coustillas and Partridge 238-41.

Newlin, George, comp. and ed. *Everyone in Dickens*. Vol. 3: *Characteristics and Commentaries, Tables and Tabulations: A Taxonomy*. Westport, CT: Greenwood, 1995.

Newman, S. J. *Dickens at Play*. New York: St. Martin's, 1981.

Gordian, 1974.
Furneaux, Holly. *Queer Dickens: Erotics, Families, Masculinities*. Oxford: Oxford UP, 2009.
Gager, Valerie L. *Shakespeare & Dickens: The Dynamics of Influence*. Cambridge: Cambridge UP, 1996.
Gissing, George. "An Unsigned Review of *Charles Dickens: His Life, Writings, and Personality* by Frederick G. Kitton (Edinburgh: Jack, 1902)." *The Times Literary Supplement* (Aug. 15, 1902): 243.
___. "Dickens in Memory." Coustillas, *Collected Works* 1: 45-51.
"George Gissing as a Novelist." *Pall Mall Gazette* (June 28, 1887): 3.
Goode, John. *George Gissing: Ideology and Fiction*. London: Vision, 1978.
Granette, Edward. "*Will Warburton: A Romance of Real Life*. By George Gissing." *The Speaker* (July 8, 1905): 352-53.
Greenslade, William. "Women and the Disease of Civilization: George Gissing's *The Whirlpool*." *Victorian Studies* 32.4 (1989): 507-23.
Greiner, Rae. "Dickensian Sympathy: Translation in the Proper Pitch." *Sympathetic Realism in Nineteenth-Century British Fiction*. Baltimore: Johns Hopkins UP, 2012. 86-121.
Grylls, David. *The Paradox of Gissing*. London: Allen, 1986.
Halperin, John. *Gissing: A Life in Books*. Oxford: Oxford UP, 1982.
Harsh, Constance. "Women with Ideas: *The Odd Women* and the New Woman Novel." Postmus 81-90.
Holbrook, David. *Charles Dickens and the Image of Woman*. New York: New York UP, 1993.
Hollington, Michael. "Dickens and Flâneur." *The Dickensian* 77.2 (Summer 1981): 71-87.
Huguet, Christine, and Simon J. James, eds. *George Gissing and the Woman Question: Convention and Dissent*. Farnham, UK: Ashgate, 2013.
Hutter, Albert D. "Dismemberment and Articulation in *Our Mutual Friend*." *Dickens Studies Annual* 11 (1983): 135-75.
Ingham, Patricia. *Dickens, Women and Language*. Toronto: U of Toronto P, 1992.
___. Notes. *The Odd Women*. By George Gissing. 1893. Oxford: Oxford UP, 2008.
Jackson, Lee. *Walking Dickens' London*. Oxford: Shire, 2012.
Jaffe, Audrey. "Sympathy and Spectacle in Dickens's 'A Christmas Carol'." *Scenes of Sympathy: Identity and Representation in Victorian Fiction*. Ithaca: Cornell UP, 2000. 27-46.
___. *Vanishing Points: Dickens, Narrative, and the Subject of Omniscience*. Berkeley: U of California P, 1991.
James, Henry. "Review: *Our Mutual Friend*." *The Nation* (Dec. 21, 1865). Collins, *Dickens Heritage* 469-73.
James, Simon J. *Unsettled Accounts: Money and Narrative in the Novels of George Gissing*. London: Anthem, 2003.
___, ed. *Charles Dickens: A Critical Study*. *Collected Works of George Gissing on Charles Dickens*. Vol. 2. Grayswood, UK: Grayswood, 2004.
Johnson, Edgar. *Charles Dickens: His Tragedy and Triumph*. 2 vols. London: Allen Lane, 1977.
Jones, Richard. *Walking Dickensian London*. London: New Holland, 2004.

Burgis, Nina. Introduction. *David Copperfield*. By Charles Dickens. Oxford: Clarendon, 1981. xv-lxii.

Butt, John, and Kathleen Tillotson. *Dickens at Work*. London: Methuen, 1957.

Carey, John. "George Gissing and the Ineducable Masses." *The Intellectuals and the Masses: Pride and Prejudice among the Literary Intelligentsia, 1880-1939*. London: Faber, 1992. 93-117.

Chase, Karen. "The Literal Heroine: A Study of Gissing's *The Odd Women*." *Criticism* 16.3 (1984): 231-44.

Cockshut, A. O. J. *The Imagination of Charles Dickens*. London: Collins, 1961.

Collie, Michael. *The Alien Art: A Critical Study of George Gissing's Novels*. Folkestone, UK: Dawson, 1979.

Collins, Philip. *Dickens and Education*. London: Macmillan, 1963.

Cotsell, Michael. *The Companion to Our Mutual Friend*. London: Allen, 1986.

Coustillas, Pierre, ed. *Essays, Introductions and Reviews*. *Collected Works of George Gissing on Charles Dickens*. Vol. 1. Grayswood, UK: Grayswood, 2004.

David, Deidre. *Fictions of Resolution in Three Victorian Novels: North and South, Our Mutual Friend, Daniel Deronda*. London: Macmillan, 1981.

___. "Ideologies of Patriarchy, Feminism, and Fiction in *The Odd Women*." *Feminist Studies* 10.1 (Spring 1984): 117-39.

Dennis, Richard. "George Gissing (1857-1903): London's Restless Analyst." *The Gissing Journal* 40.3 (2004): 1-15.

"*Denzil Quarries*. Mr George Gissing's Latest Effort." *Chicago Tribune* (Feb. 13, 1892): 13.

DeVine Christine, ed. *Forster's Life of Dickens Abridged and Revised by George Gissing*. *Collected Works of George Gissing on Charles Dickens*. Vol. 3. Grayswood, UK: Grayswood, 2005.

Dickens, Charles. "Appendix 2: The Number Plans." *The Mystery of Edwin Drood*. Ed. David Paroissien. London: Penguin, 2002. 279-93.

___. "Old Lamps for New Ones." *Household Words* 1 (June 15, 1850): 265-67.

___. "Sikes and Nancy." *Sikes and Nancy and Other Public Readings*. Ed. Philip Collins. Oxford: Oxford UP, 1983. 229-46.

Dickens, Charles, the Younger. Introduction. *David Copperfield*. By Charles Dickens. Ed. Georgiana Hogarth and Mamie Dickens. London: Macmillan, 1892. i-xi.

Donnelly, Mable Collins. *George Gissing: Grave Comedian*. Cambridge, MA: Harvard UP, 1954.

Federico, Annette. *Masculine Identity in Hardy and Gissing*. Madison: Fairleigh Dickinson UP, 1991.

Fernando, Lloyd. "Gissing's Studies in 'Vulgarism': Aspects of His Antifeminism." *"New Woman" in the Late Victorian Novel*. University Park, PA: Pennsylvania State UP, 1977. 107-28.

Fielding, J. K. "Charles Dickens and the Department of Practical Art." *The Modern Language Review* 48.3 (1953): 270-77.

Fogle, Stephen F. "Skimpole Once More." *Nineteenth-Century Fiction* 7.1 (1952): 1-18.

Ford, George H. *Dickens and His Readers: Aspects of Novel-Criticism Since 1836*. New York:

使用文献一覧

（各章共通のディケンズおよびギッシング関連の文献のみ）

作品、書簡、日記、演説、評伝、その他

Collins, Philip, ed. *Dickens: The Critical Heritage*. London: Routledge, 1971. (abbr. *Dickens Heritage*)

Coustillas, Pierre. *The Heroic Life of George Gissing*. 3 vols. London: Pickering, 2011-12. (abbr. *Heroic Life*)

___, and Colin Partridge, eds. *Gissing: The Critical Heritage*. London: Routledge, 1972. (abbr. *Gissing Heritage*)

Dickens, Charles. *The Letters of Charles Dickens*. 12 vols. Ed. Madeline House, Graham Storey, Kathleen Tillotson, Nina Burgis, et al. Oxford: Clarendon, 1965-2002. (abbr. *Dickens Letters*)

Fielding, K. J., ed. *The Speeches of Charles Dickens*. Oxford: Clarendon, 1960. (abbr. *Dickens Speeches*)

Gissing, George. *Collected Works of George Gissing on Charles Dickens*. 3 vols. Ed. Pierre Coustillas, Simon J. James, and Christine DeVine. Grayswood, UK: Grayswood, 2004-05. (abbr. *Collected Works*)

Gissing, George. *London and the Life of Literature in Late Victorian Britain: The Diary of George Gissing, Novelist*. Ed. Pierre Coustillas. Brighton: Harvester, 1978. (abbr. *Gissing Diary*)

Gissing, George. *The Collected Letters of George Gissing*. 9 vols. Ed. Paul F. Mattheisen, Arthur C. Young, and Pierre Coustillas. Athens, OH, Ohio UP, 1990-97. (abbr. *Gissing Letters*)

批　評

Andrews, Malcolm. Introduction. *The Old Curiosity Shop*. By Charles Dickens. Harmondsworth: Penguin, 1972. 11-31.

Bagehot, Walter. "Charles Dickens." Collins, *Dickens Heritage* 390-401.

Black, Clementina. [Review of *The Odd Women*], *The Illustrated London News* (Aug. 5, 1893): 155. Coustillas and Partridge, *Gissing Heritage* 222-24.

Bowlby, Rachel. *Just Looking: Consumer Culture in Dreiser, Gissing and Zola*. New York: Methuen, 1985.

Brown, James M. *Dickens: Novelist in the Market-Place*. London: Palgrave Macmillan, 1982.

Buckley, Jerome Hamilton. *Season of Youth: The Bildungsroman from Dickens to Golding*. Cambridge, MA: Harvard UP, 1974.

Chapter 12: Biography and Autobiography: The Way of Describing Lives (Yuji Miyamaru)

Chapter 13: The Hero as Man of Letters: Dickens's Strenuous Spirit and Its Successor (Noriko Asahata)

Chapter 14: The Satirical Representations of Victorian Furnishings (Atsuko Miyake)

Chapter 15: Reviews of Gissing's Works and Dickensian Elements (Tomoko Hashino)

Chapter 8: The Angel in the House and the New Woman: Images of Women Reconsidered (Akiko Kimura)

Frontispiece: A color lithograph poster created by Albert Morrow to advertise a performance of *The New Woman* (1894) by Sydney Grundy at the Comedy Theatre, London.

Figure One: "Bella, 'Righted' by the Golden Dustman." Illustration to *Our Mutual Friend* (bk. 3, ch. 15) by Marcus Stone.

Figure Two: "The New Woman." Illus. Lilian Young. Arden Holt, *Fancy Dresses Described: Or, What to Wear at Fancy Balls*. 5th ed. London: Debenham & Freebody, [1887].

Figure Three: "A New Woman." Illus. George Du Maurier. *Punch*. Sept. 8, 1894.

Figure Four: "Miss Wren Fixes Her Idea." Illustration to *Our Mutual Friend* (bk. 4, ch. 9) by Marcus Stone.

Chapter 9: Advertising and the Consumption/Commodity Culture (Yasuhiko Matsumoto)

Frontispiece: "Street Advertising." Taken from *Street Life in London* (1877) by John Thomson, a Scottish explorer, and Adolphe Smith, a journalist.

Figure One: A wall covered, from top to bottom, with advertisements depicted in John Orlando Parry's *A London Street Scene* (1835).

Figure Two: "New Advertising Station." *Punch*. Oct. 31, 1846.

Figure Three: "Bibliomania of the Golden Dustman." Illustration to *Our Mutual Friend* (bk. 3, ch. 5) by Marcus Stone.

Figure Four: "Mr Dodd's Dustyard." *Illustrated Times*. Mar. 23, 1861.

Chapter 10: Negotiating with Dickens: Commercialism and Realism in *New Grub Street* (Midori Niino)

Frontispiece: Grub Street in London. John Rocque, *Map of London 1794*.

Figure One: "The Last Chance." Illustration to *Oliver Twist* (ch. 50) by George Cruikshank.

Figure Two: Title-page of the first edition of *The Mystery of Edwin Drood*.

Figure Three: The first number of *Tit-Bits*, said to be the model of *Chit-Chat*, a periodical devised by Whelpdale.

Figure Four: The fourth edition of *Les soirées de Médan*, first published in 1880.

Chapter 11: Two Versions of *Forster's Life of Dickens*: The Original and the Abridged and Revised Editions (Matsuto Sowa)

Frontispiece: Photo of Ellen Lawless "Nelly" Ternan. Photographer & place unknown.

Figure One: "The Empty Chair, Gad's Hill—Ninth of June 1870" by Samuel Luke Fildes. *The Graphic*, Christmas 1870 ed.

Figure Two: "Mr. Charles Dickens's Last Reading." *The Illustrated London News*. Supp. Mar. 19, 1870.

Figure Three: First edition in the original parts of *Our Mutual Friend* in serial, published by Chapman and Hall, 1864-65. Illus. Marcus Stone.

Figure Four: "The Artful Dodger." Illus. "Kyd" [Joseph Clayton Clarke], *c*. 1890.

Chapter 5: For Whom is Education?: From Society to Individual (Ryota Kanayama)

Chapter 6: Self-denial, Self-alienation, and Self-deception in the Urban Dwellers of Victorian Britain (Mitsuharu Matsuoka)

Chapter 7: The Rise of the New Man: The Imbroglio over the New Relationship between Men and Women (Takanobu Tanaka)

Chapter 1: From Dickens's London to Gissing's London (Ayaka Komiya)

Frontispiece: "Oliver amazed at the Dodger's mode of 'going to work'." An illustration for *Oliver Twist* by George Cruikshank. The location of the theft is close to Clerkenwell Green, London.

Figure One: A sketch of 16 Bayham Street around 1891 by F. G. Kitton. Dickens lived here with his family between 1823 and 1824.

Figure Two: Saffron Hill, around 1840. "A dirtier or more wretched place he had never seen. The street was very narrow and muddy, and the air was impregnated with filthy odours." (*Oliver Twist*, ch. 8)

Figure Three: Sadler's Wells Theatre in 1813. The original theatre was founded in 1683. The present theatre was built in 1998. It is now a venue specializing in dance performances.

Figure Four: Farringdon Road Buildings in the early 1970s. These five blocks of building were built on the east side of Farringdon Road, London.

Chapter 2: Growing Fears of Alcohol and Drunkenness (Akemi Yoshida)

Frontispiece: "Mr. Pickwick Addresses the Club." An illustration for *The Pickwick Papers* by Robert Seymour.

Figure One: "The Tavern Scene." William Hogarth, *A Rake's Progress*, plate 3, 1735.

Figure Two: *Found* (1854). One of the most outstanding masterpieces of Dante Gabriel Rossetti. Now in the Delaware Art Museum.

Figure Three: *The Outcast* (1851). An oil painting by Richard Redgrave, depicting a daughter bearing an illegitimate child and her family's reaction.

Figure Four: "Mrs. Gamp on the Art of Nursing." An illustration for *Martin Chuzzlewit* by Frederick Barnard.

Chapter 3: Suitable Work for Ladies and Gentlemen: The "Respectability" Dilemma of Clerks (Motoko Nakada)

Frontispiece: "The Superannuated Man." Illustration to Charles Lamb's *The Last Essays of Elia* (1833) by C. E. Brock.

Figure One: "Mr. Linkinwater intimates his approval of Nicholas." *Nicholas Nickleby*. Ch. 37. Illus. Phiz.

Figure Two: "The Poor Clerk." *Sketches by Boz*. "Characters." Ch. 1. Illus. George Cruikshank.

Figure Three: "A Little Holiday!!" *Punch*. Mar. 12, 1892. Working-Man and Poor Clerk: "Ah! It's all very well.—But what's *play* to *you* is *death* to *us*."

Figure Four: "Operator Sitting in Correct Position for Rapid Writing." Bates Torrey, *Practical Typewriting*, 3rd ed., 1894.

Chapter 4: The Mission of the Novelist: The Politics of "Sympathy" (Fumie Tamai)

Frontispiece: Luke Fildes, "Applicants for Admission to a Casual Ward." First exhibited at the Royal Academy in 1874.

Figure One: Hubert von Herkomer, "Agricultural Labourer, Sunday." *The Graphic*. Oct. 9,

図版一覧

Jacket

Front: Gustave Doré, "London Bridge," *London: A Pilgrimage* (London: Grant, 1872). On one occasion Doré went at midnight to London Bridge and was touched by some forlorn creatures huddled together, asleep, on the stone seats.

Back: (Right) "Charles Dickens in His Study" (1859) by William Powell Frith. Victoria and Albert Museum. (Left) "George Gissing" by Lily Waldron. A portrait in oils from photographs. Wakefield Art Galleries and Museums. Published by the Gissing Trust.

Table of Contents

Upper Figure: "Charles Dickens at Desk" (1858). Photographed by George Herbert Watkins at his Regent Street studio. Dickens wrote to him on July 17, 1858, saying, "It would give me great pleasure to have some five and twenty impressions for private friends."

Lower Figure: "George Gissing at Desk" (1901). Photographed by Elliott & Fry at their Baker Street studio. Gissing wrote to Edward Clodd on June 17, 1901, saying he came to London a fortnight ago—his "business to sit to Elliott & Fry for a portrait for *Literature*."

Foreword

Center: First edition of Gissing's *Charles Dickens: A Critical Study* (London: Blackie, 1898). On the endpaper is the author's autograph signature to Edwin Lessware Price, a young barrister-at-law warmly recommended by Clara Collet.

Introduction: Dickens and Gissing: Subterranean Similarities and Differences (Mitsuharu Matsuoka)

Frontispiece: "Balloon View of London as Seen from Hampstead." Originally published on the opening day of the Great Exhibition by Banks & Co. The view from Hampstead (a highly unusual North to South orientation) shows the Crystal Palace in Hyde Park.

Figure One: Gustave Doré, *Over London by Rail* (1872). A narrow passage divides the terraced houses, which describes the cramped living conditions of the lower classes. In the background, a steam engine belching black smoke crosses the tall arched bridge.

Figure Two: J. M. W. Turner, *Snow Storm: Steam-Boat off a Harbour's Mouth* (1842). Ruskin commented in *Modern Painters* (1843) that it was "one of the very grandest statements of sea-motion, mist, and light that has ever been put on canvas."

Figure Three: "Forming the Domestic Virtues." Illus. Marcus Stone. Charley objects to Wrayburn helping Lizzie with her education. Wrayburn aggravates Headstone's anger by staying serenely insulting. Their altercation is an indicator of class struggle.

Figure Four: "Mill's Logic: Or, Franchise for Females." John Tenniel. *Punch*. Mar. 30, 1867. "Pray Clear the Way, There, for These—a—Persons." John Stuart Mill, in the center, makes a path for a varied group of women, including an aging spinster on the left.

三宅 敦子（みやけ あつこ） 西南学院大学文学部教授，兵庫県出身，大阪市立大学大学院・文学研究科後期博士課程満期退学 【主な著訳書論文】「成り上がり者の作り方――『トーノ・バンゲイ』に描かれた19世紀末の自己宣伝と顕示的消費」『西南学院大学英語英文学論集』57（2017）／「『ドリアン・グレイの肖像』に描かれた世紀末の視覚芸術文化」『オスカー・ワイルド研究』14（2015）／「ヴィクトリア朝中産階級の愛したインテリア――所有がもたらすアイデンティティ」『近現代イギリス小説と「所有」』（英宝社，2014）／「家具をめぐる覇権争い――*The Odd Women* と *In the Year of Jubilee* に表象されるジェンダーの揺らぎ」『ヴィクトリア朝文化研究』8（2010）／「住環境にみる産業革命の痕跡」『ギャスケルで読むヴィクトリア朝前半の社会と文化』（溪水社，2010）．

宮丸 裕二（みやまる ゆうじ） 中央大学法学部教授，神奈川県出身，慶應義塾大学・博士（文学）【主な著訳書論文】「郵便――鉄道と郵政改革が見せた世界」『ギャスケルで読むヴィクトリア朝前半の社会と文化』（溪水社，2010）／「ロバート・グールド・ショー」『ギャスケル全集別巻 II』（大阪教育図書，2009）／「自伝的要素――分裂する書く自分と書かれる自分」『ギッシングを通して見る後期ヴィクトリア朝の社会と文化』（溪水社，2007）／「人物（CD-ROM）」『ディケンズ鑑賞大事典』（南雲堂，2007）／ *Art for Life's Sake: Victorian Biography and Literary Artists*（博士論文，慶應義塾大学，2005）．

吉田 朱美（よしだ あけみ） 近畿大学文芸学部准教授，広島県出身，東京大学大学院・人文社会系研究科博士課程満期退学 【主な著訳書論文】“Ecotheological Morality in Charles Kingsley's *The Water-Babies*,” *Victorian Ecocriticism*（Lexington Books, 2017）／「トマス・ハーディによる『緋文字』変奏曲」『ホーソーンの文学的遺産』（開文社，2016）／“Is *Evelyn Innes* (1898) a Literary Daughter of George Sand's *Consuelo* (1843)?” *George Moore's Paris and His Ongoing French Connections*（Peter Lang, 2015）／“Stanley Makower's Contribution to the ‘Woman Composer Question’: A Reading of *The Mirror of Music* (1895)”（*New Directions* 33, 2015）／「審美主義――美を通じた理想の追求」『ギッシングを通して見る後期ヴィクトリア朝の社会と文化』（溪水社，2007）．

脈をさぐる」『論叢 現代語・現代文化』4（2010）.

新野 緑（にいの みどり）神戸市外国語大学外国語学部教授，兵庫県出身，大阪大学・博士（文学）【主な著訳書論文】『言葉という謎――英米文学・文化のアポリア』（共編，大阪教育図書，2017）／“The Belly of London: Dickens and Markets,” *London and Literature, 1603-1901* (Cambridge Scholars Publishing, 2017)／「マナーの語るもの――『説得』における階級・認識・主体」『ジェイン・オースティン研究の今――同時代のテクストも視野に入れて』（彩流社，2017）／『〈私〉語りの文学――イギリス十九世紀小説と自己』（英宝社，2012）／『小説の迷宮――ディケンズ後期小説を読む』（研究社，2002）.

橋野 朋子（はしの ともこ） 関西外国語大学外国語学部専任講師，東京都出身，お茶の水女子大学大学院・人間文化研究科博士課程満期退学 【主な著訳書論文】「*Blackwood's Edinburgh Magazine* に見る1850年代の‘sensation’」『関西外国語大学研究論集』97（2013）／“A Consideration of the Word ‘Sensation’ in the 1850s: From Wilkie Collins' *Basil* to *The Woman in White*,” *Victorian Vocabularies*（2013）／「Wilkie Collins の *Basil* における‘sensation’をめぐって――1850年代におけるセンセーション小説の萌芽」『関西外国語大学研究論集』88（2008）／「*The Woman in White* における‘sensation’とは」『ヴィクトリア朝文化研究』5（2007）／「*The Woman in White* における『保守的』センセーショナリズム――中産階級読者層に対する意識」『ヴィクトリア朝文化研究』2（2004）.

松岡 光治（まつおか みつはる） 名古屋大学大学院人文学研究科教授，福岡県出身，M.Phil. (University of Manchester) 【主な著訳書論文】『ギッシング初期短篇集』（編訳，アティーナ・プレス，2016）／*Evil and Its Variations in the Works of Elizabeth Gaskell: Sesquicentennial Essays*（編著，大阪教育図書，2015）／『ディケンズ文学における暴力とその変奏』（編著，大阪教育図書，2012）／『ギッシングを通して見る後期ヴィクトリア朝の社会と文化』（編著，溪水社，2007）／『ギッシングの世界――全体像の解明をめざして』（編著，英宝社，2003）.

松本 靖彦（まつもと やすひこ） 東京理科大学理工学部教授，福井県出身，名古屋大学・博士（文学）【主な著訳書論文】「Authorship と Expectations――著作権問題から見たディケンズとトウェイン」『マーク・トウェイン――研究と批評』14（2015）／“They Are Living and Must Die,” *Dickens in Japan: Bicentenary Essays*（大阪教育図書，2013）／「「自由の国」での不自由な旅人――ディケンズの訪米体験再考」『ヴィクトリア朝の都市化と放浪者たち』（音羽書房鶴見書店，2013）／「小人のチョップス氏」『ディケンズ朗読短編選集（II）』（開文社，2012）／「互いの友」『ディケンズ鑑賞大事典』（南雲堂，2007）.

(慶應義塾大学出版会，2005)／「"Carpe Diem!"——『埋火』の選択」『ギッシングの世界』(英宝社，2003).

楚輪 松人（そわ まつと） 金城学院大学文学部教授，広島県出身，広島大学大学院・文学研究科博士後期課程満期退学 【主な著訳書論文】"Poor Brontë and Preachy Gaskell: Evils in *The Life of Charlotte Brontë*," *Evil and Its Variations in the Works of Elizabeth Gaskell*（大阪教育図書，2015）／"Dickens and 'Mariolatry': Dickens's Cult of the Virgin Mary"『紀要』17（金城学院大学キリスト教文化研究所，2014）／"A Study of *The Love Suicides* at Sonezaki: A Unique Liebestod of the Japanese Taste"『論集』人文科学編 9.2（金城学院大学，2013）／『宗教・科学・いのち——新しい対話の道を求めて』(共著，新教出版社，2006).

田中 孝信（たなか たかのぶ） 大阪市立大学大学院文学研究科教授，大阪府出身，広島大学・博士（文学）【主な著訳書論文】『セクシュアリティとヴィクトリア朝文化』(編著，彩流社，2016)／『ヴィクトリア朝の都市化と放浪者たち』(編著，音羽書房鶴見書店，2013)／"An Ambivalent View of Vagrants in Late Nineteenth- and Early Twentieth-Century Britain," *Dickens in Japan: Bicentenary Essays*（大阪教育図書，2013）／『英文学の地平——テクスト・人間・文化』(編著，音羽書房鶴見書店，2009)／『ディケンズのジェンダー観の変遷——中心と周縁のせめぎ合い』(音羽書房鶴見書店，2006).

玉井 史絵（たまい ふみえ） 同志社大学グローバル・コミュニケーション学部教授，奈良県出身，Ph.D.（University of Leeds）【主な著訳書論文】"A Handkerchief or a Child?: *Nicholas Nickleby* and the Problem of Copyright"『ディケンズ・フェロウシップ年報』39（2016）／"'The Times Are Levelling Times': Violence in the Age of Democracy and Imperialism," *Dickens in Japan: Bicentenary Essays*（大阪教育図書，2013）／"Educating Oliver: The Conflicting Ideas of Education in *Oliver Twist*"『ディケンズ・フェロウシップ年報』33（2010）／「国家——自由貿易の帝国のなかで」『ギャスケルで読むヴィクトリア朝前半の社会と文化』(溪水社，2010)／「越境する犯罪と暴力」『ギッシングを通して見る後期ヴィクトリア朝の社会と文化』(溪水社，2007).

中田 元子（なかだ もとこ） 筑波大学人文社会系教授，静岡県出身，筑波大学・博士（文学）【主な著訳書論文】「英領インドにおける母（ハウス・マザー）の身体」『帝国と文化』(春風社，2016)／「ジョージ・ギッシングのロンドン——煤煙の中の芸術」『ロンドン——アートとテクノロジー』(竹林舎，2014)／「ディケンズ『バーナビー・ラッジ』にみる 19 世紀イギリスの女看守」(『論叢 現代語・現代文化』13, 2014)／「娯楽——明日も働くために」『ギャスケルで読むヴィクトリア朝前半の社会と文化』(溪水社，2010)／「〈ベガー・マイ・ネイバー〉の文

執筆者一覧

麻畠 徳子（あさはた のりこ） 大阪成蹊短期大学専任講師，石川県出身，大阪大学・博士（文学）【主な著訳書論文】「後期ヴィクトリア朝の文学市場にみる著作権意識の変遷」『広島経済大学創立五十周年記念論文集（下巻）』（広島経済大学，2017）／「イギリス〈作家協会〉設立の文化的意義」『ヴィクトリア朝文化研究』13（2015）／「〈小説の時代〉の終焉――三巻本小説の衰退と三文文士の退場」『移動する英米文学』（英宝社，2013）／「『三文文士』にみる大衆読者の台頭」『広島経済大学研究論集』34.3（2011）／ In Pursuit of the Author's Voice in Narrative Space: A Study of Hardy's Major Novels（博士論文，大阪大学，2010）.

金山 亮太（かなやま りょうた） 立命館大学文学部教授，兵庫県出身，東京都立大学大学院・人文科学研究科博士課程満期退学 【主な著訳書論文】「『ペイシャンス』から『ユートピア有限会社』へ ――ワイルド、アメリカ、アイルランド」『オスカー・ワイルド研究』16（2017）／「三つ目の〈革命〉――サヴォイ・オペラの誕生――」『西洋近代の都市と芸術（第 8 巻）ロンドン――アートとテクノロジー』（竹林舎，2014）／『サヴォイ・オペラへの招待』（新潟日報事業社，2010）／「なぜイギリス人はサヴォイ・オペラが好きなのか？」『イギリス文化史』(昭和堂, 2010)／「ディケンズの公開朗読における〈声〉」『〈声〉とテクストの射程』（知泉書館，2010）.

木村 晶子（きむら あきこ） 早稲田大学教育・総合科学学術院教授，東京都出身，名古屋大学・博士（文学） 【主な著訳書論文】「コンスタンタン・エジェ」『ブロンテ姉妹と 15 人の男たちの肖像』（ミネルヴァ書房，2015）／ "The Lie and Discourses of Evil in *Sylvia's Lovers*," *Evil and Its Variations in the Works of Elizabeth Gaskell: Sesquicentennial Essays*（大阪教育図書，2015）／「ゴシック小説――ヴィクトリア朝のシェヘラザード」『ギャスケルで読むヴィクトリア朝前半の社会と文化』（溪水社，2010）／『メアリー・シェリー研究』（編著，鳳書房，2009）／「結婚――結婚という矛盾に満ちた関係」『ギッシングを通して見る後期ヴィクトリア朝の社会と文化』（溪水社，2007）.

小宮 彩加（こみや あやか） 明治大学商学部教授，埼玉県出身，慶應義塾大学大学院・後期博士課程満期退学 【主な著訳書論文】「ヴィクトリア朝ロンドンの墓地事情――ケンザル・グリーン・セメタリーを中心に」『明治大学教養論集』524（2017）／「流謫――失われたホームを求めて」『ギッシングを通して見る後期ヴィクトリア朝の社会と文化』(溪水社, 2007)／「吸血鬼の食餌：ブラム・ストーカーの『ドラキュラ』に見るヴィクトリア朝の食の問題」『身体医文化論Ⅳ：食餌の技法』

（わ）

（へ）

（ほ）

索　引

ディケンズ作品の略号

SB	*Sketches by Boz*
PP	*The Pickwick Papers*
OT	*Oliver Twist*
NN	*Nicholas Nickleby*
MHC	*Master Humphrey's Clock*
OCS	*The Old Curiosity Shop*
BR	*Barnaby Rudge*
AN	*American Notes*
MC	*Martin Chuzzlewit*
CC	*A Christmas Carol*
C	*The Chimes*
CH	*The Cricket on the Hearth*
BL	*The Battle of Life*
HM	*The Haunted Man*
PI	*Pictures from Italy*
DS	*Dombey and Son*
DC	*David Copperfield*
CHE	*A Child's History of England*
BH	*Bleak House*
HT	*Hard Times*
LD	*Little Dorrit*
RP	*Reprinted Pieces*
TTC	*A Tale of Two Cities*
CS	*Christmas Stories*
UT	*The Uncommercial Traveller*
GE	*Great Expectations*
OMF	*Our Mutual Friend*
MED	*The Mystery of Edwin Drood*

ギッシング作品の略号

WD	*Workers in the Dawn*
U	*The Unclassed*
IC	*Isabel Clarendon*
D	*Demos*
T	*Thyrza*
ALM	*A Life's Morning*
NW	*The Nether World*
E	*The Emancipated*
NGS	*New Grub Street*
DQ	*Denzil Quarrier*
BE	*Born in Exile*
OW	*The Odd Women*
IYJ	*In the Year of Jubilee*
ER	*Eve's Ransom*
PG	*The Paying Guest*
SF	*Sleeping Fires*
W	*The Whirlpool*
HOE	*Human Odds and Ends*
CD	*Charles Dickens: A Critical Study*
TT	*The Town Traveller*
CL	*The Crown of Life*
OFC	*Our Friend the Charlatan*
BIS	*By the Ionian Sea*
PPHR	*The Private Papers of Henry Ryecroft*
V	*Veranilda*
WW	*Will Warburton*
HC	*The House of Cobwebs*
AVC	*A Victim of Circumstances*

（あ）

ディケンズとギッシング
底流をなすものと似て非なるもの

2018年12月25日初版第1刷発行

編　者　　松岡　光治
発行者　　横山　哲彌
印刷所　　西濃印刷株式会社

発行所　　大阪教育図書株式会社
〒530-0055　大阪市北区野崎町1-25
電話　06-6361-5936
FAX　06-6361-5819
振替　00940-1-115500
Email　daikyopb@osk4.3web.ne.jp

ISBN 978-4-271-21059-7　C3098